U0593517

世说猫语

孙 莺 编

厦门大学出版社　国家一级出版社
XIAMEN UNIVERSITY PRESS　全国百佳图书出版单位

图书在版编目（CIP）数据

世说猫语 / 孙莺编. -- 厦门；厦门大学出版社，
2024.6

　ISBN 978-7-5615-9315-8

　Ⅰ．①世… Ⅱ．①孙… Ⅲ．①中国文学-当代文学-
作品综合集 Ⅳ．①I217.1

中国国家版本馆CIP数据核字(2024)第042335号

责任编辑　林　鸣

美术编辑　李夏凌

技术编辑　许克华

出版发行　厦门大学出版社

社　　址　厦门市软件园二期望海路 39 号

邮政编码　361008

总　　机　0592-2181111　0592-2181406(传真)

营销中心　0592-2184458　0592-2181365

网　　址　http://www.xmupress.com

邮　　箱　xmup@xmupress.com

印　　刷　湖南省众鑫印务有限公司

开本　889 mm×1 194 mm　1/32

印张　12.625

字数　340 千字

版次　2024 年 6 月第 1 版

印次　2024 年 6 月第 1 次印刷

定价　58.00 元

本书如有印装质量问题请直接寄承印厂调换

厦门大学出版社
微信二维码

厦门大学出版社
微博二维码

出版说明

一、版权

本书凡涉及版权的文章，或已收入文集及单行本中的猫文，均加以甄别并予以删除；唯独陈纪滢先生的《孩子与猫》，1944年发表于《文艺先锋》杂志上，文笔优美，其文集、单行本及汇编中均未见收录，当属佚文。且《文艺先锋》杂志创刊于重庆，存世稀少，故斟酌再三，还是将此文收入本书，以使蒙尘珍珠得以重现人间。陈纪滢先生1949年后去台湾，如陈先生家属看见此文，可与编者或出版社联系。

二、注释

1．作者注释

近代文献整理的意义之一是发掘，从浩如烟海的史料中发现佚文。有不少文章彼时是以笔名发表的，如方序、浅子、幽鸣等，凡能确认查证的，编者皆加以注释，以便读者了解；未能查证的，或是彼时名不见经传的普通作者，或是尚未被学界确认的笔名，编者未加注释，以待感兴趣的读者考证补充。

2．出处注释

近代文献整理的意义之二是普及，将隐于尘埃和束之高阁中的书刊呈现于世人面前，尤其是一些稀见的刊物，多年来仅闻其声，不见其面，如1944年创刊的《乾坤》杂志，仅出版二期，而作者有白获、周贻白、胡山源、吕白华、施济美等，数十年后，这些作者皆为现代知名作家。本书所收斯文的《猫》，即选自《乾坤》杂志。为了便于读者对近代刊物有所了解，编者不惮其烦地为所引刊物加以注释，此为同类近代文献整理汇编中较少采用的做法。

三、插图

本书所选插图，均出自近代报纸杂志，如《小朋友》《红玫瑰》《少年》《图画日报》《新闻报》等，其中有不少是名家所绘，如严个凡、赵蓝天、庞亦鹏等，有不少插图为20世纪20年代的期刊封面，虽经高清扫描，然时日湮久，难免模糊。另有少部分插图为私人收藏，如杨斌先生所收藏徐悲鸿所绘之《鼠》，黄伟业先生所收藏的藏书票等。

四、标点

本书选文，有不少出自1911年之前的《申报》《新闻报》等报刊，彼时文章无通行之标点，皆为编者自行点校，偶有错误，还望海涵。

序

陈子善

　　猫，这种可爱的对人若即若离的小精灵，近年来在我们的日常生活乃至精神生活中所占的位置已经越来越突出，不仅全国养猫人群日益壮大，线上线下关于猫的各种书籍、画册、影像等也层出不穷，衍生的文创产品更是丰富多彩。可以毫不夸张地说，猫对我们的重要性已与日俱增，或许将来有一天，在人类生活中，猫会与狗平起平坐，甚至超过狗而成为与人关系最亲密的动物。

　　更应该指出的是，古今中外许多思想家、文学家、艺术家都是"猫奴"。以欧美为例，远的且不说，十九世纪以降，他们就为我们留下了数量相当可观的以猫为题材的文艺精品。文学作品中，有刘易斯·卡罗尔《爱丽丝梦游奇境》中的猫、波德莱尔《恶之花》中的咏猫诗、夏目漱石的《我是猫》，美国女作家莉莲·布朗甚至写了大受欢迎的"猫侦探"系列；绘画作品有比亚兹莱、马蒂斯、毕加索、马尔克等笔下的猫，举不胜举。戈蒂耶所说的"猫是一种哲学的、整洁的、安静的动物"，海明威所说的"猫是绝对的诚实：人类会出于这样的原因或那样的感情有所隐藏，猫则不会"，多丽丝·莱辛所说的"人和猫虽属不同族类，但我们企图跨越那阻隔我们的鸿沟"，都富于哲理，引导我们进一步思考人与猫的关系。这一切，无疑是一个很有趣的国际文化现象。

1

对猫的关注，中国文学家又何尝不是如此？同样远的且不说，新文学勃兴之后，就有不少名家写过猫，其中有小说如老舍的《猫城记》、钱锺书的《猫》，有诗如朱湘的《猫诰》、高长虹的《猫眼睛》，而以散文为最多。早在三十年前，友人陈星兄就编了一本《文人与猫》（1991年1月北岳文艺出版社初版），对现代作家所写的"猫文"作了初步梳理。虽然他不养猫，但他提出了"中国文人更加善于在猫的身上发挥，所著'猫文'分外诱人"的观点，我深以为然。

由于我自1992年秋以后开始养猫，所以在《文人与猫》出版十三年后，也编了《猫啊，猫》（2004年6月山东画报出版社初版）；又过了八年，我以"单闻"为笔名又编了《猫》（2012年6月人民文学出版社初版）。这两本猫文选集虽然也收录了内地和港台当代作家的猫文，但现代作家的猫文却是其中最主要的。综合上述三书所录现代作家的猫文，计有苏雪林、郑振铎、鲁迅、

陈子善与爱猫合影

夏丏尊、徐志摩、鲁彦、林庚、马国亮、章克标、宋云彬、周作人、靳以、郭沫若、金性尧、许君远、许地山、丰子恺、梁实秋诸家，如果再加上共和国成立以后写下猫文的老舍、冰心、季羡林、杨绛、孙犁、汪曾祺等现代作家（以上均以写作或发表时间为序），我以为这份名单是十分骄人的。现代文学史上那么多大家名家都与猫结下不解之缘，都写过猫，也从一个侧面折射出猫与中国现代文学进程的密切关系。换言之，猫在一定程度上也参与了中国现代文学的建构，虽然大大小小的猫们自己根本不知道。

但是，我并不以此为满足。我深知由于所见有限，拙编一定有所遗漏，所以一直期待一本搜集更为齐全、更具涵盖性的写猫文集面世。而今，孙莺小姐编选的《世说猫语》终于让我如愿以偿了。

《世说猫语》，书名就起得很好，古代不是有《世说新语》吗？《世说新语》写的是魏晋南北朝时期名人高士的言行逸事，《世说猫语》辑录的则是近代以来猫与人各种遭际的文字记载。此书所收，起自1872年《申报》刊登的《爱猫奇闻》（佚名作），讫于1949年同样是《申报》刊登的《猫》（钱大成作），分为"豢猫者言""豢猫余谈""豢猫杂俎""豢猫文录""豢猫歌谣"五辑，共长短一百三十余篇猫文，真可谓琳琅满目、美不胜收。

我更惊喜地发现，有更多的新文学作家写过猫，书中首次收录了陈纪滢、徐蔚南、春台（孙福熙）、梁遇春、胡也频、吕伯攸、林祝敔等作家的猫文。不仅如此，以前曾被称为旧派或"鸳鸯蝴蝶派"的作家，如袁寒云、漱石生（孙玉声）、向恺然、范烟桥、郑逸梅等，也有精彩的猫文入选，需要特别提出。显而易见，这是又一份更为广泛的骄人的名单，再次有力地证明，居然还有那么多中国现代作家写猫，其中不乏文情并茂、感人至深的佳作，可以置于现代优秀散文之列，猫实在是很深入地介入了现代中国人的生活和情感世界。

当然，《世说猫语》中收录更多的是普通作者所写的猫文，这些作者大都名不见经传，应该来自各行各业，有的可能使用了笔名，但他们也都喜欢猫，或与猫有这样那样的瓜葛，这往往使他们的猫文更为平实和亲切。这些猫文中既有养猫之常识、趣闻和历史的回顾，更多的是尽情抒发人猫之亲情、人间与猫界的冷暖，社会的激烈变动对人和猫的深刻影响，乃至对流浪猫的关爱，以及种种弦外之音或借题发挥。总之，这些普通作者的猫文同样写出了人与猫的亲密关系，同样很值得一读。

《世说猫语》的编者孙莺小姐自己就是一位爱猫人，这从她的充满深情的猫文《代跋：致山本小队长》中就可以看得很清楚。她花费了很多时间、精力编成的这本《世说猫语》，对 19 世纪末至 20 世纪上半叶的中国社会各界与猫的关系作了新的几近全景式的鸟瞰，具有多方面的史料和赏读价值，颇为难得，故我乐于为之作序，并郑重向今天爱猫养猫的广大朋友推荐。

2020 年 11 月 7 日于海上梅川书舍

附记：

这篇《世说猫语》序，是张伟兄的命题作文，曾以《人与猫，一个很有趣的国际文化现象》为题，刊于 2021 年 1 月 14 日上海《文汇报·笔会》。两年过去了，此书终于要由厦门大学出版社出版了，然而，张伟兄却已于今年 1 月 11 日因病逝世，未能亲见此书问世，这是十分令人痛惜的。谨志数语，作为对挚友的深切怀念。

2023 年 2 月 3 日于海上梅川书舍

目　录

豢猫者言

越缦堂遗稿·瘗猫文

李慈铭[①]

余畜一猫，通身白毛，尾作狸斑，右耳上亦有一斑，圆如桃，因名之曰小桃。甚驯而慧，坐卧食饮，必依余，勤于捕鼠，或阴寒司伏隐处，昼夜不舍，呼之食不应。余甚爱之，每食以所吐余予之，日肥俊，豢之将五年矣。

壬午二月二十一日，余夕飧，来乞肉食，健跳如常，投以鸡头，半食竟去。至夜一更，家人就厨下瀹茗，见其卧而牵厥。余往唤且抚之，蹶然起随余入室，亟卧之蓐，取药灌之，甫入口，血流而死。盖今春早热，兽多温毙者。为之流涕，次日裹以絮苇，命童仆坎庭竹下，为设食而埋之。

呜呼！五年之中，贫病百忧，友朋之弃余，仆役之背余者，不知凡几。而汝益亲余，其垂死也，闻余声，犹自力起，必死于余侧，感恩恋主今之食。朝廷厚禄者，临命仓皇，首顾妻子，次属其所亲昵，于私交无一语及。君国不重有愧于此耶。昔人谓犬马者，后世具臣所不敢比，夫抑知其不逮一猫，且远甚邪，既有诗伤之，复为之文曰。

饮汝食汝，惟我之恩。我安我寝，惟汝之勤。日饫书馥，夜分褥温。猫之为耄，胡不有年。一二竿竹，筑汝之坟。在我庭下，沾匀鲤薰。庭花竞放，游戏于春。吁嗟麟凤，愧我斯文。

刊于《游戏世界》1900 年第 13 期

[①] 李慈铭，字爱伯，号莼客，室名越缦堂，晚年自署"越缦老人"。浙江会稽西郭霞川村人，清代文史学家，著有《越缦堂日记》。

饲猫姬

敏　珠

　　我记得我小时候，我家隔壁住着一个老太婆，年纪已有六十多岁了，蓬松松的白发堆在额前，好似团着一团银丝，嘴里的牙齿早已脱落了，讲起话来两颚相磨合如嚼物，身材矮矮的，行走时颤巍巍地摇动。这老太婆只有伊一个人住在这间屋里，没有儿子媳妇和伊同住。但是伊并非没有儿子和媳妇，不过伊的儿子不是伊亲生的，伊的媳妇又非常的刁悍，伊又是个无能的人，伊的非亲生的儿子和媳妇，自然没有伊在眼睛里，后来竟和伊两下分住了，但是伊看见伊非亲生的儿子和媳妇和伊分开住下，伊倒不伤心，反觉得耳边非常的清净，伊倒是乐天知命的老媪咧！

　　伊生平有一桩大嗜好，伊一生酷爱猫子，我记得那个时候，伊喂了一只黑猫，伊非常地爱惜它，无一刻和它相离，日间吃饭必要将它抱在桌子上和它同吃，鲜鱼鲜肉伊自己总不舍得吃，必要留着喂给猫子吃，夜间睡觉必要将它抱到被窝里，一床同卧。伊手边有了钱，伊自己总不肯舍得买东西，必要留着买些鱼干鱼儿，以待猫子的餐食。伊有时设或没有米炊爨，伊的黑牝猫，则没有一餐没有鲜鱼。伊自己饿一餐二餐，伊倒不大介意，倘若伊的黑牝猫若是一餐没有鲜鱼，伊就急得不得了。有时候黑牝猫离开伊的眼前到山上扑蝴蝶去了，伊便到处寻它，深恐它被人家提去了。我小时候和我的一位表兄弟非常顽劣，时常将伊的黑牝猫捉到家里藏匿起来，累得伊到处寻觅，急得真个要哭。我们待她真着急了，然后始慢慢地将它放了。伊恨得我们甚么似的，但是伊是个无能的人，虽然恨我们，却也拿我们没有奈何。

　　伊这只黑牝猫有一天生了四只小猫，伊欢喜得好似天空里掉下来宝贝一般，我和我的表兄弟顽笑伊，比这只黑牝猫是伊的女儿，恭喜伊生了四个外孙。伊欢喜得了不得，居然煮了四个鸡蛋给我和我的表兄弟吃。不过伊煮鸡蛋给我们吃，虽是奖励我们贺伊生小猫的喜，但是内中还含着一个意义：因为我们时常藏匿伊的黑牝猫，现在又生了四只小猫，伊的猫更多了，我们倘若仍如往时的顽劣，将伊的小猫仍旧藏匿起来，那不使伊没一刻不担心吗？所以给我们的鸡蛋吃，原是讨我们的欢心，含着要求我们对伊不再恶作剧的意义。但是伊虽能讨我们一时的欢心，不能永久供给我们的鸡蛋，我们事过境迁，仍旧将伊的小猫时常藏匿起来咧！

我们小时候见伊这样酷爱猫，心里不过猜她是个生成的嗜好罢了，哪晓得伊的境遇着实可怜。使伊一生的爱情（广义的爱情，不专指夫妇而言）一生的希望无所属归，不得不寄情于猫，久而久之便成了一个猫癖了。伊的母家我们没有考究，只晓得伊是个没有父母的零丁孤女，伊年纪不过十二三岁的时候，伊便到了婆家来做媳妇，伊的阿翁是个教谕，那时候已告养在家了。前清的教谕，虽然是个清苦的官职，伊的阿翁倒也稍积了几文，告养在家，粗衣淡饭，倒也不愁无日子过。伊的阿姑也很慈善，待伊和亲生女儿一样，没有社会上虐待养媳的情事。伊的丈夫也是好子弟，那时候，伊家庭之中，融融泄泄，很有些欢喜的气象。伊除了服侍翁姑，襄理家事之外，也没有别的心事。那时候伊总算有幸福了。哪晓得这种幸福，上帝竟不使伊享受，使伊做了一个畸零的人。

盖那个时候，太平天国军，起于广西，骚动了十几省地方，我们家乡遭受糜烂尤甚。伊不幸，伊的阿翁和伊的丈夫竟死于颠沛流离之中。伊真可怜，伊虽是个养媳，伊和伊的丈夫并未结过婚，伊的阿姑虽是很慈善很爱惜伊的，但是深中旧社会的流毒，说什么伊的阿翁是个做教谕的，官宦的后裔，哪有改嫁的事实，又时常拿些古人节烈的话，来勉励伊，希望伊做那个未婚守节的虚荣，为伊的家族上增光。可怜伊是个无能的人，身经离乱，哪晓得人生的艳福，又禁不起伊的阿姑拿礼法和世俗的虚荣来拘束伊，竟使伊一生一世消磨于凄悲惨苦之中。后来伊的慈善的阿姑，又与伊长别了，更剩得伊一个人凄凄清清的。虽承伊族里的人，过继了一个儿子，与伊又非常的不肖，娶了妻之后，竟和伊两下里分开住了。伊一生迭遭离乱，忧患余生，情无所属，自然地和猫结了一个不解之缘了。有的人说："伊自己孤零零，看见人家儿女的欢乐，把眼看得热了，把心看得迷了，遂得了个精神病，把猫儿当作儿女一般地看待。"这也或则有的事，但是这是旧社会恶制度——什么未婚守节——害得伊的呢！

刊于《俭德储蓄会月刊》①1921 年第 2 卷第 4 期

叔达绘，刊于《红玫瑰》1925 年第 1 卷第 23 期封面

---

① 编者注：《俭德储蓄会月刊》，1920 年在上海创刊，月刊，由俭德储蓄会发行，1930 年改为《俭德储蓄会会刊》，1930 年停刊。该月刊由俭德储蓄会文牍处编辑，主要撰稿人有逸民、胡韫玉、绍瑞彭、王蕴章、朴安、胡怀琛、蕙荪、沈公谦、寄尘、胡惠生、传枢、张丽云、徐仲可、郑啸埃等，主要栏目有专件、记载、消息、通信、报告、诗、文、词、小说、丛录、三余漫载、会务、科学、游记、美术等。主要刊登论说、专件、记载、消息、通信、报告、小说等。

兔和猫

鲁迅 ①

　　住在我们后进院子里的三太太，在夏间买了一对白兔，是给伊的孩子们看的。

　　这一对白兔，似乎离娘并不久，虽然是异类，也可以看出它们的天真烂漫来，但也竖直了小小的通红的长耳朵，动着鼻子，眼睛里颇现些惊疑的神色，大约究竟觉得人地生疏，没有在老家时候的安心了。这种东西，倘到庙会日期自己出去买，每个至多不过两吊钱，而三太太却花了一元，因为是叫小使上店买来的。

　　孩子们自然大得意了，嚷着围住了看；大人也都围着看；还有一匹小狗名叫S的也跑来，闯过去一嗅，打了一个喷嚏，退了几步。三太太吆喝道："S，听着，不准你咬它！"于是在它头上打了一掌，S便退开了，从此并不咬。

　　这一对兔总是关在后窗后面的小院子里的时候多，听说是因为太喜欢撕壁纸，也常常啃木器脚。这小院子里有一株野桑树，桑子落地，它们最爱吃，便连喂它们的菠菜也不吃了。乌鸦、喜鹊想要下来时，它们便弓着身子用后脚在地上使劲地一弹，"砉"的一声直跳上来，像飞起了一团雪，鸦鹊吓得赶紧走，这样的几回，再也不敢近来了。三太太说，鸦鹊倒不打紧，至多也不过抢吃一点食料，可恶的是一匹大黑猫，常在矮墙上恶狠狠地看，这却要防的，幸而S和猫是对头，或者还不至于有

---

① 鲁迅，原名周树人，字豫才，浙江绍兴人。曾创办《莽原》《语丝》《奔流》等刊物，著有《阿Q正传》《呐喊》《彷徨》等作品。

什么罢。

孩子们时时捉它们来玩耍，它们很和气，竖起耳朵，动着鼻子，驯良地站在小手的圈子里，但一有空，却也就溜开去了。它们夜里的卧榻是一个小木箱，里面铺些稻草，就在后窗的房檐下。

《猫和兔子》，刊于《小朋友》1930年第437期封面

这样的几个月之后，它们忽而自己掘土了，掘得非常快，前脚一抓，后脚一踢，不到半天，已经掘成一个深洞。大家都奇怪，后来仔细看时，原来一个的肚子比别一个的大得多了。它们第二天便将干草和树叶衔进洞里去，忙了大半天。

大家都高兴，说又有小兔可看了；三太太便对孩子们下了戒严令，从此不许再去捉。我的母亲也很喜欢它们家族的繁荣，还说待生下来的离了乳，也要去讨两匹来养在自己的窗外面。

它们从此便住在自造的洞府里，有时也出来吃些食，后来不见了，可不知道它们是预先运粮存在里面呢还是竟不吃。过了十多天，三太太对我说，那两匹又出来了，大约小兔是生下来又都死掉了，因为雌的一匹的奶非常多，却并不见有进去哺养孩子的形迹。伊言语之间颇气愤，然而也没有法。

有一天，太阳很温暖，也没有风，树叶都不动，我忽听得许多人在那里笑，寻声看时，却见许多人都靠着三太太的后窗看：原来有一个小兔，在院子里跳跃了。这比它的父母买来的时候还小得远，但也已经能用后脚一弹地，蹦跳起来了。孩子们争着告诉我说，还看见一个小兔到洞口来探一探头，但是即刻便缩回去了，那该是它的弟弟罢。

那小的也捡些草叶吃，然而大的似乎不许它，往往夹口的抢去了，而自己并不吃。孩子们笑得响，那小的终于吃惊了，便跳着钻进洞里去；大的也跟到洞门口，用前脚推着它的孩子的脊梁，推进之后，又爬开泥土来封了洞。

从此小院子里更热闹，窗口也时时有人窥探了。

然而竟又全不见了那小的和大的。这时是连日的阴天，三太太又虑到遭了那大黑猫的毒手的事去。我说不然，那是天气冷，当然都躲着，太阳一出，一定出来的。

太阳出来了，它们却都不见。于是大家就忘却了。

惟有三太太是常在那里喂它们菠菜的，所以常想到。伊有一回走进窗后的小院子去，忽然在墙角上发见了一个别的洞，再看旧洞口，却依稀地还见有许多爪痕。这爪痕倘说是大兔的，爪该不会有这样大，伊又疑心到那常在墙上的大黑猫去了，伊于是也就不能不定下发掘的决心了。伊终于出来取了锄子，一路掘下去，虽然疑心，却也希望着意外地见了小白兔的，但是待到底，却只见一堆烂草夹些兔毛，怕还是临蓐时候所铺的罢，此外是冷清清的，全没有什么雪白的小兔的踪迹，以及它那只一探头未出洞外的弟弟了。

气愤和失望和凄凉，使伊不能不再掘那墙角上的新洞了。一动手，那大的两匹便先蹿出洞外面。伊以为它们搬了家了，很高兴，然而仍然掘，待见底，那里面也铺着草叶和兔毛，而上面却睡着七个很小的兔，遍身肉红色，细看时，眼睛全都没有开。

一切都明白了，三太太先前的预料果不错。伊为预防危险起见，便将七个小的都装在木箱中，搬进自己的房里，又将大的也捺进箱里面，勒令伊去哺乳。

三太太从此不但深恨黑猫，而且颇不以大兔为然了。据说当初那两个被害之先，死掉的该还有，因为它们生一回，绝不至于只两个，但为了哺乳不匀，不能争食的就先死了。这大概也不错的，现在七个之中，就有两个很瘦弱。所以三太太一有闲空，便捉住母兔，将小兔一个一个轮流地摆在肚子上来喝奶，不准有多少。

母亲对我说，那样麻烦的养兔法，伊历来连听也未曾听到过，恐怕是可以收入《无双谱》的。

白兔的家族更繁荣，大家也又都高兴了。

但自此之后，我总觉得凄凉。夜半在灯下坐着想，那两条小性命，竟是人不知鬼不觉地早在不知什么时候丧失了，生物史上不着一些痕迹，并 S 也不叫一声。我于是记起旧事来，先前我住在会馆里，清早起身，只见大槐树下一片散乱的鸽子毛，这明明是膏于鹰吻的了，上午长班来一打扫，便什么都不见，谁知道曾有一个生命断送在这里呢？我又曾路过西四牌楼，看见一匹小狗被马车轧得快死，待回来时，什么也不见了，搬掉了罢，过往行人憧憧地走着，谁知道曾有一个生命断送在这里呢？夏夜，窗外面，常听到苍蝇的悠长的吱吱的叫声，这一定是给蝇虎咬住了，然而我向来无所容心于其间，而别人并且不听到……

假使造物也可以责备，那么，我以为他实在将生命造得太滥了，毁得太滥了。

"嗥"的一声，又是两条猫在窗外打起架来。

"迅儿！你又在那里打猫了？"

"不，它们自己咬。它哪里会给我打呢。"

我的母亲是素来很不以我的虐待猫为然的，现在大约疑心我要替小兔抱不平，下什么辣手，便起来探问了。而我在全家的口碑上，却的确算一个猫敌。我曾经害过猫，平时也常打猫，尤其是在它们配合的时候。但我之所以打的原因并非因为它们配合，是因为它们嚷，嚷到使我睡不着，我以为配合是不必这样大嚷而特嚷的。

况且黑猫害了小兔，我更是"师出有名"的了。我觉得母亲实在太修善，于是不由得就说出模棱得近乎不以为然的答话来。

造物太胡闹，我不能不反抗他了，虽然也许是倒是帮他的忙……

那黑猫是不能久在矮墙上高视阔步的了，我决定地想，于是又不由得一瞥那藏在书箱里的一瓶青酸钾。

一九二二年十月

刊于《晨报副刊》①1922 年 10 月 10 日

---

① 编者注：《晨报副刊》，前身为北京《晨钟报》和《晨报》，1921 年 10 月 12 日改版独立发行，在北京创刊，由北京晨报社编辑发行，日刊，属于文学刊物，1928 年 6 月 5 日停刊。因随《晨报》附送，故称《晨报副刊》（也称《晨报副镌》）。李大钊、孙伏园、徐志摩曾先后主编过该刊。该刊主要宣传新文学，刊载小说、诗歌、小品文和学术讲演录等，为"五四"时期著名的"四大副刊"之一。

我的猫

袁寒云 ①

内人志君平生最欢喜猫，她在平湖带了一个来，名叫黑迷，非常玲珑，天天睡在我旁边，有时睡着还要枕了我的手臂。每逢我同内人有点不适意，总要伏在我们面前，对着我们呆呆地望着，好像极其可怜我们的病苦，替我们难过似的，我们就每因它这种感动，病也格外好得快些。后来忽然走失，竟一去不回。不但内人心里难受，我尤其不快，比失了什么珍宝都要痛惜。至今想起，心中还有点隐隐作痛呢。

现在三个猫中，以大桃子最为调皮，它每每拿黄老虎作耍，它看黄老虎安稳睡在那里，它就冷不防走到它身后，用足了力，两足并起，左右开弓，去打那黄老虎。黄老虎又惊又痛，立地一跳，直"吓吓"地叫。那桃子却开心得头摇尾摆，似得胜一般，它更假痴假呆地，在地上蹲蹲，在近边物件上倚倚靠靠，等那黄老虎一个不在意，它又冷不防地向前一纵，"啪"的一击，又把黄老虎打得横纵直跳。它却又闲闲地，寻乐去了。有时黄老虎被它打得急了，反回头去打它，它倒躲得无影无踪了。

那小桃子最忠厚，每逢大桃子同黄老虎相斗，它总在旁边叫来叫去，好像劝和似的。然而劝的只管劝，打的仍是打，不过它们的相打却是假的，等到打完了仍旧你抱着我，我倚着你，和好得了不得，不像人们一说打就永世成仇了啊。

刊于《半月》1922 年第 2 卷第 1 期

---

① 编者注：袁克文，字豹岑，号寒云，河南项城人，袁世凯次子，民国四公子之一。

袁寒云家庭合影，刊于《上海画报》1927 年第 217 期

我的猫

袁唐志君 [1]

我在民国元年那年，向邻家讨了一个小猫。全身雪白，额上有二个黑点，形如桃子，尾巴上一节黑的，一节淡黄的，名为铁梗打樱桃。我极为喜爱，取名"白大少爷"。白猫性很伶俐，善知人意，我吃饭的时候，它就蹲身桌之角上。我吃好了回楼上去，白猫急忙跳下，向前先夺。

到了夜里，睡在我的脚头上，如是者养了一年余。到了下年二月二十那天，我午饭的时候，不见白猫出来，我心中很是疑惑，遂放下饭碗，急忙到楼上楼下一找寻，没有，那时我心里真急了，就派人到街上去寻。不料走遍了一城，寻也不见，我就终日哭扰，连饭都吃不下去。一连四天，不见白猫回来，我就直哭四天。第五天早上，有一亲戚来家，瞧见了我哭，就问家母，家母向他说了一遍，那亲戚听了，哈哈大笑，说道："一只猫，值得这么样哭吗？我家生了三个小猫，你们宝宝要，到我们家里去选一个罢。"我听了大喜，遂拭干了眼泪，跟了那人到了他家里。一看，一只大猫，三只小猫，我就选了一只黑猫。

那猫白肚腹，白脸皮，黑鼻头，也很可爱。自己捧着来到家里，天天喂它鲜鱼、白饭，不到三月，已很长大了。我说的话，它句句都懂，我爱之不啻掌上明珠。那年我十三岁，早上到学校读书，放了学回家，就和黑猫玩耍，又取名"黑大少爷"。一养三年。

黑猫反比那白猫聪明，一天到晚跟着我走，我出去白相，它也跟在后面。有一日早晨，我吃了早饭上学堂去（学校离我们住的半里路），到

---

[1]　编者注：袁唐志君为袁克文（寒云）妾，浙江平湖人。

了学校，走进课堂，放下了书，想到操场上去，及至出来，忽觉脚下绊着一物，忙俯首一看，原来黑猫也跟来了。幸亏钟点还早，遂又引它回家，黑猫也就跟着走回。我把黑猫关在房内，才又赶回学堂。以后我上学去，知道黑猫要跟的，遂小心避开，恐误了功课。

袁寒云与袁唐志君合影，刊于《半月》1922 年第 2 卷第 1 期

十七岁，我毕了业，到杭州去读书，撇黑猫在家，我很不放心，就雇一娘姨，叫她专伺候黑猫，若瘦了一些，要罚她一月工钱。因此我往杭三年，回来猫仍肥壮如旧。

廿一岁那年，我到了上海，黑猫也带来了。于去岁四月忽然走失，我因这猫养了七年了，心中很为痛惜，五月里又讨了四个猫。最大的白花猫，如意头，背上有三个黑点，像个"品"字，也很伶俐，名叫"大迷迷"；一只黑白的，头上生了二个桃子，故名"大桃子"，与黑大少爷一样聪明的，若有一刻不见我面，等我回来就在我脚边走来走去，做出很亲近的样子；一只黄的名"老虎"；一只黑灰白的，因它额上生一黑点，形如小的桃子，故名"小桃子"。

这四个猫在一起非常亲爱，有一天，大迷迷从后窗跳出，剩下三个猫，叫进叫出，声音极其悲惨。等我命人把大迷迷寻了回来，这三个猫围住它，好像人久别重逢似的，说不出来的快慰。第二次走失，再也寻不回来了。大桃子也走出去过二次，可是都没有走远，就在左近小弄堂里躲着。我命佣人去抱它回来，它见了就跑，总捉它不牢。后来都是我亲自去寻它，它一听了我的声音，自然而然地走拢来，服服帖帖地让我抱了回来。

我有一次发痧，很不适意，吃了药睡在床上，三个猫都像晓得我害病似的，一个一个递挨来看我。从前那大黑迷也是如此，每遇我有病，总伏在我身后不肯走开，饭也不去吃，总要等我好了些，这才走去。我想一个小小的猫，有这般义气，真比现在的人情强得多。

刊于《半月》[①]1922年第2卷第1期

---

① 编者注：《半月》，1921年9月16日创刊于上海，半月刊，属于文学刊物。该刊由周瘦鹃编辑，先后由上海半月社、大东书局发行。1925年11月30日出至第4卷第24期停刊，共出96期。《半月》为鸳鸯蝴蝶派刊物，题材多以爱情为主，故事情节通常是"卅六鸳鸯同命鸟，一双蝴蝶可怜虫"之套路，故被称作"鸳鸯蝴蝶派"。刊载作品以小说为主，也有笔记、散文等。撰稿人有包天笑、顾明道、李涵秋等。

猫

范烟桥 [1]

十个女孩子差不多九个是爱猫的，因着猫的情性很是和顺，很是妩媚，和女孩子的脾气很对的。我的亲戚生了五个女孩子，却养了五个猫，各自爱着各个。我时常替她们顽笑说，现在你们爱着和性命一般，到了嫁的时候，怕一个个要饿死它们呢。那五个女孩子听了，一齐举起猫儿的爪来抓我，我若是变了蝴蝶，不是一幅《扑蝶图》吗？

中间年纪最长的，唤作小茶，生得很是活泼流利。她爱的猫叫"阿花"，到了吃饭的时候，她总是呼着"阿花咪咪"，那时节，尽先拣着些鱼的翅儿尾儿给它吃，然后才是她自己吃了。阿花再灵巧也没有了，它为着有四个同伴都有主人爱着，一样有东西吃，有时节缠误了，甲猫吃了乙猫主人的食，便给乙猫的主人劈头打了一下，把没有吃完的东西也打掉了。因此阿花再也不肯冒昧地争食，只仰起头来候着自己的主人掷下来，方才自鸣得意地受了。

小茶日间到学校里去的时候，阿花便随着小茶的母亲，也是一般撒娇撒痴着，宛然一个很伶俐的外孙儿呢。星期日便成日价伴着小茶，最有趣的是在围炉的冬日，小茶做绒线的东西，一个绒线球便是阿花的绝妙玩具，小茶说好似画的狮子滚绣球。那时节，大家要停了工作，看它的玩意儿，却是天然给他们一辈子娱乐的休息。旁的猫儿也有这个玩意

---

[1] 编者注：范烟桥，字味韶，以号行，笔名含凉生、鸥夷室主、余暑、西灶、乔木、万年桥、愁城侠客等。吴江（今江苏苏州吴江区）同里范家埭人。在文史、小说、电影、弹词、诗歌、词曲、猜谜等领域均有建树，系鸳鸯蝴蝶派重要作家，"社会小说"主将。

儿，但是没有阿花的活泼和优美。

我说猫和小孩子有许多相像的地方，第一是声音，猫的叫和小孩子的哭简直没甚分别，我曾经有好几回听错了；第二是脾气，人家把和蔼的态度对它，它便很柔服地依恋着，若是时常要打它的，它见了就走开，和小孩子一样；第三是玩耍，猫儿见了圆浑浑的球儿，飘荡荡的虫儿，也像小孩子要抓着玩；第四是修饰，女孩子比较地喜欢美丽，她们总是要学着母亲一件件修饰，那猫儿也是很干净的，时常要吐了涎，把一身毛儿刷得光洁清楚。但是那些没有人怜惜，没有人抚养的煨灶猫、偷食猫却是例外的，仿佛一个孤儿，自然有些野气味了。

《少女与猫》，刊于《少年》1930年第20卷第8期封面

小茶和阿花可算是花叶相称，相得益彰。倘然把他们俩摄个影，怕不成了天然的美术品吗？比较那西方画里金发碧瞳的女郎抱了一头狗，似乎有些雅俗之分呢。小茶对着阿花也是十二分的真爱，似乎她的母亲也要让阿花三分，这个不是我过于形容，想来爱猫的读者也许有被我说着心坎呢。但是猫的本分在夜里捕鼠，它受了小茶的抚养，一些不责备它失职，因此它便完全放弃了职司，只是供奉着小茶，引逗她的快乐。其余四个猫儿也是这样，不去捕鼠，人家见他们家里养了五个猫儿，以为一定夜夜肃静高枕无忧了，谁知道他们一向没有见过杀敌献俘的事儿，夜夜有几处受着鼠儿的侵掠和破坏。我也曾对他们说，你们养这些骄兵惰将，依旧是群盗如毛，岂不可笑？他们的母亲有时也想整顿军备，争奈几个女孩子争着替猫儿缓颊，便再也不能改弦更张了。

猫儿一年一年过去是没有什么变动，它的主人却从垂髫到及笄已是待字年华。过了几年，忽地嫁了。我那时走到她的家里，见着阿花，便生了许多感想。小茶去了，撇下了阿花，头也不回地去了，一无依恋地去了。阿花失了依靠，便无精打采似的，只得依着小茶的母亲了。

小茶归宁的时候，人家"阿花咪咪"地呼来，小茶只是说了一声"兀自无恙呢"，完全变换了相逢未嫁的情态了。可笑五个女孩子逐渐地嫁出去，一个个把所爱的猫留给他们母亲。他们的母亲似乎把五个女孩子换了五个猫。为着没有人去优待它，五个猫儿只得夜间做些功课给老主人看，希望赏些腥气的东西吃，所以觉得夜间比较安静了许多。

刊于《半月》1922 年第 1 卷第 12 期

猫狗争宠记

袁唐志君

　　我在前年二月间，养了三只猫，去年已在《半月》杂志上记过了，三只猫中，小桃子最小而生性最凶，大桃子忠厚老实而好斗，黄老虎最善而最喜欢偷嘴吃，因此小桃子和大桃子很恨恶黄老虎，天天把它拼命地打，直打得黄老虎乱跳乱叫。三只猫每天的菜要吃五角钱，我想黄老虎既有得吃了，还要偷嘴吃，是应该打的，所以也不去管它。小桃子和大桃子不偷嘴，且很干净的，因此我和外子寒云极喜爱它。

　　到了冬天，三只猫都睡在我被窝里。小桃子、大桃子虽凶，然而有几处地方却是老实。在很冷的雪天，我睡在床上，大桃子、小桃子走至我枕头边，我轻轻把被头一掀，它们直钻至我的脚旁，方才睡下。那只黄老虎最调皮不过，到了最冷的时候，它不和大小桃子般钻到我脚头上去睡的，因嫌脚头上冷，所以一定要睡在我怀里，要我把两手抱了它，它才欢喜地一动不动地睡着。若睡暖了一些，它就向上一钻，和我头并头地睡着。我困熟了不知道，等一忽醒来，见黄老虎好像小囡似的伏在我怀里，猫头也睡在枕上，和我的头一样齐，我心中很是好笑，简直变做我们的小囡了，因此也渐渐欢喜黄老虎了。

　　我们本来是日里睡的，三只猫好像知道似的，等到早晨八点钟后，我们要闭着房门睡了，也没人去叫它们，这三只猫不先不后地都走了进来，从没有一次有一个关在房外的。

　　去年四月里，有人送了一只小的洋狗给我。这狗黑头白鼻梁，两只大耳朵，二只小黑眼睛，背上黑的白的，生得很是俊俏。我见这只狗小巧伶俐，就很爱它，当下就给它取了一个名字叫作"来发"。那小狗也像知道我喜欢它似的，天天睡在我枕头上，摇头摆尾，表示很亲热的样子。我出去买东西，它板定跟着我走。我真欢喜极了，遂出入都带着它同行。

去年小狗没有来的时候，我每吃一顿饭，那三只猫都蹲在我身旁，碗里的菜，我不给它们吃，它们都不敢吃，一个个张着两眼向我望着，我瞧见它们这般可怜，便一块肉、一块鱼的喂给它们吃，并在饭前叫当差的买好了二角钱牛肉，或买二角钱熏鱼。每天两顿饭，顿顿要买的。等到我吃饭的时候，你一块，它一块，分给它们吃。它们也很知客气的，分给是谁是谁吃，绝不来扰夺。我也很公道的，二角钱牛肉或熏鱼作三股分，大家不多不少。

自这只小狗进来后，我又多买一角钱牛肉。三只猫倒气量很大的，见我给狗吃，它们也不响，只在身旁看着。那只狗便气量小了，一瞧见我给猫吃了，它急奔过去，把猫拼命地咬着。那只小桃子最凶，小狗若要咬它或咬大桃子，那小桃子急忙奔上前去，伸着二只前脚拼命地打那小狗。因此那小狗非但不敢欺负大桃子和小桃子，而且见了小桃子，就远远地逃开了。那黄老虎因善了些，小狗一见面就要咬它，所以黄猫见了小狗也远远地避了开来。有几天我抱着小桃子或抱着大桃子抚玩，小狗瞧见了，很眼热的，气得只是望着我乱叫，好像叫我不要抱它们似的。我若抱了黄老虎，那小狗就抱住我的脚，随叫随向上爬，定要爬上我身来咬那黄老虎。那黄老虎一见小狗如此，急忙跳下，向外逃去。小狗见了，也拼命地追出，直追得黄老虎跳上屋去，小狗才算回头。小桃子和大桃子蹲在台上，张圆了四只眼睛，不声不响瞧着小狗去咬黄老虎，决不来打一回抱不平。

到了我吃饭的时候，小桃子和大桃子蹲在我身旁等着，黄老虎又嘴馋又怕小狗咬它，因小狗跳不上台子的，它就蹲在台角上等我分给它吃，小狗坐在地下瞧着。我就各人一块块地分给它们四只吃。那小狗见我给大桃子、小桃子吃，它一响也不敢响的了。要轮到黄老虎吃了，那小狗就发疯似的，直跳着叫，好像要跳上台子来，把给黄老虎吃的夺给它吃了，再把黄老虎咬死才算称心呢。

有一次，我挟了一块牛肉给黄老虎吃，那小狗睄见了，拼命地叫了一声，我冷不防吓了一跳，手一软，把牛肉落下地去。黄老虎恐怕被狗吃去，即时跳下来，想抢那片牛肉吃。那小狗再伶俐不过，等黄老虎落地时，那块牛肉早入小狗的肚了。小狗见黄老虎下来了，直气得奔过去，把黄老虎乱打乱咬。我恐咬伤，遂叫佣人把小狗赶开了，那黄老虎才逃了出去。

刊于《半月》1925 年第 4 卷第 22 期封面

又有一天，在去年十二月里，我睡着，三只猫也睡在我被窝里，小狗本睡在楼下当差的被头里。这天凑巧房门没有关好，那小狗在下头睡醒了，跑进我房里，见我们睡着未醒，它也要轻轻爬入我被窝里。这一来不好了，那只黄老虎正睡在我怀里，小狗一进被，见了黄老虎，就咬起来了。这时大小桃子听见了声音，大桃子当黄老虎和小狗在咬小桃子，那小桃子也困昏了，当黄老虎和小狗在咬大桃子，于是先后奔至被头中间。大桃子咬着黄老虎，小桃子咬着小狗，因此三猫一狗四只东西就在被窝中间大打大闹起来，这一来真害苦了我了。它们无论怎么样打呀咬呀，外面却都穿着皮衣裳的，总打不伤咬不坏，可是我的手臂上和头脸上给它们十六只又尖又锐利的脚爪抓得都是血。我这时正在好睡，冷不防它们打了起来，我直骇得呆了，连动都动不来了。因此它们打也都打在我的身上，咬也都咬在我的身上，我若在这时把被头掀开了把它们推下地去，倒也不吃这场从来没有受过的苦头了。这也是我寻常太宠爱它们了，所以它们才敢这样的大胆胡闹啊。

寒云道：我的内子同这些猫狗倒跟现在的时局差不多，你看那些军阀不是都被高高在上的宠坏了吗？今日你打我，明天我打你，打来打去，不过都是国家吃苦头罢了。

当国的也像我内子一般，听猫狗在身上乱咬，竟无法把它们推下地去，还有什么话说呢！

刊于《半月》1923 年第 2 卷第 15 期

《嬉猫》，严个凡绘，刊于《小朋友》1927 年第 266 期封面

小猫

春　台①

没有走进 P 夫人家门口，一只猫迎出来了。我很认识，这是ㄇㄧㄇ
ㄧ②，不过它不像去年的孩子气，而且它已有两个小孩带领在后面，非是
去年所有的。

我很清晰地记得，当去年我第一次到这里来时，P 夫人家有两只小猫，
一只黑的叫得ㄈㄢㄈㄢ③，一只就是这ㄇㄧㄇㄧ。两只同样的活泼而且时常
相互追赶的。

ㄇㄧㄇㄧ是灰色而有虎斑的，背部深灰，渐下渐淡，直至腹部是洁白
的。鼻与口上也是白的，只有鼻尖上一点桃红，当ㄈㄢㄈㄢ走近它来时，
它常用这鼻尖去嗅的，清秀的胡须张在微笑的口外。真的，我屡屡地看
到它有少女的微笑。然而每当屋檐有麻雀飞来时，它就放下与ㄈㄢㄈㄢ
的游嬉，立刻轻步跳到屋外，张大眼睛，昂着头，向屋角眺望。它的毛
全竖起的了，所以身体非常之大，而粗大的尾巴一起一伏地波动。有一
天，它坐在一块悬空的界石上，不知它怎样地跳上去的。石头很窄，不
比它的屁股大，它却从容地坐着，尾巴蟠过来，一直包住一只前脚，而
一只脚上下前后约摸在头上洗脸。P 夫人叫我来看，后来许多人在看它，

---

① 　编者注：春台为孙福熙的笔名。孙福熙，浙江绍兴人。曾主编《北新》半月刊。
　　先后在国立西湖艺术院、浙江大学、中山大学任教。著有散文集《山野掇拾》《归
　　航》《大西洋之滨》《北京乎》等。
② 　音同咪咪。1913 年，中国读音统一会制定、以章太炎的记音字母为蓝本而产生的
　　汉语注音字母，以此取代中国的"互切"注音方法，1918 年由北洋政府教育部正
　　式颁行。
③ 　音同帆帆。

我还画了它的略形。它的勇武而且活泼都在我的眼前。

现在它是有两个小孩了。它对我十分地表示认识我的样子，柔和地叫着走近来，它该是在道一年的长别并且介绍给我它的孩子们。我俯下去轻柔地抚它，它更亲切地叫。两只小猫跟了母亲走过来，当我伸手想抚它们的时候，它们都逃避开去，不让我触着。虽然那时它们的母亲尽管驯服地叫，我十分地相信，这是它在告诉它的儿女，要它们不必怕，我是不会害它们的。

当我走进室内时，它带领了它们也走进来了！

一天之后，我就变成这两只小猫的熟客了。它们让我抚弄而且毫无躲避地让我观察它们相互游嬉。

它们中一只的毛色完全与母亲的相同。据 P 夫人对邻人说，它一定是个妹妹，问她是什么缘故，她说："你看它的面孔较尖就可知道了。"我也相信，因为它的身材较那一只为秀丽，而行为又较细致，它的哥哥呢，眼中发出光芒，身体也要比它高一分，而相打的时候总是恃强的。它的毛色白上铺黑，就是我们称为乌云盖雪的。它大概是像我不曾见过的它的父亲的。

它们整天的有叫声：高兴的时候，两者相打的叫声；饿了，讨食的叫声；吃饱了，想睡的叫声；睡醒了，照例是怨恨谁使它们睡或使它们醒似的非叫不可的；一些都没有什么的时候，它们看了母亲太安静了，连头连脚地投到母亲怀里，含了乳头地叫。小猫是"ㄏㄇㄠㄏㄇㄠ"①地叫；母猫呢，"ㄍㄨ……ㄇㄧㄠ，ㄍㄨ……ㄇㄧㄠ"②地叫，大概是在申斥它们，然而结果还是安慰它们的。

我听了它们的叫声实在想说出来："我是烦扰极了！"然而每当到外面散步时，似乎觉得它们的叫声于我是不可少的了。

---

① 拼音 miao miao。
② 拼音 gu……miao，gu……miao。

《大伞》，蓝天绘，刊于《小朋友》1933 年第 546 期封面

　　这两个小猫儿常常相打，因为相打时混在一起，我不易记清，所以暗暗地在心中给它们起了名字，大的叫得云儿，小的有虎纹的是纹姑。

　　有一天，纹姑被云儿打倒了，脚向上地在叫，云儿一见母亲走近来，立刻放下就跑，而娇小的纹姑"随手"拖住母亲腹下的乳就喝，没有注意，竟忘记放下倒向天上的几只脚。它的哥哥见它喝奶，妒忌了，连忙跑回来争夺；它的母亲看了小女孩因被侮而喝奶以求补偿，可怜又可爱，所以不知不觉地流露出它的感情，转动起尾巴来了。云儿见了即立即扑过来，它忘记了来争爱的原意，一家快活地过去。

　　同居在一室中的小狗ㄌ丨ㄌ丨[①]也是我的老友，它的身材虽小而年龄

_____

① 拼音 li li。

是不小的了，然而它还保持它的孩气：P夫人放汤在地上，它走来一尝，每回汤中只有面包与蔬菜的时候，它立刻停吃走开了，P夫人照例去开门而且假装去叫邻家的狗的样子说："ㄅㄚㄊㄛ^①来吃，反正ㄌㄧㄌㄧ不要吃。"于是它起劲地吃，一直到一些都没有余剩了为止。

这样的ㄌㄧㄌㄧ看见猫的母子的相爱岂有不动心的。然而它没有母亲爱它，也没有子女可爱。当它想亲近摆去的时候，小猫们怕着逃避，母猫钉了眼睛预备作战了，于是它关上心门缓缓踱开了。

P夫人家还有两只海猪，也养在这室内的。所谓猪者，还没有小兔的大，尖嘴，高背脊与润泽的毛都很像兔，不过耳朵并不长，与鼠是差不多的。

它们虽小却很能捕鼠，它们只啮死老鼠而不如猫的捉来吃的，捉鼠比猫更能干，所以人家要养它们。

它们白天也走出来，从这橱底下跑出来，似乎不肯让人看见的，立刻跑到别的橱底下。它们两只不肯分离片刻，所以这样像乱箭地出来时也是先后跟随的。偶然两者不在近处了，它们"各各"尖利地叫喊，到了相遇的时候，它们还有一阵相互安慰的叫声哩。

在它们飞剑似的出来的路中被小猫看见，快活的小猫虽然也胆小，刺起全身的毛，身子缩在脚后面，想留难它们。然而海猪们是永不站住的，它们想一想自己是失了母亲的小孩，所以巴不得早些逃过了。

小猫最喜欢母亲带它们到院中来，当它们第一次到露天中来的时候，看到红红的光芒必定是惊奇的，它们细而垂直的眸子中深刻新鲜的这大世界的印象。要是它们知道：对面又高又大可怕得很的大堆就叫得猫山，它们不知将何等快活哩！

有一次，纹姑见到阶前的水盆，就放口去饮了。口还未到水盆，看见盆中似乎见它哥哥近来同它斗嘴，它高兴而又急了，它永远竖起的尾

———————

① 拼音 ba to。

巴一上一下地跳动起来时，它吓着，以为盆中的猫是在它后面了，于是急忙仰头而且转过来；只见一片干的牵牛花叶，因它的尾巴的拨动而发出声音。它十分高兴地与这片叶戏弄了。

它们每天每一分钟有种种新鲜的或故旧的游嬉，一直到了太阳去睡觉时为止，它们才肯闭上眼睛在母亲旁边睡觉。

我凝想，我代小猫们珍惜它们的时间。去年的ㄇㄧㄇㄧ同它们是一样的，现在，一变而贤良到如此，以前是竖起的尾巴好像已经开放的花朵地俯下，好像满缀果实的树枝的倒挂了。小猫们到了明年也将如ㄇㄧㄇㄧ的贤良而且领了它们的小孩来介绍给我，只要我自己没有什么变化好了。

Madame Vicard[1] 很爱猫，虽然许多人因此讥笑她。我哪里敢算是懂猫的，但因她的爱好而引起我对于猫的观察，不仅使我的感觉锐敏了些，而且引起我对于猫的同情。我很感谢 Madamc Vicard。

刊于《语丝》1925 年第 54 期

月份牌中的猫与仕女

---

① Madame Vicard 即孙福熙在法国留学时所结识的法国朋友，在他的《忆里昂》文中时常提及的 Vicard 夫人。

人亡物在

储 瑛

阿乌呀！阿乌呀！我们何等的苦命呀！——你还记得在那些时候，你主人爱你的情形么？——啊！那阿乌真是畜牲，我半晌地和它讲，它只管在那里跳，一望也不望我，但是我的眼泪，倒不禁如潮水一般地涌出来了。

阿乌的主人，姓张名泽人，就是我的丈夫，他从小所酷爱的就是猫。他七岁进了国民学校，课本中有小猫的一课，觉得小猫是非常驯良，并且很可玩的一样东西。他放了学回家来，就要求他的母亲要养猫，他母亲也恨家中老鼠很多，就依着他养猫。但是养了好几只，都是懒死猫，只晓得吃饭和睡觉，不晓得做工，老鼠简直看它们和朋友一般，泽人因此对于养猫的兴头，降到零度。

泽人到了高小，同学常常和他讲起养猫的趣味，他倒又不觉地把养猫的兴头，从零度下一度一度地升上来。却是良好的猫种很少，留心了许久，还没有取到一只。

这一年泽人已经十八岁，在 S 中学里的二年级。寒假里面，他觉得很无趣味，就雇一只小舟，到舅家去游玩。第二天的早晨，他的表弟效韩，很起劲地跑来对他说道："表兄，表兄，东邻马家的猫产生了一窝小猫，真真有趣，快些起来去看呀……"泽人问他道："这大猫凶猛吗？"他回答说道："我曾经听闻马家世兄对我说，他家养了这猫，老鼠的声音，也从来没有听见过一些，并且很驯良，当他没趣味的时候，它常常和他在一块儿顽耍。……"泽人听了这些话，心中暗暗地欢喜，立刻起身洗了脸，和他一齐去看。黄的、白的、黑的、杂色的……，真是有趣。

泽人心中又想道：不晓得马家伯伯，是否肯给我一只。正转着这个念头，马家伯伯跑了进来，他很谦恭地说道："马家伯伯，你们的小猫，我真是爱极了，可以赐给我一只吗？"马家伯伯说道："我家本嫌太多，既然你要，好极了……"

没多时，马家的小猫已断了奶，马家伯伯就唤佣人拣一只最美丽最活泼的送给他，哪知他所看中最爱的，也就是这一只。当时他的快活，连他自己的嘴里，也形容不出来。

《打电话》，赵蓝天绘，刊于《小朋友》1930 年第 408 期封面

后一天的早晨，他就雇了一部小车，一面自己坐着，一面置着这小猫，辞别了他的舅父母和表兄弟，就回家来。不久到了家中，还没有下车，立刻就把这小猫一件事告诉他的母亲和弟妹，一家大大小小都欢喜得很。

从此以后，泽人每天的早晨，百事不管，先要亲自到街上去买鱼和猪肝给它做饭菜。没多时候，他的校里来了一封信，不久就要开学，他就买许多的鱼晒作鱼干，并且交给他弟弟许多的钱，买猪肝给它吃。

开学期到了，他就带着行李动身，但是他对于这只可爱的猫，实是舍不得，所以当他动身的时候，对他家里的人，一个一个交代，必须当心保护猫。到了校中，又时常在家信中问这猫的情形……。你看他多么爱这猫呀。

匆匆地放暑假回来，走进家门，见这猫又肥胖，又美丽，又勇猛，和老虎一样，心中很欢喜，和母亲说道："果然养到一只好猫了！……"因为它的颜色是黑的，就题它一个名字叫"阿乌"。

阿乌因为泽人很爱它，它也是很驯良地服从他指导，当他对着书自修的时候，它就伏在他旁边的椅子上，把两只亮烁烁的眼睛向着他，他自修不停止，它也不动一动。到他睡觉了，它就在他床边跑来跑去，替他捉老鼠。泽人曾经对我说，他自从养了这只猫，非但从来没有老鼠咬坏了器物，并且老鼠的声音也从来没有听闻过一些……。你看这猫怎样的厉害呀！

去年十二月九号，是我和泽人结婚的日子，这一天的晚上，我正和泽人对着吃酒的时候，这猫忽然间很狂暴似的，跃到泽人的身上，我以为它要来抢菜吃，很快地立起来打——哪知道它是见泽人欢喜，它也做出欢喜的式样，助泽人的兴趣——后来当我们吃饭的时候，它总是在桌旁吃些吐下的鱼骨头和零碎食物。当我们睡着，它就在床顶上跳，或者在床旁边跑。到我们讲话，它就一些声音没有，我们停止了话声，它又在那跳和跑，好像很快乐似的。

啊！我真苦命，我真伤心，泽人于今年三月六号的九点钟，弃了我和他亲爱的猫阿乌长逝了！现在当我每天吃饭的时候，唯有这一只孤零零的猫陪着我。我每天睡着，这猫还是和从前一样地跳着跑着，可怜我没有人和我讲话了！你看我当这种境界，我的心中怎样呀？

刊于《妇女杂志》[①]1925 年第 11 卷第 9 期

[①] 编者注：《妇女杂志》，1915 年 1 月 5 日在上海创刊，停刊于 1931 年 12 月第 17 卷第 12 期。月刊，由商务印书馆总发行，前后共出 17 卷 204 期。历任主编有王蕴章、章锡琛、杜就田、叶圣陶、杨润馀。参与主编者有（朱）胡彬夏，代行主编一职者有金仲华。主要撰稿人有恽代英、胡愈之、沈雁冰、叶圣陶、胡寄尘、张季鸾、沈芳、沈泽民、蒋维乔、瞿宣颖、魏寿镛、钱基博、丁逢甲、成舍我、钱德华、张菊姝、丁宝琳、高冠南、陈世宜等。主要栏目有图画、论说、学艺、家政、小说、译海、文苑、美术、杂俎、传记、通讯问答、余兴等。早期提倡"贤妻良母主义"的主要内容，使该时代女性在保有中华民族传统道德规范之余，依着科学新知来主持家政，并以家庭改良为要务。随后章锡琛任主编时，逐渐将该杂志的基调由持家转向妇女问题研究讨论，并将此前杂志的位置由引导者转向与读者交流，成为革命与激进的妇女杂志。

五元的悬赏

解世芬

来的略史

回想数年前的夏天，扬州天气异常炎热。

有一日正在下午二点钟的光景，淡蓝的天空中，航着朱红的太阳，虽是我家厅屋内的电扇不息地转动，可是热度一点也没有减退，大家在中饭后，都在椅子上打盹了，只有一个身材中等，面色苍白，穿着一件旧蓝夏布短衣的老仆，在廊上制造冰淇淋。

"老高，你替我捉只小猫，要像四姑太太家的那样。"母亲将醒了，听到间壁的猫儿叫，联想到昨天在四姑母家聚会时看见的小猫，于是这样地对老高说。那时大家也都渐渐地醒了，无目的无统系的谈话会，又照每天的常例开始了。正谈得兴高采烈，忽然来了只理想中的，美丽可爱的小猫，母亲很想把它捉下来，大家也都是这样想。

自由式的谈话会，从此暂告了结束。

大家都计划，如何可以把这小猫捉住？老高现出老有捉猫的经验地说："不要急，只要它不走，我会把它弄下来。"说着走到厨房内，拿了些鱼骨头一类引猫的食物，放在个绑在竹竿一端的小篮子里，他把这篮子移置在屋檐边，大家看他那怪模样儿都笑了。猫儿听着众人的笑声，看着高举的篮子，早骇得叫了两声跑走了。老高还是等着，一动也不动。真的，没一刻小猫又来了，于是大家暗下了个戒严令，都默默不出声，静几乎针落在地上都可听得。不久，果然被他用这法捉住了。

老高双手抱着那小猫，对着佛柜上的什么家神、祖宗拜了几拜，回头又向空中拜了几拜，说是拜天地，最后又依次向祖母、母亲等拜了几拜，并且说了好些吉利话。

待遇和它的美德

暑假过了，天气渐渐凉爽下来，母亲随着父亲别了祖母，又携了小猫重新回到安庆。学校开学，我也再由安庆往武昌学校去了。寒假回来，看见在母亲的书架旁放着个三尺多高的小木房，里面分两间：外间当作它的饭厅，内间当作它的卧室，卧室里面铺的是破旧红毯。

它常常出去的，不过不到两天就回来，有一次竟五天未归，母亲出了寻猫的广告，并有五元的悬赏。谁知它不辞而别，也不告而归了。

记得有一天，它正在和我的侄儿们顽耍，忽然见一只老鼠沿着梁上走过，它"呼"了一声，那老鼠被这一吓，和檐瓦一般落下了，它并不吃老鼠——是它的特性——却把它拖到垃圾箱里去了。每捉到老鼠，都是如此办法。

它全身除了几块黑毛外，其余和雪一般白得可爱，因为爱洁的关系，不乱睡，除了它自己的房，最喜是各人的床上，尤其是母亲的床上。

临去的情形

它自到我家来，产过好几次，被它咬死，最后一次也如此，但留了一个和她一样白一样可爱的。小猫会自己吃了走了，它也走了。这次有两星期没回来，家里又出了第二次寻猫广告，但仍无消息，我们以为这次真不回来的了。谁知有一月的长久，忽然回来，先在母亲房里走了一圈，又向各处走一圈，最后，向小猫叫了五分钟光景——其声如诉如怨，如慕如泣，好像告别似的——叫过就一跳上屋去了，这次真个走了！

刊于《妇女杂志》1925 年第 11 卷第 9 期

玳 瑁

徐宝山

它生就一双圆瞪瞪的眼睛，几根疏朗朗的银须，两耳高高翘起，四只脚如同四根柱子一般，一身微黑而淡黄的柔毛，异常光滑，因此我就替它题个名字，叫作"玳瑁"。玳瑁在我家已有五年了，它初进我家的时候，每天除起吃了几餐猫饭以外，便跑上楼角去睡觉。我家鼠子是很多的，它也不去捕捉，因此一群耗子，肆无忌惮，夜间犹如跑马一般，弄得我们个个都可恶它，小弟弟并且骂它是只懒猫！

可是这样的一个礼拜以后，玳瑁竟前后判若两猫。吃完了猫饭，也不去睡觉，一会儿跑到厨房间里，一会儿蹲在过厢房中，来去巡逻，遇到耗子便捉。有一天晚上，竟一连杀死五只耗子，从此我家的耗子，一天少似一天，我们一家人也可以高枕无忧了。因此我才明白玳瑁从前那般偷懒，实在并不是偷懒，原来是一种诱敌的计策呢！妙哉，我的玳瑁！

我幼时酷爱绘画，常常听着先生说："学画须先学写生，譬如天上行云，地上草木，飞禽走兽，流水乱山，都是一幅自然的画景。"因此我除却画几笔山水草木以外，又尝把我家的玳瑁，做我写生的标本。它那睡在屋檐下太阳里的姿势真好呀！隆起一个圆圆的背脊，盘起一条修美的尾巴，我呢，左手拿着色碟，右手握了毛锥，正在一笔一笔地画得出神，可是它忽然两足向前一伸，把头低了下去，一个大大的欠伸，竟把我的画事破坏了。我恨极了，连骂几声"畜生"，连忙赶过去，捉了来，把它紧紧缚在椅子上，重新画了起来，但是它那一副倔强的态度，竟不及从前那么自然了。

玳瑁好游，常和邻家的阿花——也是猫的名字——结伴同行。有一

《梅香的猫》，刊于《小朋友》1923年第75期封面

次，它竟一连好几夜不归家，我的小弟弟以为它是失踪了，整整地哭了一夜，谁知第二天的早晨，小弟弟陡地在花园里，碰见它正用着全副精神，在扑花间的蝴蝶呢！经过了这一次的失踪，小弟弟老大不放心，早晨要进学校去的时候，就把玳瑁系在柱子上，而玳瑁的行动自由权，也就完全受剥夺了，直等到小弟弟傍晚散学回来，它"喵！喵！"地叫个不休，才得小弟弟的洪恩开释。

我有时闷极无聊，玳瑁似乎解得人意一般，常常伏在我的脚跟，用前爪来抓抓我的鞋子，我就解来一条裤带去逗它，它跳来跳去地抢带子，身段的玲珑，神情的活泼，直使我爱它爱到十二分。

我写到这里，念我家的玳瑁不置，我的玳瑁啊！你可肥了不曾？你可瘦了不曾？趁今年秋月无边、凉风有信的时候，或者我须回家一行，那时候，我的玳瑁啊！你可认识你的小主人吗？

十四，六，二十一，于上海

刊于《妇女杂志》1925年第11卷第9期

阿 C

孙家驹

任何时间我在家里喊一声"阿 C"，不论他是我家里的人，或是亲戚，或是邻居，都会知道我叫我家所豢养的猫。

我家的猫是我心目里的宠儿，寂寞时的伴侣。入门它接我，出门它送我，从来没有一次改变它的态度，比那和我表面亲热而心中含有恶意的朋友好得多呢！

前年秋间是它开始到我家来受豢养的时期。我记得那一天午饭的时候，我的侄儿松寿（那时才五岁）站在离房门不远的一张小桌子旁边吃用鱼汤泡的饭。他吃了没有一半，就去和他的母亲吵嘴，要求她喂他。谁知他刚跑开，这猫就跑来嗅了一下，因为口味还好，便代他把饭一口气吃完了。后来我的妹妹重新代松寿装饭，但她又因这猫生的模样还不错，于是也装了半碗饭给它吃，说道："猫啊！你能长久在我家住吗？不要走啊！明日我还给你饭吃，给你鱼汤泡呢！听着！"那时因为我家受鼠爷的罪太厉害了！其后它就每天来吃饭，终究是我家代它谋安身的场所，和吃饭的地方，并且代它定名叫作"阿 C"。那时它还没有现在一半的大，可是却生得非常美满可爱！

日久了，它和我家的人都热熟了，先前的恐惧心都没有了，床顶橱头上的鼠爷也不敢放肆了。它的能力实在伟大，它的威权实在严厉啊！

以后它一天一天地肥胖起来，不像先前那像的瘦如柴立了，现在也有雪白的仪表，雄壮的精神，真和深山里猛虎一般。

不像普通的猫到处"喵喵"叫个不得了，这是它的长处。它每日叫的次数，我虽没有确实统计过，却可以说，除非看见了它所以为亲爱的人而外，它绝对不叫的。但它的威风权势，并不因为它不叫便减少些许，真可说是"良贾深藏若虚"啊。

《捉猫》，王人路绘，刊于《小朋友》1925 年第 131 期封面

每天午饭的时候，它都是在我们之前，和我家侄儿侄女等同时吃饭，不过地点在两处罢了。去年四五月间，外面捉不到小鱼，供给它们的食品，别人家猫，久已三月不知鱼味了，而我家天井南边那口砂缸里还是"于任鱼跃"呢！

我侄女秋芳爱它比我侄儿要来得厉害，她闲的时候，"咪咪"地唤几声，它便跑到她的面前，也"咪咪"地叫，仰着头，希望她抱它似的。她把手中的线团，东抛西掷，于是它也跟着她手的方向进行，东一跳，西一奔，叫的声音，非常使人可爱！后来她若离开了刚才所在的地位向别地去，它也一步一步地紧随着，不肯放松。虽不能捉住线团，至少都要在它的腿和足的左近绕着，用爪搔她的裤脚子，缠得她无法可以解脱。但她终不愿用武力的方法、威吓的手段来待它，只好把它抱起，抚摩它一番，安慰它一顿，可是它也知足，俯首帖耳地伏着不动，受人家的怀柔。

我家里的人固然都慈祥和善地待遇它，我也是和它极有感情的一人，当我从外面回来，它看见了我，便抬起它的头，直立它的尾，并且弓起身来，像疲倦的人伸懒腰似的，提起精神，向我叫几声，恐怕我在外面劳苦极了，特来为我恢复疲劳，消除寂寞。就是我出门时，它也常常跟在后面，除非我站在门外说一句"阿C你好好在家不要外去"以后，它都跟守着依依不舍，我说了这话以后，它便自呼其名叫几声，好像说："主人，我服从您的命令！"叫过后便风驰电掣般奔入大门。

我有时坐在书案前看看新来的杂志或书籍时，它跑来坐在我所坐的椅子旁边，默默地不发一声。我看到沉闷的时候，有些疲倦了，它便自然而然地叫一两声，兴奋我神经；我看到痛快的时候，叫好不已，它也叫着和我唱和。

阿C受我家豢养，对于我家的鸡，无论大小，始终抱着保护的态度，决不和它们赛跑，或是戏谑，这实在是它超越同侪的一点，也许是受着环境的熏染。

刊于《妇女杂志》1925 年第 11 卷第 9 期

三斤糖累及一碗汤

黄　云

"阿云，你喂过亚雪了没有？"

母亲在午饭后通常这样的对我说。亚雪（猫名）是周身很洁白的，但额上和脊背上却有和铜元差不多的黑斑点。我每日午后都要做它的侍者，把饭放在小木钵内，杂拌些鱼头或碎骨头，放在灶上面。它很温柔而且很敏捷地跳上，很当心地嚼着，它温柔的样子，就和隔壁四婶（她没牙齿）吃炒黄豆一样。

我们晚上向来是不喂猫的，母亲常常对我们说："朝喂猫，夜喂狗。"她说，猫是要捕鼠的，喂它饱了，它就不捕鼠了；狗夜间要守门户的，倘没喂它，它就会离职去寻食物了。

亚雪是二年前母亲在石井村三姨娘处备了三斤糖换来的[①]。换来的时候，距它的出世期不过一个多月，胎毛还没有换完，很憔悴的，时在灶旁卧着，好像人病后不复原的光景。好容易养它和现在这么样有光泽的毛，活泼的身段啊！

我从七哥那里讨得一头秦吉了[②]，我把它养在一个精美的画眉笼里，挂在檐下，我正和长侄钓鱼回来，即听见秦吉了在庭前"辟拍"地鼓它的翼，我当时就急急地跑入，原来亚雪已经从屋顶爬到檐下的笼上，向秦吉了作很激烈的袭击。我当即拿钓竿对准亚雪抖头一棍，却没有击中它，但那笼里的秦吉了却更翻天覆地地乱飞乱跳，亚雪忽然无影无踪地逃了。

---

① 作者注：我乡风俗，向人家讨取猫狗都要用糖作交换品，否则不能驯养云。

② 作者注：秦吉了身作黑色，嘴红黄色，俗名八哥。

不料秦吉了已给它搔伤数处，我当时想放走它，又可惜，不放又怕它自己气坏，或恐怕还要受亚雪二次的击袭，后来被母亲偷偷地放飞去了。

自从那回事后，我总不给亚雪吃无论何物，又警告婢女作同样的抵制。那时母亲很宠爱我，她也不敢拂我的意思，只在早上我未起床前，偷偷地先给它吃，它每遇着我，眼儿都不敢正着望，拖着尾巴就走。

有一天在上午十点钟左右的时候，王妈已经拿出午饭来了，我因为修理打气炉，两手染着火油气，出外洗手。当我回房时，见亚雪等正在桌上很温柔地吃着那盆豆豉蒸鱼，我气愤极了，顺手拿手上的肥皂盒连肥皂"拍"的一声打过去。在理呢，它如没有敏捷的脚步，大概已经躺在桌下了，但它的感觉敏锐，忽地却又逃得无踪了，不料反打得桌上的榨菜肉丝汤溅满一桌面，王妈闻声进来，捧着肚皮在门槛外笑。从此我家里总没有亚雪的踪迹了，后来听说母亲又偷偷地把它回送到三姨娘那里去了。

刊于《妇女杂志》1925年第11卷第9期

《快乐的猫》，刊于《小朋友》1929年第342期封面

诟谇的导线

涤　庵

　　我家现在已不养猫。这并非是不需要，或不喜欢的缘故，其间恰有一段历史的关系：

　　原来我家向来爱养猫，曾有一匹老猫，适当我父去世的一年，也随着它的老主人长逝了。随后我们——我和大哥和母亲（继母）——彼此析炊分居，从一个大家庭分做三个小家庭，经济上各有了严密的界限。但事实上总不免有多少关系，这等关系便是一切无谓的纷争的起因。例如现在应该养一匹猫，各养一匹，固可不必；共养一匹，怎样办理？最好是三人中有一人肯尽一些供养的义务，使大家受益。这个义务自然由我负担。因为一者我经不起鼠子的骚扰；二者我以为养一匹猫，于家庭经济上并无何等关系；三者我们的小女儿很爱猫。

　　我们所养的两匹猫（因为受我们委托的邻人，同时送来了两匹猫，所以一起收养在家里）一匹是黑白相间的，一匹是纯黑的，毛色都很光泽，身体也肥茁，一到家便能依人。

　　"猫猫！"四岁的小女儿露着惊奇的眼光嚷着。

　　"猫猫！"五岁的侄儿也奔了来。

　　小孩子最富于友谊的同情，无论对于人类与非人类。他们不到半天，和两匹猫厮熟了，用带子引它们攫拿，追随着它们相互的颠扑，用木箱替他们造起居室，预备他们吃食的小碗，总之，他们已发见了新生活，把全个灵魂就浸在这里面了。

　　"三日乳虎气吞牛"这一句话，的确不错，家里养了两匹小猫以后，夜间立刻静肃起来。但嫂子曾经宣言道："偷食的猫比鼠子还要坏！"母亲是这样说："两匹猫的食量，抵得一个大人的食量。"她们虽然没有干涉的意味，不赞成养猫，却是显而易见的。

有一天嫂子在她屋子里咕噜着，说是屋子里发见了猫粪。我的妻便捉住了猫，向它们训诫了几句，而且拿一枝芦苇，量着猫尾，折下等长的两节，跑出门外，插在远远的田里，这是叫他们到那里去遗矢的意思。但过了几天，五岁的侄子，因为和猫玩，给抓破了手皮，他哭了。嫂子急急奔来，抚慰那孩子，狠狠地将猫蹴了几脚，又申申地骂了几句，牵着孩子去了，我隐约听见她在屋子里发言道："养猫真没意思！"

日子一天一天过去，猫的过失一天一天增加：不是说偷食吃砸破了碗，便是说冲跑了小鸡。我们因顾虑到家人失和的不祥，于是不得不割爱，放逐了一匹。

"花猫呢？花猫？"小女儿屡次固执着问，似乎失去了一个同伴似的。

花猫放逐以后，黑猫也安静得多，猫的过失的告发，也似乎少了些。我们私幸骨肉的和气不至为了细故而破裂了。但事变的突来，正是出于意料之外的。

有一天将午饭时，对面的屋子里发了一阵喧闹，吆喝声，咒骂声，接着奔出了拿着竹竿的大哥。

"打死它！打死它！"他说话时脸上变色。

"短命猫！短命猫！偷食了我们的大鲫鱼！瘟猫！瘟猫！"我的嫂子连珠似地咒着，也从室内奔出。

这时候母亲也来了，我和妻也走上去了，大家明白发生了怎样重大的事件了。我瞥见嫂子从地上拾起一条煮熟的鲫鱼。

"一斤重！四百大钱！短命猫！"她深恶而痛惜似地说着。我又顺着大哥凶狠的眼光望去，只见那偷食的猫安坐在屋脊上，努嘴抹脸，悠然自得！

"打死它！打死它！"大哥依然愤愤地嚷着。

这场大祸，总算由母亲公平地调停了：由我们赔偿他们的损失，有罪的猫立刻判以流放的刑罚。

以上所述，便是我家现在不养猫的唯一的原因。没有了猫以后，鼠子们又弹冠相庆了。这当然比偷食的猫好得多！而且又省了一个大人的食量！但是，家人的和气的破网，终于张不住了，而我们却没有再可以放逐的猫了！

刊于《妇女杂志》1925 年第 11 卷第 9 期

《一只偷食猫》，杨清磐绘，刊于《新闻报》1934 年 4 月 19 日

小妹妹的质问

青 青

桃花开的时候，我见着桃花、桃叶，便联想到我家的猫。

它（猫）和我的别离，时间上大约有了一年，地位上不止一万里，但是我在功课完毕，闭目养神的时候，或是夜静回屋睡觉，只要一合上眼，仿佛它那活泼可爱、娇小玲珑的形态，就突现在我的眼前！耳边也似乎有它的声音，"咪咪"地叫着！

它全身的毛，雪一般的白，眼里微带浅碧。正午眼珠缩成一线的时候，要是不靠近它细看，恐怕它那可爱的眼，和微红的唇，因为错觉的缘故，也被白色化了！

我的母亲，特别叫它"晶儿"，它常时也撒娇似的，眯着眼"咪咪"地叫着，投到我母亲的怀里。我刚才四岁的小妹妹，常时逗它，尖着声学它"咪咪"地叫，用小手抚摩它的背，很无意识地呼它"猫三哥"！

时间一天一天地过去，我的小妹妹也长了一岁了，猫也肥大得多。妹妹对于小猫，怀了不少的疑团："猫三哥怎么不像我们常换衣服，长久穿那一件白袍？它怎么没有玩具？它是三哥，为什么还比我小？……"这样的问题，小妹妹常时问我的母亲，问我。

我们没有见过它捕过鼠子，也许它捕的时候，我们没有注意到。可是我家里却并未见过老鼠，也没有发现过鼠啮过的物品，甚至鼠的声音，也未听过，自从它到我家来。

我每日从外面回家，小妹妹必定拉我的手，欢跳着狂叫"哥哥！"，猫也一边和着"咪咪！"。

它是我二叔家的老猫所生的，前年我二叔把它给我家之后，我的小

《花园里》，严个凡绘，刊于《小朋友》1926 年第 218 期封面

妹妹，便和它成了两个很要好的小朋友了。它初来的时候，因为老猫的不洁，它的身上惹了若干跳蚤，弄得它伸爪搔痒，一天不休。它又不肯洗澡，我们照着本地（贵州）的习惯，摘下若干桃叶，烘熟，强执着它，利用由桃叶发出的苦闷气味，替它麻醉了它身上的跳蚤，然后用细梳将跳蚤梳出，投于火内。这样一次，二次……，它才免了跳蚤的麻烦。

我的小妹妹的脑筋里，就深深地印了一个印象。以后，每晨梳头，便嚷着"先替猫三哥梳！"，更常时把桃花、桃叶围住小猫，小猫也乐得和我的妹妹游戏，红的花，绿的叶，白的猫，点缀得十分整齐！

去年的七月，我噙着泪和家庭分别，我家的小白猫，它也"咪咪"地叫着送我。一年以来，我一想到家庭，便有它的可爱的小照掺杂着！也许因为它是我的母亲和我的小妹妹所疼爱的缘故罢？

十四年，六月，十四，北京

刊于《妇女杂志》1925 年第 11 卷第 9 期

临别止悲的爱物

叶泰华

> 猫猫火烧须，
> 婆婆你不知。
> 哪个知？
> 我就知。

这是我五六岁时，坐在祖母怀里，看见了我家白色的阿猫，就要唱起来的儿歌。

话真奇怪，我和我的小妹妹，都特别具有爱猫的癖性。我们时常地嘈闹，多半因为争着要抱阿猫的。阿猫如果在妹妹手中抱着时，我一定伸手去抢，她抱住了前腿，我就一把拉住了尾巴，抢得猫的身段加长了许多。妹妹看见势头，和我争执不过了，便放了手双脚乱跳地大哭起来，阿猫在我手中，也表示被强力地压迫，无可奈何，只眼望着她，报以两声"咪咪"。祖母闻着哭声连忙跑来，看见又为着争猫哭闹，便责备我说："华儿，你毕竟大一点，凡事也总要让让小妹妹，好得这是一只猫，又不是好吃的东西，也时常争得什么似的。乖子！让小妹妹玩一会罢！"我那时就是被说服了，也不肯直接把猫给她，

《识字》，严个凡绘，刊于《小朋友》
1924 年第 116 期封面

只愿交给祖母。

三餐吃饭时候，阿猫看见碗筷摆好时，早已不客气先入席了。它的座位，是在一条靠壁的大板凳上我和祖母的座位当中。它想食物吃时，便把软软的脚掌轻轻地踏在我的大腿上，我会意了，便拣一些鱼鳍猪皮给它吃。坐在母亲身旁的小妹妹，此时眼热了，连忙夹得一大块肉，将筷子在桌上乱敲，口里"咪咪咪咪"地急急叫它，我们都以得它先吃，以为得意。这些把戏，时常弄得一张桌的人都笑起来。

一天晴暖的午后，祖母坐在石阶上拉我夹在两腿当中，说要给我讲一个有趣的古——故事——我一面听着，一面用手摆弄她的耳环。恰巧阿猫来了，坐在我们身旁，"咪"了一声，好像表明它也参加旁听的意思。它坐的姿势真好，逗得我就和学校里上图画课时临先生的黑板画一样，右手在祖母的大腿上一笔一笔地描起来。祖母看我出神地在她腿上一横一直，便停了讲，捉住我的手笑着说："华儿干什么？画得人家腿上痒痒的。"我连忙挣脱手来说："我画阿猫哩！尾巴还没有画好咧！"说得祖母大笑了。

光阴过得真快，年纪同算数目一样的，十一过了就是十二、十三，我没有从前这样顽皮了，阿猫也免了许多一个拉头一个拉尾的痛苦，变成妹妹的专爱了。

去年我离家来沪，整装待发时，阿猫在我脚下"咪咪咪咪"地穿来穿去，仰面看我，好像惜别的样子，妹妹抱了起来说："哥哥起程，阿猫也该送送，才不枉费哥哥疼了一场。"倘在平时，这话确是一种挑逗和妹妹说笑的机会，可是那时说不出话来了，只眼巴巴地望着抱在妹妹手中的阿猫。好在祖母顿时想起了我小时的趣史，勉强抑住离情带笑说道："华儿！往时爱唱的'猫猫火烧须'现在可还记得？"说得一大堆人都笑起来了。我便乘这一刹那的笑声和阿猫的"咪咪"声中，辞别了家门，迈步向前程走了。

刊于《妇女杂志》1925 年第 11 卷第 9 期

猫

陈志英

一

一天——恐怕是二月里罢——我从学校里回到家里，一直跑到楼上，把书包在桌上一放，坐在椅子上休息着。一会儿只觉得脚旁有如绒一般的东西擦过，同时发出"妙！妙！"的声音，我一时好奇心切，弯着身子，向脚下一望，你道是什么？原来是一只猫呀。

那只猫很驯服地站着，我把它抱起来一看，浑身黑色，手摸上去像棉花一般，软软的，两颗黑眼珠，就如点漆的一般，足以引起人们的爱怜心。

这时我们家里的娘姨正好走上来，我正要问她，她早抢着说道："你看这只猫好吗？上半天它从厨房里的窗口跳进来的，你不是望念着那只白猫吗？这只猫要比从前那只好得多哩！你看，这不是一只全黑猫吗？相传全黑猫在家里，可以避火烧的，那不是比白猫更好了吗？"她嘈叨地说着。

我一头听她说，一头摸那只猫的软毛。

以后它就寄寓在我家里了。

二

它的厄运到它了，真不幸，一天被娘姨发见了它的秘密——蚤儿的秘密——她要把它丢了。我知道了，愤愤地对着娘姨说道："要你管什么，难道蚤儿也没法子丢却的吗？"我正同娘姨在客厅里争执着，母亲忽从房里走出来，对着我说道："你还不给我把它抛出去吗？"说的时候，脸上露着庄严的神色。

我迫于母命，不得不狠心地把它（丢）去了。

《猫》，胡伯翔绘，《中华》1930 年第 1 期封面

唉！我忍心极了！伤心极了！我把它抱起来，轻轻地对着它说道："猫啊！再会！再会！"

它只对着我"呜！呜！"地叫，好像表示它的悲哀似的。

我关了门以后，静静地在门内听它的动静。

"呜！呜！"的声音在门外飘荡着，悠扬着，使我无比悲伤。

"小孩子！下次再叫娘姨捉一只好些的就得哩，哭什么呢？"母亲这么地说着，娘姨在旁边也互和着。

我愤恨极了，向娘姨盯了一眼，一直跑到楼上，向床一躺，一直躺到晚间，连夜饭也不高兴吃。

"妙！妙！"的声音，仿佛常在我的耳边。

这正是下午的事，离它来的时候，不过三天。

三

那天夜里，我睡在床上，滚来滚去，终究不能合眼，忽听得窗外一阵阵的淅沥的声调，"呼呼"的声纵着，吹得门窗震撼不已，我侧着耳朵听着。

"这不是下雨吗？唉！可怜的猫啊！它若无家可归，哪里当得着这样的暴风虐雨。唉！这是我的罪辜！这是我的罪辜！"我反复地想，精神也格外提得旺，再也不能合眼。

我静静地听那窗外的风雨，有没有别的声音夹杂着，早把睡眠的事抛在度外了。

我听得母亲和旁人的鼾睡声，还有那窗外的风声，一时并合在一起了。

风刮得和虎吼一般，差不多把屋子都要震动了，雨势也似瀑布一般泻下来，闭着眼睛去听，仿佛大海里的怒浪一般。

我用着两道萎靡不振的眼光，望着帐外的灯光，很惨淡地闪着，也似怀着愁绪，欲语不语样子。

我摸出枕边的表一看，磷光的指针刚指在两点钟上。

忽然起了一阵犬的狂吠，像潮水一般，夜里的寂静苦闷，俱无端给这许多的犬叫破了。

在热闹之中，夹着一阵悲惨而细微的声调。

我很觉得诧异，把头抬了起来，使听觉灵便一些。

"呀！这不是猫叫的声音吗？糟了！糟了！"我几乎喊了出来。

这将我眼睛面前现着一只猫——一只黑猫——给一群恶狗围着了，它窘极了，多么可怜啊！我这么地想着。我要想爬起来，开了门，去救那可怜的黑猫，然而我——没勇气的我——毕竟被寒冷的空气打败了，仍旧缩在被窝里，只希望皇天保佑，使黑猫逢凶化吉。

没一刻儿，"呜呜"的声音就没有了，犬声也渐渐稀少了，只有风雨之声，仍旧在那里接续着。我心中充满着快乐，为着那只黑猫，一定被它从虎口里逃了出来，我心中暗暗地感谢着上帝。

四

第二天早上，我刚下床，娘姨带着讥讽的口吻对我说："那有蚤儿的黑猫，夜间在弄口被狗咬死了，你也不用罣念着它哩！"我得了这种消息，不觉愕着了，眼泪也滴下来了，身体摇摇欲堕，眼睛里看见的东西，好似走马灯一般，在那里转着，眼前一暗，身体似在半空中跌下去一般。耳旁只听得说："不好了！不好了！……"

等我醒来的时候，睁眼一看，却已躺在床上了。

刊于《青年》[①]1925 年第 1 期

---

① 编者注：《青年》，1925 年 6 月创刊于上海，由上海青年会高级中学学生会编辑发行，学生会刊物。发行主任汪德和，编辑王立钧、李少庄、郑观昌、包玉墀等。以倡导"团结同学、互助合作，研究文学学术，加强情感友谊"为宗旨，设置了论文、短论、笔记、诗词、文艺创作等栏目，以及教职员与全体学生名录、校长、干事、各学科主任与校舍教室照片等内容。

阿虎的胜利

苏兆骧 [1]

阿虎是邻家的一只猫。

它的毛色大半是金黄色的，加上从背心直到颔下的黑斑纹，更见得它的命名的切当。它有两只尖锐的耳朵，听得一些儿声音，总要向四面转动，好像两个活动的收音机。它的眼睛，除掉那能伸缩的瞳子是黑色，眼球带着碧玉的绿色，在深夜里黑暗中发出闪闪的电光来。它用那个嗅觉灵敏的鼻子，嗅着它所看见的东西，似乎连椅子、石块，在它都辨别得出气味。讲起它的四只脚上利爪，却常常缩在足心的软肉里，那软肉便同刀剑的鞘子，非在施用的时候是不轻易伸出来的。它又常在走路的时候，摆动它的长而有势的尾巴，它简直自己也以虎自居。

有一天它的主人搬家了，搬到什么地方去我们也不知道，因为我们新到这里，和邻家是不相识的，只不过我有一次看见邻家一个女仆在我家门前唤阿虎，才知道阿虎便是她家的。他们搬家以后，我却还看见阿虎在篱笆旁边，我想它是被弃的了。

重阳节的夜里，外面下着大雨，我和母亲、侄子芳儿坐在室里，听着打窗的雨声，非常感着不快。不多一会，雨声当中还听得"咪呀咪呀"的声音，这声音非常悲惨，我们没精打采地听着，越听越觉得相近了，在我们的屋脊上了，到了墙头，又到我们坐室的门口了。

我顿时被它那悲惨的呼声感动了，便叫芳儿开了门，放那在风雨中

---

[1] 编者注：苏兆骧，字跃云，江苏盐城人，文学研究会成员之一，著有《蚕娘》《冬夜》，译著《告发的心》等。

的漂泊的可怜虫进来。他刚把门轻轻地推开一隙，便有个东西溜进来，芳儿受了一惊是不消说的，我擎了煤油灯照着，母亲也俯着身子看那突然闯进的东西。它身上拖泥带水，想是跌在阴沟里的，它用极可怜的眼光射着我们的脸，它震一震身子，终于叫了一声，很像央求人救助似的一声，"咪呀"。

芳儿忽然打破我们的沉默，说："这是邻家的阿虎啊，多么可怜，我上次在它的主人门口，它的主人正搬什物上车，它只是在呜呜地叫，到最后它的家人全离了此地，却没有把它一同带去，它是没有家了，可怜啊。"

我不等芳儿说完，抢着说："倒是一只很美丽的猫呢。"

它此时又叫"咪呀，咪呀"，懂得人怜恤和赞美的意思似的。

母亲说："芳儿，快拿块没用的布给它揩一下子，再把它抱到你母亲那里，就炉火给它烘一烘罢，你母亲在预备夜饭咧。"

他手忙脚乱地拿布揩去了它毛衣上的泥泞，又抱了它往厨房里去，我和母亲也跟着他。

我的嫂嫂看见芳儿抱着猫，脸上显出疑讶的颜色，我们笑着把前面一段的情形告诉她，她也喜欢起来了。因为我们住到这里，别样都还适意，只是屋里老鼠极多，没有一夜不受老鼠的惊扰，我们早想养猫了，却没有得着，对于这登门求救者还不是喜出望外么。

自从那夜，阿虎便在我家里了。它虽是外貌勇武，性子却很温良，它总是带着雌性的美。它在屋子里，老鼠们的声响渐渐地少了，碗橱里的食物，它们也不敢偷吃。阿芳曾有一次听见老鼠们在他床上跑，连床都摇起来，他吓得哭了，自从阿虎来，他夜夜得着安眠。阿虎和他感情极好，比家里别人和它的感情要厚些，它从他手里舐取食物，它和他在一处玩弄皮球，夜里它总是睡在芳儿的枕边，做出看护他的模样，但是这些皆不能算是阿虎竭诚图报的事。

阿虎曾经做了一桩惊人的事，这事的难易不去说，单说功绩，它却

《偷食的白猫》，赵蓝天绘，刊于《小朋友》1930年第426期封面

保全了芳儿的性命，并可说一家的性命。

我们住的房屋，后面有一个小花园，园里的花木久已任着自然地生长，缺少人工的治理了，我们不常进去，园里被荒石和杂草占据着，却没有引人进去的景致。芳儿散学回来，一星期内总有一两次要踏进去，他去寻些野菊和蒲公英一类的花，但没有同伴，不久便生了惧怕的心，就出来了。阿虎有时跟进去，它用鼻子嗅着乱石上的青苔和园中的杂草，也许是好奇吧。

一次，我们家里要宴客了，我们预备把那个荒园整顿一下子，还预备买些菊花栽进去，我当时竟想把我的诗思都寄托在那里，我们就雇了一个仆人，叫他把乱石堆在一处，乱草也要除去。

那个仆人有二十多岁，真是身强力壮的，我们允许他所要求的工资，他第二天早晨就在园里做工了。他到午饭时候，和我们吃了饭，他饭后又去搬石块，到了下午三点钟时候，我正在阁楼上看书，他哭丧着脸跑到我房里，用手指着右腿，我看他那只光着的小腿上染满了猩红的血。

我惊慌了，急问他说："怎么样的？"

他只是坐在我旁边的凳子上，抱着流血的伤处哭。

我接着问道："是不是触着石头的尖角，还是荆榛的刺？"

他已经哭得和泪人一般了，吞吐着说："不，不是，是被蛇咬的。"

我才知道园里是有蛇会咬人了，我连忙喊嫂嫂来，她说用扎发线把伤处的两端扎紧，这样蛇毒便不致传到别处了。我们便照这个急救法做了，又给他一块钱，雇了一辆车子，叫他往医院里去，那天一夜我只是替他担着忧。

隔了三天，他还没有回来，我们都有点放心不下，家人叫我到他家里去探望，我到他家里，他躺在床上，不省人事了，那只伤脚肿得很大，令我吃了一惊，他的妻子坐在床沿上哭着，她说医院里把他送回来了，我后来听说，那个仆人在我走出他家不到一个小时便死了。

我们才知道毒蛇的牙齿的厉害，我的嫂嫂禁止芳儿进去玩，又把园门用锁锁了，那个花园便成了禁地，像戒严一般，我从楼窗口望下去，总觉得那个花园带着森森的鬼气。

阿虎见园门常关着，它常常爬过竹篱进去，它本不知道这可痛的事实的，即使它晓得，它未必像我们人类胆怯罢，它仍旧在乱石上晒毛衣，仍是嗅园里的蔓草，仍然耸着耳朵，摆动长尾，毫没有一点戒心。

一天清早，我照例开了楼窗，呼吸早晨的空气。园里树叶渐渐黄了，阿虎早在里面，它对着草丛里屏息地立着，它的眼睛也注视着草里。我想这是一片落叶被风吹到草里去，它误认是个堕地麻雀，或是个草上的秋蝶，它原是好奇而且贪耍的。不多一会，草动了，也许是一只猫在里面，它要和它挑战，还是一只田鼠呢？我狐疑着，不能断定，只是注视着草里，和阿虎的注意差不多一样的强烈。草动得厉害了，草里面的确有个动物。

阿虎不能忍耐了，我也不能再忍耐了。

它摆一摆尾巴，耸起了全身的毛，飞也似地一跳，向草里扑去。啊哟，它扑着那个东西了，它挣扎着，它挣扎了许久，那个东西似乎和它交搏着，它这时失了平日温柔的态度，它又残忍，又凶暴，终于拖出那被打败的俘虏来了，你道是什么？是一条又长又粗的灰色蛇。

我的家人都被我叫来，到窗口看阿虎的勇武，大家都欢喜得了不得，它看那蛇在地上还是动个不定，它又猛力地向蛇的颈子咬了几口，等到那蛇一些也不动了，它衔着它，寻了篱笆旁残缺的地方，出了园。

我想这条蛇便是咬伤那仆人的，我便连忙跑下楼，到了园门外，遇见了阿虎，它即刻放下了捕获物，对我"咪呀咪呀"叫了两声，我就寻了两根树枝，把那死蛇挑起来，拿到屋子里，装进了我博物采集瓶里。随后拿那个瓶去质问一个精通博物学的教师，他说那蛇确是个毒蛇，它的头是三角形的，我就回去告诉家人，他们都伸出舌头来表示可怕。

我的嫂嫂是略懂得一些动物学的，不过她所得来的知识不是从书本上来的，可以当作一种普通常识。她见阿虎杀了一条毒蛇，却忧恼地说："蛇是会报复的呀，杀了一条雄的，雌的要报仇。"我们总以为她胆子小，是用这句话来吓芳儿的，使他晓得花园里蛇不止一条的。我们尽管庆幸，我抱了阿虎坐在衣兜里，它却不显出一些骄傲的神气，只是闭着眼沉默着。芳儿取了买来的小鱼给它吃，它也不吃，它大概是倦了。

我们大家团坐着谈它的灵敏，母亲用她那有皱纹的手摸它的毛衣，它静着假寐了一会，才张开了碧绿的眼，向我们警告似地叫了几声，好像说它的事业还没有做完，还不配就领受我们的赞美和褒奖哩。

它每夜睡在芳儿的枕畔，芳儿的床是在楼下的一间卧室里，和他同房的只有他的母亲。他是十二岁的孩子，到了床上，和阿虎玩弄一会，便睡着了，太阳照到床头，他才醒来。他的母亲是警觉的，屋里有一点响声便睡不成了，阿虎等芳儿睡熟之后，便离了枕边，到地上去捉老鼠，却并不懒惰，这是芳儿的母亲对我说过的。

一天夜里，我在睡梦中被嫂嫂喊声惊醒了，我不知道有什么事发生了，夜里最可怕的便是火警和贼儿，当时起了床，下了楼，见嫂嫂立在房门口，她急急地说："芳儿床上有一条蛇。"

我吓得额角上捏了一把汗，嫂嫂引我到芳儿床前。

芳儿还是睡着，在煤油灯光下，我们也顾不得看他的玫瑰红脸了，我便问蛇在哪里，嫂嫂指着地上说："这不是吗？不是阿虎伴着他，他免不掉毒蛇一口。"

我仔细看那蛇身僵卧在地上，连阿虎在旁边也不曾看见，我见那条蛇和上回的一条同是灰色，当夜我们把那条蛇埋了，怕芳儿知道了便不敢独宿，后来我又在墙边寻得了蛇穴，掘着半打蛇卵，便捣毁了，我们住在这里三年了，没有再看见蛇的踪迹。

我们感着阿虎的厚赐不少啊！它真有虎的勇武而没有虎的暴虐，我们把它的功绩永远纪念着，但它的第二次胜利，却还没有告诉芳儿，等他长大一些，他的胆大了，便可以从这篇记录上详细地知道了。

刊于《小说世界》1926年第13卷第10期

归来的小猫

吕伯攸 [1]

为了屋子里的耗子们太作怪了，每晚总搅得人不能睡觉，所以等那邻家的老猫生了产，妻便学着陆放翁，实行那"裹盐迎得小狸奴"的故技了。

这真是一只可爱的小猫，雪白的毛片，猩红的小嘴，虽然生下来不上两个月，但是，纵跳活泼，鸣声柔和，我相信阿拉伯人的传说，"上帝在猫体内，特赋予一种女性和婉的性质，以慰安人类为天职"的话，是不错的！

妻在闲暇没事的时候，常常引逗着它，教它玩皮球，替它理毛片，顿使我们这没有孩子的、寂寞的小家庭里，添了许多的生气。我又记起，阿奇来白里曾在他的《炉旁之妖像》里说："家庭生活者，凡属妇女，都爱畜猫，……因为，有了它，才觉得融融泄泄，能增加美妙家庭的乐趣。"他所说的，于今也证实了，这小生命所赐予我们的，是如何的伟大啊！

可是，这样地过了几天以后，我总觉得那小猫所能慰安我们的动作，终于太简单了，太乏味了，我便渐渐地回复了旧时的寂寞。

"有了这小猫，不是热闹了许多吗？怎么你近来又不欢喜它了？"妻在我工作回来，闷闷地躺在沙发上时，这样说。

"热闹虽热闹了些，但是，它终究没有理智的，总不如和几个朋友谈谈来得有兴味——K，我们俩的朋友，委实太少了！"我说。

---

[1] 编者注：吕伯攸，近代著名编辑、教育家、儿童文学批评家。《小朋友》杂志编辑，著有《古钱》《外婆家》《再记李叔同先生》《儿童文学概论》等。

而且，那小猫到我家还不上两个星期，我便发觉了几桩可使我憎恨它的事实。

有一次，我刚做好了一部儿童故事诗，就把那小猫充了书中主角，尽情地赞美它一番，在我自己看起来，或许那英诗人黑立克所作的誉猫文字，也不过如此了。我便费了三个晚上的工夫，把它誊写好了，预备拿到书局里去支几元稿费，应付明天的房钱。

谁知那小猫，不知为了甚么，偏要和我捣乱了！

晚上，我们都睡熟了，它竟偷偷地爬上了我的写字台，就在那本稿子上，当做了它的便所，把几十张红格子的编辑纸，溺得淋漓尽致，沾成了模糊一片。

这如何使我不急，非但第二天经租账房的白眼不好看，就是这几晚的心血，也觉得太不值得了啊！所以，我当时便一把抓住了它，狠狠地捶了一顿，以发泄我的怒气。自此以后，痛恨那小猫的萌芽，便苗发在我的心上了。

在我正在忧愤的时候，差足自慰的，幸喜这一天，我们家里，来了一位许多年不见的老朋友F。F是善于辞令的人，当我在S小学校和他做同事的当儿，我们每天下了课，便在房间里杯酒谈心，异常亲密。海阔天空地，不知道从哪里来的，总有这许多新鲜而谈不完的话，互相慰藉这一日间的疲劳。所以，我和他，渐渐地成了一刻不能相离的好朋友了。

自我脱离了S学校，投奔到上海来出卖心血以后，F也就得到一位亲戚的援助，到N城的一个公署里，充当科员去了。

这一别，已经相隔六年，此番重见，我们依旧像六年前一样地欣慰。所不同的，我是有了一个小家庭了，他却反弄得妻离家散，十分颓唐。这其间，虽有不少的波折，我却不愿把它一一写出了。当时，我很热诚地邀他在客堂里坐下以后，他便告诉我，近来因为经了战事，他的亲戚顿时失了势力，因此，他的地位，也便连带地摇动了，在N城站不住脚，只得跑到上海来再等机会。

最后，他又嗫嚅着道："你这里，可有余屋借我暂住吗？暂时的，决不……"

"可以，可以，我现在做书房的亭子楼，可以让出给你住！"我早明白了他的意思，所以不等他说完，便这样说。

立刻动手，把 F 的很简单的行李安置好了。我们仍旧回下楼来，畅谈这六年来的契阔。我觉得 F 还是从前的 F，不过官僚式的虚伪气，却已充满了他的言辞举动间了。而且，在谈话的时候，他又时时地在身边的一只小匣子里，撮出几粒小药丸来吞服着，他说："这叫作银衣卫生丸，功效和人丹差不多。"不过，据我所知道的，这实在是一种鸦片的代用物，便明白他是已经染了嗜好了。但是，我相信，这和我们的交谊，是没有关系的。

晚饭以后，我们又开始了几年没有过的长谈了。我们谈到 S 学校的往事，谈到 N 城的风景，更谈到上海近来的影片潮，两个人一吹一唱，精神异常兴奋，要不是妻来提醒，我也忘记了钟上的长短针，已并拢在"1"字上了。

我将他送进了亭子楼，便和妻同进房来。一眼瞥见了沙发上睡着的小猫，我心里不觉又暗暗地想，"到底这种没有知识的东西，怎能安慰人呢！能够互相安慰的，自然只有朋友了！"想着，想着我竟在床前踱来踱去，忘记了睡眠。

"怎么，你今天这样的兴奋啊？时候不早了，再不睡，明天怎能到公司去办事！"妻已经钻进了被窝。"今天 F 来了，我觉得很高兴，此后，我们可以不愁寂寞了！"我一边解着衣，一边说。那小猫睡得呼呼地，我们都随着它那一高一低的拍子，闯入了美的梦境。

第二天，我从公司里回来，一路走着，蓦地又记起了 F，本来，我打算邀他出来，痛痛快快地喝一回酒，叵奈我这几天手头委实太不方便了，只得临时改变了方针，在一家熟食铺里买了些酱鸭、熏肚、牛肉之类，预备拿回去做我们的下酒物。

《猫看不见了》，蓝天绘，刊于《小朋友》1932 年第 531 期封面

当我一走到家里，杨妈才把门开了，妻便张皇地赶了出来。

"唷，可怕呀！你快去瞧瞧 F 罢，他不知道患了甚么急病呢！"

"什么时候起的？"我也有些惊慌了。

"谁知道呢，他只是直挺挺地躺在床上嚷呢！"妻很不耐烦地说。

我急忙把几个荷叶包在客堂里一搁，三脚两步地赶到亭子楼里。只见 F 躺在床上，眼泪鼻涕已像军阀们扩充地盘似的，布满在他的脸上了。

"F，怎样了？可要些甚么？"我已知道他的病源一定和昨天的银衣卫生丸有些关系，先这样试探了一下。

"哦……P，……发……肝……气……可有……鸦片……这是灵药……一定……就会好！"F 断续地说。

这真是一个难题目了，我活了三十岁，却从来没有尝过这个玩意儿，怎能知道哪里有这东西呢？幸亏杨妈熟于弄堂里的社交，才花了一块钱的代价，向第八弄里的一家人家，连家伙都借了来。

灵药一吃下去，顿使那垂死的 F，立刻又救了转来。他很敏捷地从床里爬了起来，依旧和我前汉五代地谈着，仿佛忘记了刚才那种委顿的神气。

经过了这回忙乱，等我们走下楼去，只听见唏哗唏哗一阵响，那猫先生早已翘起尾巴，高高据在桌子中央，正在大嚼那几个荷叶包了。我霎时愤怒得把昨夜剩留下的余怒一齐都涌了上来。我随即提起皮鞋脚，向它背上踢了过去。——虽然，它见了我，早已吓得跳在地上了。

后来，还是 F 的劝解，我才让它溜跑了。只是，我对于那小猫的憎恨，却由萌芽而发了枝叶。

很快地两个月过去了。我近来的经济既没有宽裕一些，加之 F 的肝气病，还是三日两头的要发，在这样米珠薪桂的上海，骤然添了一副鸦片家伙的负担，委实使我有些为难了。况且，妻的棉衣，都破旧得非重做不可了。……但是，一转念间，我又猛记得 H 地的租米，快有收获了，现在暂时虽负些债，到那时不可以弥补吗？因此，我又自慰自解地快乐了。

有一天早晨，我刚要出门到公司里去，F忽然急急地跟在我后面赶了来。

"P，慢点走，我要和你谈句话呢！"他说。

"哦，F，甚么事？你说！"我回转头来站住了。

"我要和你商量一件事情。"F有些羞愧的神气，"就是，那街口大和馆里，我曾欠了他们三块钱，约他们今天去付的……你可能暂借一下吗？"

"你怎么会欠他们钱呢？"

"我曾在他们那里尝试了一次，两块钱和菜……加上酒饭。小账……"

"请客吗？你太客气了，为甚么不嘱咐我家里备办呢？"我疑惑地问。

"不，我独个人吃的！"

"哦，三块钱，我身边没有，让我去问K！"于是，我带了一腔的惊惶，跑进了我们的寝室中。

"K，可有三块钱吗？"我向妻问。

"做甚么用？"妻忧虑地望着我。

"F欠了大和馆的账……"

"只有这五块钱了！"妻拿出一张五元钞票，掷在我的面前，"今天又要买米了，怎样支配，我不知道。你拿去！"

"呀，K，朋友的交谊！……"

"朋友互助，谁不知道！可是，谁能饿了肚子，替朋友付鸦片钱，还酒菜账呢？唉，P，我是真省得连一个小钱都舍不得花呢！就是那只小猫，饿得多么瘦，我到今天，没有好好地买一条猫鱼给他吃……"

"你只知道那只小猫。小猫，小猫，这样尊崇它将来会像埃及人一般，失了那白利雪姆城^①呢！"我很不耐烦了，暴躁地说。

"这又有甚么相干呢？这小猫又不是我的好朋友！你如果不欢喜它，我就将它驱逐了吧！"妻愤愤地跑下楼去，眼眶里已经有些潮润了。

傍晚我从公司里回来，真的，妻真的已负气把那小猫驱逐了。问了杨妈，才知道她托人带到梵王渡的野外，抛弃了。我虽然是一向痛恨它的，但是，屋子里顿时失去了它那"咪咪"的叫声，空气便比较沉静了许多，无论那亭子楼里的 F，怎样高声大叫地唱着《空城计》，我总觉得寂寞，失去一件宝贝般的惨痛。

我十分颓丧地坐在一张藤椅上，不觉悼惜着那只被弃的小猫了。啊，它的柔和的叫声，它的活泼的纵跳，……啊，当我吃饭的时候，它怎样地绕在我的脚边！啊，当我枯坐的时候，它又怎样地玩弄那台布上的排须，引我发笑……于今，却只有满屋子的空虚。——我这样冥想着，却被一阵敲门声吓醒过来。

"信呀！"邮差把一个桑皮纸做的粗劣信封，递了过来。

"谁的信？"妻在楼上问。

"H 地的佃户总管沈四毛的！"

我已拆开了封套，在那东倒西歪，似通非通的文字里，寻求出他的大意是：

"……今年收成不佳，已于前日经公众议定，概以八折还租，信到，务请即日派人下乡征收，为盼！……"

"你打算几时下乡啊！"妻已走下楼来，拿起信纸瞧了瞧说。

"真是难事，公司里这几天正忙着，那里走得开呢！"我不住地在心里计划着。

"F 不是闲着吗？我们不如送他一笔酬劳费，请他去走一趟吧！"

---

① 作者注：波斯干巴塞斯王，和埃及战争时，城坚不能破。波斯士卒知埃及人敬猫，因以猫冲锋，埃及人宁失去白利雪姆城，不愿毁伤一猫。

"对呀，就这样办罢！"我恍然大悟地跳了起来。

不一会，F 从外面回来，我就将这个意思和他商量，幸喜，他倒也一口应允了。晚上，我便把几本租簿交了给他，而且还切实地嘱托他："因为我是正在窘迫，急等钱用，所以把米粜去以后，如果来得及，最好在五天以内便回转。"他当时也就答应我，明天早车动身。

临走的时候，我除给了他一笔川资以外，更替他置办了大批的鸦片代用物（银衣卫生丸），他才带了他的全部行李，欣然地出发了。

我在急盼着的五天，匆匆地过去了，但是，F 的踪迹杳然；我便不由不焦急起来了。妻说："或者 F 是生手，因此便延挨了吧？"我也以这个理由很充足。

很快地，转眼便是两个五天，三个五个了，还是不见 F 回来，我忍不住了，只得写了一封快信给王四毛，询问他的下落。又是三天，才得到回信，据说："F 君在十天以前，早已将米粜去；翌日，便渡 C 江而去……"

渡过 C 江，不是 F 的故乡吗？这是不必说，他现成地捧了二三百块钱，回去过他快乐的年了。可是，羁留在上海，急等钱用的我，只眼睁睁地迎着那可怕的年关到来。

啊，我所盼望着的老朋友，终于不回来了！

除夕那天，我东借西凑，跑得精疲力尽，总算把几处旧欠，勉强敷衍了过去。回到家里，刚躺在那张沙发上，想安适地抽支卷烟解解闷；忽然听见屋上"咪呒咪呒"地一阵叫。

"唉，小猫！P，我们的小猫归来了！"妻兴奋地叫着。

"真的？"我立刻站了起来，对着那久别而永不忘记我们的小伴侣，不觉迸出了两点感情的眼泪来。

这寂寞的岁尾，便给小猫亲切的鸣声打破了。

刊于《小说世界》1927 年第 15 卷第 5 期

姐姐的猫

许君远 [①]

我家除了祖父以外，可说是没人不爱猫。

祖父厌恶猫的原因，至今我也想不出。也许在别人以为是可爱的，他以为是可厌吧：譬如你坐下吃饭，它便扬尾抬头地绕着你的膝；你刚躺在床上，它便把懒腰一伸，悄然地走向你的怀里……之类。祖父遇到这种地方，就是不管二和三地用筷子或是用书本子乱打。祖母很不满意他，但抗议是没用的，于是到后来她每看到猫走近他，便急唤："快抱它去！"

不过过一些时，祖父身边也轻易看不到猫的踪迹。

祖父虽然厌恶猫，但他并不反对养猫。自我记事我家没断过猫，而且有时多到三只。祖母的膝前，姐姐的卧处，冬天夜间我的被里，全是猫的安息地方。

我的爱猫自然不如姐姐。姐姐能体贴人似的体贴猫，给猫做小衣服，同它咕噜咕噜地谈话；我觉得猫的美处，只是在你一抚摸它，它即把腰一扭动，"呜呜呜"地从肚里响叫起来。夏天我最恨猫：因为时常里买到十只小鸡，归终剩不下五只；而我养熟了的小雀儿，偶尔忘却把笼子挂起，过会再看，竹签会折断几根，笼底只留下一些羽毛。

要没有姐姐，在我烈性之下，不定打死过多少猫呢。

小黑已是一年多的猫儿了。全身乌漆，唯独项下生着一些白毛。眼睛金黄，耳壳不甚高大，短短的肥肥的看来非常英武。祖父常说："猫儿

---

① 编者注：许君远，河北安国人。现代作家，著名报人、翻译家。1928 年毕业于北京大学英国文学系，先后在《北平晨报》《庸报》《大公报》《文汇报》《中央日报》等担任编辑，著有小说集《消逝的春光》、散文集《美游心影》，译著有《斯托沙里农庄》《老古玩店》等。

身短尾要长，只可惜它的尾巴小一点。"不过无论怎样，小黑可说完全具有可爱的条件。

我很爱小黑，我心里总以为我爱它的程度比姐姐深。但也许是我不会喂养的缘故，它总不习惯同我在一起。吃饭了，"黑黑"地把它叫来，拣最好的食物给它，但它两口吃完就摇着尾巴扬长地跑向姐姐身边，要是姐姐抚摸抚摸它，再喂喂它，那好了，它便将前腿一伸似乎很舒适地侧身卧下，任谁也不能叫它起来。对于这一点我非常地嫉恨，在"黑黑"两声它要不睬我的时候，我立刻把它的前爪揪住，忿忿地拖将过来，使它"喵喵"乱叫。姐姐往往是一斜看我，表示出百分不满意的样子。她越是想护庇小黑，我越是想给她作践，归终来，小黑一见了我就跑，纵我拿着肉品叫它，它也不肯近前了。

你瞧它待姐姐怎样：厮伴着还不算完，做活计时它弯着身体在她的怀里，走路时它跟在她的脚下，欢跃地向她的腿腕磨蹭着。有时它竟安适地坐在姐姐肩膀上，姐姐轻轻用手扶住它，像是怕它跌下，而它更献殷讨媚地给她舔脸，看姐姐笑了，是那种目中无人得意的笑！

谁看得惯这些呢！

由我对她的猫不好，使姐姐有时很轻视我，也是我最不快心的一件事。

五弟把他新要来的小叭狗抱来让姐姐看，小黑跟着姐姐走出，我趁势"叭叭，嗤嗤"，小叭狗"汪汪汪"地挺身要追，慌得姐姐紧把小黑抱起。小狗还是余怒未息的样子狂吠，猫的毛耸然竖立，尾巴粗大大的，弓着身，"呜呜""哧哧"出气。

姐姐眼皮落下着瞧了瞧我没言语，我得意地苦笑着。

五弟抱住小狗，用手将它的眼睛蒙住，"沉静，沉静……"

姐姐转身把小黑放在屋里，提出来一个白布口袋，叫五弟说道："走，咱去逮蚂蚱去，有子的我给你炒炒吃，没子的喂小猫儿。"

没睬我！

其实捕捉蝗虫我自己会，我自己捕捉过，同姐姐也去过，捕捉回来她帮我捏头去翅（小猫在一边吃），用盐水腌浸一刻，在油里一炒，红红的颜色非常好看，而且好吃。而且在青草地上，嬉笑竞逐，即便滑倒了也摔不疼痛，另有一番妙趣。

但他们没睬我！

我颓然地坐在石阶上，眼睁睁地望着他们故作百分得意地出去。开始感觉到被遗弃孤儿般的孤独，凄惶得难受。眼泪在眼里含了一会，终于簌簌落下。

残酷的报复啊！

跑到屋里，想先把小黑摔死解恨，但那伶俐的小东西一见我的影子，早从窗眼里钻逃了。

擦擦眼泪，漫然地向门外走，转过三叔的篱笆，已张见树林深处，五弟跳着跑，小狗随着追，姐姐弯着身找寻呢。心里直觉着看不惯，但脚又不知不由地向着他们走。离他们很近了，五弟看见我，向我微微一笑，他又转看姐姐。一定是姐姐吩咐过他不许理我。你瞧五弟多么滑头，他怕姐姐取消他的煎蚂蚱，同时又不肯得罪我（因为我也常赠给他美好的食物），他跑几步便要回头偷着看看。我倚住柳树，心中如火烧地自己胡乱思想。强制住眼泪不让流出，但不由地，颊边骚痒痒的，又不能不用手把一滴水愤愤地弹掉。

五弟扑住一个就交给姐姐装起，口袋里看有少半下了。

一会他们向南端走，我又不能自主地跟着，倚坐在一株半斜倒地的枯槐树，"赔罪去吧，不，不行，那多么难为情！——不去又何以结局？从此姐姐将永远不同我玩，将永远不理我，睁着眼看着五弟占了我的位置，那将何以忍受！——姐姐，我错了，你饶恕我不？……"我想着又要流出眼泪。

"五弟，煎蚂蚱好吃不好？"姐姐发问，她大概看见我在他们旁边，故意用话气我。"啊，忍心的你！"我想，"我不给你赔罪……"

突然，肉软的东西沉重地落在我的头上，随即掉在地下，是一圈圈缠绕着的长蛇。

以下我便不记得了。

到我苏醒过来，已在祖母怀里。睁开眼看见伯母、母亲、姐姐……全围在榻侧。

"好了，好了。"众人全像放出一口死气，房内空气和缓了许多。

祖母簌簌掉泪。

事后姐姐似乎忘了"嗤"狗追猫的仇，待我终于胜过五弟。她常抱着小黑靠近我，让它同我亲嘴，它也就渐渐同我亲近。

我们再去捕捉蝗虫的时候，姐姐紧紧拉住我，怕再有打架的蛇从树梢掉下。

直到姐姐死后一年，小黑还依然存在，那时它已作了三个孩子的母亲，削瘦得没有以前那般丰润，于它乳哺猫子之暇，不在祖母身边便是跟着我，我留着好的食物喂它，不过它吃得不及以前卖力气。学校里功课紧，不容易找捕蝗虫的机会，于是到那年秋后，它简直更不成样子：黑毛变成黄色，和项下白毛相比，已无复从前那般分明。天天懒洋洋地在太阳前下卧着，夜间我抱它到我被里，它又不能安卧住，我要一强它，它"呜呜呜"叫，似乎是表示绝对不成的意思。但偶尔中夜醒来，摸到它在我被口蜷伏。我常是不强它，恐怕它再恼了永不近我。

祖母渐渐地厌恨小黑，因为她给它的食物全不能吃，而没牙的老人又不能给它嚼碎，她的饮食后来全依靠着我。

小黑死的时候已在隆冬，我记得我同五弟抱着它向姐姐坟田走去，路上还留有融化不完的白雪，而五弟在姐姐墓旁掘土时，铁锹不易下入。

我加上想念姐姐的伤感哭小黑，经时很久还不能悠然地把这事放下。

它永远安睡在姐姐"身"侧！……姐姐坟墓的右面，小梨树长到手把粗，我记得那似乎是埋猫的位置。

去年五弟回家，逢到姐姐忌辰，我俩上坟烧纸，路过三叔篱笆外的树林，不禁引得我们想起许多关于姐姐同她的小猫的故事，使我们怅触以往。

五弟说猫的葬处是在姐姐坟的左面，但他的印象也似乎很模糊的。

二七，八，一〇。北京椅子圈里

刊于《晨报副刊》1927 年 9 月 2 日

猫

曾纪元

一谈到猫，照我想来，总可以算得家畜中最普遍的了。乡村中家家都畜得有狗、猪、鸡、鸭，然而城市中因为老鼠极多的缘故，家家总喂着一只猫，所以我才有上面的一句话。

我记得我那时还不过十岁的时候，家里正住在一个仓的前面，老鼠更闹得特别的凶，母亲常常说若是有猫便好了。我和芳妹的心中于是酷望有一天得着一个猫。一天晚上与母亲讲完故事之后，回到自己房里，看见床脚口有一只黑东西竖立在那里。当时我心里想，怎么父亲的靴子放在我的床脚下来了？因用脚去蹴蹴，不料脚还未到，那黑东西早已直蹿过我的脚背，由门缝里钻出去了。我虽说是胆大，也不免吓了一跳，后来脑筋告诉我说这不过是一只猫啊！原来这不过是一只猫！

猫！我家不是正缺少猫吗？我便连忙跑到厨房里，拿了一只碗，装了些饭，拨了些隔宿的鱼汤，夹了些鱼骨鱼肉，"咪咪"地呼了几声，又"当当"地敲了几下碗，把碗放在床下，自己却走到母亲房去，预备等猫好来吃。等我倦了来睡，记起了这事，低头一看，一碗饭还是一碗饭，不但不空空如也，并且连舐也没有舐。因此不关门，预备我睡了它好掩进来吃。不料它却隔一二天还没有来，想必是惊弓之鸟，以后再不敢来了。后来我又想，放在房里它绝不敢放胆进来，不如放在外面，当晚就是这么做了。第二天出去看，早已吃得一干二净。接连几天，都是如此。以后，我才敢出来看看，它也不再跑，只一面低头吃饭，一面看看我。它无论如何谈不到一个"可爱"的字样，麻斑色的毛，绿油油的眼睛，瘦得见骨，棱棱凸出的骨架，可知它早已被人摒弃，狼吞虎咽地吃饭，可知它是饿

《两只小猫》，刊于《小朋友》1930 年第 438 期封面

极了，所以它虽是不美，我却仍然带着可怜的意味去对待它。

它从此是我家的猫了，虽然它的牙已掉了两颗，可见他已经是老了，然而它仍旧勤于所事地为我们捕鼠。它在我家的第一次生产，产了五只小猫——我自信记得不错——它因为怕别人捉的缘故，总喜欢衔到我的床上来。那时我正在长师附小读书，曾做了一篇关于这猫的文章，黄衍仁先生还打了一个"天真烂漫的文章"七字的批字。

它一年年地老了，一年一胎的生产仍旧继续着，可是多半是中途死了，或死于跌，或死于虱，或被我无意中踏死了，或……每次长成了的小猫，捉到别人家去，也多半不久便死了。只看它对于小猫的不见，或是死去，它定要发出一种惨痛的哀号，别人说巫峡啼猿，我看也不过如是呀！有时它不号，却爬上爬下地寻找，寻不到的时候，它是如何的失望，呆怔怔地蹲在地下，饭也不想吃。唉！兽类的母爱，也有如此的迫切呀！

它生的小猫，也多半是虎斑色，或黄色的。我只记得它有一次生了一只小黄猫，是雄的，喂了二年，却没有一点野性，终日倚在我跟前。我有食物总给它吃，温驯得很。不幸它的身上的毛渐渐地脱落，我家的仆人老李说，这便是锈毛虫为害。于是我给他一瓶石炭酸，叫他替猫洗搽，不料老李是一个原料的乡下人，他竟用没有调水的石炭酸，糊得它的毛黏在一起，我的母亲说他太糊涂，他又用水一洗，于是这只黄猫感到湿淋淋的不安适，卧在太阳下一晒，抓了几十下，才拼命地挣起来，对我房里嘶着"呀"了一声，倒在我房门口，颤了一会，四肢笔直地死了。这时我正在学校上课去了，所以这猫竟不能与我作最后的一面。我回来时候，芳妹正倚案作一篇祭黄猫的文章，我带着惊诧悲怆的神情问了一个分明之后，才发见了猫的尸体，不禁痛恨老李，并痛恨自己不交代清楚不置！

老虎斑猫又生小猫了，这一次生了三只和它同色的。天气冷，二只冻死了，这一只便是这老猫的最后一胎的子遗，因不久这老猫（我家喂了七年的老猫）便失踪了，我敢断定它一定是死了。

这老猫的纪念物，老猫的化身，虎斑色的小猫一天天长成了，过了二年，它也有那免不掉的生育了。

这难道是它的种性吗？它的小猫也是生而不育的，夭亡的也有好几次了，然而有一次我却应该负责的，那便是下面的一回事。

丙寅年，这猫又生了三只小猫，有一天我把它们搁在字纸木桶里面玩，它们也不知是为了离开了母猫，还是饿了，一面叫一个不住，一面拼命地往上爬，这只下去了，那只又跑上来，我两只手捉一个不住，照现在想来，唯一的法子便是一个不理它们好了。不过当时我的脑中好像是充满了魔鬼的杀念，气一霎便上来了，一手在桌上拖了一根米突尺，等它爬上来的时候，对不起，朋友，你看我这双执笔的手，像染过无辜动物的血迹的吗？然而我毕竟用这双手——右手拿了尺，脖颈一下地打下去了。迟了，可怜的小猫，跌下去四肢痉挛了一会，连一声也不出，动也不动了。这时我的仁爱的心战退了魔鬼，忙用刚才杀它的手捉了它起来。可怜！它的头颈正像斩断了一般，头偏在一边，这是多么的可怜呀！多么的惨酷呀！它临死的莹然的双眼，还望着我呢！我先就长叹一声，再又想它抱怨我吗？悲怜我的无意识吗？唉！我敢发誓，这简直可以说是我良心上的创伤，永久不可磨灭地刻在我的生命史的一页上。我禁不住下泪了，抱着它呜咽地哭了起来。等我的眼泪滴在它的温柔的毛上的时候，它早已奄然长逝了！这事虽没有被别人知道，然而我的良心逼着我写了出来，候读者诸君公正地裁判。

我因此想到 *King and the Hawk*[①] 上成吉思汗说的 "Never do anything in anger." 一句话，我还读什么书？唉，我希望这个教训能够永久与创痕一同刻在我的心上。

又有一次，母亲告诉我有一个厨子（姓名却忘记了，然而也无记得之必要）正在厨房里案板上切肉，一只猫——怀有妊的猫——走拢来拖了一块肉预备往地下跳，那厨子抢了肉之外，还"啪"的给了它一刀背，把它砍做两节，却连着没有断，生殖器里流了二天血，才哀呼一阵的死了。后来这厨子的妻子生产，腰上的骨如同斩断了一样，血不断地流下，也哀呼了两天才死。你看报应真不爽呀！我听了之后，毛骨悚然，我斩断了小猫的头，我的头不会被别人斩断吗？我幻想眼前正站着一个刽子手，手里提了一把晶莹雪亮的刀，我怖悸得一晚没有睡，这难道是迷信思想袭入了我的脑海吗？也不尽然。这还是良心的反省呀！

今年——丁卯年——的二月，这猫又生了二只小猫，在仆人老罗房里的抽屉里，因为这里放了些无用的破羊毛，所以它便在此坐薅了。这一回是不是二只却不知道，因为没有人去看。一晚野猫"呜呜"地来了，它发现了小猫，便抢了一只往屋上跳，幸老罗听见了，才起来一追，小猫便从野猫的口里掉了下来，然而这小猫的腿胫早涓涓地滴血了。后来又不见了，据老罗的推测，多半是伤重而死，而遗蜕又被大猫吃掉了。

大猫为避免危险，便把它剩下的一个小猫衔到我房里的字纸桶里来。小猫一天天地长大了，跳跃得很活泼，最奇怪的便是它喜欢吃甜而且脆的点心。我每每从外面回来，它总一跃便上了椅子，喉里发出一种欢乐的呼声，挨着我的手直擦，有时也伸出它鲜红柔软的舌头来舔舐我的手。我一

---

① 编者注：即 *The King and His Hawk*（《国王与鹰》）。

触到它毛茸茸的头，便摸抚它，它从不曾咬过或撕过我。我以为这猫断不会半途夭亡的。我又对家里说过，这小猫无论如何不任人捉去。后来大姊家定要捉去这猫，我无可如何，只好答应了。哪知道它这一去永远不能回来了呢？原来大姊家的人们以为猫大概是寒性的，便用胡椒拌在饭里面去喂它，以致弄到它的双眼被眼粪结住了，终于哀鸣不食而死了！

这时候，我家的猫也行坐不安，声嘶力竭地悲鸣了一下午。这真奇怪极了，难道它们的心灵互相感应着吗？

同时还有一件事不可不说的，便是今年我正在《湖南民报》兼了一点职务，我的同事孙斌君喂了一只花猫。有一次我笑着问他一个人倒喂了一只猫，他说："我并不是甘心喂的，这猫从前是大湖南日报馆里的厨子砍伤了的，我看了它可怜才喂养的。"我回答说："这厨子太惨酷了！"我不是做过那厨子同样的过失吗？为什么单说厨子惨酷呢？未免有点自欺欺人吧？

我家的猫又在五月初生了一只小猫，我便把我对于这个小猫的希望写出来，做这一篇文章的结束：

一、希望它不缺少乳水；

二、希望它永久地在我家里（一直到天然地死），至少它被捉到一家能留神的人家去；

三、希望它不被虱子、锈毛虫所害。

至于我应当仁慈地对它，那是不必说了。

刊于《学生文艺丛刊》[①]1928 年第 4 卷第 8 期

[①] 编者注：《学生文艺丛刊》，为学生文艺刊物，月刊，由上海大东书局发行，凌善清、沈镕等编辑。1923 年 8 月刊行第 1 期，共 8 卷，前 7 卷每卷 10 期，第 8 卷 6 期，1936 年停刊。主要登载学生文艺作品，分为"文学之部"和"艺术之部"两部分，文学部分主要刊登古文、白话文、旧诗、新体诗、小说、剧本、童话、故事等，艺术部分则包括图画、书法、音乐、手工、游戏、摄影等内容。文学部分中"文甲"一栏登载文言文，"文乙"部分登载白话文。该刊物以批评社会现实和传统陋习、传播新文化为目的。

猫的故事

阿 茅

由于本能的似的，在我年幼时就喜欢和阿猫阿狗之类做朋友。

二十年前，S省釜溪之畔一个小村落里，有一户人家，以农为业，农夫名叫元华夫妇的，就是我的已经死去了的双亲。那一碧清流的釜溪，正是自己此生永远不能忘怀的美丽的故乡。

几间茅屋里，除了住着双亲而外，还有我和我的弟妹。母亲病死在十五年前，妹妹也同时遭逢着那不幸的命运。父亲呢，前五年也离我而去了，而今存在着的，只剩下我们兄弟两人。然而，成为大人了的弟弟，我们的消息之不相通，也快有四年多了。呵，二十年来的岁月，竟有多么大的变迁！

母亲生前所畜的一条小花狗和一只牝的黑猫，是我儿时的伴侣，也是我的爱好。小花狗变为老狗时，母亲还是亲眼看见的；可是那只黑猫的老而不死，却是我今生所仅见的唯一长寿的猫了。年老的黑猫，齿牙依然锐利，记得我已十二三岁时，还以煎豆喂过它。它也异于它的其他的同类，不论甚么食物都能够咀嚼，但它并不馋嘴。

有了对于猫的爱好心，真可以说是我的本能的吧。十五六岁，我离开乡村住在城市里，曾听到过父亲述及那老黑猫失踪的事。"天地间没有不散的筵席！"从那一切都已趋于灭亡的人和物的现象看起来，我得到这个结论了。这是我的悲哀，二十年来深藏在心底的悲哀呀。

我如今所寄居的客舍中也有一只老猫，从头到尾都是金黄色，只腹部和腿部现出白色的条纹。它的身材肥大，每日懒睡在太阳光下。下女们说它将要分娩了，也许是事实。假如自己还不迁居，我一定要来证明

《这是你的大菜》，严个凡绘，《小朋友》1924 年第 107 期封面

下女们的话是否欺骗了我。

我常常抚摩这只金黄色的猫，它用有刺的舌头舐着自己的手足时，使我有一种异样的感觉。

"Y君是喜欢猫的呢！"下女们在当面和背后都这样的谈论过我。自然，我是爱猫的，但自己也有过以残酷的手段对待另外的猫的事。

像鲁迅那样憎恶猫的心理，我从未有过，可是，忍心去残害那猫的行为，却在去年实施了。去年的夏季，一个人独居在近郊的一楼一底的屋子里。屋子很大，空洞之至，但因为经济的压迫，不能随着朋友们到海滨去住。屋子的周围也是屋子，那就是我的邻居。好在屋的前后有几株不知名的大树，常有浓荫的清凉，使我可以安静地居留下去。

就在这时，我认识了一个白花形的猫，显然地，它是我的邻居所有。不过，它的确定的主人是否对门那家的少妇，也还是至今我的不能明白的事。

有一天，我正在厨下炊饭，猫就从窗前一跃而入了。窗前是我的书桌，从厨下用眼去望我的书室时，正见它从书桌跳下地板（白席）的时候。它悠然地在室中行走，我叫出"米，米……"的音。接着我就上前抚摩着它了。第一次，我开始用小碟盛了菜饭来喂它。它也不畏缩，食完饭时，还用猫头来触我的脚和小腿，因为这时我已坐在书桌前了。

它成为我寂寞中的伴侣了，常常卧在我的足前，当我读书或写文章的时候。有时，我对它说话。"阿猫，我喜欢你呢！你看，你得到一个多么善良的主人！"猫是照例不回答，只张着黑沉沉的眼睛，开始伸懒腰。虽说是这样，我们的灵感的交流，是胜于言语的相通的吧。老实说，猫的妩媚，猫的聪明，它很能了解主人的心意的。

这样平淡的生涯度到初秋时，我才知道阿猫生下了一个孩子，第一次的发现，是我清理楼下壁橱时，在破书堆里看见了它们母子的寝床。但不久之后，它们却迁居到楼上的衣橱内去了。当我发现这事时，非常的愤怒，因为我憎恶着它们的污秽。于是我小心地把乳猫捉住在手里，送它们至楼下的壁橱中去。然而才过两三点钟吧，它们又搬回原处了。这一次的愤怒，使我捉住阿猫来痛打了几下，仍然把它们送到楼下的壁橱去。但是，阿猫的不服气的反抗接连地起来了。它是无论如何也非回原处不可的样子。怒目地，口中含着乳猫，几次三番地奔上楼来。当我在楼门口截住它的时候，它虽是不敢前进，然而始终是坚持着，愤怒着。

我为此事气忿着了。我要征服它，我非使它住在楼下不可。我的神经兴奋着，身子也在颤抖。我发出了强大的力量，用两手捉住了它们母子，忍心地往窗外摔将出去。窗外有浅草，有小花，正是我的一角小园呢。

它们很有声响地被摔倒在泥土上！阿猫还发出奇怪的惨叫，我一面心酸着，一面颤抖着，仿佛和敌人决斗拼死似的。可以说，这是我有生以来唯一的最富于兽性的举动！

就在这时以后，我渐渐地平心静气了！心中是如像做了一次杀人事件一样地痛悔着自己的鲁莽，眼中竟流下泪来。我也想不到自己最爱好的，会变为被残害的和被虐待的东西。我开了园左的小门，在草丛中发现了那乳猫的小身子，依然是生存着的，在轻轻地行走着。为母亲的阿猫呢，早不知逃向何处了。我抚视着乳猫，捉住它，仍然放它进楼下的书橱里。

第二天我打开楼上的衣橱，它们又搬回来了。它们的倔强的性格，一点也不让步的行为，是使我重新发怒了。我想杀死它，那为母亲的阿猫！但是，我也怜悯它，我的心重新及袭来了悲酸和颤抖。我以惊奇的是它的长期忍耐的不屈不挠的精神，它对于自己选择好的住处是要死守的，它要占有，它要夺还，它要屈服我，是的，它要屈服我。但是，我要蒙着这层羞辱么？我要让它弄坏我的衣物么？这样想下去，虽是心气和平了许多，然而我始终是非驱逐它不可的，于是又捉住它们，让它们怒目而视地高叫，我仍然送它们下楼，我向它们说："非要你们住在楼下不可！"

这一天的傍晚，我从外面回家。在楼下打开壁橱，它们又不见了。上楼发见了乳猫仍然卧在衣橱里。那为母亲的阿猫呢，此时却不知跑向哪儿去了。

"好！混蛋！"这样地怒骂着，同时很敏捷地想出个办法来。匆忙地，好像小偷一样地捉住乳猫。下楼，开门，跑到两三百步以外的松林里，把猫抛弃在蔓草丛中了。心酸得不敢回顾一下的样子，回到家里。

夜中，我听见为母亲的阿猫的叫声，那曼声的长音，使我的心有了说不出的一种凄动。接连这样的过了几天几晚的猫的鸣声，也使我哭泣过好几次。

一九三〇年四月十九日在东京。

刊于《万人杂志》1930 年第 1 卷第 5 期

猫

一　蝶①

友人 G 君，一天，向我说："我送你一只猫，好不好？"我无可无不可地答应了。过了几天，我在楼上做稿子，听见楼下有男子声音说话，原来是 G 君的男佣送猫来了。很小的身躯，头和背脊是黑的，一条白的鼻子，衬显出两只发光的宝石似的眼睛。一放下，便直窜到一个隐秘的地方躲藏着了。有时发见它蹲伏在床的一角里，黑暗中闪动着黄色发光的眼珠，倘使有人稍稍地走近它去，便发出"嘶嘶"的声音，两只前足直立起来，似乎预备抵抗的样子。如如用着竹竿远远地撩拨一下，它就立刻又窜到别的地方去了。到了夜里，不知藏在什么地方，"咪咪"的只是叫，大约在这个时候，它才觉到自己已成了一个孤独者了，它已被人们从它的母亲的乳下拉开来而不复能和它的兄弟姊妹在一处游戏了。我在夜里，常有数次地醒睡，才知道它彻夜地不曾停止过叫声，觉得仿佛有些抱歉似的。

"放了它罢。"第二天的早晨，我便这样地向岳母说。

"这是怕生，不要紧的，过一两天，熟了，就好。"

这一夜，还时时听得它的悲鸣，但似乎已有间歇的时候，而且声调也仿佛缓和了。第三天，它才开始到我们的女佣给它安排好的一个地方里去吃用鱼骨同牛肉汁调成的饭，见了人，虽然还不免露出惊慌的态度，但也只张着圆圆的眼眶，瞪视着，似乎说"我已预备着了"，并不像从前

---

① 编者注：一蝶，即乌一蝶，原名统远，笔名介生、支支，宁波镇海人。曾任宁波《时事公报》总编辑二十余年，是甬上有名的才子，著有《鸥吻集》《水泡》等散文集。

的跳避，也不再"嘶嘶"地做出凶恶的气势来了。然而因为接连的两夜的悲鸣，喉咙也有些嘶哑了，这一夜，果然"好了"，不再听见它的叫声了。

因为年纪太少了，还没有捕捉活物的力量，但那天真的叫声，却已给了鼠子们以一个严重的警告，先前喧闹得连梦都做不成甚至于白天里也成群结队地出来把盛着食物的器具都打翻了的鼠子，从此忽然沉寂得如同绝迹了。一天一天地，它习惯了这异地的生活，至于能向时常给它调饭的女佣"咪咪"的乞食了。如如是宝贝似的喜欢它，她确乎得了一个很好的小朋友了。它是这样的喜欢游戏，在地板上跑来跑去，从这间房里跑到那间房里；在太阳照着的地方上滚来滚去地玩；抓住一个走过它的面前的人的鞋子或是衣服，尤其是捉弄一只小鸡的时候，连我都时时忘却了正在工作的事情，衔了笔杆，只是无餍足地看着。它用两只前足抱住它的身子，轻轻地咬它的颈，又常不意地从一个隐蔽物的后面扑了出来，抓住它的翼膀，抱着它翻来覆去地滚着，那小鸡只是"唧唧"地叫，但也并没有惧怕的神气，常有趁着它的不意去啄它的背脊的事，有时它并不计较，有时似乎佯发着怒，突然地回转身来，装着要攫拿的样子，却又忽然地垂下头走了。但是在这样的快乐的有趣的情景中间，我的女佣却渐渐地说起废话来了。原因，是它常常在灶下堆着木柴的地方撒屎，时时不意地沾污了她的手，当她烧火的时候。这废话渐渐布满了全家，不觉地摇动了我对它的信任。但当看着它天真地游戏着的时候，还依旧感到赏玩什么似的趣味。然而，当一个早晨，我在床上，突然闻到了一阵奇异的臭味，"是它撒的，一定是它撒的"，这样地断定了之后，便觉得真个是可厌恶的东西。

"放掉罢。""实在是太讨厌的了。"她们也只这样地应和着一句。

大约在说了这句话的三天以后，我觉得仿佛丢了什么似的。

"猫呢？哪里去了？"

她们微笑着。

那常在一个地方放着的一只饭碗，也不见了。

"放走了罢？"

猫是有"向家"的本能的，但是，又是几天过去了，它终于不曾回来，它大抵是不会回来的了。世界是广阔的，它或许还是这样地比较的幸福，但同时又是崎岖而危险的，它不至遭了什么苦痛的结局吧？不幸在几天前，见到了一个悲惨的景象，使我很不安，在我家旁边的一条道上，发现一个猫的尸体，已完全的腐烂，仅从模糊的轮廓里，给予我们一些辨认的凭证，五六只小鸡啄食着它的脏腑，苍蝇在上面"嗡嗡"地飞着，后来，被一个五岁光景的小孩拿到什么地方去了。为着过去的短时的周旋的情感的牵引，我不能不关心着它的运命。我只能凭着我的真切的愿望，为它祝福。

这稿子写到一半的时候，什么地方来的，似乎是猫的叫声，而且是很热诚的叫声。

"咪咪。"

刊于《水泡》，一蝶著，光华书局 1929 年 2 月刊行

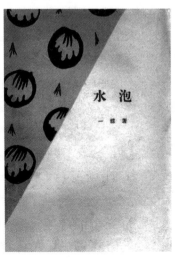

《水泡》书影，一蝶著，光华书局1929年2月刊印

猫

幽 鸣

莫泊桑说："凡是诗人都是爱猫的。"我觉得这句话很有道理，因依着猫类的温和的性情，活泼的体态，笑似的脸，精细柔软的毛，敏捷的攀登力，真是无一不可爱的！喜欢玩猫的朋友们，一看到这一副形态，总要口不由主地喊出："这活泼的小东西！小家伙！灵敏的小宝贝！"何况是善感的诗人呢！

我也是爱猫的一个，但是没有诗人的才能，不能发挥我对于猫类的好感，实是一件憾事。古人说："猫是七世小娘（妓女）投胎来的。"这大概是指它们的轻狂和娇媚而言罢。

我曾经养过好几只猫，但是养到半途，不是死亡，定是失踪，所以它们留给我的怀念是很深刻的。

我记得十六岁那年养过一只猫，那只猫留给我的怀念最深，那时我真爱那只猫啊！以后它虽然失了踪，但是至今尚记忆着。

那只猫是从舅母家里要了来的，当时它从娘肚子里出来，还只有两个月的光景，但是它已像小老虎似的东跑西窜了。我喜欢它的小巧活泼，所以向舅母要了来，它在一群中，要算顶活泼顶可爱的一只了。

那只小猫的颜色，很是美丽，是黄白黑三色相混的，活像一只活泼可爱的小老虎，更加它的"虎形"，不过没有像老虎样的那么大和凶猛。

它充满的是"生之力"，那圆大的眼瞳，精细柔软的毛，温和的性情，活泼的体态，像一个快乐的姑娘，充满着明媚和清丽。真是猫中的典型！尚有那短圆的身躯，生长着精细柔软的乳毛，滚圆可爱的小脑袋，长着二瓣石膏像似的小耳朵，那圆尖的下巴，玲珑的小嘴，真是可爱哟！呀！尚有那红色的小鼻子，微微地带着润湿，耀着水凌凌的光。

那幼猫是有着特有的天真，一天到晚，总是纵纵跳跳的，一刻不停止地跳跃。跳跃时，那灵便的小身体，显得非常活泼，有趣。

有一天，我课后回家，吃完了午饭，在廊下晒太阳，我无意中看见那只小花猫，"神清气爽"地坐在门限上，它"马步"摆得非常之好，安稳地，端正地坐着。那种伟大的气魄，像一位统领百万雄兵的英雄，又像在深山中称霸的大虫！

那时我几乎跳起来！我兴奋极了，一种欲望，在我的体内渐渐地升起，沿着我的神经升起，在我的四肢里奔走，使我牙齿咬紧起来，我的双手有难熬的麻痒，我连忙握紧了我的拳头。

那活泼的小东西——小家伙，在那里蔑视一切地坐着，有时转动它那活泼机警的小脑袋，似乎在搜寻什么似的，有时用它那柔软的前肢——利爪已收缩起来了的前肢——毫不关心似的拭着它那圆尖的面。

我观察了好一刻，想等待它拭好了面以后，然后去抓它到怀里来。但是它尽管这么着，还是从容地拭它的淡红色的小鼻子。我等待得恼了，索性大踏步地走过去，把那小家伙恨恨地捧将过来，它的颤动的肢体，和精细柔软的毛，在我的手里滑动，我感觉到有一种神秘的热力。这热力将我的觉得太可爱了的而致握得紧紧的手放松了。我极温柔地拥抱它，很亲爱地抚摸它，梳理它的毛。

它很快活，喃喃地吐露着微音，在我的怀中滚动，那已收缩着利爪的可爱的前肢，在空中乱舞，像小手般地要折什么东西似的。我将它翻过来，而阳光刺激了它的眼皮，使它感觉到非常的不安，它眯紧着眼皮，"妙！妙！"地怒叫。

我知道它恼了，仍把它翻转来，放在地上。它跳了下去，觉得很自由地，伸了伸腰，立定后，将身子甩了几甩，很活泼的"秃！……秃！"地跑走了。

隔了几天，我无意中走到吃饭间里。见它弓起着背脊，竖起着尾巴，贴在墙角的一隅，我好奇心动，走近去观察，原来是阿王（狗名）在饭桌下拾骨壳吃。我为它安全起见，把它捧在怀里，它的四肢，尚在索索地抖。此时它在我的怀抱中，很安适地娇媚地躺着，两只碧绿的眼睛，乌溜溜地向我看。

我将阿王赶走，然后放它下来，我拿了一根绳，拖来拖去地逗着它玩，它举着像小手的可爱的前肢，扑来扑去地追。阿王以为我们去了，垂着头默默地又来了，我又把它赶走。我去逐它时，它倒吓了一跳。我觉得它太粗暴，太野蛮，像《水浒传》中五台山里的花和尚的家伙，因它屡次将鸡食料窃吃去，所以我很恨它。

阿王虽给我赶跑了，但是跑了一些路，忽地又掉转身子，向我们恶狠狠地不怀好意地看，妒嫉似的看，它双耳直竖着，一双眼睛圆溜溜地放出狼一般的绿光来，它以为这小东西——小家伙，你们为什么将它保护得好好的。这小东西——怪会淘气的坏坯子，在小主人的面前，那样快活地跑跳，活泼地攀登，似笑的脸，向小主人撒娇，又在怀中挣扎。这种轻狂的举动，在它的眼中，自然看不入眼，只得"呛"了一声，低着头，"嗒然若丧"地跑到别处去了。

有一天下午，我课后回家，忽然感到寂寞，想找小猫玩，但是四处都找遍，总是寻不见那可爱的小猫的踪迹。那时我心里感着一缕莫名的悲哀，可怜这几月来相伴的小东西失了踪吗？还是因为人家看见它可爱把它捉去了呢！那时我真感到非常的惆怅。

一天一天地过去，我课后闲暇的时候，总是若有所失，忽忽不乐。过了一晌，才听见一个邻人说："你家的小猫，某日下午，给一个陌生的路人带走了。"那时我才得到确报。

我养过好几只猫，它们留给我的感想，要算它最深了。所以我对于猫类，总是怀着好感的。猫，确是一只可爱的小动物，一匹忠实的家畜啊！

刊于《申报》[1]1932 年 12 月 11 日

① 编者注：《申报》，1872 年 4 月 30 日创刊，原名《申江新报》，初为两日报，后改为日报。由寓沪英国商人安纳斯托·美查（Ernest Major）创办，后经席子佩、史量才、史咏庚、潘公展、陈景韩（陈冷血）等人接手，主笔先后有蒋芷湘、钱昕伯、黄协埙、陈冷血等。馆址位于公共租界汉口路 309 号。1949 年 5 月 27 日上海解放后终刊。

猫

毓

　　我的妻子特别喜欢猫，自从我去年小病，那花猫溺死之后，她又讨来一只几乎纯白的猫。遍身雪白，仅仅在背上有二块铜圆大的浅灰色。她为它做了一副小被褥，平铺在特制的木箱中，每晚临睡，她先"咪咪"地呼它进来，轻轻地捉进木箱后，自己才能安睡。日后它也知道了规定的时间，到时候不必呼唤，它早已乖乖地安睡在木箱里，头，四肢，都曲在一起，背部微微地起伏，那一个浅灰色的圆形也怪好看的，一高一低。妻老是拍着手说："那猫真好呵，人还没有它听话。"——说后她侧着头瞧我的态度，好像"你知道吗，这句话是什么意思？"这时候大概我正在写字或者看书，这我已成了习惯。晚餐后老是和同居的人家闲谈，那猫睡进木箱，我才像发觉这是应该写字或者看书的时候了，这样非到十一二点钟是不肯安睡的。妻睡得很早，她见我不肯早睡，就俏皮地说我不及猫听话。我见她侧着头得意地微笑，也故意地说："人本来哪里有猫的聪明。"

　　"是呀！"她以为我没有知道她的俏皮，很快活地笑了。

　　这猫成了我们小家庭中的一员。

　　春风吹醒大地，某一天晚上，那可爱的猫失踪了。妻各处找寻，呼唤，并不见它的影子，她发急了说："谁偷了我的猫，不得好死的！"

　　我知道她失了每样心爱的东西，最后总是这样说了才舒服，这夜她不作一声地陪坐在我的写字台旁，意外地到一点钟和我同睡，在床上还是像和谁生气似的噘着嘴，我轻轻地吻上她的唇说："干么？"同时"迷……呜"的叫声从屋顶送来，妻推开了我坐起身来。

"是阿白！"她肯定地说。

她推开被想跨下床去，我捉住她的手说："你爬上屋顶去吗？明天它自会回来的。"

"迷……呜"叫声渐渐近来，这怪难听的一声，妻像醒悟了似的笑着重钻进被来，我随口说："恼人的春天啊，女人的屁股也懒得去摸了。"

我大腿上轻轻地着了一拳。

猫的肚子慢慢膨胀，妻忙着预备生产院。两礼拜前它产了二只像母亲同样可爱的小猫，妻快活得什么似的捧着阿白，那箱子也搬到我们床下，看它哺乳，那二只小猫也时常捧着玩。昨天我们从文庙公园归来，二只小猫不知被阿白搬到哪里去了，妻像哄小孩子似的对阿白说话，但是阿白到底不及人听话，始终"迷迷"的没有回答，晚上也没有睡到木箱来。我对妻说："你做了傀儡啊！它有了儿女就把你忘了，还是不听话的好罢！"

"呸！我明天一定寻它回来。"

"迷……呜"今天早上这叫声又从屋顶送来，妻推开窗来望了望那阿白，失望似的呆了半晌。

"迷……呜"从这屋顶送到那屋顶。

五·一——作于小楼窗前

刊于《申报》1933 年 5 月 16 日

张老太太的小花猫

一　蘋

失踪了三天的小花猫，吃中饭时候又在我脚边"咪咪"地叫着，它更见憔悴，瘦弱，可怜地望着我，像一个垂死的乞儿，我不由想起小花猫的主人张老太太来。

张老太太是个五十岁光景的慈祥的老妇人，三年前租赁了我家的一间小屋，一个人孤独地住着，不见有亲戚往来，也不见她出门一步。她更不好说话，像旁的上年纪的妇人，喜欢唠唠叨叨地西家短，东家长。住了许多时候，还不很和邻近往来，间或门口遇见的时候，说一句"今天天气好啊""饭吃过了"，就俯首去抚爱她怀中的小花猫。它是她唯一的伴侣，唯一的消遣，这悠悠的岁月。张老太太一如小孩子一般和它打混，有时喃喃地和它说话，似乎告诉小花猫她的可怜的身世。其实小花猫知道什么呢，仅是"咪咪"地叫着，但在张老太太听来，小花猫的叫声却是同情她的表示。那小花猫确也蛮可爱的，小小的身躯，一对碧绿的眼珠闪耀在黑色鼻梁的两边，背上两个黄色的圆形，像羽士蟒袍上两个八卦图，全身雪白，如其在青草丛中追扑蝴蝶，活像一头兔子。

光阴催人衰老，张老太太已在我们的小屋中居住了一年，她依是初来时那般沉默，孤独，吃喝睡觉之外，玩弄她的花小猫，或者她更增加几条萧萧白发。

这年的秋天我结婚，亲戚乡邻都致礼庆贺，见了我母亲，一片"恭喜""福气"地喊，却引动了张老太太的悲哀，她以为做喜事多少取吉利的，所以独自回小屋去放声大哭，终于被一个邻居的妇人探出了她的身世。

她家也是中人之产，她的丈夫独资在城中设南货店，生活当然对付

《我的爱猫》，履彬绘，刊于《儿童世界》1923 年
第 5 卷第 6 期封面

裕如。不过她们结婚后，膝下犹虚，终年求签问卜，修桥铺路，在她三十多岁才如愿以偿，生了个儿子。夫妇俩爱如珍宝，自不必说。后来父亲死后，孩子溺爱成性，偷了家中钱，狂嫖滥赌，南货店铺亏空过巨，终于倒闭，他就偷了张老太太的衣饰，一去不回。

张老太太哭着说："我的儿子在，也有房东少爷这般大了，我见人家儿子娶媳妇，我想起了自己的儿子，不由得哭起来了。"

这秘幕揭开之后，邻近对之张老太太都觉可怜，不因了她寡言默笑都很亲近她。

去年也是知了噪着的夏天，我们街上来了四个兵士，说奉了长官 × 长之命，来接张老太太。乡下人原见不得背枪杆子的，都窃窃地私议起来，以为张老太太或者是个什么秘密人物。我问清楚了他们长官的姓氏，却正是张老太太的儿子，张老太太那时的喜欢，只仰天念佛，收拾了一点细软，随着四个兵士去了，她说隔几天喊儿子来谢谢房东及诸位乡邻。现在又是知了噪着的夏天，我们从此不知她的下落，可是遗下的那只可爱的小花猫，不见了主人，终日不思饮食，"咪咪"地叫着，在我脚边打滚，似乎问我它主人到哪里去了。我望着它更憔悴、瘦弱的身躯，不由我想起张老太太来。

刊于《申报》1933 年 8 月 8 日

捕“鼠”

荡 天

最近我从北方来，住在朋友的家里。朋友是近视的，我也是近视的。一晚，朋友从浴室出来，说是看见一只大老鼠在里面，问我要不要打。我记起儿时捉了老鼠，用火油淋遍它的身体，当众焚烧的趣剧，又想起前几夜梦中醒来的时候，似觉有老鼠绕床跳跃的事，就一边从床上跳起来，戴上眼镜，一边对朋友说：“要打！要打！马上就动手！”

浴室和亭子间是连在一起的，中间只隔一层板壁，浴室里面没有灯，只靠亭子间的灯光映进去。我们第一个动作便把浴室的门紧闭起来，因为恐怕老鼠逃走。第二个动作便开始找武器——打老鼠的东西。两个人站在亭子间看了一会，想了一会，跑上前楼站了一下，又回到亭子间去。最后，朋友捧一个饼干罐，我拿一把破纸伞，推开门走进去，由他把守门口，我用伞往浴盆底下搅拨。“咚！”一只约莫一英尺长二斤多重的黑毛“老鼠”跳出来，碰在板壁上，又躲回盆底下去。“老鼠”是那么粗大，那么凶猛，朋友早已吓得抛了罐子，双脚踏上盆边了，我的心里也吃了一惊，虽然破伞还紧紧地握在手里。两人定过神来，开口惊叹这样庞大的“老鼠”不易看见，恐怕只有第一次世界大战那时候的战壕里才能找到，所以觉得非把它打死不可。于是由朋友向二房东借了一把柴刀和两根松柴来，同时我把拖鞋除去，换上一双篮球鞋，预备踏它几脚。这一次还是朋友做门口把守者，他两手分握两根松柴，我左手拿破伞，右手拿柴刀。破伞撩进盆底去，没有反应，用力摇拨，还是一样。

我们疑心“老鼠”在我们第二次找武器的时候逃窜去了，可是那浴室的地面是水门汀的，决计没有窟窿，两扇窗户是紧紧地闭着的，我们出来时又没有忘记把门推拢来，封锁的工作做得这样严密，它实在没有逃脱的可能，于是再接再厉，拼命往盆底撩搅。"咚！"刚才出现过那只"老鼠"果然跳出来，又碰在板壁上，躲回盆底去。松柴、柴刀、破伞、篮球鞋都没有显出它们的作用来。

《猫犬捕鸟图》，刊于《图画新报》1881 年第 2 卷第 1 期

朋友说是不好下手，不想打了；我却不肯罢休。还请他一同想一个更好的办法。结果，由他提议，用木板把浴盆不靠墙那两边拦住，倒桶开水下去，"老鼠"自然会被烫死的；我想实在没有比这个再高明的法子了，便赞成他。我留在那儿看守，他到外面去叫泡水馆送水。不一会，他就回来，手里多拿了一条小铁棒，背后跟着一个送水的伙计。

朋友把我们的"工作"告诉他，他马上愿意一同参加。这一次还是我负搜索的责任；那伙计替代了朋友刚才的职务，把守门口。我依然以破伞为先锋，插进盆底去，搅了半晌，不见声息，擦一根火柴照照，一团毛毶毶的东西蜷伏在角落里。那伙计大概看见我是近视的，对我说："让我来！拿洋火给我！"洋火递给他。他蹲下去，眼睛望着盆底，擦了一根火柴，随即说："哦！一只小猫！"朋友和我都骇住了，面面相看，当时的心情此刻真是分析不出来。"不是吧？"我从失望的深渊中醒过来，吐出这样的一句。伙计又擦了一根火柴，照着墙壁与浴盆之间的罅隙，探头瞧，还是说："一只小猫，黑的！"

朋友笑了，我也笑。一幅可怕的社会真景展开在心头。我们庆幸我们不是杀小猫的刽子手。

刊于《申报》1934 年 11 月 23 日

阿花

敬　嘉

有一次，家里养着的那只雪白的老猫阿花，产了两只小猫。一只是花的，一只是黑的。

无论高等的或低等的动物，它们的智慧上是有天地似的差别，然而父母对于儿女的天性是都有的。当我想去玩弄那两只小猫的时候，在我虽不存些微的恶意，然而那具有母亲的权利的阿花，总毫不客气地伸着爪向我扑来。它会把自己的儿女藏往它的腹下，使敌人找不到它的儿女。它宁可使自己被人打扰，但不愿使儿女有一些委屈。母性之爱的价值，在这世界上不复有一件事物可以超过了它的！

这伟大的母爱感动了我，我不忍再去捉弄它们，虽然那活泼的小猫是那样地使人怜爱。每天早上，我一定再三地嘱咐女佣们，不要忘了买五六个铜子的小鱼。

这样地过了不久，小猫渐渐地长大了！胖胖的而又活泼的跳跃着。阿花已解除了它一部分的职务，小猫也不复见我害怕，而且居然会随着我手中握着的绒线球作种种扑击的姿势。

然而，这实在是件凄惨的事啊！谁料到会有这样的结果呢！黑的小猫失踪了，听说是被人偷去的；还有一只呢，却在一个黑暗的角隅被那粗心的脚踏死了！

失掉儿女的母亲是会成疯子的。可怜的阿花天天在寻找着它的孩子！它只能用"咪咪"的声音表出她的悲哀！从这垛墙跳到那垛墙，从这屋顶跑到那屋顶。它的眼睛没有以前那样明亮，它的步伐没有以前那样威武。它不喝一些水，不吃一些东西，老是"咪咪"地叫着，幽沉地，悲哀地。

　　然而它得不到人们的同情，它那"咪咪"的叫声惹厌了我的全家，终于，阿花被竹竿驱逐了！"咪咪"的声音不复在屋的四周叫喊，人们的心都静下来了，小猫阿毛都被人们遗忘了！

　　人总是那样强暴的啊！

刊于《申报》1934 年 2 月 16 日

Three Little Kittens（《三个小小猫》）彩色石版画，1857 年出版

死

逸 鸶

死，平凡的死，一个小动物被残杀的死。

这死，纵使临到某一人身上，也未必会驾乎"平凡"之上或"伟大"之下的，而现在，则仅仅是一只猫的死。

这猫，一只流浪街头的猫。一身黑斑纹的毛皮裹住它瘦弱的肢体，四条细小的腿连着个平瘪的肚子，显系是个常不能饱腹的动物。它在绕了垃圾桶旁嗅着扒着时，我看见过；夜里，躲在檐沿下闭着眼的时候，我也看见过。但是，每当我走过或迫近它身时，它总是立刻逃得离我远远后，站住了回过头来望着我。它会叫，我听见过，和别的猫一样，就是声音微弱些；尤其是，有人给它东西吃时，会叫出一种感激的声调来。它会这些，仅仅只会这些，那是太懦弱！它不能拖活鸡吃，不能偷金鱼吃，活该要瘦弱得如此！

但是，也好，这小动物的命运有了转机——好像也有一个可以过些安逸日子的时期。那是因为一位和我同住一屋的老妇人，看它饿得可怜就收养了它。于是，现在的它已由流浪的生活转入于优游的生活：想吃时，有现成预备好的白饭等它去饱腹；想睡时，有为它特设的安乐窝。多幸运！这小动物的身子有了归宿。

"人类毕竟是伟大、仁慈！"它现在应该这样想，"上帝啊！我感谢你，感谢你在这宇宙内降生了人类！"真的，它将快活极了，比从前活泼了好多。我有时也用手去抚了它，它不再像从前的害怕而逃避我了，还昂起了头叫几声。看它的样子，似乎很满意着目前的生活。

时光是一天一天地向前飞着，这小动物身上的毛，渐渐地发出光泽，身体也慢慢地肥大起来。无疑的，目前的生活，显示已影响了到它的生理上。

这里，我绝对没有想到过：这优游的生活后，竟有伏着断送这小动物的危机！

那位天天给它饭吃的老妇人，大概为什么事离了家到一个地方去，一个多月没有回来。这小动物的食与住，非惟无人来理会，并且随即被驱逐了出去。原因是它太会把屎和尿到处拉开来。

从此后，垃圾桶旁与檐沿下遂常有它的足迹。它依然嗅着，扒着，身蹬着，眼闭着，和从前一样，没有怨恨。它非但不怨恨，还能不忘却一度是过它的家。所以它还是常常来，不间断地来。终于人们对它引起了极厌恶的心：下次再看见它来，打断它的腿。

小动物总是小动物，它没有理智，更不知道人情善变。在某一个上午跑了来，终于送它自己的命。

事情总有个原因，在那个上午，人们发现了煨在锅里的一只鸡缺少了一只，推测后，断定是那只猫吃去的。于是罪名就此判定，只等执行。

捉只猫当然是极容易的，在它跑来的时候即被擒住。接着二根绳子，缚住了它的四条腿，一个人抓住了它的尾巴往门外提。

"真要处死它吗？"我终于发问了。

这人没有回答我，提了这被缚住的小动物往外就走。一忽儿，一阵棒打的声响传到了我的耳里。

刊于《申报》1934 年 3 月 21 日

记阿咪及其二子

陶雅萍

大地之下，潜流着一脉生气。死去的万物，微微地伸起了懒腰，感应了飞禽走兽，鼓动了树木花草。春神给大自然绣上了一身新服装。最引人注意的是粉红的桃花含着微笑，娉婷地欢迎人们去欣赏它。那嫩弱的柳条，好似乡下姑娘，俯首看那池中的几尾鱼。春风却偏要戏耍它，有意拂过它的身旁，它不由自主地忸怩起来。我正陶醉在明媚的春色中，不忍离开这可爱的春神，徐徐地循着那蜿蜒的小径踱去，骤闻一种激烈的鸣声，刺入耳官，急忙循声找去，在离开一间破旧矮茅屋十余丈远的一株老榆树下，一只浑身雪白，尾巴乌黑的猫儿在打滚。同时瞧见它腹下一个老鼠似的东西轻轻地呼吸着，不消说这是那猫儿的结晶物了。我想：那猫儿笨极了，为什么不在人家屋内生产而在这露天的树下临盆呢。正在凝思的当儿，它尾巴下又产出一个小小的东西。这时它除了激烈地鸣了几声，闭了眼睛，紧了牙关，像死去一般。眼睛微微地发出弱而无神的光线，掉头瞧着那小猫发慈祥的鸣声，把细细的胞带咬断了。这样，它的痛苦时期过了，伸出舌头"搭……"地给小猫浑身舔着，把二只小猫舔得光滑非常。我见了这种模样，不忍之心，不觉油然而生，心想假使发起大风来，下起暴雨来，它们将怎样呢？假使没有人顾着它，任它露宿在这里，它们不将冻死饿毙吗？又想：人是动物之一，猫也是动物之一，同是动物，应具互助之精神，济困救难，现在它一母二子受困在这里，多么可怜啊！于是打定主意。跑到前面茅屋之内，向一位慈祥的老妪，讨了一只破筐，把它母子三人携回家中。

阿咪做了二个儿子的母亲了，负起了慈母责任，以前一切自由行动的权利，现在都无形地完全剥夺了。

小猫的眼睛还没有开，吃乳的时候，二个小头在它母亲怀里乱捣乱捣，且将二个小小的舌头，卷住了母乳，"即札即札"地吸收母亲的乳汁，吸饱了又呼呼地睡去。醒来又在它母亲身上爬来爬去，它却一息不停地给它儿子舐，舐得光滑异常，津津有味地舐着。

小猫入世以来，已经十余日了，能瞧见它母亲的慈容，又能颠颠仆仆，跳行于十步之内。有时它轻轻地叫上一声，它母亲立刻跑去看护，且很慈和地答应几声。偶然，隔壁的山东阿黄，跑来看小猫，阿咪立刻竖起耳朵，摇起尾巴，蓬起毛，炯起眼，张开大口："夫……"地骂着，吓得阿黄向外逃，我们都奇怪"狗会怕猫"。

美丽小猫，一天天地肥大了，阿咪却一天一天屡瘦了，憔悴了，娇艳的姿态，壮健的体格，完全供献给它的二个儿子了！

刊于《食品界》①1934 年第 10 期

《学习》，刊于《小朋友》1928 年第 294 期封面

---

① 编者注：《食品界》，创刊于 1933 年 3 月，由陆凤石主编，是以食品为主题的刊物。该刊以"不谈高深学历，亦不谈政治论文"为宗旨，关注食品与人生。内容多为对上海几个食品大厂的报道及食品加工、食品分析、生活常识、菜谱等。

悲剧

雅　非

　　阿咪生了孩子，是四个，而且恰巧生在二叔的老家堂底下。生了四个已经够使二叔生恨——四个都是扛棺材的——何况还生在老家堂底下呢？那一定是个不祥兆头，简直是要叫合家倒霉，今年一年人口准不会顺利了。于是他对这四个无辜的小小生命，也开始起了仇视。

　　"短命猫！你和我前世是什么冤家？"他用竹竿揍着它，恶狠狠地骂着。阿咪却并没有明白自己究竟有了什么过失，会突然地遭受它主人的谴责，只睁着一对碧绿的眼珠，灼灼闪光地对他瞪着。它挡不住那武力的袭击，终于在一天的晚上搬了家，将几个孩子全藏了起来。

　　"快去丢了它们吧，趁它们还没开眼，开了眼丢是罪过的。"二婶娘对二叔说。二叔正想去把它们丢掉，但是发现产房里的孩子完全不见了。他找了许多地方，草堆，柴间，寻了个遍，都没有踪影。

　　这天晌午，阿咪曳着了个瘦瘦的身体，懒洋洋地走了出来，看看自己的碗里还空着——他们没有给它像往日一样地放着有小鲜骨头的饭在那只破碗里，它失望地对二叔他们望望。

　　"你这没有义气的东西，我们还要来喂你呀！"二婶娘对它瞥了一眼，恨恨地骂。

　　那孩子们在窠里找不到了母亲，便"呜呜"地喊了起来。坐在门限上的二叔顿时发现了什么似的，倏地站起来，从扶梯上爬到了阁上，在稻草堆里东一抄，西一翻地找寻，最后毕竟给他发现了四头没有开眼的小花猫挤在一个稻草的隙罅里，蠕蠕地爬动。真不知什么念头在支使他，他颤抖地将四头刚生了三天的婴儿捉进一只破篮里，战战兢兢地走到一

《老猫教小猫》，刊于《常识画报》1935 年第 6 期

条小石桥上，他揭开了篮来，"噗咚"一声，把四条无辜的小生命投到桥底下，水面一阵激动，漾出了几个水涧儿，接着那四头小猫也拼命地在水面上划了一阵，可是没有叫。二叔已没有勇气对这水里望一下，掉头就向家里跑去，一颗心是紧缩着，好像做了一次违心的、不可告人的事情，然而同时心里也像干掉了一件大事般的轻松了。

回到家里，阿咪嘶声地狂叫着，非常哀婉凄楚，它东呀西呀地找，到了晚上，它更其叫得厉害了，它没有吃饭，第二天还是不吃饭，尽一处又一处地找，叫，……

刊于《申报》1935 年 11 月 11 日

猫

高吉安

大嫂刚嫁来的时节，我只十三岁，弟弟只十一岁，所以我们两个除了读书外，为了来了如此一个新鲜的人儿，多下来的时间，总绕着她，向她要东要西的。大嫂偶然回家去，当她再来的时节，终也是我们意外收获食品的时期，所以只希望她回家去，但一回去了，却也要她早点来。

端午节后，又归去了，但一直到八月才回来。来时节，却更意外地带来了两只猫，一只是白鼻子，另一只是黑鼻子，都是玳瑁花，而且也都是雌的。我拿着了白鼻子，立刻给它吃陈皮梅，但它只"妙乎"地叫一声，又换了酱鸭腿，它吃了，我连忙把它装在字纸篓里带了上学去。傍晚，从学校归来时节，弟弟的手上，却原来也是这么一套。

晚上，亲自喂它吃饭，记得先生说过，饭后应该散散步，所以，也就把它们放在小客堂里走走，它们可钻到桌子下面去了。老妈子可真讨气，偏偏在那时节要进来，那我是很清晰地记得，妈妈也赶来要给弟弟洗面，弟弟可恨透了，门一开一开的，得当心宝贝猫逃出，但妈妈却认为是无关紧要的事，还说："阿三，你不洗面，晚上猫要来嗅面孔的。"

从此，晨光里，所伴的是猫，那是已经不关在字纸篓里了，一有空，就逗着猫玩，幼小者的灵魂，已有了对象的寄托。

秋天，慢慢地变了冬天，偷偷地来到人间，它们也有点儿不大安静起来，时常会无缘无故地狂叫，但可坏得很，屋子里叫了还不算数，却还上屋，有一天夜里居然不回来，也不归来吃饭，那我可急了，弟弟是拿了电筒在楼窗口照，但风凄月黑，光景是凄惨得可怕，我那时简直一夜不睡着，时时在留神听着它们的归来。

妈妈也晓得我们的急，为了我们只是哭丧着脸叫老妈子们找，我使出《彭公案》杖限的脾气，二点钟找不到，要对不起，但妈妈却说："阿贰，猫是要叫了后才能生小猫的……猫比人先生呢……"那时，我可有点怪妈妈，为什么不早说，否则让它在一间小屋子，叫上一天就好，何必害我们两个担心它们的不回来。

怪清冷的晚上，又下了雨，我是更难过得要命，虽然妈妈已给我宽过了心，说它们就要归来的。但天在下着雨，岂不会因此而伤了风，会病……但又想到了就会生小猫，一生就是十只，太阳光下走来一队，多好看，但想到它们会因为伤风而不生小猫，而死去，那是永远的，再不能看到它们。想到那里，有点儿惶惶然，更不知道怎么才好。

不安定的生活，一直是过了四天。第五天早晨它们却归来了，白鼻子给撕破了耳朵，黑鼻子却在抖动着尾巴，我恨极，每只打了一个巴掌，但又立刻地给它们吃饭，有点儿狼吞虎咽的现象，"妙乎妙乎"的。饭后，又叫了几声，却一同去晒太阳，在阳光下洗脸。我赶过去，连忙看它们肚皮有没有大了些，但平平的，似乎是没有变化，我又有点儿不相信，似乎也夹着点儿灰心的。

季节的进展，是快得可以，过了年，它们的肚子，果然变化了，慢慢地涨大起来。开学后一个多月，我从学校回来，并不像我的梦，黑鼻子已先生了，生了三只，两黄一花的，老妈子说，这小猫的爸爸，一定是隔壁人家的大黄猫。又三天，白鼻子也生了，只一只，是花的，像白鼻子自己。小猫们都闭着眼睛，不声不响地吃着奶。

梦最难实现，第一步，数的问题先不实现，只四只，编队有点儿不像样，白鼻子和黑鼻子，也不肯有这一类的事，一同带了小猫晒太阳。它们而且又爱搬场，有一天，黑鼻子曾把它的三位男女公子一度乔迁到我的床上去过，但我只被它们见了一面，却又搬到柴间去了。

但小猫在乔迁生活中，却长大得很快，清脆的争吵声，都为着夺小鱼，我老爱低了头看它们，大嫂也时常来参与小猫们的事，妈妈可不大管，只又说过一次关于猫比人先生的事。

以后，妈妈又说小猫们的面孔，都不大漂亮无用的，就此都送了人，阿弟呢，是没有加可否，大嫂却偷偷地对我说过，妈妈把猫孩子送了人，是为了这许多猫，足吃二个大人的饭量，但大嫂却未以为然似的。

那年夏天，我也从小学毕了业，秋天，要进城去读中学。临别时节，对着硕果仅存的两只大猫，抱着万分的离情，它们可也"妙乎妙乎"地对我叫着。

以后，只寒假和暑假能回乡间去看它们了，老实说，从我走后，照顾它们的，除了大嫂，又还有谁，弟弟是有始无终，只有时在信里，和我谈起关于猫的事，总是又生小猫了，几只，又送了人。到我初中毕业归去，仍旧大猫两只，但妈妈所谓人不生猫先生的人，却在其间生了一个女孩子，妈妈像煞是无介意。

秋天，爸突然地把老家搬到城里去，城里是没有高中，我得跑到省城去读，仍旧和猫离开着。

接着是我生活急剧地变迁，又上都市进了大学，对家乡的猫的消息，是更隔绝得可以，慢慢地，对过去的甜蜜的对猫的景况，都一股脑儿地移转上人生途上奔逐了。

固然，我是离开了幼年无邪的生活，只是像梦而已！我渐渐地对猫的冷淡，何尝仅仅是被忘怀的猫，虽然，我会存着怜惜的心情，对那风传过来，远处有人在打着野猫的叫声。

刊于《妇女与儿童》[①]1935 年第 19 卷第 19 期

---

① 编者注：《妇女与儿童》，20 世纪二三十年代创刊于杭州，半月刊，由杭州妇女儿童社编辑发行，主要撰稿人有周作人、顾颉刚、郁达夫、赵景深等，1936 年停刊。主要刊载关于妇女和儿童各类作品，大致可划分为女性生活与常识、地方女性风俗、女性传说、儿童教育和儿童生活等，具有杭州、嘉兴、湖州、无锡等江南地区的风土特征。

猫

方　序[①]

　　猫好像在活过来的时日中占了很大的一部，虽然现在一只也不再在我的身边厮扰。

　　当着我才进了中学，就得着了那第一只。那是从一个友人的家中抱来，很费了一番手才送到家中。它是一只黄色的，像虎一样的斑纹，只是生性却十分驯良。那时候它才生下两个月，也像其他的小猫一样，欢喜跳闹，却总是被别的欺负的时候居多。友人送我的时候就这样说："你不是喜欢猫么，就抱去这只吧，你看它是多么可怜见的样子！怕长不大就会气死了。"

　　我都不能想那时候我是多么高兴，当我坐在车上，装在布袋中的它就放在我的腿上。呵，它是一个活着的小动物，时时会在我的腿上蠕动的。我轻轻地拍着它，它不叫也不闹，只静静地卧在那里，像一个十分懂事的东西。我还记得那是夏天，它的皮毛使我在冒着汗，我也忍耐着。到了家，我放它出来，新的天地吓得它更不敢动，它躲在墙角或是椅后那边哀哀地鸣叫，它不吃食物也不饮水，为了那份样子，几乎我又送它回去。可是过了两天或是三天，一切就都很好了。家中人都喜欢它，除开一个残忍成性的婆子。我的姊姊更爱它，每餐都是由她来照顾。

[①] 编者注：章方叙，笔名靳以、章依、方序、苏麟等，天津人，作家。1928 年在鲁迅所编《语丝》发表处女诗作。1934 年起，先后与郑振铎合办《文学季刊》，与巴金合编《文季月刊》。抗战期间任重庆复旦大学国文系教授，兼任重庆《国民公报·文群》编辑。1946 年随复旦大学迁回上海，任国系、新闻系主任，并接手兼编《大公报·星期文艺》，与叶圣陶等合编《中国作家》等。著有《青的花》《红烛》《人世百图》等。

到了长成的时节，它就成为更沉默更温和的了。它从来也不曾抓伤过人，也不到厨房里偷一片鱼。它欢喜蹲在窗台上，眯着眼睛，像哲学家一样地沉思着。那时候阳光正照了它，它还要安详地用前爪在脸上抹一次又一次地。家中人会说："炼哥儿抱来的猫，也是那样老实呵！"

到后它的子孙们却是有各样的性格。一大半送了亲友，留在家中的也看得出贤与不肖。有的竟和母亲争斗，正像一个浪子或是泼女。

它自己活得很长远，几次以为是不能再活下去了，它还能勉强地活过来，终于它的一只耳朵不知道为什么枯萎下去。它的脚步更迟钝了，有时候鸣叫的声音都微弱得不可闻了。

它活了十几年，当着祖母故去的时候，已经入殓，还停在家中，它就躺在棺木的下面死去，想着是在夜间死去的，因为早晨发觉的时候，它已经僵硬了。

住到×城的时节，我和友人B君共住了一个院子。那个城是古老而沉静的，到处都是树，清寂幽闲，因为是两个单身男子。我们的住处也正像那个城。秋天是如此，春天也是如此。墙壁粉成灰色，每到了下午便显得十分黯淡。可是不知道从哪里却跳来了一只猫，它是在我们一天晚间回来的时候发见的。我们开了灯，它正端坐在沙发的上面，看到光亮和人，一下就不知道溜到哪里去了。

我们同时都为它那美丽的毛色打动了，它的身上有着各样的颜色，它的身上包满了茸茸的长绒。我们找寻着，在书架的下面找到了。它用惊疑的眼睛望着我们，我们即刻吩咐仆人为它弄好了肝和饭，我们故意不去看它，它就悄悄地就食去了。

从此在我们的家中，它也算是一个。

养了两个多月，在一天的清早，不知逃到哪里去了。它仍是从风门的窗格里钻出去（因为它，我们一直没有完整的纸糊在上面），到午饭时不见回来。我们想着下半天，想着晚饭的时候，可是它一直就不曾回来。

那时候，虽然少了一只小小的猫，住的地方就显得阔大寂寥起来了。

当着它在我们这里的时候，那些冷清的角落，都为它跑着跳着填满了，为我们遗忘了的纸物，都由它有趣地抓了出来。一时它会跑上座灯的架上，一时它又跳上了书橱，可是它把花盆架上的一盆迎春拉到地上，碎了花盆的事也有过。记得自己真就以为它是一个有性灵的生物，申斥它，轻轻地打着它，它也就畏缩地躲在一旁，像是充分地明白了自己的过错似的。

平时最使它感觉到兴趣的事，怕就是钻进抽屉中的小睡。只要是拉开了，它就安详地走进去，于是就故意又为它关上了。过些时再拉开来，它也许还未曾醒呢！有的时候是醒了，静静地卧着，看到了外面的天地，就站起来，拱着背地伸着懒腰。它会跳上了桌子，如果是晚间，它就分去了桌灯给我的光，往返地踱着，它的影子晃来晃去的，却充满了我那狭小的天地，使我也有着闹热的感觉。突然它会为一件小小的对象吸引住了，以前爪轻轻地拨着，惊奇地注视着被转动的物件，就退回了身子，伏在那里，还是一小步一小步地退缩着——终于是猛地向前一窜，那物件落在地上，它也随着跳下去。

我们有时候也用绒绳来逗引，看着它轻巧而窈窕地跳着，时常想到的就是"摘花赌身轻"的句子。

它的逃失呢，好像是早就想到了的。不是因为从窗里望着外面，看到其他的猫从墙头跳上跳下，它就起始也跑到外面去吗？原是不知何所来，就该是不知何所去。只是顿然少去了那么一只跑着跳着的生物，所住的地方就感到更大的空洞了。想着这样的情绪也许并不是持久的，过些天或者就可以忘怀了。只是当着春天的风吹着门窗的纸，就自然地把眼睛望着它日常出入的那个窗格，还以为它又从外面钻了回来。

"走了也好，终不过是不足恃的小人呵！"这样地想了，我们的心就像是十分安然而愉快了。

过了四个月，B君走了，那个家就留给我一个人。如果一直是冷清下来，对于那样的日子，我也许能习惯了，却是日愈空寂的房子，无法使我安心地守下去。但是我也只有忍耐之一途,既不能在众人的处所中感到兴趣,除开面壁枯坐,还有其他的方法吗?

一天,偶然地在市集中售卖猫狗的那一部,遇到一个老妇人,和一个四五岁的女孩。她问我要不要买一只猫,我就停下来,预备看一下再说。她放下在手中的竹篮,解开盖在上面的一张布,就看到一只生了黄黑斑的白猫,正自躺在那里。在它的身下看到了两只才生下不久的小猫,一只是黑的,毛的尖梢却是雪白的;那一只是白的,头部生了灰灰的斑。她和我说因为要离开这里,就不得不卖了。她和我要了极合理的价钱,我答应了,付过钱就径自去买一个竹筐来。当着我把猫放到我的筐子里,那个孩子就大声哭起来,她舍不得她的宝贝。她丢下老妇人塞到她手中的钱。那个老妇人虽是爱着孩子,却好像钱对她真有一点用,就一面哄着一面催促着我快点离开。

叫了一辆车,放上竹筐,我就回去了。留在后面的,是那个孩子的哭声。

诚然如那个老妇人所说,它们是到了天堂。最初几天,那两只小猫还没有张开眼,从早到晚只是"咪咪"地叫着。我用烂饭和牛乳喂它们,到张开了眼的时候,我才又看到那个长了灰斑的两个眼睛是不同的,一个是黄色,一个蓝色。

大小三只猫,也尽够我自己忙的了(不止我自己,还有那个仆人)。大的一只时常要跑出去,小的就不断地叫着,它们时常在我的脚边缠绕,一不小心就被踏上一脚或是踢翻个身。它们横着身子跑,因为把米粒黏到脚上,跑着的时候就"答答"地响着,像生了铁蹄。它们欢喜坐在门限上望着外面,见到后院的那条狗走过,它们就"咻咻"地叫着,毛都竖起来,急速地跳进房里。

为了它们,每次晚间回来都不敢提起脚步来走,只是溜着,开了灯,就看到它们偎依着在椅上酣睡。

渐渐地它们能爬到我的身上来了,还爬到我的肩头,它们就像到了

《餐时》，严个凡绘，刊于《小朋友》1924 年第 100 期封面

险境，鸣叫着，一直要我用手把它们再捧下来。

这两只猫仔，引起了许多友人的怜爱，一个过路友人离开了这个城市，还在信中殷殷地问到。她说过要有那么一天，把这两只猫拿走的。但是为了病着的母亲的寂寥，我就把它们带到了 ×× 。

我先把它们的母亲送给了别人，我忘记了它们离开母亲会成为多么可怜的小动物。它们叫着，不给一刻的宁静，就是食物也不大能引着它们安下去。它们东找找，西找找，然后就失望地朝了我，好像告诉我它们是失去了母亲，也要我告诉它们母亲到了哪里。两天都是这样，我都想再把那只大猫要回来了。后来友人告诉我说是那个母亲也叫了几天，终于上了房，不知到哪里去了。

因为要搭乘火车的，我就在行前的一日把它们装到竹篮里。它们就叫，吵得我一夜也不能睡，我想着这将是一桩麻烦的事，依照路章是不能携带猫或狗的。

早晨，我放出它们来喂得饱饱的（那时候它们已经消灭了失去母亲的悲哀），又装进竹篮里，它们就不再叫了，一直由我把它们安然地带回我的母亲的身边。

母亲的病在那时已经是很重了，可是她还是勉强地和我说笑，她爱那两只猫，它们也是立刻跳到她的身前，我十分怕看和母亲相见相别时的泪眼，这一次有这两个小东西岔开了母亲的伤心。

不久，它们就成为一种累赘了，当着母亲安睡的时候，它们也许"咪咪"地叫起来；当着母亲为病痛所苦的时候，它们也许要爬到她的身上。在这情形之下，我只能把它们交付了仆人，由仆人带到他自己的房中去豢养。

母亲的病使我忘记了一切的事，母亲故去了许久，我才问着仆人那两只猫是否还活下来。

仆人告诉我，它们还活着的，因为一时的疏忽，它们的后腿冻跛了，可是渐渐好起来，也长大了，只是不大像从前那样洁净。

我只是应着，并没有要他把它们拿给我，因为被母亲生前所钟爱，它们已经成为我自己悲哀的种子了。

二十五年三月三日

刊于《文季月刊》[①]1936年第1卷第3期

---

① 编者注：《文季月刊》，为文学月刊，1936年6月1日创刊于上海，由巴金和靳以编辑，文学月刊社发行。主要撰稿人有鲁彦、巴金、何其芳等。该刊是1934年在北平创刊的《文学季刊》的复刊，旨在"继续整理旧文学，改进和发展新文学的作风和技术，介绍和建立世界文学的研究等"。主要刊载文学作品，栏目设置庞杂，包括长篇小说连载和中短篇小说、诗、书评、散文、随笔、剧本、论文、译文等，并附有多幅国内和苏联木刻版画，体现出该刊文学创作、学术研究、外文译介三者并重的特点。

猫友纪

吕思勉 [①]

昔孔子作《春秋》，张三世，于万事万物演进之理，罔不该焉。故犬者，乱世之畜也。养之以猎物，并以残人。牛马者升平世之畜也，人役其力以自利。猫者太平世之畜也，人爱其柔仁，与之为友，而无所利焉。

孟子曰："舜之居深山之中，与木石居，与鹿豕游，友岂必其人也哉！"陈雪村署其室曰"友猫"，有以也夫！

老白猫，予幼时所畜，不知其所由来。壬辰（1892 年）予九岁，随宦江北，尽室以行。予家有猫二：一老白猫；一董猫也。携董猫以行，大姑来居予宅，以老白猫属之。未几，得大姑书云：老白猫去不归矣。未知其何适也。抑此猫已老，以病出，死于外邪？未可知也。此猫颇猛，予小时畜兔二、画眉一，皆为所杀，然不恶之也。

董猫亦曰百两猫，予母从妹适董氏者所赠，故曰董猫。尝权之，重六斤四两，适得百两，故亦曰百两猫。此猫黑白色，头上白下黑，如两髦焉。面圆而毛光泽，甚美。予母尝抚之曰：女何美如此也。予年九岁始好猫，而从母以此猫见赠，携之往江北，恐其失去，恒闭房门，不许其入院落，久乃释之。十四岁丁酉（1897 年）自江北归，临行匆匆。此猫适外出，遂未能携之归，后常痛惜之。此猫亦名志道，众又呼之曰阿道。

予在江北，又得猫三，并董猫名之曰志道、据德、依仁、游艺。据德为一狸猫，后携归江南；依仁不久死，今忘其形状矣；游艺亦黑白猫，

---

① 编者注：吕思勉，字诚之，笔名驽牛、企、程芸、芸等，江苏常州人。著名历史学家，著有《白话本国史》《中国通史》《先秦史》《秦汉史》《两晋南北朝史》《隋唐五代史》《史学四种》等，辑有《论学集林》《吕思勉遗文集》等作品。

不美，亦未久而失。

丁猫，岁戊戌（1898年）大姐家所赠，大姐适丁氏，故曰丁猫。此猫亦黑白色，其美亚于志道，后黑白猫至，众呼为小猫，因呼此猫为老猫。

黑白猫，即对丁猫而呼为小猫者也。不如丁猫之美，此猫至予妻来归后乃死。

小三色猫，予妻来归后首求得之猫也。时予家之猫，惟黑白猫耳。予妻以其不美，求猫于其母家，其母家首以此猫赠，然亦不美。

大三色猫亦曰三猫，亦曰四角猫，其面下半白，上半左右黑而中黄，恰成四角，故曰四角猫焉，甚美。尝游予妻家，时予妻求美猫未得，其三姑见之，亟捕之，使人送致予妻。此猫后小三色猫至，然长于小三色猫，故称为大三色猫焉。大三色猫生大龙。

谚曰：一龙二虎，三猫四鼠。谓猫乳子愈少愈强，愈多愈弱也。四角猫以岁丙午（1906年）产一牡猫，众因名之曰大龙，或亦呼为龙心。是岁二姑归宁，予父以赠之，予与予妻不欲，二姑行之日，私将此猫寄之予友史文甫家，二姑既行，乃又抱之归。家人但以为猫适出而已，不知为予与予妻所匿也。

二十角猫，黄白色，颇美。予妻以小洋二十角买诸人，故曰二十角猫。性好斗，家中旧畜之猫，皆畏之，以是颇恶之。一日伴予妻昼寝，予妻抚之曰："汝旧主人不好，奈何以二十角而卖汝邪？居予家，须和善，不可与旧猫斗也。"已而予妻乳子，家人恶是猫之嚣也，寄之蒋义和杂货肆中。是肆之主人，与予家交易数十年矣，乃以之赠人，而告予家曰："猫自走失矣。"予家知其诡，然无如之何也。

阿黄亦曰老人堂猫，老人堂者，东门外养老堂之俗称也。是猫金黄色，颇美，日睡于老人堂东庑，堂中人不悦。一日，予与陈雨农游老人堂，见而美之。堂中人曰："汝爱之，携之去可也。"予曰："汝如肯送致我家，当界汝钱二百。"其人悦，遂送之来。

黑猫，汪千顷赠予，家中旧猫攻之，黑猫逃之徐桂宝丈家，桂宝丈家方患无猫，悦而留之，予亦遂听之弗索也。

予家之西，为予外家之祠，有妇人居焉，倚市门之徒也。好猫，所畜猫有走之余家者，其毛多黑而少白，甚美，爱而留之，名之曰阿黑。阿黑之旧主谓予家庖人曰："吾有猫在汝家邪？"庖人曰："安有是？"其人笑曰："汝勿隐也。彼自乐居汝家，予岂必强之归哉！且予所畜猫凡四，此其下焉者也。"出其三猫以视庖人，皆较阿黑为美。然阿黑予家已以为美猫矣。阿黑老而得疾，居几案上，忽昏坠于地，四足搐搦，俄顷乃定，如是者，岁再三发。后鼻又生疮，溃烂两岁余，百计治之不愈，后忽自愈，又半年，以它疾死。

三花三色猫。大花亦三色猫，在予家所畜猫中为最美。本唐家湾居民所畜，有淮南人知予家好猫，窃之来献以要赏。予妻甚爱之，后怀孕将乳，夜走入花瓶中，首入而身不得入，亦不得出，死焉。予妻为垂泣三日。

小花亦三色猫，生子四，曰阴阳师，以其面半白半黑也；曰烂眼皮，以其眼角有溃烂处也。此二猫皆以赠人，烂眼皮去而复归，家人哀之，听其停留半日一夜，明晨乃复以赠人焉，后颇悔其未遂留之也。曰小黄，为仆妇踏杀；曰虎斑，以其毛色颇似虎也，此猫亦未长大死。

小吾头亦曰白天，陈雨农夫人所赠。此猫亦殊美，其首之大，它猫莫比也。而性慈祥，虽为雄，其爱小猫或过于雌猫焉。故人皆称之曰君子猫也。

黑大，钱志炯所赠，与小吾头同时。小吾头多白，曰白大，此猫多黑，曰黑大。生小白、小黑、窅眉小白及小黑。窅眉小白者，两眉间特窅陷故名，颇美，惜未长成而死。又生阿白、白鼻、白眉及小阿白、梅花。黑大以廿三年（1934年）二月二十日死。

阿白亦曰白白，亦曰必揪，亦口独角。此猫甚大，面亦圆美，惜头颇小也。日人陷辽沈，或为谣曰："独角独角，渡过东洋，灭落敌国。"闻者异之。二十年（1931年）十二月三十一日夜，阿白得疾不能食，而汗出如沈，毛尽湿。明年一月二日予为访医师陈舜铭。舜铭亦无策，是夜阿白走出，觅之不得，三日午复归，四日夜死。

白鼻全身毛皆黑色，惟鼻有分许白，故名。昔陆放翁有猫曰粉鼻，殆亦如是邪？此猫不美而颇驯，出外夜能扣侧门归，已见《猫打门》一则矣。此猫予家婢曰顾玉珍最爱之，尝保抱之，有食必畀焉。后失去，而丁捷臣见之于大树头（予家东北街名），盖为人所窃也。

《猫》，刊于《中华小说界》1916年第3卷第3期

白眉与阿白、白鼻同产，毛皆黑，惟眉间有数茎白，故名。后此数茎亦黑，又名黑米，面颊圆美，予女翼仁悦之，老而患腹泻，久之不愈，二十四年（1935年）冬出不归，盖死矣。

小阿白与梅花同产，此猫居外时多，二十三年（1934年）一月二十日走出，久之不归，以为不归矣。二月八日复归，六月初再走失，七月四日复归，二十五年（1936年）春又出，至今未归也。

以上二十五年（1936年）九月十五日记，生存之猫未与。

随笔三则

（一）猫坠入井

予妻最爱猫，家中之井用后必以物盖之，防猫之失足而坠也。人多嗤其过虑。然予读《辍耕录》云：（据井有毒条上）"平江在城娥媚桥叶剃者门首檐下有一枯井，深可丈许，偶所畜猫坠入，适邻家浚井，遂与井夫钱一缗，俾下取猫。夫父子诺，子既入井，久不出，父继入视之亦不出。叶惶恐，系索于腰，令家人次第放索，将及井底，呕呼救命者，拽起下体已僵木如尸，而气息奄奄。乡里救活之，白于官。官来验视，令火下烛。仿佛见若有旁空者，向之死人。一横卧地上，一斜倚不倒。钩其发提出，偏身无恙，止紫黑耳。"案此所述三人，死其二，一亦几死之情形，庸不甚确，然南村能举其事在至正己亥八月初旬，则非尽伪传无据，其尝杀二人而一亦几死，恐近乎真。则以物掩井，亦谨慎之一道也。要之谨慎而过，终胜于寡虑而失之也。

（二）太平畜

昔孔子作《春秋》，张三世，于万事万物演进之理，罔不该焉。故犬者，乱世之畜也。养之以猎物，并以残人。牛马者，升平世之畜也，人役其力以自利。猫者，太平世之畜也，人爱其柔仁，与之为友，而无所利焉。或曰猫性残，人畜之以捕鼠，又必食之以鱼或犬豕之肉。太平之世，物无相残者，安可畜猫？不知物经豢养，性质则随人而变，猫非不蔬食也，今之食肉，处境使然。太平之世，饮食宫室，皆与今大异，尚何鼠之可捕，猫亦何必食鱼，若犬豕之肉哉！今中国人多好猫，欧洲人多好狗，即其去游牧之世未远，性残好杀之证。夫犬不徒噬人害物也，猘者其病传染及人，诒祸尤烈。日本某医家尝谓今人以保护财产，故而畜犬以害人，实为背理之尤。欲绝恐水症，非尽杀天下之犬不可。又治法学者谓，好犬之人多率犯罪云。

（三）黑白猫

倭寇降伏后，予重来上海，所见之猫，最可爱者，一为光华大学图书馆之白猫，馆中工人李锡根畜之。锡根甚爱之，常与以美食。此猫与人最亲，呼之辄至，后以免乳后染疾死。次之则华东师范大学中之黑猫。辛卯（1951 年）秋，光华、大夏等大学合并而为华东师范大学，予亦自光华转至华东任职。华东校址就故大夏地址，予居教职员宿舍第二号，女翼仁随焉。大夏旧教职员有调往东北者，遗所畜黑白猫而去。黑白猫时尚小，见予女辄相随，因遂畜之。明年生小猫，即此黑猫也，与人尤亲。癸巳（1953 年）春仲予等还里，阅十一日而来，此黑猫忽病，后足几不能行，亦不能食，二月二十七日夜（二十八日寅正），哀号数声而死，声甚惨厉。或云后足不能动，脊骨为人所伤也，未知信否？

刊于《吕思勉集》，吕思勉著，2011 年 8 月花城出版社刊行

猫

李荫渠

家里养了一只花猫，我很爱它。因为猫的温柔，就像未出阁的少女，捕鼠时的姿态，又像希腊神话里的英雄。它不像狗那样拙，又不像兔子那样的狡猾。你抚摸它，它就服服帖帖地，嘴里发出"咕隆咕隆"的声音，像在唱催眠的歌。你逗它，它就东跳西跃地捕捉你的手……

小时听母亲说猫的故事："猫是唐僧从西天带来，我们这里本来没有的。那时我们这里老鼠作反，它们的神通广大，扰乱得家里食无完食，衣无完衣。唐僧才请求西天佛爷借了它们来。原说是还送回的，但后来却骗了他们不送了，你不信？听猫'咕隆咕隆'是在说话呢，说的是'咕隆咕隆，唐僧取经，借来不送！咕隆咕隆！'，它们是在埋怨唐三藏呢……"

我当时听得很神往，以后再听着猫的"咕隆咕隆"的声音，我便以为那是在埋怨唐三藏哩！我想："猫是真可怜呢，从西天到这里来，多么远哪！西天一定比这里好的，那里也许有它慈爱的爸爸和妈妈，盼望它们回去吧！……"

我渴想着再给它找一个同伴，或许回西天的念头，会因不寂寞而消除的。

邻家的文四嫂子，到我家来借东西，谈话里，说到她家里一只老猫，养了四头肥的小猫。于是我竭力地怂恿着母亲，讨一只来养着。结果隔两天送东西回来时，抱了一只四足雪白，身有花斑的小猫。我很高兴，喂它鱼吃。大猫来了，它俩一见就很熟识，不用人的介绍，就"哇呜哇呜"地谈起话来，于是我更快活放心。

《妙家庭》，刊于《小朋友》1925年
第196期封面

时光很快，过了月余，它就长得和大猫一般的高大，而且还胖些。于是母亲给它俩取了两个名字，一叫老花，一叫小花。它俩除胖瘦的分别外，就是小花似乎动作灵敏，老花行事似乎沉着；小花常高声地叫，老花除了还埋怨唐僧外，是落落寡言。

一天我逗它们玩了一会后，让它俩互相追逐。忽然外边来了一只黄狗，我不由一惊，因为狗和它们是势不两立的。黄狗急追着老花，小花爬到了树上，恐怖失神地望着。急救不及，不幸的老猫，被狗咬住了！哇了两声，我赶走了黄狗，见老花的肚子已破，流出了滴滴的血，匍匐在地上。我把它抱到屋里，母亲也为它包扎，拿东西给它吃，但它却只望了望，又倒在地上。它更看看四周，像屋里的一切，都似乎值得它留恋似的。尤其是小花，我抱它到老花身边，小花"哇呜"着，很像哭它似的。于是老花就在众人抚爱怜悯之下，渐渐地止了呼吸。

母亲很疼它，说它有功于我们！家里的老鼠，都靠它捕灭的！我呢？则不仅叹息它死得可惨，而且还惦念着小花失去了伴侣。于是除处罚可恶的黄狗两天不吃饭外，还在后园里为老花造了一所坟墓。当葬的那天，小花似乎还非常悲哀，连饭也不吃，只"哇呜哇呜"地哭。我也含着泪，在它的坟顶上，栽了一株小小的花枝。

刊于《时代青年》[①]1937年第2卷第6期

---

① 编者注：《时代青年》，文学刊物，以评论文艺作品为主。1935年创刊于济南，由当代青年社编辑，刊名为胡适题写，停刊时间不详。

猫

路　芒

漆黑占有了世界。一切尖刺的喧闹，酒菜交织成的香气，谴责和怒骂……都暂时钻进了夜的坟墓里。壁上的钟滴答不停，让漫漫的夜向黎明流去；街上那些沙哑的叫卖声，有时也会从门缝里透进被窝来。漫长的呼声和短促的音响犹如合奏成使人警觉的歌，悠然有节拍地萦迥在枕边。

那只新捉来的猫，又在叫了。嘹亮的长鸣，实在有些使人感觉它的声带在强度的振动下，将会发生破裂的危险。颤栗的音调在屋子里的每个角落移动：长吼、短号，锐利的、呜咽的……奇异的音符表示它的哀怨、愤怒、凶悍……使人听了之后，情绪很快地萦乱起来。啊！这和老鼠的"吱吱"有什么差别呢？

把头蒙在被里，使我得到片刻的宁静，我渐渐地蒙眬起来了。蓦地我的神经过敏，惊觉猫的叫声远离，消失。思潮汹涌着，呀！后边的玻璃窗忘记关了。猫是主母的爱物，为了老鼠常常把物件咬坏，这里也是很需要的。本来养一只猫在家里，只消买几条小鱼拌些饭便可以了；这里却不行，因为过去曾经养过二只，但据说是营养不充分而糟死的。所以现在它每天要吃到五六分钱的牛肺和二三分钱的小鱼。计算起来，它一月的食料，恰和我三元钱一月的工钱差不多。每天临睡时，还得把盆子盛了水放在地上，据主母说："不喝水是要渴死的！"后边的壁上是个玻璃窗，窗外是一橡矮平房的屋脊，每天我总得把它碰上，今晚不知怎样，竟忘了。啊！我把紧要的任务疏忽了，假使真的猫逃了，我又怎样能把谴责和怒骂躲过呢？

　　于是我悄悄地爬出被窝来，披上了衣，把灯取来，打着寒噤把一支蜡烛燃起，惊觉地走向屋后。风从玻璃窗洞里扑来，烛焰摇曳着，我见自己的黑影闪动在烛光里，不禁一阵阵地发怔，这恐怖像是我做了贼一般。

　　"阿花！"屋子里寂静无声，我振动自己的嘴唇单调地呼着。呀！那猫真的逃掉了。我仓皇起来，提尖了喉咙再呼，向着寒风狂扑进来的窗口呼着"阿——花——"。静、黑、寒，使周围的空气很严肃，但伴着尖长而颤抖的呼声，便会把一切布置得怪阴森。我没有一面镜子，不知那时自己的脸部表现出了怎样恐怖、怨恨、渴望的一幅画像哩！

　　在没法之中，我把烛油滴在台上，让蜡烛被黏着竖立起来，在地下拿起猫饭碗，用小棒"当当"地击着，仰面迎着窗外扑来的风……

　　当我的躯体刚投进温暖的被窝时，猫的叫声又隐约地传进我的耳鼓了：起床，点烛，摇曳着来到窗口。在击碗和呼喊声中，"咪呜"的声音靠近窗来了，我兴奋地举起了碗，哈！猫把头探进来了，我运用敏捷的手势，"狂！"的一声，已把它掼在地上。

　　"碰！"我关上窗。

刊于《申报》1938 年 11 月 28 日

马伯逸画作，刊于《艺林旬刊》1929 年第 69 期

畜猫记

余秋虫

猫，一称狸奴，以其状肖狸故也。李商隐诗："鸳鸯瓦上睡狸奴"，鲁直之《乞猫》诗云："闻道狸奴将数子，买鱼穿柳聘衔蝉。"其他前人之咏猫者尚多，现不枚举。近人说猫，如郭沫若曾作《三诗人之死》一文以纪念他那三只不幸早夭的小猫[①]，日本夏目漱石也写过《我是猫》一书，更是摇身一变而为猫，代猫说话，虽属托意之作，然而他的文笔生动，读之兴味盎然，诚可谓妙人妙语妙到毫尖了。现在，在下要谈的猫，既非去引经据典，也不是替猫写猫史，而是随便将我家前后所畜的三头猫各作一小传，让它们垂名竹帛，好叫人间得知。

阿花，一名大头阿花。记得我还在孩提之年，方就读小学时，它已在我家了。故渺不详其出生历史，因头甚大，大头阿花由是而得名。毛色黄白，生而雄伟，孔武有力，以故每战必胜（注：猫与猫战也）。曾东邻某宅有一绰号名黄头者，乃一纯金黄色之猫也，此猫自负膂力过人，当它大摇大摆出游屋上时，远近猫皆望风奔避，其声威有如是者，盖彼已隐然以猫王自居矣。然而它心中亦有可畏者焉，有之其唯我家大头阿花乎！此两雄争霸，既非一朝一夕事。一日，二猫又相逢于屋顶，冤家路狭，初则两方唇枪舌剑，各不相让，既而剑拔弩张，展开血战，交锋数十回合，不分胜负。正酣斗间，阿花忽一脚落空，咬住黄头颈毛一起滚下屋来，于是我们便摇旗呐喊把黄头赶起，回视阿花口中犹衔一掬黄

[①] 编者按：此处疑作者有误，郭沫若《三诗人之死》所记乃三只小兔，名为拜伦、雪莱、济慈。跛脚兔"拜伦"为邻家大黑猫叼走。

《刚猫柔猫》（警世画），刊于
《图画日报》1909 年第 36 期

毛，怒气冲冲，盖此毛不啻为其胜利品也。由是阿花之名乃大噪云。阿
花得年亦甚高，可七八年，后因战乱，阖家避难远方，未便将其携走。
逾年返宅，遍觅竟之不得，后经下婢移薪，方发见彼已效法夷齐，自饿
毙于稻草堆上多时了。呜呼！以猫而尚知大义，至死不易其主姓，抑何
义耶！因为之掘圹而香花埋瘗之，立之以碑，碑曰：余氏义猫阿花之冢。

羊花，以其毛色洁白如山羊，故名羊花，它的境遇甚为迍邅。不知
其原主家姓氏，初由乞食而来我家，遂豢养焉。时我方十三四龄，酷爱之，
昼除给其鱼饭外，严冬之夜必拥之以共衾被，日久成习，它已视我被中
为其安乐窝矣。其有雨夜外出，归时毛尽湿，然仍以爪挑开寝被而入卧，
小儿无知，如醒时必开被以纳之，初未尝加以阻止。此猫性懦弱，每外出，
恒为他猫所逐，直追至城门口（于窗隙穿一小穴，便其出入，戏呼之曰
"城门"）方休。屡生产，但小猫皆不育而死。某岁，我家又避战乱他迁，
欲携之俱走，及船被逸去，因不果，迨后重返，知其就养于对邻一老婆家，
乃索归之，旋病死在家。

小花，它是一只"雌黄雄大美，西洋活宝贝"，此为我乡俗谚，系指
凡雌猫必毛色大美（黑白黄三色相间，谓之大美），或纯白，雄者必黄白
或纯黄、纯白、黑、黑白，狸色反是则甚罕觏，故贵之为西洋活宝贝云。
它雌性而毛作黄白色，实一奇猫也。共胞姊妹二，彼行长，本产于东邻

周姓家，稍长，美丽活泼，我家以红糖一斤易得之。初至时，因顿失伴侣，辄遁归娘家。此猫驯顺不如羊花，且初来时我年事已长，饥驱出外，不能再共其游乐。然每间半载必一归，归时必叩家人以小花，我母笑谓曰："此小狸奴又在厨房内灶上睡其太平午觉矣。"及往观果然，捉其足则叫曰"妙"，犹未肯遽起迎客也。它貌美如花，命薄于纸，一生未终，我家又已两度迫于战祸迁徙矣。一为民国二十六年冬月，举家仓卒他迁，后劫余归来，但见三径就荒，满室螂蟾，不觉浩叹。乃大扫家壁，开启窗户。方整理间，咦！谁知猫亦神通，是晚忽闻屋瓦大响，一猫自窗外不速而飞入，口中不住"妙妙"，一若向人申诉其离衷，谛视之，乃小花也。意则彼亦得无怨恨其主人之太无情乎？亟买鱼以飨之，若虎咽狼吞，可度其挨饿极矣。我乃抚其背而告之曰："小花！汝知之乎？今人间浩劫已至，我辈已身尚朝不保夕，岂复能顾及汝畜命耶！"语已，不禁悲从中来，流泪频频。然谁料坐席甫暖，而我又离家远役，迨后接家书，知故乡不宁，家人又已舍此猫而远去。呜呼，若小花者，何其命蹇若是！而我家乃在未尽畜三猫之年竟已三逢战祸，四迁其居，果人世间战乱又何无情一至于是也？偶一忆之，辄生惆怅，因作《畜猫记》以志之。

刊于《中国文艺》[①]1940 年第 2 卷第 1 期

[①] 编者注：《中国文艺》，为文学月刊，1939 年 9 月创刊于北京，由张深切任编辑，中国文艺社出版。停刊时间不详。主要刊载文学创作、文学评论为主，研究文学流派发展，讨论戏剧杂谈，电影评论、音乐与绘画等，兼带介绍国外艺术与艺术家传记。强调以创作为主，翻译次之。

阿花的死

吴申年

算起来已是前年春天的事，不过它——阿花——给予我的印象却在我心头烙下了火印，到现在想起来，还像今天早晨的事一样清楚。事情是这样的：我的房东张师母，为了每天要榨一磅牛肉汁给她的两个白胖的儿子吃，多下来许多肉渣滓完全没有滋味，随意扔在垃圾桶里，未免可惜，给讨饭的罢，又觉得不大妥当，于是她从女婿——四姑爷家里，要了一只雌猫来，自然一方面为了捉老鼠，而另一方面无非是作为牛肉渣滓的消化机。这使张师母思考了好些时候的严重问题终解决了。这只猫，张师母给它取了一个很适当的名字：阿花，它全身是黄白黑三色杂乱的缘故。

对于阿花，我不大欢喜，既不全白，又不全黑，不合乎我关于猫的偏见。不消说，这在它毫无关系，它既不为我所有，我没有豢养它的责任，只有张师母每天不忘了教娘姨给牛肉渣它吃。不要多久，它也就肥胖起来了。有一次，我无意之间，发现阿花更加胖了，而且肚皮大了起来，我知道它快要做母亲了。同时又发现了一只雄猫，跟着它左右不离，这使我奇异起来。问了妻，才知道是阿花的丈夫，是一个月以来招赘来的。哦！我恍悟地笑了，妻也笑了。但是张师母考虑的结果却和我们大不相同，她深恨这外来的猫，每天要分吃阿花的牛肉渣滓之一半，觉得太不应该，所以常用木棍追着雄猫毒打，赶出门外，不准它再进来。

可是过了不久，又可发现阿花和它藏在厨房的桌子下"咪呜咪呜"地叫，它从窗户里或铁门下偷偷地溜进来，真是太容易了。有一夜，窗外细雨霏霏，凄凉得很。全屋子里的人都睡了，只有我一个还在案头对着一盏古旧的台灯摸索，一只猫在叫唤，前前后后上上下下的断续地布满了它的哭声，怪惨的，尤其是在深夜。我听得出这是阿花，它的声音对于我太熟习了。但是它为什么哭呢？谁伤害了它呢？使我联想起妻子死了丈夫，母亲死了儿子，这人间悲惨的号叫，刺痛了静止的心，同时使我忍受不住。我怀着愤怒去追打阿花，不管这种行动是否残酷，可是当我逼近它的时候，它便敏捷地逃走了。

然而，阿花还是"咪呜咪呜"地号叫，显然我的恐吓并不能制止它的悲哀。就是这样，我给它吵闹得心头不能得着片刻的宁静，我只好停止我的工作，愤怒地喊醒早已睡了的妻。妻告诉我，张师母教车夫阿二将那只雄猫赶过了几条马路，使它认不得回来守住它快生产的妻，这便是阿花所以哭泣的理由。于是我心头冰冷了。但阿花整整的叫了一通夜，第二天还是叫，可是它的丈夫并没有听见它的声音，从此以后，便孤零零地过了好些时候，一直到它的生产。

阿花生了两只小猫，我记不清楚是什么时候的事，不过据说一只是胎生的跛脚，而这对于我也不大介意。至于她为什么要告诉我这个呢？这也有一个原因：原来阿花跳上了我家的碗橱，将里面的碗全打碎了，累得妻气得满脸发白。我说："阿花一定肚皮饿了，所以偷吃。""可不是，"妻回答我说，"张师母的孩子不吃牛肉汁了，连带着阿花没有肉渣吃，而且臭鱼拌饭也不给它吃饱，它要得奶水喂小猫，愈教它怎么不馋嘴？"

"小猫好玩儿吗？是不是全白的？""好玩儿呢？有一只生下地就是跛脚，走也走不动。"我不知道张师母是否就因为生了跛脚儿子而恼恨它呢？还是有了旁的缘故。有一天晚上，我发现阿花在我窗前的鱼缸捉金鱼吃，我证明了它确是饿得难受。果然，第二天，张师母发现了鱼缸少了一条龙种，将阿花狠狠地打了一顿。一只猫因为偷吃而挨了打，这自然是极其平凡的事。然而，有的时候也会使你从畜生身上而悟出人生的悲哀。为了自己的饥饿，也为了孩子的饥饿，不得已而偷窃了，能说是最大的罪过吗？就因为这，我也犹豫了一些时候，然而不多久也又忘记了。

"爸爸，快来看，小阿咪在灶披间里跳。"有一天早晨，四岁的孩子很快乐地告诉我这样的话，立刻拖着我到灶披间去。果然，两只小猫的一只在笨拙地抢着娘姨手中线系着的纸球，阿花在旁看着，而另一只跛脚的却一动也不动，只是偶然间脆弱地叫一声。阿花看见孩子的跳跃，自然有无限的快乐，可是当跛脚的一只不能动颤，却呆呆望着它显出哀愁，它用前脚挪动着它，意思是要它站起来，随后又自己跳跃着给它学习，可是跛脚的孩子还只是"咪咪"地叫，一动也不动。一次，两次，三次，阿花心疲力竭，也只好坐在一旁，望着它不动，就连另一孩子的跳跃，也引不起它的兴趣。一会儿，垂下尾巴悄悄地走开了。然而谁能了解这母亲的哀愁呢？孩子们依旧笑乐，小猫依旧跳跃，娘姨依旧逗着，张师母依旧笑开了。

可怕的事终于在第一天发生了。阿花带着一个孩子藏在楼上怎样也不肯下来，不吃也不叫喊，累得娘姨只好将臭鱼拌饭送上楼去。妻告诉我说，阿花将那跛脚孩子在灶披间里亲口咬死了！"啊？什么时候的事？"我禁不住大为惊异起来。"大概是昨天晚上。"妻的颤抖的声音，显然也给感动了，接着又说："真是奇怪的事，天下会有这样的猫！不过你以为这到底是憎还是爱？"

我没有回答她，我只觉得阿花的行为太使人可怕。有很久一个时候我不敢忘记它，甚至我不愿看见阿花从我身边走过。我简直觉得人的智慧和情感，并不见得可比得上阿花的程度。又是一个深晚时了，我听得出这叫喊中含蓄着一种慈爱与焦躁的情绪，好像是母亲偶然失去了儿子，而又非立刻唤回来不可。果然，我细心地静听，在大门外还有小阿咪的声音，颤抖在雨的雾里。于是很快地开了门，抱它进来，让它偎在母亲的胸前，阿花偎着它湿了的毛发。一会儿，我赶着它们回到灶披间去，小阿咪一跛一跳地跟在娘的后面，原来这未死的一匹不幸地给张师母误踏伤了腿。不过我愿望这种伤不久就会好的。第二天没有忘记关照娘姨："再要当心，不要又给阿花咬死哩。"

以后，约有一个多月，小阿咪长大了，只是脚上还是原有的创伤，免不了将是终身残废，然而畜生的事谁有放在心上呢？偶然间问起妻，她说阿花近来善良得多，我暗暗地欢喜小阿咪很是幸运，虽是残废，可是能留在人间不是更要紧的事吗？同时我也这样想：假使我是兽医的话，我将它的脚用夹板缚紧矫正，多给它吃些鱼肉一类的东西，使它强壮起来，也许会好也说不定。其后，我只发现它瘦骨嶙峋，我才知道它是生病了。有一天，大家都嗅着天井里有一股臭味，车夫阿二到处寻找一遍，在靠鱼缸的角落里找出了阿花快将腐烂的尸首，它却悄悄地死了！谁又料得到呢？

刊于《永安月刊》[①]1942 年第 35 期

《小猫》，刊于《儿童世界》1922 年第 2 卷第 7 期封面

① 编者注：《永安月刊》，为文化娱乐月刊，1939 年 5 月创刊于上海，英文名为 WING–ON，永安公司总经理郭琳爽为发行人，郑留担任编辑，上海永安公司永安月刊社负责发行，社址位于南京路 635 号。其他责任编辑有麦友云、郑鲁文、郑逸梅、刘家彦、吴康、梁燕、宋德其等。其内容以娱乐、消遣内容为主，刊登图画、文字和广告。创刊初期，刊有较多绘画、摄影作品、电影新片介绍及剧照、幽默短文、诗歌、影星玉照。自郑逸梅加入编辑后，逐渐增加小说、散文、杂文、游记、记叙文、议论文等题材的作品。题材广泛，内容丰富，注重刊登人物掌故和历史掌故，代表作者有陆丹林和李伯琦。

小三的惆怅

施济美 ①

我想应该先介绍一下本文的几个重要角色：主人翁是我的三妹小三，配角是一群小动物，而小猫小狗尤居首席。

小三因为排行第三，从小叫惯，长成也就懒得改口，如今已是个十七八岁的大孩子，然而，她那种爱动物的脾气，我敢说，就是等她老到七八十岁也改变不了。可不是吗？春天忙养蚕，秋天忙捉蟋蟀，夏天更是忙不过来，叫哥哥、知了……甚而至于萤火虫，只差没把蚊子、苍蝇也装在笼子里饲养起来。此外，年年买小鸡买小鸭，她总是第一个起劲，可惜不知是小三与鸡鸭无缘？还是鸡鸭无福消受小三的深恩？凭她怎么"鞠躬尽瘁"，临到了鸡鸭总是"死而后已"。除了这，在我回忆里记得最深刻的，就是她四岁的时候，盘腿坐在假山石上，一手拿了个洋铁罐儿，另一手伸出那又肥又短的手指头，去拈那砖头缝里的豌豆虫，直到装得满满一罐儿才肯罢休。天啊！这种先天带来的脾气，就是到七八十岁又哪儿会改得了呢？

这些且按下不表，话说今年早春时节，朋友送来一只小狗，当时我们阖家欢喜，也阖家宠爱，一则因为它小得有趣，二则也是怜它小小年纪就离开了它令堂大人的怀抱，所以我们竭力要使它不感到"天涯沦落"之苦。然而，最能够始终如一安慰小狗的，还是小三一人啊！

第一件事，是替狗命名，大家七嘴八舌，不是嫌这个俗气，就是嫌

---

① 编者注：施济美，小名梅子，曾用笔名方洋、梅寄诗。浙江绍兴人，生长于北平，为外交家施肇夔之女，毕业于上海东吴大学，《万象》杂志早期"东吴系女作家"之一，著有《凤仪园》《鬼月》《莫愁巷》等。

那个难叫，闹了大半天，好容易弄停当了，还是小三的意见：名字有两个，中国名字叫"喜儿"，外国名字叫 Happy，顾名思义，其得宠可想而知。其实，"喜儿"后来成了废名，只是备而不用，通称还是 Happy。

小三看护 Happy，可谓无微不至，夜里带它睡觉，白天张罗饮食，没事还照顾它洗澡，真是饥寒饱暖，无一不小心翼翼。Happy 最爱乱跑乱走，记得有一次家里来个客人，无意踏了它一脚，Happy 不过叫了两声，表示微痛而已，可是我看见小三对客人怒目而视者良久。我们给 Happy 买了一个藤制的狗窝，可怜小三素来不知道横针竖线，那天却忙了整整一个晚上，原来她在做活计，异想天开地缝了两条"狗被"。

渐渐地，Happy 日长夜大了。原先大家不过爱它小得有趣，谁知长大以后，一点儿也不好玩，一张半边黑半边白的阴阳脸，虽然五官端正，却是说不出来的丑陋和难看。而且性子又不驯良，看见人，不管生张熟魏，总是一贯作风，乱蹦乱跳，乱叫乱咬。于是我第一个怕它，恨它，主张送掉它。家中闻风响应，一致赞同，Happy 成了众矢之的。只有小三还是始终如一，并无贰志！

后来，在小三的一再哀告之下，家中开了一次圆桌会议，会议的结果，是暂且将 Happy 从轻发落，"充军"改为"监禁"，于是 Happy 被关在客堂外的小院子里去了。小三心犹未忍，然而众怒难犯，只好噘着嘴在一边生闷气而已。

那一天，也是合当有事，家中来了一位生客，不知是谁忘了关上客堂门，Happy 乘机摇尾而入，它看见熟人尚且呐喊，碰着生人自然要咆哮。一阵"汪！汪！汪！"把个客人吓得心惊胆战，然而为了要维持她的第一次登门的客人身份起见，只好故作镇定，Happy 变本加厉又是一阵"汪！汪！汪！"，其势汹汹然。结果，Happy 越是神气活现，客人越是坐立不安，母亲也就越是跟着面红耳赤。

客人走了，母亲在大坍其台之后，一怒就要逐出 Happy，我连忙乘机进谗言："这种年头，养狗的确没意思，牛肉这么贵，人还吃不起哩！"

　　"而且院子里的篱笆都被它咬破，说不定它将来跑了，倒不如……"二妹琪茵也来助威，于是我也和着说下去："不如咱们把它送掉，一干二净！"

　　母亲听了很以为然，小弟弟是中立派，无所谓，伤心的只有小三，然而她孤立无援，只好"哑巴吃黄连，有苦说不出"。当时决定晚上就送，以免夜长梦多，又生变卦。

　　晚饭时，小三怀着满腹的委屈，拌了一大盆狗饭，牛肉那么多，怪不得 Happy 吃得摇头摆尾的哩！可怜小三到底是万物之灵，依依惜别，那顿饭就吃得垂头丧气的。

　　"这一来，Happy 成了'绿篱弃犬'了！"母亲抱歉地说。满桌的人都哈哈大笑，小三也笑，然而是苦笑，哭丧着脸地笑。

　　"黯然销魂者，唯别而已矣！"我还毫不知趣地调侃她，"得啦！天下哪有不散的筵席……"忽然，琪茵使劲在桌子底下踏了我一脚，我留神注意，原来我这近视眼，刚才没瞧见她的眼圈儿倒红了，吓得我不敢再开口。

　　晚饭后，差人将 Happy 送到小弟弟的小朋友家去，小三盘根问底地向小弟弟打听那人家的尊姓？大名？什么路？几号门牌？电话号码？真奇怪，难道她还要和狗打电话吗？

　　天不作美，忽然风吹雨打起来，路又远，送狗的人老不回家，小三心里渐渐有点儿着急了。风雨越来越大，小三躺在床上，辗转反侧，不能入睡，既担心 Happy 着凉，又恐怕它不得新主人的欢心，嘴里老是叽叽咕咕的，琪茵瞧不过去，只好说："送狗的时候天还很好，大概一路不至于淋雨。"

　　"听小弟弟说那个人家也有狗，我想他们一定能够'狗吾狗以及人之狗'。"我也竭力忍住笑安慰她，谁知琪茵"噗嗤"一声大笑起来，再一回头，瞧瞧小三，她倒伏在枕头上哭了。

　　几天后，家里接到一个电话，那不是 Happy 打给小三的，却是它的新主人打来的，据说 Happy 忽然逃跑，他们寻了两天，不知去向，非常抱歉。小三得知这"不幸的消息"以后，真是快快不乐，走到街上，总是留心 Happy 的下落。我心里又是好笑，又是着急，因为万一 Happy 有什么不测，主张送狗最力的就是我，岂不成了"我虽不杀 Happy，Happy 因我而死"了吗？而且，瞧小三那副丧魂落魄的样儿，我非但对不起狗，也对不起人啊！

如天之幸，小三到底不知在哪儿将 Happy 找回来了，不过弄得浑身泥浆，一点狗样子也没有，大概是漂泊的野狗生涯，才害得它如此狼狈罢！母亲看它可怜，于是说无论如何这次不再送掉它了！

《躲猫猫》，刊于《儿童世界》1931 年第 27 卷第 3 期封面

俗语说"讨饭三年，官都不爱作"，Happy 当了一阵子的野狗，自由惯了，再把它圈在院子里，可就今非昔比，何况它本来是个"性非和顺"的东西。白天还好，更深人静，它看见了一点风吹草动，就大惊小怪地"汪！汪！汪！"经它一嚷，吵得我们的芳邻罗宋瘪三不能安眠，于是推开窗户"哇哇哇"地乱叫。结果，一边"汪汪汪"，一边"哇哇哇"，此唱彼和，再也不得安宁。

三天过去了，虽然这回我们不再打算将 Happy 送掉，可是，为了睦邻，为了维持治安，我们只好再将它送给人家。这回小三倒没哭，她只瞧着那破旧的狗窝，感到无边的惆怅！这是第一次。

狗的公案总算告一段落，接着就是猫的故事。

家里闹耗子，于是在某一次圆桌会议的时候，大家商量养一只小猫。

第二天，小三放学回家，书包里藏了一只黄白黑三色小花猫，看见人"咪唔！咪唔！"直叫，于是我们都叫它"小咪唔"，简称"咪咪"，又名"小玳瑁"，别号"小玲珑"，小字"三花"……

小咪唔的确生得可爱，不像 Happy 那样丑陋讨嫌，所以，小三也就渐渐地转忧为喜了。

小三看护小咪唔和当初看护 Happy 一样的细腻、小心，体贴入微，比较一下，可以说是无分轩轾，绝不偏爱。所不同的，只是天天饭锅里的牛肉，如今已改成猪肝或是猫鱼了。

小猫和小人一样，富有童心，最爱淘气，小咪唔自然也不能例外，没事东蹿西跳，满地打滚，再不然乱捉自己的尾巴，在地上来回地转圈圈，有时候对着镜子瞧见自己的影子，"咪唔！咪唔！"地叫……小三看见以后，因猫乐而乐，跟着"呵呵"地笑。小咪唔的那副憨态，和小三的那副傻态，遥遥相对，真是妙不可言。

天有不测风云，猫有旦夕祸福，小咪唔忽然小有不适，茶不思，饭不想，蜷在屋角里动也不动，小三担心得连电影也没去瞧。

第二天小咪唔病有转机，吃了四尾猫鱼，白饭完全剩下，琪茵说它患了馋病，小三朝她使劲一瞪眼，好像警告她不该对小咪唔无故加以侮辱。

第三天，小咪唔又入危险状态，两眼无光，浑身打战，连猫鱼也不吃了，小三看了一遍万金油的方单，如法炮制地喂了些万金油，恰巧母亲头痛，嚷着要万金油，小三说："且慢！"

于是母亲幽默地取笑："吾未见事亲如事猫者也。"

小三正没好气，居然反唇相讥。

第四天，小咪唔病势有增无减，四肢拘挛，终于午后五时三刻气绝，与世长辞，当晚六时半葬于冬青树下，小三不言不笑，历数小时之久，这是她第二次的惆怅！

想起来，小咪唔确是死得可怜，不过当此乱世，人命尚如草芥，况猫狗乎？所以别人叹息两声也就算了，谁像小三那样念念不忘！

小三真会庸人自扰，没事的时候，看看狗窝，已是"凤去楼空"，看看猫饭碗，又是"人亡物在"，一个是生离，一个是死别，根据过去的经验，我猜小三一定要在无人之处临风偷洒几点伤心之泪罢！

生离死别以后，总算过了几天清闲日子，可是，"江山易改，本性难移"，小三又忙着到处去物色别的畜生去了。

几声"咪唔""咪唔"的猫叫，唤醒我的午睡，揉揉眼睛一瞧，是几时家中又弄来一只小猫？用不着说，这自然又是小三的玩意儿！

其实，家中养只小猫算得了一回什么事？而且小咪唔死了以后也需要这么一个小东西，无奈这只小猫大概与我无缘，否则，为什么我对它一见就生气？瞧它蹲在地板上那个怪德性，也就够人受的：两只眼睛倒是挺大挺圆，可惜四周都镶了大红边框，脸又不圆，再配上尖嘴，猴腮，那副嫌样儿真叫人无法形容，尤其难看的是浑身雪白的毛，偏偏拖着一条又粗又黑的不相称的尾巴，倒像装上去似的。我想：真亏小三的好眼力，从哪儿抱来这么一个体面畜生？

一阵楼梯响，小三兴高采烈地跑上楼来，她欢天喜地地对我说："大姐，你瞧！我刚抱回来的，这只小猫很结实，大概不至于死。”

我还没来得及答话，小猫看见三小姐驾到，通灵似的立刻张开它那张尖嘴，“咪唔！咪唔！”叫个不休，小三看见猫叫，乐得眉开眼笑，俯下身子去逗着猫玩，她那股手舞足蹈的劲儿，和猫的张牙舞爪的样子，正好成个对比。我不禁又好笑又好气，诚心挖苦她说：“死了倒也算了，这么个丑东西！”

“丑东西？”小三噘起了嘴，表示抗议。

“可不是？嘴丑，脸丑，眼睛也丑，”我越说越起劲，“一条尾巴更丑……”

“尾巴丑？”她抱起小猫，坐在床上，不住地抚弄着猫尾巴：“人家说这是‘雪里拖枪’！”

“雪里拖枪？！”我也学着她刚才的神气，噘起了嘴。

她瞧我不相信，于是引经据典地说了一大套：“你不知道什么叫‘雪里拖枪’吧？你说尾巴丑，好就好在这条尾巴，你瞧！全身白毛，配条黑尾巴，不是‘雪里拖枪’是什么？要是脑门子上再加两块黑毛，那就叫‘棒打双桃’，你听见过没有？”

“倒是没听见说过，”我摇摇头，忍不住大笑起来，“起先还以为你杜撰哩！这么一解释，原来还有出典，使我顿开茅塞。不过，这条尾巴，实在不好看，我还是不敢恭维。”

小三觉得话不投机，怏怏地抱着她的“雪里拖抢”走了，楼梯上一大阵“咚”“咚”的响声，大概她在和我赌气吧？

我越想越滑稽，小三这个傻孩子，这半年来，和她那些“得意畜生”，不知闹了多少悲欢离合的纠纷……想到这里，我一个人坐在屋子里也会大笑起来！

楼梯上又是一阵响声，小三和琪茵走进来，跟在后面尾随而入的，自然是“雪里拖枪”，不！瞧它似乎有点异样，原来脑门子上忽然多了两块黑，“难道又抱了一只猫吗？这是怎么回事？”

小三皱皱眉，不开口，琪茵说："还提哩！不知那儿抱来的这么只癞猫？这两块黑，是小三刚才给它上的黑油膏子。"

"哦！"我恍然大悟，"我说'雪里拖枪'怎么忽然摇身一变成'棒打双桃'哩！原来如此。"

琪茵大笑，小三却不然，似乎心事重重的样子，我想：她对这只小癞猫一定大失所望罢！

"咪唔！咪唔……"猫又在叫了，然而没人理它，它可更加叫得起劲，声音苍老低哑，叫人一听就生气，我连忙说："这只猫的嗓子怎么倒了呛？伤风？还是咳嗽？要不要再内服一点儿阿司匹灵，或是白松糖浆。"

"那倒不劳您这位内科大夫费心，"琪茵笑笑，冷冷地，"人家是天生一条挺好的麒派嗓子。"

我不禁大笑起来，小三凝视着窗外，也许她想起了冬青树下的小咪唔罢？可是"雪里拖枪"一径地拉开它那麒派嗓子"咪唔""咪唔"地叫个不已。

在我和琪茵的笑声中，在"雪里拖枪"的麒派嗓声中，小三悄然地下楼去了，这是她第三次的惆怅！

刊于《万象》[①]1942 年第 2 卷第 3 期

[①] 编者注：《万象》，1941 年 7 月创刊于上海，由陈蝶衣主编，万象书屋出版，1943 年 7 月之后由柯灵主编，1945 年 7 月停刊。《万象》是一份商业性的、面向都市大众的综合性文学月刊。主要撰稿人有徐一帆、胡山源、张恨水、史余昌等。还有一些撰稿人多为笔名，有幽素、沧一、白凤、丁谛、秋芳、爱梅等。该刊以"研究学术问题，介绍科学知识，记述时事要闻"为主旨，主要刊载各类文学作品，医学新发明介绍，社会科学等问题讨论，新闻卡通，电影小说等内容。

猫

陈继深

生命的过程像一个长途的跋涉，长期的旅行。活着的人该正在这跋涉，这旅行的行进中，我也就是其中一员，挨着日脚在过下去，正如同可怜的骆驼漫步在茫茫的沙漠中。

在人海里漂泊着，漫无目的地，漫不自知地，时东时西，或南或北。那年在故乡，浴着初冬的慈阳，我住在一个古旧幽寂的所在。三开间的旧式平房，我就占了被称作厢房的那小房间，在那里，我孤零地度过了两月冬季的寂寞时光。

房间西，有着一个本是木窗、不知后来怎地主人也要适应潮流而换上玻璃的窗，尘埃堆满了窗楹，窗格上、玻璃面上也尽是灰暗的尘色。每当午后，冬阳会洒到窗口，隔着灰黯的玻璃透着温暖意来，但终因隔着窗，光和热是显得那么微弱，乏力，这可益添得我当时孤零的心境上的黯然感，我常想："啊，岂真是人逢失意连阳光也悲澹么？"

为了竭力要除去那时刻萦绕脑际的悲凄的观念，于是就将懒洋洋躺在木床上的身躯抬起，走到窗边，"呀"的一声打开了那古旧的窗。因为古旧，所以这窗也就是不合时式地被砌得异乎寻常的高，必待打开了窗，我才能直立着望到窗外。窗外，是一个古老的荒园——当第一次我打开了窗时，生出像哥伦布发现新大陆似的新奇的感觉。

我于是怀着好奇的心情张望园中的一切。园的面积相当大，在夏天该正蔓长着杂草，而这时候只兀立着三棵半老的秃树，一切显得很空旷、单调，正和我当时的心境相吻合。

有一次房东太太送午餐来时，正当我痴立着张望那荒园，脑海是漫无规则地在作遐想，她一来，乃勒住了我驰想的缰绳，才转过头来瞅瞅她。

"呵，你在看着园景么？"

我点点头，接着便问这是谁家后园。她说这园是二家共有的，不过现在几乎单属园西的另一家了，说着她还举起她那满是皱纹的手指着那边一所同样古老的楼房，并告诉我一些那家的历史和近略。

喀喀喀，喀喀喀……

正说着的当儿，房这边送来一阵老人的剧咳声，从咳声中可听得出那老人呼吸的急促和咳得怎样费力，接着是咳声中夹着呼唤声，老人在喊房东太太了。

我住的那所古老屋子里，还有两位垂暮老人，房东太太跟她丈夫，那一个终年病在床上的老翁。两位老人朽木似的生活本已够黯淡了，何况又在怎样古旧的老屋呵！

听了那阵剧烈的咳声，房东太太便脸上显得阴沉沉的，没有表情地想走出去，这当儿，窗外传来一声"咪吗"，于是这声音引起了我微许的兴奋，我便又伸出头来望向窗口，一边说着："猫哩！"

"咪咪，阿花，咪咪！"房东太太也尖起老沙的嗓子学着猫叫，表示在招呼它进来。

于是，在园中近窗处我看到一只花白的老肥猫，正张着它那炯炯发亮的眼睛饿势汹汹地在窗边徘徊走着，大约它也嗅到饭香吧？

这时老人的咳声又响起来，但房东太太却不像往常一样马上过去，还"咪咪"地诱着猫。近窗是有一棵秃树的，那猫终于溜着上去，在与窗口相并的地方停下了，不一会便"扑"的一声跳在窗口，又顽皮地由窗口顺着窗边那张台子到了地面，异常机警，也异常灵敏地溜到房东太太脚旁，"咪哞"地叫着。

于是她便带着它去了。她去后，老人的咳声也许因得到了一杯热开水的缘故而随着低下来。

房东太太的这样做我感到奇怪了，这个猫的地位会竟高于那病着的老人，这老女人竟为着猫而撇开了那老人……于是我就注意起这件事情起来，在闲得无聊的当儿从各方面探询起猫的情形。

有一次当房东太太走到我房间时对我说："这不是我们的猫呵，先生，那是园西那人家的呵！不过我们这里房屋古老了一点，粉墙呵，板壁呵，东也是洞，西也是孔，耗子也就多了。没法，所以我想弄个猫也是好的，只要多喂点东西它吃，也就可以留住它，它会捉耗子的啊！……"

"真的，这里耗子也太多了！"我附和着说。

"可不是吗？晚上耗子简直多得怕人，使人连觉也睡不着，我们老两口子年纪大了呵！听见一点声音就睡不熟的，唉！真给耗子吵够了，所以我想引这老肥猫来，能吓吓耗子使它们不敢出来闯也好！"

这样，这猫留在这里差不多也有半个月了。可是，一夜我醒来时，仍清晰地听得那细碎的声音在床下响动，嗦嗦嗦的，够可厌，但我也就听得那边房东太太沙着嗓子地叹息了："哎，简直没办法，哎，……阿花呢？这家伙也变了，人心一天天在坏下去，想不到连猫也变得这样没心肠了，白天在这里一大碗一大碗地吃白米饭，到了夜里用得着它的时候就回老家去了，真没良心呵，没良心……"

夜里当我睡的时候房里又嗦嗦嗦地响动起来，我便下意识地"咪呜，咪呜"学着叫了几下。"吱吱，吱吱！"房东太太那边的耗子却正在起劲地做着更厌烦的响动。

唉，猫老早远远地跑走了。

刊于《新动向》①1943 年第 71 期

---

① 编者注：《新动向》，1941 年 4 月在南京创刊，停刊于 1944 年 9 月，共 111 期，由新动向编辑部编辑并出版，旬刊。主要栏目有时事小评、时事图解、青年通讯、论著、小言、文场拾零、国际瞭望台等。载文内容包括国际、政治、经济、思想、文化等各方面。主要撰稿人有吴楼、火野、滕树谷、苏子瞻、石燕、平凡、齐鸣、龚大仪等。

猫

林　渡

绿的猫儿

祖父是个博学的人，他除了深通书本上的学识之外，还会琴棋书画。但他的书画却很少为别人作的。

一个狡猾的人想求取祖父的"墨宝"，于是对祖父说："请你替我画一幅山水罢，我家里有一匹很好看的绿色的猫儿，我可以送这个世上罕见的东西给你，作为感谢的酬劳。"

"天下有绿的猫儿吗？"祖父惊讶地叫道，"你可说真的？那么，我一定画，而你，也一定要实践你的诺言。"

于是祖父开始花功夫作一幅山水画了，为的是去交换一匹稀见的绿的猫儿。

祖父是个平凡的老实人，而且祖父一生的聪明智慧，也从来不会运用在钩心斗角的阴谋诡计上的。

祖父的山水画作好了，交给那人。

"山水画好了，"祖父嘱咐说，"记住下次带你的那匹绿的猫儿来。"

过了几天，那个人来了。用一只小篾笼装了一匹小猫，这是一匹黄白杂毛的平凡的猫。"怎么？"祖父睁大眼睛，叫道，"这不是一匹绿的呀！"

"是呀！"那个人从容不迫，笑脸迎人地答道，"这的确是一匹绿的猫儿！"

"不，这是一匹黄斑的丑猫。"

"可是，我那个地方就把黄斑的猫，叫作绿的猫儿的。"

"……"祖父没有话说了，瞪着一双惘然的眼睛。祖父的确平凡得可爱，老实得可爱。

然而这样的事情，却是我们人间常常玩着的欺骗的把戏。

小猫

家里的一匹猫生下小猫来了，大家都很欢喜。但这猫也真作孽，它不拣个好地方来生它的孩子，却偏跳到橱床的顶背上，找了一个旧网篮，把它的小猫养下在那里。

每天都听到橱床背上"咪咪"的小猫叫声，但始终没有看到，到底生下几匹小的，到底是些什么颜色？都不知道。

这一天，趁母猫去吃早餐的时候，我爬到楼梯那边，伸长头颈，去看网篮里的那些小宝贝。

"啊，三匹小猫！"我叫起来说。

"捉下看看罢！"薰姊说。

于是我一匹匹捉下来。

那些生下来刚刚满一星期的小猫，四条腿都还没有支持自己身子的力气，于是将腹部贴在地上，吃力地划动四脚，"咪呜咪呜"地叫着。这

《好朋友》，刊于《小朋友》1928 年第 303 期封面

是三匹可爱的小猫：一匹纯白的；一匹白色的全身，在头额上贴一块黑色的；一匹灰褐色又杂着黑毛的杂斑的小猫。

家里人全都围近来看了。

"这是'白雪'，这是'乌云盖月'，这是'黑狸斑'。"薰姊各各给了每匹小猫美妙的名字。

所有人都指着"白雪"和"乌云盖月"，用喜悦的心情赞美说："这两匹多好看！白雪最可爱，乌云盖月也长得不错！可是……"

可是对那匹不幸的，丑陋的，然而无罪的"黑狸斑"，却一致同声地诅咒："这匹顶蹩脚了。难看得教人可怕！真是匹讨厌的丑猫！"

而且不知谁还这样提议说："索性丢了这黑狸斑吧，现在看了就讨厌，大了更会教人可怕，而且没有人要的养下来才倒霉呢！"

而无知的小猫们，却一样地都划动着四条无力的小腿，张开才开眼不久的畏光的小眼睛，全身都贴在地上，虫子一样地蠕动，显得那么幼弱。

这三匹无邪的小猫，是不懂得人们对于它们的褒贬的。

母猫来了。

母猫看着自己的儿女在地上，便惶急地"咪呜咪呜"地叫着，小心地走近去，用那种叫人感动的母爱，热情而慈爱地把舌头舐着每匹小猫，小猫也娇声地叫着，亲切地挤进母猫的肚下。……

我是如此地感动，而且是如此静静地深思。同样是从母猫的肚子里生下的，同样地吮吸母猫的乳汁，而这三匹小猫，在人们面前，却受到不同的待遇，却使人们发生这样强烈的爱与憎。

为的是什么呢？为的是生得美与丑的缘故。

而母猫的爱却是普遍的，一点没有偏，一样地爱自己的丑的或美的小猫。母猫是不懂得这外表的美与丑，而且它根本没有人们的那种"智慧"和"聪明"。但是我要求聪明的人类来想想，我们人类自己！丑的与美的，应该从什么地方来鉴别？

刊于《浙江青年》1943 年新第 9/10 期

猫

斯　文

自从迁家以来，就常想养一只猫。这并非因为新的寓所已胜过旧居，或是发了什么投机财，要养些猫狗之类点缀自己的门庭；倒是正因为新居更不如旧居，终年不见阳光，白天也闻惹厌的老鼠叫嚣（晚间更不得了），于是才想弄一只猫来镇压一下。

经过向各处拜托之后，竟一直杳无回音。前些日子偶然到亲戚家去，却在无意间发见了一只小猫，一经探询，知道是亲戚的邻居所有。这时因为获得之意颇切，就央亲戚设法讨来，兴冲冲抱了回家，欢喜自不待说。

把小猫抱到家里，首先是两个孩子快活得直跳起来。我一面把小猫用带缚住，一面叫女儿喂饭。大家满以为老鼠问题从此可以解决，对于新来的小猫自然寄予莫大的期望。尤其是两个孩子，立刻跟小猫成了莫逆，抚摸逗弄，爱不释手，不时还叫着："爸爸，你来看！小猫吃饭哩！""爸爸，我抚摸它，它念经哩！"

这一夜两个孩子竟睡得特别迟，我呢，也因为天性喜爱小动物，当然也高兴得很。不过究竟是做了父亲，喜爱之情并不像两个孩子显露罢了。等孩子睡了之后，我又把家里的畚箕倒空了，放在小猫的身边，预备让它撒类，在畚箕的一隅更放了一件孩子穿破了的旧衣服，给小猫晚来取暖。

这时妻看到我这样热心操作，就开了口："这小猫跟你的缘分真不浅，你待它竟比自己的儿女还好。"

我知道妻又在挖苦我，只微微一笑。忽然大女儿从被窝中伸出头来。

"妈，你怎知道爸爸待小猫比待我们还好呢？"

"我问你，你爸爸可曾有一次顾到你身上的寒暖？但是他对小猫，却在畚箕里放下你弟弟穿过的棉衣呢。"

我想发话，转念一想妻也无非说着玩的，何必认真，就对大女儿哼了一声："还不快睡，看明天上学又迟到了。"

第二天，意外的事情就发生了。等到放工到家，小的孩子迎在门口，一见我说："小猫被妈丢掉啦！"我听了，引起满肚子的不高兴："丢到哪里去了？"

"丢到很远的地方，妈捉去的，小猫'妙呜妙呜'拼命地叫。"

说着，妻也在里面接上了口："那小猫昨晚撒了满地的粪，累我拖了几次地板。"

"那就值得把它丢了？"我一面跑进室内，一面也装出要兴问罪之师的态度。

"自然把它丢了，你没有闻过那粪的臭气呀。"虽是一问一答，大家就放出唇枪舌剑。结果双方都在气头上，当然闹得很不快。然而小猫既被丢了，妻又倔强，无论如何不肯把它找来，也就没有办法。

事后，我才知妻本来对猫没有好感，为了要使她改变原有的态度，就故意对孩子谈起话来，在晚饭之后。

"猫是很可爱的家畜，只有像你妈那样性情怪僻而又有洁癖的人，才不喜欢它。它能替我们捉老鼠，你妈能捉鼠吗？"

小的孩子圆睁着两只眼睛，一面摇头一面等我说下去。我刚要说，妻却插口说："你把我比猫？那末，你为什么不去娶一只猫，当作你的妻子？"

"为了老鼠，猫无论如何比你有用。"

我说："猫这东西，从很古一直到现在，大家都养。古代的埃及人，还把猫当作一种神圣的动物呢。猫一死，他们就闭住它的两眼，用麻布仔细裹好尸体，以葬人的礼去葬它。现在埃及地方，还有许多猫的坟墓，近人还发见不少猫的木乃伊。那里还有一个叫作勃巴斯底的大礼拜堂，里面所供的，就是猫头的女神巴斯特。直到今日，埃及人还相信猫能带给他们幸福，为闺秀妇女所宠爱，且在猫的耳上饰以耳环。像你这样恨猫的女人，给埃及的女子看来，岂不是一个疯子！"

"他们才是疯子！把这种畜生看重到如此地步。"妻说。

"把猫视作神圣，固然近于迷信，但像你那样轻视，却也太过。你说它是'畜生'，这对它并未损失分毫。在今日，凡是人面兽心依赖别人为活的，虽然穿了衣服，戴了帽子，又哪里不是'畜生'呢？"

"它到底不能跟人相比。"

"为什么不能相比？"我说，"你如果念过的动物学课本没有忘却，总还该记得在哺乳动物一章里，就以猫为代表来说明一切。然而你该明白，人也是哺乳动物之一种。人有头，有躯干，有四肢，猫也有头，有躯干，有四肢，虽然它多长了一条尾，但是人类的祖先也是有尾的。如果解剖起来，人的骨骼也和猫的骨骼相似，至于内脏，不论是消化器，是循环器，是呼吸器，是感觉器，是生殖器，双方都极相像。"

"哦，我知道了。怪不得猫爱吃鱼，爸爸也爱吃鱼。"

我回头一看，原来是大女儿在说话，脸上显出恍然如有所悟的神气。这时，妻已忍不住"噗嗤"一声，笑了起来。我虽然又气又好笑，却故意装着正经，接下去说："猫不但能与人相比，而且有些地方，还要比人强哩。它的胡须，感觉非常灵敏，可以触知老鼠洞口的大小，决定能否进去；它的眼睛，在黑暗中也能见物……"

"爸爸，小猫的眼睛乌溜溜的，亮晶晶的，很怕人呀。"小的孩子也跟着好奇地说。

"是的，它的眼球当中有一圈肌肉，叫作虹膜，虹膜的中间有瞳孔。虹膜能够收缩，使瞳孔放大或缩小。日光强烈时，它的瞳孔就小成一条线。从前的人没有钟表，就凭它的眼睛来推测时刻。瞳孔成一条线的时候，就是中午。等到日光一弱，它的孔也放大成圆形。人的瞳孔虽也能随光的强弱收小或放大，但缩小时依然呈圆形；到了晚上，黑暗的地方还不能见物，万万不及它呢。"

《觉悟了》，刊于《小朋友》1923 年白雪特刊封面

"爸爸，猫的好处还有，以前妈说，你的皮袍也是用猫皮做的。"大女儿高兴地抬起头。

"还有哩，它的肚肠可以做成线，医生用它来缝合病人的伤口……"

"但是它的粪很臭，你爱闻吗？"妻还是不服气，牙齿咬着嘴唇说。

"你自己的粪呢？"我反问。

大家忍不住都大笑起来。

"我说不过你，以后再有猫，养着当作你的老婆罢。"妻不知是被我说服了呢，还是不忍过于拂我的意思，最后终于说了这么一句话。

刊于《乾坤》①1944 年第 1 卷第 1 期

---

① 编者注：《乾坤》，1944 年 1 月 1 日在上海创刊，由杨泽夫编辑，乾坤出版社发行。月刊，属于通俗文学刊物。主要撰稿人有白荻、周贻白、胡山源、汤雪华、胡通明、叶敏、恂如、吕白华、凡伟、言志、施济美、杨志刚、陈琼等，主要栏目有电影新片介绍、随意座谈等。该刊仅出版二期。

孩子与猫

陈纪滢 [1]

报载：福建南安为防御鼠疫，厉行每户一猫办法，违者处罚。因此该县民众纷纷向邻县购买，最近更在晋江采取集团买猫办法，挨户求购，化零为整，然后成批装笼运去。不特晋江猫咪顿成奇货，该城报纸并发出晋江将成"无猫之城"的呼声，主张限制出口。

一

四川老鼠多，猫儿遂成了宝贝，在别处猫儿和狗不过是家庭中点缀性的动物，在川地猫儿被人尊为"财神"，它在家庭中所处的地位可想而知了。

我来重庆起先住在城里一条街的三楼上，论建筑，这座房子既非捆绑式的，又非土砌的，而地地道道是硬砖和好木料盖成的，地板和墙壁无一处不显得坚固。但当我移住的时候，这座房子已经是百孔千疮，鼠洞在地板和墙角上点缀得如同星罗棋布，叫人一看见，就如像身入陷阱，不安于再住下去了。

果然，在我住城里两年期间，我家所受各种压迫，如空袭、物价高涨、房东借故要挟等事之外，以老鼠的骚扰为最甚。譬如白天躲过空袭以后，晚上想睡一个好觉，却被它惊扰得一夜不得安眠。吃的东西这样贵，也被它很技巧地偷吃了。当西服和皮鞋变成每个人的重要资产时，不是被

---

① 编者注：陈纪滢，本名陈奇滢，笔名有滢、丑大哥、生人、影影、羂瀛等。河北安国人。著名记者、作家。著有《春芽》《新疆鸟瞰》《欧阳剪影》《西班牙一瞥》《欧洲眺望》《西德小驻》《了解琉球》等作品。

它咬坏肩头，就是被它咬破一个洞。总之，房内的一切，时时都在它的威胁之下，无一不是它破坏的目标。

我们也曾用尽种种消极和积极的方法抵抗它、抵御它，坚壁清野，由铁枷来打，堵洞，截击，以及用闪电战，结果也只是短时有效，稍微一松弛，它就蠢动如前。尤其是堵洞以后，反倒更多滋扰，因为洞一堵，它必须另找生路，为了开新战场，它便用尽力气啮地板，其声响之大，可以打断酣睡，使邻舍不安。用铁枷来打，方法比较积极，但四川的耗子特别乖觉，只上一次当，打死一只以后，第二只就不容易来。据说因有打死一只之后，枷子上就有味道，所以它不再来上当。但经烧过枷子，消除气味以后，仍然是很少打死。

时间会使一切不安变为忍耐。

有一天，我的一个小男孩新买了一双鞋，忽然有一只不见了，一个小女孩的袜子也失了踪影，当他们证实是老鼠拖跑以后，小孩子家大骂，几乎气哭了。

从那时候起，他们就要求我买一只猫，我们全家也认为唯有猫才能阻挡住老鼠的横行霸道。

为了买猫，费了不少事。托朋友，自己跑菜市，往乡下赶场，和有猫的人家预定。结果白费劲，猫儿像头奖一样地不易到手。这时候，除了楼下住家一只猫，偶然有次错走了路，进到我房里，毫无逗留地被那位主妇捉回以外，从没有第二只猫光临过我们的房门。

小孩子心急，渴望得一只猫，比得什么玩具还要紧。实在小孩子的心理是想借猫报仇。

后来把家搬到乡下，住在一座新起的房子里，没有老鼠，我们一面暗暗庆幸脱离了老鼠的灾祸（照习惯，"没有"两字是不许说的，据说越说没有越有，所以只好"暗暗"），一面就把买猫的事搁浅起来了。

住过半年之后，有一次，我的孩子很严重地向我报告："爸爸，我们房里发现老鼠了！怎么办？"我一打听，知道是寸把长的小东西，我安慰他说："不怕，小老鼠，看见时把它打死就完了。"几天以后，除了小东西常常蠕动以外，还发现了大老鼠。自然，小东西哪里来的？没有大的哪来小的？

孩子们借口有老鼠，买猫的请求重新提出。我当然也支持这个要求。我们又进行买猫。

打听出离我们住处不远的一家，母猫生了小猫，我们就托人去买，结果人家生了五只猫早被订购一光，甚至下一窝的小猫也有主了，每只猫卖一百块钱。

我们又去场上去看，偶然有一只猫，贱的大家抢，贵的又实在太贵。结果始终得不着一只猫。猫变成了宝贝，在我们家里曾成了唯一求之不得的东西。

后来，我们搬到另一个地方。

这座房子和我在城里住过的一样，墙壁地板都很坚固，看起来还新些，可是被老鼠把地板咬得也是东一个洞，西一个洞。未搬之先，我们对老鼠的警惕，可以说是很注意的，可是因为房子难找，绝没有勇气敢因鼠的问题不住房子，何况老鼠已经布满了大地，正和苍蝇、臭虫一样，不分中外古今，到处都有的。所以我们明知老鼠对我们的危害，而竟逃不出它的势力范围，真使我们感觉人太渺小了。

搬来之后第一天它就给我们一个下马威，晚上没等到睡觉，它们就出动了，在地板上如穿梭似的东奔西跑，吱吱乱叫，对于屋内的人简直没理会，这实在是令人可气又可厌的一件事。

成人对于老鼠的骚扰，因为看惯了受惯了，也渐渐养成一种惰性，任凭它自由行动，以无可奈何的心理处之。小孩子心理没这样宏大，见着可厌的东西不消灭它就不痛快，当时他们拿起棍子围剿了一阵，虽然没有捉住或打死，但确安静了一些时。不过一到半夜，小孩子们熟睡以后，它们就由地面进而升到床上，整夜在高歌醋舞中。

在这里，住了不到两个月，我的箱子竟被它们凿开一洞，闯进去把几件衣服咬得遍体鳞伤。我们选择了一个星期日翻箱倒箧，封洞，捉拿，闹了大半天。

当夜，安静了许多。然而，我们实在仍盼望得一只猫。不久，有一位同事，真的给我们由城里特地送来了一只猫，是一只刚生下一个多月的小猫。黑身上杂着黄点，"咪咪"的声音怪好听，那位同事是本地人，很郑重地告诉我特地为我们送来一位"财神"，我再三地道谢，并且立刻请送猫人吃了几杯干酒，谢他的盛情和慰劳他的辛苦。

这一天，猫儿真的像"财神"一样，被人尊敬喜爱，夺取了每个人的注意力。孩子们摸它，抱它，一会儿给它这个吃，一会儿又给它那个吃。小女孩子又给它头上结一朵红绫花，配合着它那黑身黄眼白爪，的确很好看。那小男孩子则给它脖子上绑一条绳子，挂一只铃铛，牵着它叮铃叮铃地绕着跑。

在这个去处，我又领悟到儿童心理的不同，我告诉那小男孩子说："不应该给猫绑一条绳子，使它不自由，挂一只铃铛以后，老鼠岂不更难捉了吗？"

《阿媚撒娇》，刊于《小朋友》1929 年第 352 期封面

他回答我说："不给它绑起来，会被别人家捉去，带着铃铛走起来好听，晚上再替它摘去不迟。"

我听了，领悟到小孩子家为什么这样显得自私，确实因为猫比狗的价值高，何况谁肯让"财神"白白跑掉呢？

到了夜晚，两个孩子争着要猫和他们一起睡觉，我看他们争持不下，我就说："假使猫儿晚上贪睡，谁管捉老鼠呢？"结果他们就把猫放开了。

这一夜，因为屋内多了一只猫儿，老鼠不敢明目张胆地闹了，小孩子兴奋得入睡很迟。我们全家也莫不欢喜，欢喜有了一只可以制服老鼠的猫。

可是第二天，不知为什么，给它东西吃，它不吃，给水喝，也不喝，甚至于给它买鱼和肉吃（这些东西连人都吃不上的），它也不吃。

这时候正是九十月，落过几天雨，天气就变得冷飕飕的，这只小猫儿尽找暖处待，如往炉灶旁边，床上被角。一直有两三天不吃东西，精神一天不如一天。我的内人一再埋怨那位同事，不应该送一只五月节后生的小猫来。根据传说，五月节后生的小猫怕冷，是不会活的。

眼看着这只猫就要病死，我那两个孩子焦急得不得了，他们跟着我的女佣人去到镇上找兽医，跑一溜遭，结果是没找到。

当天半夜时候，猫儿便死去。我的女佣人趁第二天天蒙蒙亮把这只死猫丢在墙外一枝古老的黄葛树枝上。

等天明，孩子们一醒，就打听猫儿怎么样了？佣人毫不怜惜地说："死了吧！"

他们听说以后，有好久不做声，陷于怜惜的迷惘。随后，他们便赶忙穿起衣服来到墙外去看，不一会儿，他们似乎受了很大的感触跑回来。他们对佣人说："王妈！你不该把它丢在树上！为什么不挖土把它埋了呢？"

"死都死了，丢在哪里不是一样？丢在树上还不会被野狗吃掉了呢。"

佣人最大的理由，丢在田里会被野狗吃掉，丢在粪坑会腐烂，只有挂在树枝上可以全尸。然而她又不是任何宗教信徒，也并不知道什么是天葬，她只是下意识地把它向树上一丢。

小孩子爱惜生物，他们受着传统的生死观念的支配，在幼小稚弱的心田里，正蕴藏着怜恤和不忍于见的人性。他们虽然抗议佣人的举动，然而又没有勇气去把那只死猫从树上取下来。

连着有两三天，他们为这件事情，不痛快那佣人，佣人又是一个多年在家工作的，无论他们怎么说，她满可不听。

我明白他们的心情，我告诉他们说："动物死亡以后，在地上和在地下，腐烂是一样的。不过把死了的东西挂在树上，不但令人看着不舒服，实在也有碍卫生，所以应该取下来埋在土里。"

孩子们经我这番说明，似乎对死去的猫更多了一层同情心。

他们俩咕哝了一会儿，那女孩子摇头表示不肯，那男孩子便拿起一根竹竿，拉着姐姐挑下那只猫。

后来我知道那只猫并没有挑下来，仍旧挂在树枝上。孩子们上下学，经过那道墙外的黄葛树时，总是脸避着向别处看。为这件事，他们对我的佣人加了几分痛恨。

这株老黄葛树，自从挂上了这只死猫以后，天天总来不少的飞雀和虫豸围绕着啄，不到半个月，在树枝上只剩下了一块干瘪的皮。再过几天，连这张干瘪的皮，也被捡垃圾的小孩勾去了。

我家的老鼠前前后后蛰伏了不到一星期，又恢复自由。我的孩子们每次放学回家来，望着那棵树，总是有一种怅怅然之感。

二

第二只猫不知是从什么地方跑来的。我们因为深感猫对住家的需要，既不乐意将来自己的猫被人捉去，自然也不愿意把人家的猫捉住。我们任它自由来往，毫不加拘束，跑就跑，留就留。

过了几天，也没人来寻找它，它并且在我家待住了。

　　这只猫一身虎皮，个头大，尾巴长，嘴巴上的白胡须，又尖又硬，仅是稍微瘦点，它把腰一弓时，更显得瘦骨嶙峋。看来至少不是一个雏猫，它一来，便用爪向洞里扒，晚上悄悄地伺候在洞旁。老鼠只要一出来，它必能捉住。有一次居然用爪从洞里扒出一只鼠，又连续捉住了几只，从此以后，老鼠的动静再也听不见了。

　　于是，全家人对于这只猫没有不喜爱的。为了它馋，人不常吃的肉和鱼，也得天天给它买一点，对于它的冷暖也特别注意。

　　它呢，显得也特别乖，遇到屙屎撒尿，必跑到楼下去，人要"咪咪"地一唤它，它也就"咪咪"叫着趋过来。它渐渐长得很胖壮，脊背和腰肢都很滚圆。

　　孩子们因为前一只猫很快的就死了，对于这只猫，起初并不感到兴趣，等慢慢看它很技术地捉老鼠，又很乖，所以对它的感情也慢慢好起来。

　　有一天，我那女孩子又本能地给它戴上一只红绫结，男孩子拿着一只皮球逗引它玩，它拿扑鼠一样的姿态，在院里跑来跑去，逗引孩子们不时失笑。正在玩得热门的时候，这只猫忽然毛骨耸立，显出极骇怕的样子。

　　它抽身便往楼上跑。我的孩子们也不晓得发生了什么事故，正在诧异的一刹那，忽然在院子门口看见一只黑皮、黄眼珠，像一只黑狗般大的野猫，竖着毛发，瞪着眼珠，跃跃欲试的样子。说时迟，那时快，这只野猫跟踪追来，那两个孩子起初见了这只野猫也受了点惊吓，但是一看见它向着我们的猫追来，也顾不得胆怕，抄起一只竹竿来就追。我们那只猫平素不怕狗，总算相当胆大，哪晓得这只野猫竟把它吓得毛骨悚然，缩成一团。孩子们连呼带喊，咯噔咯噔地上楼梯，一直把那只野猫撵得越窗而逃。我们那只猫竟在床下躲藏半天不敢出来。

　　后来，我曾看见过这只野猫，的确令人见了害怕，个头又肥又大，满身猬毛，实在令人见了感觉得很不舒服。

　　从此之后，我们的猫每逢要到院子里去晒太阳，它必定先向四外张望一回，才敢趴伏下。同时，孩子们对于这只猫也增加了一层保护的责任，每逢下学回来，进门先问："野猫来过没有？"

这期间，我家的老鼠威胁，一点儿也没有了。可是野猫一变而为我家的新威胁。很显然，我们的猫如果不幸而被野猫噬了，老鼠必再蠢动；我们为了不使老鼠再骚扰，当然要保护我们的猫不被野猫噬了。我们商量好了防止的办法：第一我们出入要关门，不使野猫有进门的机会；第二我们把猫拴起来，免它随便跑出去，遭到危险。

这样有几天，野猫也没有来，它也没出去，大家都庆幸新的威胁可免了。

一天，孩子们上学去了，家里人都在厨房弄饭，楼上只留下猫睡在床尾，静悄悄的一个有阳光的上午。家里人忽然听见楼上一声惨叫，急忙跑到楼上来看，原来那只野猫撞开了窗子，闯进来，正捉住我们的猫在咬脖子，家里人立刻拿起棍子来才把它打跑。但我们的猫已经被野猫把脖子上的毛咬掉了一大块，血淋淋的，浑身打着抖。

这几乎是一个惨案，而野猫的胆大残忍更教人可恨。

《野猫被打死了》，刊于《儿童世界》1936 年第 37 卷第 12 期

经过这次事情以后，我们的猫战战兢兢，无精打采闹了几天。伤痕敷了些药，慢慢也就好了。从此我们要时刻注意野猫是不是会从窗外闯入，窗子的开关，更时时要留意。

说来可恨，野猫因为知道我们家里有它的食饵，不时在窗外窥伺、号叫。我们的猫每当听见野猫的声音，就吓得往床下钻。

孩子们对于野猫的暴行痛恨极了，星期天或星期六下午不上学，他们就联合邻居一帮小朋友们，手拿木棒、竹竿，跑到房后林丛中去捉野猫。他们也预先计划好了许多捉拿方法，如绳套、合围、分击、堵截。可是往往是高兴而去，扫兴而回。

野猫始终捉不到，可是野猫的声音却常常从窗外送入。我们全家为这只野猫，凭空添了一层焦虑。而这只野猫究竟从哪里来的，我们始终也找不出。不过每次来的方向总是从房后而来，我们也曾到房后的住家去打听，才知道野猫曾经吃过他们几只猫和多少只小鸭，家家提起野猫来，没有不心痛的。

我们决定铲除这只野猫。

一个星期天，孩子们遍告邻居，请他们见野猫就打，同时把我们的猫故意放它到丛林里去，孩子们同我的佣人拿着棍棒，跟在后面保护，如同诱敌一样。

他们伺候了半天，也不见野猫的踪迹。当他们失望之后要回家的时候，那只野猫突然从背后出现，如同捉耗子一般地就把我们的猫捉住了。

这几个猎人也不放过机会，捡起棍棒就朝野猫打。野猫"嗷"了一声，撇下那只猫，一溜就向山沟跑去。

几个猎人回家以后，尤其是那小男孩子，眉飞色舞，学说他打那只野猫的经过。

野猫经过这次痛打，虽然未必伤害了身体，但的确有一两个月的辰光，听不见它的声音，也看不见它的踪迹了。

我们的猫从此解除了生命上的威胁，逍遥自在地，屋里屋外，来来往往。它好像报答主人似的，连邻屋的老鼠也被它捉得干干净净，先前吃东西非掺和肉不可，以后只和点菜汤也吃了。

我那两个孩子自从打过这次野猫，胆量也渐渐大起来，对于这只猫，更无形中增添了感情。

我们都相信野猫不会再来了。

今年重庆的夏天热得晚但很长，秋老虎于末伏后降临，使人热得发喘，猫也找阴凉地方歇息。

一天清晨，忽然发觉我们的猫失踪了，找了半天，也没下落。起初大家疑惑或是被人捉去，一想到它本来不属于我们，丢了虽然可惜，但总比被野猫吞噬了强。我们这样自己安慰自己。

过了几天，一个常见的捡渣滓的孩子，告诉我们的小男孩，在去后山的沟边上，有血的痕迹，并且有猫皮，一块一块地遗在地上。

他们听后，赶忙去看，回来报告我说："爸爸！是野猫……"

随后的字，一个没有说出，只见他们的泪花扑簌掉在脸上。

三

第二只猫被野猫吞噬致死后，半年内我家没有养猫。老鼠从逃避到复归，从静悄悄地动，到明目张胆地动。老鼠的威胁重新加在我们的身上，而且每天还带有报复性质的意味。

有一只皮箱被它们从背后咬了一个洞，里边藏着我心爱的几本像片簿和一件皮领大衣，都被它们做了半年之久的食粮。许多有纪念性的照片都残破不全，那件大衣领也是东一块西一块，成了破烂。

这简直是一种恶绝的报复行为，是可忍，孰不可忍？以前关于养猫，几乎是出于孩子们的要求，一半是需要，一半也是好玩，这次我可气了。于是，我在多方面淘换猫，并新置了一具鼠柙。

孩子们见我这样积极，他们也高兴得不得了。不过一提养猫来，他们的心灵上就好像受过创伤似的，不敢再张罗。我明白他们因为两次猫的死亡，对于生物发生怜爱，但他们对于"同样是猫，为什么一个猫会被另一个猫吃掉？""大家都是猫，为什么互相残杀"的道理，显然不明白，我打了个现成的譬喻："我们中国人是人，敌人日本人也是人，为什么我们中国人受日本人的欺负？""大家都是黄种人，为什么自相残杀？"

小孩子们经我一说，似乎醒悟了弱肉强食和同类不应相残的道理，可是他们的小心田里，总觉得这种道理适用于猫有点牵强。

"爸爸！无论如何，那只野猫太可恶了，我摸着它时，非把它打死不可！"小男孩说。

"是的，那种残暴的东西，应该受点惩罚，不过，你打了它，它不来吃我们的猫，安知道它不去吃别家的猫呢？"

小女孩听到这里，她抽泣着说："吃别人家的我们管不了，不吃我们的就行了。"

"这种想法要不得，假使我们认为野猫是猫类的公敌的话，就应该除恶务绝，否则，那便是自私。"我说。

"爸爸！野猫既是猫类的公敌，为什么它们不联合起来向它攻击呢？"

眼看这浅近的譬喻，越谈越深，小孩子家知识不足，谈深奥的理论，程度不够，我只好答复他们说："是的，世间上唯有联合的力量可以制服强敌，可惜猫儿这东西是属于惰性的一种动物，软弱，怯懦，贪婪，不抵狗，所以还须人保护它。世间上莫过于受人保护的人是最可怜的了。"

"那么，我们多让它吃肉，它身体强了，一定可以抵得住野猫了！"小女孩儿说。

"不，我们养两只猫，训练它们相打，然后再抵抗野猫。"小男孩抢着说。

这真是孩子们的想象，我笑了，但站在抵抗强暴的观点上，也未尝无理。

四

不多时，我家果然同时得着两只猫。一只猫又是先前那位同事当"财神"送来的，不过一个月大；另一只猫是一位同乡送来的，看起来不像是个小猫了。

因为养过两只猫，对于猫的经验多了些，我的内人一看见那个"财神"，心里就不高兴，她对那位送猫来的同事说："为什么又把五月节以后生的猫给我们送来呢？你不知道五月节以后生的猫不能活吗？"

我那位同事是老养猫家。他家的母猫，一年至少生两窝，一窝四五只，每只至少可卖一百元，春天的一窝更值钱，所以在四川，养母猫也是一种生意。我们曾一再和他说，只要是春窝，我们可以和别人一样付钱。他因为不好意思要我们的钱，又不好驳我们的面子，总是把秋窝送给我们。我的内人受了传统传说的影响，迷信五月节以后生的窝不会长大，再加上第一只猫因是秋天生的，后来果然死了，越使她的相信坚固了。

其实，这并非迷信，因为，这种动物最怕冷，一冷就会生毛病，这完全是属于动物本身能否适应气候的问题。人因冷热可以致死，一切动物当然也是一样，不过要保护得好，也不一定会死。

我的内人责嫌那位同事，使他面红耳赤，怪不好意思。我就说："说是说，也许这一只我们可以把它养大，试试看吧！"

另外一只，不知同乡从哪里淘换来的，圆头，一身毛茸茸的灰鼠皮，像灰耗子一样，又茸又润，这种毛色实在不多见。它一来，我们大家没有说好看的。

先不管能活不能活，这两只猫，经我的佣人抱起来一试，就说："小猫避鼠，大猫不避鼠。"原来据有经验的人说，要知道猫避不避鼠，只要用手揪起猫的脖子，让它的身子立起来，它的后腿如果蜷起来的就避鼠，不蜷起来的就不避鼠。据说这种试验非常可靠。

这一来，那只恐怕活不成的小猫，便成了宝贝，而那只令人喜爱的大猫反成无用了。

"哪有猫不避鼠的呢？"我那小男孩子抱着不相信的态度反问。

"你们不信，那就试试看！"佣人很有把握似的。

我起初对这种武断也不相信，不过因常听见人说，猫被老鼠咬死和鼠不怕猫的流言，四川老鼠多而大，有的猫降服不住鼠，抑或有其事。如果说什么样的猫避鼠，什么样的猫不避鼠，似乎是荒诞不经，不能令人相信的事，但我的佣人既然有此一说，并且是由经验而得的结论，也不应一味抹煞。

"就试试看吧！"我以好奇的心理，告诉那两个小孩子。

我的内人，恐怕小猫再像第一次那只活不长，就特别照顾它。四川八九月份雨量大，一早一晚，气候很凉，这只小猫总是爬到被窝旁边卧睡，我内人就特别给它找了一块破棉絮供它睡。

外屋老鼠闹得凶，为了它避鼠，就把它放在外屋。里屋老鼠不怎么闹，于是就把不避的大猫放在里屋。

经过几天的试验，的的确确，佣人的话完全证实了。夜里，外屋的老鼠一有动静，那只小猫就耸起双耳，悄悄地朝向鼠去。有一回，它捉住了一个比它小不多的鼠，而那只灰色的大猫呢？老鼠动不动，它置若罔闻，看见老鼠在地板上来回跑，它也不去捉。

小孩子们被事实说服了以后，对小猫就特别爱惜，给它系花结啊，喂它牛肉吃呀，把一切爱惜兴趣都集中在它的身上。对那只初来时喜欢的大猫，他们就常常责骂它："你这懒东西！好吃懒做！"

有了这两只猫，老鼠又渐渐敛迹了。可是随着也出了两个问题，一个是粮食供应增加，一个是邻居家的老鼠多了。每天不吃肉，也非给它买肉吃不可；人吃不上鱼，也非给它鱼吃不可。这笔开销，实在也不得了。但是无论怎样，还得像对"神"一样地恭之敬之。有一次，邻居忽然提出抗议，说我屋里的老鼠都跑到他家去了。这种抗议，若出自恶意的，当然可置之不理，因为老鼠又没记号，它的所有权怎能确定？据想象我们养着猫，他们没有，老鼠怕猫，由我屋移到他屋是很可能的。不过，邻居的抗议目的在于借猫，并不含有严重的性质。我们很慷慨地答应了。到晚上，那两个孩子把那避鼠的小猫送过去。

第一夜，我们房里虽然没有避鼠的猫，倒也安静；邻居有了避鼠的猫，也很安静。

第二夜，我们房里开始有了鼠的动静，而邻居家里越安静了，这当然是老鼠转移阵地的战术。这一来，越显得那只小猫有用，大猫无用了。小猫为邻居借了几夜之后，我房里的老鼠恢复了原来的活泼态势，于是我们不得不向邻居把小猫索回。

孩子们跑到邻居家里婉转地说明我们需要把小猫抱回去的理由，那只小猫就被抱回来了，虽然邻居心里有说不出的不愿意。不料小猫回来以后，死浸浸的，精神显得非常萎靡，给东西也不吃。

孩子们说："小猫怎么啦？"我的佣人一看，说："可不是？病啦！"

那女孩子说："一定是邻居给它吃了什么东西，我们问问去。"随后，她就带着弟弟一起跑邻居家去了。

不一会儿，两个孩子，沉着脸，嗫呆呆地回来。

"怎么啦？你们俩！"我内人问。

"……"不答。他们的眼花转了。

末后，那女孩子哭着说："邻居很不客气地答复我们，说没让猫吃什么东西，又说不应该向他们把猫索回，什么猫病了，也怪不得他们，一些杂七杂八的话。"

"想必是你们不会说话，触怒了人家吧？"我内人说。

"不！看样子，是像嫌我们把猫索回了。"女孩子答。

后来我的佣人探听出，原来小猫一到邻居家里，一直就没吃东西，到晚上，他们又把它拴在地下，当着门，定是连冷带饿才生病啦。

这两个孩子听了，又不平又有气。

这只小猫果然一时比一时没精神，乡下小镇店没有一个兽医，眼巴巴想尽方法给它保暖、喂汤却无效，看着它死去。

临死的一刹那，又给了孩子们一个很长时间的沉默。

我的内人，于痛惜之余，说："我说五月节后的猫不能活，你们不信，你们看怎样？"

跟着，关于这只小猫营葬，因为有第一只猫的余痛，那两个孩子坚决主张把它埋在房后菜园里，他们愿意把共有的一只装玩具的木箱作为猫的棺材，并且计划着把红绫花给它戴上。

等到他们上学去之后，那女佣人并不理会他们的意思把猫埋葬到菜园子，又依着自己的老办法，把它往那枝老黄葛树枝上一抛，猫的尸体就倒挂起来了。

孩子们下学回来，看见那只猫又像以前的猫一样，倒挂在树枝上，他们到院跳着脚责骂那佣人："你这狠心的东西！"

可是，不到半天工夫，那只挂起来的猫尸突然不见了，并且确知不是女佣人把它移走。

这是个谜，以后他们再也不提起这只小猫了。

有一天，忽然，我在写字台上发现了一首《哀小猫》诗，上边写着：

小猫儿呀，

你这可怜的猫！

你来到我家的第一天，

因你的诞生时节不吉利，

使我们怪烦恼。

可是你守夜不偷懒，

你捕鼠也很机巧。

我们对你的不快，

渐渐变为欢笑。

当我看到你，

招呼你一声："咪咪！咪咪！"

你一耸身爬到我的怀里，

"呼噜""呼噜"睡了。

我给你戴上一朵红绫花，

越显得你玲珑俊俏。

弟弟顽皮地给你的项上加一只小铜铃，

叮铃叮铃的，

越使你威扬活跃。

啊！那狠心的邻居，

只顾为她工作，

忘记你的安适温饱，

寒风与冻饿，

贪婪和无情，

就使你病倒。

你死后，我们曾想给你一只小木棺，

装殓你的尸体，

葬埋一朵红绫花，

一只小铜铃，

纪念你的辛劳。

没想到你又遭到同样命运，

被那残忍的佣人，

把你倒挂在黄葛树梢，

任凭那百鸟叼啄，

任凭那群虫蛀咬，

谁还顾你被毒阳曝晒？

谁还顾你遭受风狂雨暴？

不料你的尸体半天后就不见了，

我们都在纳闷，

人人都说蹊跷。

啊！啊！我想起来了，

莫非是那个捡渣滓的小孩

剥掉你的皮去卖钱？

莫非是被那只野猫，

那只野猫，

把你拖到山沟去，

大嚼，大嚼？

哦喝！是了，是了！

人吃人，

猫吃猫，

大的欺小，

强的欺弱，

这怪谁着，怪谁着？

啊！小猫儿呀，

你这可怜的小猫！

你只留下一张皮，

世间上再没有你的躯体。

从此后，

黄葛树下，

朵朵花谢，

片片叶落。

年年月月，怅望那云天树梢！

五

之后，那只不避鼠的灰猫，像绣花枕头一般地待在我家，孩子们喜欢它的毛色光润，喜欢它的形象特别，为了它好玩，养着它，但它不避鼠。

我的佣人每当替它弄吃食时，总是斥责它："你这没用的东西！"

两个月后，我们又搬了家，这新居又是一个多鼠的所在，我们怕老鼠糟蹋东西的愁虑重新又涌满了脑海。

搬过去没过几天一个黄昏，我从公事房回到家里，那小男孩急忙跑着在院心迎我，说："爸爸！大猫逮住了一只老鼠！"

"啊？大猫逮住的？"我问。

"是那只灰色猫！——今天我才听说，它是一只安南猫。"

刊于《文艺先锋》[①]1944 年第 4 卷第 3 期

《胡子的故事》，刊于《儿童世界》1930 年第 25 卷第 18 期

---

① 编者注：《文艺先锋》，文学刊物，1942 年 10 月创刊于重庆地区，起初为半月刊，自第 2 卷起改为月刊。王进珊编辑，发行人张道藩，文艺先锋社出版，社址位于重庆会府街曹家巷 16 号。第 2 期起主编为徐霞村、李辰冬。抗战胜利后，《文艺先锋》于 1946 年 4 月迁往南京出版，1948 年 9 月 30 日出版至第 13 卷第 3 期停刊，共出六十九期。该刊以翻译介绍外国文学和中外文学的研究为主，也发表各种不同政治倾向和不同文艺流派的作品，侧重于文学本身，重视文艺理论和文艺批评。撰稿人有张道藩、陈铨、王平陵、李辰冬、赵友培等人。

猫的故事

许君远

　　我平生爱猫，到四川三年却不曾有机会养猫，原因之一是此地猫种不够繁衍，必需花好多钱去买，买了又必须用绳索系牢，如果让它自由行动，随时都有被人偷去的危险，伤财怄气，最犯不上。原因之二是妻不喜欢猫（大女儿抱来一条小狗，大遭妈妈呵斥，成天价以米贵为理由，不肯让它吃饱），倘使把它"请"到家来，只得由我一个人照顾，牛肉、猫鱼最不易买，而这种消费也不在妻的正当开支以内。

《狗舍里的猫》，刊于《儿童世界》1931 年第 28 卷第 25 期

童年在故乡，总是饲养着这种依在身边的小动物，夏天看着它生儿女，在葡萄架底下歪着身子喂奶，心里异常舒服。冬天把它偎在被窝里睡觉，看着它四脚朝天，听着它"呜呜"地念佛，真是绝好的催眠曲。尤其在北国乡间的雪夜（除了新年，卧室内不生煤火），伴着祖母坐在炕头上听祖父讲故事，抚着猫的脊背，沙沙地闪出火星，宛然置身天堂福地，那种安慰唯有哥伦布到了新大陆差可与之比拟。

寿命最长的是一头全身乌黑、金黄眼睛的母猫，它留下了四五代子孙，颜色却由黄"虎狸"蜕化成黑"虎狸"，由母亲的短脸变成它们所有的那一条长白的鼻子。短脸猫的确比长鼻子猫好看，乌黑油亮也的确比驳色媚人。那只老猫大概活到我七八岁上，在一个麦秋时节失踪，很可能是被三叔家的恶狗咬死，祖母却说老猫都要回到山里成仙，我对那个神话很发生过一个长时期的幻想。

虽然它的子孙不"肖"，一只黑虎狸猫（大概是它的外孙女吧？）却给我留下不可磨灭的印象。它比祖母个子小，比它驯顺，最特别的便是我下学归来总是躲在大门背后迎接，每天上学要送我出了巷口（其实这种送给了我很大的麻烦，因为怕它遭了毒手，我必需抱它回家，关好大门，重新跑路），完全像一只哈巴狗，在心理上却觉得比狗好玩。

离开乡下去北平读书，满眼含着泪水，一面是因为舍不开终年抚爱我的祖母，另一方面却在担心小猫失去照拂。冬天父亲由家乡返回北平，我首先问到我的恩物，他告诉我被狗咬死，我止不住眼泪簌簌。父亲嗔我不问祖母健康，反而先问动物的安全。后来过年回家，他笑着传播这个故事，惹得老人一齐解颐，说："这个孩子长大了一定多情。"（这句话注定了我后半生的命运）

北平是一个养猫的好环境，然而也许因为年龄大了，不能专心于"业余消遣"，十数年间不曾养过一只可人意的小猫。女主人不能加意维护，女佣人们自然不肯多费心思。不到半年跑了，另换新的，换来换去也就换厌了，对猫的兴趣大为减少。这一个时期我信西谚语"Dog attaches to person, cat attaches to places."（狗随人，猫随地方。）的真理，于是我就试着养狗，在养狗的阶段曾经从朋友地方索到一只毛色美丽的大花猫，关在卧室里喂了两天，那时我还不知道用绳捆起的办法，它颇有"终老是乡"的意思，突然 Romy（我那只大狼狗）闯了进去，花猫愤怒地穿窗而出，一去而不返。

在上海养过一只最有灵性的猫。一天它突然跑到我的楼上书房，等到发现走错了地方，已经为时太迟，孩子们早把房门关上。它非常惊慌局促，眼睛睁得很大，前脚弯着，后脚蹲着，尾巴在地上扑打摇摆，嘴里还有怒狠狠的声音。一个有养猫经验的人对它的表情并不感到稀奇，装作不注意那一回事，一面安抚住孩子们，不许他们走近，一面放一块肉让它尝尝，肉是吃了，不过还是不能宁静，一会逃到书桌里，任你引诱呼唤也不肯出头。于是我便把食物送到抽屉口上，不再打扰它的自由。这样两天过去，它居然成为我们家庭的附属，除了去厨房排泄（那事引起女佣人千百次的怨言），不轻易下楼一步。而且我在哪里，它要追到哪里，我在沙发上睡，它便伏在沙发背上；我在书桌上读书，它便卧在字典旁边；夜里睡在我的脚头，需要下楼便"喵喵"两声由我替它开门。这还不算，它最能知道我晚上下班的时间，汽车喇叭一响，它便跳到地上叫喊，有时女佣人听不到声音，还是它的喊叫把她唤醒。妻不爱猫狗，但对于大咪（那只猫的专名）的美德也愿意广为宣扬，到过我家的客人，谁都知道这一段催女佣人开门的故事。

我单身离沪赴港，没有把大咪带到南国的理由，然而我总是写信问，总是托妻照顾它的生活。家人迁港，我吩咐把它带走，下船却只有三个孩子，没看到那个黑虎狸、白肚皮的动物。事后问起他们，才知道我离沪不久，大咪也就失踪，据说又回到它的旧主人那里，妻怕我伤心，写信不肯提起，不过在她叙述经过的时候，我却不能掩抑我的悲怀，宛然是丧失一个好朋友的滋味。而这次颇给了我养猫的新经验，"Cat attaches to places."并不见得完全正确的。

香港也够上耗子为灾（其情形也许仅次于重庆），猫却不是什么珍品，养猫的风气也不兴盛。一次大女孩子从街上抱到家里一只又脏又丑不足满月的乳猫，居然养它长大，但是从罗便臣道迁往跑马地不久，它便另外找到比我家为安适的地方了。这件事对我没有什么感觉，孩子却痛哭一场。妻说大孩子肖父不肖母，长得丑跟我，爱猫狗的特性也跟我。每次这样说，我总是得意地笑，因为如果像二女儿那样对猫狗毫无爱惜，我家以后将永无这类家畜的踪影了，那是多么单调可怕的景象！

爱猫狗是同情心丰富的表现，像我这样一个平凡的人，不会有什么优良的品德遗传于儿女，因而对于大女儿的肖父特性，觉得非常值得安慰了。

> 三十三年六月，写于陪都。
>
> 刊于《东方杂志》[①]1944 年第 40 卷第 14 期

---

① 编者注：《东方杂志》，1904 年 3 月 11 日在上海创刊。最初为月刊，1920 年第17 卷起改为半月刊，后又恢复为月刊。由商务印书馆印行，东方杂志社编辑。该刊初期是一种文摘类性质的刊物，后经几次大的调整和改革，逐步成为以时事政治为主的社科类综合性刊物。1948 年 12 月终刊，共出四十四卷。杜亚泉、胡愈之等出任主编。主要撰稿人有纪泽长、王成祖、严钟湛、王成敬、罗念生、钱健夫、李善丰、周子亚、王仲武、陈柏心等。内容多辑自国内外各种报刊，分时论、社说、内务、军事、外文、教育、财政、实业、交通、商务、宗教、小说、文艺、时事日志、译件、丛谈、记载、现代史料等栏目。

猫

言 培

记不清是去年的深秋还是初冬，总之有这么一个时期，客堂楼上的何师母，真被那些可恶而又可恨的鼠子扰得不能宁静了。

"啊呀！这件新衣裳怎的又添上了个洞！"

"唷！一块肥皂又衔去了！真要命！"

"……"

"……"

"……"

每天，每天，当我们还在梦乡里的时候，何师母却已经拉开了喉咙，大惊小怪地嚷着了！并且所嚷的资料也不时地在变换新花样。

终于，在某一天的早晨，何师母发出了这话："非要捉一只猫来不可了！"

果然，第二天的客堂楼上就多了个"妙！妙！"的声音。

打第二天，我们竟听不到久闹的何师母所嚷着的鼠害声了，可是，她那洪亮的嗓子，却不肯因之而休息——她怪有精神地在讲那猫儿捕鼠时的敏捷身手，不时地，还有像下着小雨也似的唾沫喷到你面孔上来。

弥陀也似的脸，代替了以前的那只愁眉百结的面孔。

可是，好景不长，笑脸也跟着时光在销蚀。因为那猫儿的捕鼠，并不像刚来时的那么勤了：由一夜捕二只，而一只，再三天，四天……甚至一星期才能捉得一只了。

现在，何师母嚷着的既不是鼠子的咬破了衣裳了，也不是猫儿的捕鼠好身手，而是"那只猫太懒了"！虽然，何师母有时也会拍拍猫头，表示一下赞赏，但终究是件难得的事。

渐渐地，何师母对于那只曾经宠爱的猫儿，"妙妙"地发了点儿烦言——像跟以前的讨厌鼠子差不了多少！原因是这猫儿只会吃饭而不会捕鼠，何况现在的米粮又是这么贵！

其实呢，猫的捕不到鼠，确是事实。不过根据这一点，并不能就说这是猫儿的太懒！因为鼠子的一半，已落了肚，另一半也老早吓得不敢出来了！没有了鼠子，凭你有天大的本领，也无从一施其能！所以现在这只猫儿养在那里当然也失了效用。这难怪何师母要不去欢喜它，更何况猫的食粮确又不少！

《我在这里啊》，刊于《儿童世界》1930 年第 26 卷第 7 期封面

终于，何师母将这猫儿饿起食来，在她以为，急了的猫是会捕鼠的。但过后想想，她觉得这手段免太残恶了点儿，并且她也明白没有了鼠子，即使是饿死了猫儿，猫儿也是不相干的。其实呢，何师母的目的并不在乎猫的能否捕到鼠子，而是节省米粮；于是她改变了方针，将猫儿关在门外，让它自己寻食过活。

每当深夜，冷静静的弄堂总响着一个"妙！妙！"的声音。我想：它的意思是要走进这屋里来，它不愿挨饿受冻，它申诉着它是立下过"功劳"的。但，这声音偏透不进何师母的耳朵里，因为何师母正"呼呼"地甜睡着，而且鼠子也不再来扰她的清梦了！

一天，二天……

猫儿仍在弄堂里叫着，声音愈来愈低弱，愈来愈凄惨，这正象征了它生命的衰微！

终于，在一个月淡星稀的晚上，弄堂里断绝了那个怪凄惨的猫叫声了。

利用着猫，除去了鼠；结果又厌弃了猫，饿死了猫；世界上再悲惨的命运也莫过于这只猫了！

但不知道鼠患重来的时候，何师母会发生怎样的感想！

刊于《文友》①1944 年第 2 卷第 10 期

---

① 编者注：《文友》，1943 年 5 月创刊于上海，半月刊，每逢一日、十五日出版，郑吾山担任该刊编辑及印刷发行人，文友社负责出版发行工作，通讯处位于上海威海卫路二五五号。该刊属于综合类刊物，主要栏目有随笔、画刊，刊载小说、诗歌、散文、特写、杂著等内容。主要撰稿人为周越然、危月燕、金长风、周毓英、丁福保、林微音等。

猫的故事

徐蔚南 [1]

　　我的岳母最喜欢养猫，到上海来后，她养了一头雌的狸猫，每年冬夏二季，母猫各产一堆小猫，每次总是三四匹。所以在她的房间里至少有猫两匹。她对于猫的爱护真是无微不至，替猫预备便所，每晨亲自为之清除，替小猫预备卧处，时刻为之料理，饲食时，大饭碗给大猫吃，小饭碗给小猫吃，床子下，衣柜上都是猫食碗。她所吃的牛奶省下来给猫吃，但恐被佣人所讪笑，常是秘密地做。佣人故意问她猫吃了牛奶了吧？她总是否认，说："哪里！都是我自己喝的。"亲戚邻里向她讨小猫时，她老是恋恋不舍，问长问短，凡是真正喜欢猫的人，她才肯送，送去了，她不时去探望，总之，她是猫的保护人。

　　我对于猫并无什么仇恨，但因为在家里看见岳母养猫，实在养得太多了，对于猫便减少兴趣了。西洋文艺家尽管把猫描写得淋漓尽致，读读是有味的，读过了也就算了。譬如说猫的娇媚，说它老是会将它的脸到你腿上摩擦，同时又"迷胡迷胡"地叫，叫得你非用手掌去抚摸它不可，那是真的。说猫懒惰，一睡到地上，就是四肢伸直，尽管要求舒适，一到冬天，便永远不肯离开有暖气的房间。总是闭着眼睛，喉咙里喃喃地像念佛，但忽然兴致好起来，便不管寒冷，登到屋面上去追逐异性，放开喉咙大声叫

---

① 编者注：徐蔚南，原名毓麟，笔名半梅、泽人、泽生等，吴江（今江苏苏州吴江区）盛泽人。作家、史学家、翻译家。历任浙江大学、上海艺术学院教授，新南社社员，上海世界书局总编辑，上海通志馆编辑部主任。著有散文集《龙山梦痕》《春之花》《乍浦游简》，短篇小说集《奔波》，译著《莫泊桑小说集》《女优泰绮思》，以及通志稿《沿革编》和《上海棉布》《顾绣考》等。

喊，那也并不冤枉。说它狡猾，看见什么小动物，最初装得假痴假呆，坐在那里呆看，接着忽然将身体像箭一般快地扑过去，便将小动物擒住了，它衔着动物骄傲地走了。要是扑了个空，也是坦然置之，毫不烦恼，绝无惊奇，另外去干别的事了，或者竟又去睡觉。决不像狗那么热狂，扑了个空，还是拼命想去抓住那已脱走的东西，结果弄得拖出舌头喘气。猫擒住小动物后，并不立刻将那小动物来咬死，它是要把小动物来玩弄，用脚爪来抓一下，用牙齿去咬一下，弄得小动物求生不得，要死不能，它才开心，等到小动物被它玩弄得够了，小动物的生命也去了，它的肚子如果还装得下东西，那便吃去，否则便丢在地上不管，兀自走了。这样的描写或者也够劲。然而猫的最大的功德，究竟还在它的天性会捕捉老鼠。据人类文明史说来，猫的成为家庭动物，一直可以回溯到新石器时代，当人类已经进步到会种植五谷，五谷收来放在仓库里，最会钻洞的老鼠便来仓库偷盗，猫追踪老鼠而来，用它的好耐性，守在仓库前，一动也不动，等到老鼠从仓库出来时，它便把老鼠捉住了。新石器时代的妇人看见这个动物会捉老鼠，便收养它在家里，逐渐养成为家庭中的一个生物。小孩子同它做朋友，女人们育养它捕鼠，而艺术家们为它绘图、作诗写文章。

老鼠在上海，本来不十分多，而我家中又养着那一批的大猫小猫，自然老鼠为之绝迹。家中的猫都吃得胖胖的，毛衣很有光彩。因为老鼠无可捕，它们不务正业似的终日在家中闲着，我倒替它们不愉快起来了，仿佛觉得猫儿是可有可无的，可是我一离开上海，到达山岳地带，看见猫被珍视的情态，却不禁使我对猫又起了一种虔敬之念，而对家里的几头猫，倒又想念起来，感到它们的可爱。

当我抵达安徽屯溪时，看见猫被禁闭在大鸟笼里，聚着许多人在欣赏，觉得很是奇怪。原来屯溪猫已成为珍品，每头价须数十元。在人家里难得看见猫的，那笼子里的猫便是待价而沽的。其后走了不少的山岳之地，猫总是绝少，猫总是视若天之骄子，重庆是个山城，当然也不能够例外。

重庆家庭里所畜养的猫，真是太不自由了，十之九都是用绳子系着颈项的，时刻怕它逃走。升树，上屋，散步，凡猫所喜的一概禁止，只准在方丈之地内行动，叫人看了真代为难过。像张九官太太养的一只大雄猫，头颈里系了个大铜铃，走起来"郎郎"地作响。记得从前的小学教科书里，有一课什么叫老鼠会议吧，是讲家庭中有了一头猫了，老鼠们大为恐慌，于是大家集会，想计划一个抵制的方法。其中一只最聪明的老鼠想把个铜铃去系在猫颈里，那么猫来时铃声作响，便可相率逃避，只只老鼠赞成，拍手称妙。可是谁能去把铜铃系在猫颈里呢？因为没有一只老鼠能够做得到，系铃方法虽妙，终究仍是一场空欢喜。在重庆，却有太太奶奶们在猫颈里系响铃，好叫老鼠闻铃声而惊走，这对于老鼠真是功德无量！

重庆在民国三十二年春夏间，小猫的价格，从五十元起至五百元不等，视猫的毛色好看与否而定。沈君陶太太花了六十元买了一只小狸猫，很是宠爱，逢到她在家时，总是一心一意看顾着。尽管十分优待，头颈里系着绳子不给以行动自由，猫总是忧郁的罢。不久，小猫竟因忧郁而

《重庆之猫》，慧和绘，刊于《小朋友》1947 年第 827 期

成疾了。沈太太于是深夜去买药来煎了，灌给猫吃，不幸药石无灵，猫竟不起。沈太太为之不欢者累日，连上天台的好嗓子都不练了。同学廖世勤兄家养着瘦而老的雌猫，他是把它视作宝贝似的，因为猪肉买不到，便天天去买肉松来喂养。好在廖太太万分柔顺，她先生要如何便如何的。拌猫饭，做猫窠，为猫做守生婆，无不来得。等到小猫出世，老猫是更被宠爱了。廖氏夫妇每次说述老猫的经历，总是异常周到，决不挂漏，据说此猫第一个主人是给猫吃牛奶的，的确是好出身，到了他们家里没有牛奶喝，只有肉松吃，已经是苦了猫也。又说重庆老鼠有毒，猫吃了后，便得中毒等情，说得有情有理，头头是道，叫人钦佩。

大抵因为被绳系住颈项的缘故，重庆的猫难得有几匹长得可爱，大多数是毛色不亮，形状难看，叫声怕人的，比了上海家中的猫真是相差大了。上海的猫多么漂亮，光彩，活泼！在重庆所见到的，只有吴开先先生家里的二匹算是美丽的了。这也是买来的，是一对黄白色的小雌猫，每只价洋一百元。朱小姐最喜欢这对猫，照顾非常周到，衣食住行，除了衣——猫自备毛大衣之外，样样设备完善，务使它们在房间里生活得非常优裕，乐此不疲。自然颈项里没有绳子，更没有响铃，猫在房间里东跳西奔，愉快非常，两匹小猫渐渐长大，由中猫而大猫了。照理，闺房里养尊处优长大起来的这两匹猫，似乎不会再捉老鼠了，然而竟不然，捕鼠的本领竟然没有遗忘，据朱小姐报告已捉过几头老鼠的了。因为猫长成得实在不差，吴先生还替它俩摄了一张倩影。

传说猫有九条命，养大了总不大容易死去。但在重庆，愈视猫为珍品，猫的死亡率却很大，仿佛猫命愈为减少似的，常常看见猫病了，以至于死。最近报纸载着广告，出卖"猫药"专治猫病的，可见猫病的猖獗了。

总之，山岳地带到底是老鼠的天堂，猫儿的地狱。

刊于《圣诞礼物》，徐蔚南著，百合书房1944年11月刊行

鼠和猫的故事

景　宋 ①

　　听去过重庆的人都诉说那里的老鼠非常的可怕，会在夜里出来咬人，一不小心，手指、脚趾在睡熟的时候会是请客的上好食料。等到叫痛起来，手指或脚趾已经失脱几节了。小孩更是它们的嗜好品，在那里住过的，没有不说到带领小孩们的惊心动魄的经历。随后有一位朋友回到上海，带来刚学步的小女孩，相貌很好，就可惜鼻翼有疤，很为显著。一经探询，原来就在出世的头一夜里，正躺在母亲旁边，刚一蒙眬，就听见"呀"的一声哭叫，连忙就灯下一看，小鼻尖已经血淋淋的了。总算还好，正待咬下，叫得快，来不及咬走，鼻子保存了，如今已经有四五岁，伤痕宛在，留作抗战期中曾经活过来的毕生的纪念，并且不变成没鼻子姑娘，将来有资格在恋爱场中插足，也是造化。现在好了，敌人败退了，许多跑到大后方的朋友们可以陆续回来，揭去这些年天天身受的可怕的威胁，可以安枕而睡了，真真是"功德无量，福寿无疆"。

　　留在上海的同胞，成天被一批往来南京的"新贵"的豪奢挥霍和奔走市场的大小囤户的吸进吐出，搅得整个水缸都混了。像混水中的沙虫，瞎碰乱撞，不是被挤轧，就是被吞没，这经常白昼出现的咬人老鼠，比重庆的还要可怕到千百十倍。

　　住户受不过老鼠的扰害，向熟人讨到刚养下不久的小猫来家，给养周到，洗刷清洁，过不几天，肥胖雪白，可爱起来了，成天"咪咪……"地在脚边叫。不晓得什么时候失踪了，先是自己的猫失踪，后来听到别

---

① 　编者注：景宋为鲁迅夫人许广平的笔名。

人也是说猫在失踪，而且还看到悬赏追寻的招贴，细细打听，才晓得肉价涨，衣着更涨，一只猫起码有二三斤，照去年冬天的价钱，几百块一斤，二三斤就有千把块，皮更是上好货，可以做阔太太小姐们的反穿大衣，看相既好，穿着又暖，因此一只猫可派的用场真说得过"物无弃材"。上海人心眼最灵通，算盘最精妙，眼看这无本生意，不约而同都被人算着了，毫不费事，手到擒来。于是谁也只好认晦气，这家喊失猫，那家在寻觅，失尽管失，寻尽管寻，结果终是没有结果。于是又成了小鼠跳梁的世界。

没有猫是不成的，同住的好不容易在采芝邨老板那里看到刚生下不久的猫儿，再三动以情面，讨来了。仍然给养周到，洗刷清洁，过不几天，肥胖雪白，可爱起来了！更加小心抚养，唯恐小孩们捉弄，生怕病死，一家大小，为着猫就不知费去了多少精力。头几天，老鼠似乎确静了些，后来又闹起来了，似乎全不觉得有猫存在。据说重庆的猫儿见了老鼠反而逃走的，这只猫也大有此风，研究又研究，恍然大悟，原来它是哑巴的。想用它的猫声吓唬也不可能，难怪采之邨老板肯赠送，他的买卖算盘，他的生意眼，有意无意地打在猫身上了。

猫一天天在胖，老鼠却更加在穿洞。

刊于《文汇报》1945 年 10 月 4 日

《鼠》，徐悲鸿绘，此为杨斌先生收藏

猫的失踪

黄　鲁[1]

朋友把他的房子交给我住下来，是带有一点看管的意思的。他交给我一个洋装的书斋，壁上点缀着一些印刷品的马谛斯的绘画，哥庚的绘画，另外书案上、书橱的顶上摆设一些瓷器或铜造的器皿，如释迦佛、欢喜佛之类。他又交给我一所餐厅、一个卧室，除此之外，他还交给我一头家畜，这是一只雄性的金丝猫。

对于家畜的感情，我一向是淡漠的，从来就没有自动地去养过一只狗或者一只猫，时常觉得养着猫狗是一件累赘而又费时失事的事情，在这样的连个人的生活也感到应付不暇的时候，还有什么心情去关照另外的动物呢。

不久前，住在鸽巢般的一间斗室里的时候，因为苦于耗子的骚扰，倒想养起一只猫来，然而想起养猫的麻烦以及"成本"的浩大，就不禁把养猫的妄念打消了。

从朋友把这房子交给我住的那一天起，我便在半被迫的情形下而作为那一只金丝猫的主人了（应该说是保护人罢）。于是一种沉重的责任感便开始压抑在心中，我决意以最大的精神来养着这只猫。

这只金丝猫最多不过是两岁至三岁，非常年青，从它精壮的体格以

---

① 编者注：黄鲁，20 世纪 30 年代开始诗歌创作活动。1937 年在广州参加芦荻、黄宁婴等人组织的诗场社，同年 10 月由诗场社出版诗集《红河》，为"诗场丛书"之一。1938 年初，与欧外鸥、胡明树等人在广州组织少壮诗人会。香港沦陷后留居香港，曾与戴望舒等开办"怀旧斋"旧书店。发表了为数不少的散文作品，如《浮浪手记》《夜的散文》《断想五则》等。

及灼灼闪光的猫瞳子里可以看出它是一只精明而有为的猫。有了这只猫在家里，耗子是绝不敢把脑袋从洞穴里伸出来了，这对于家庭里各样物件的安全是绝对有利的。

我把这只金丝猫拴在圆餐台的台脚下，我之所以如此，是恐怕任它自由的乱跑会在外面给人家偷去了，这原是我的一番好意，然而被缚拴着的金丝猫，大抵是因为自由的被剥夺，时常现着它的愤怒的态度。最初，它就以叫声来表示它的反抗，它不断地"妙，妙，妙……"地叫着，但是，它这样的叫声并没有获得我任何反应，我依然把它缚在台脚下。

过了两天，金丝猫或许因为叫声的无效罢，它竟然以绝食来向我们作最坚决的表示了，开始我还是照旧不理会，可是，情形渐渐不对了，它绝食了一天半，饱满的形体顿时变得颓萎了，这情形首先把敏感动了。

"你看猫的样子一天天消瘦下去，怪可怜啊，它寂寞得连饭也咽吃不下了。"

接着，敏又说："我以为还是把它解了缚，让它在屋内自由地走动，这样或许会把它的寂寞与孤独的痛苦和缓一下罢。"

《等待》，刊于《小朋友》1928 年第 305 期封面

敏的提议我没有表示反对，也不表示赞同，因为我深怕解缚后它会溜掉，这样对于看管者的责任将难辞其咎的了，我这样想着，不料竟成为不幸的预感。

就在那天的下午，我从外面回家，敏把大门推开劈头就说着："猫逃了！"

声音有点儿战抖，同时充满后悔的成分。跟着她把猫逃掉的情形说出来。

"我实在不忍看它的寂寞的样子，它时常发出恳求一般的哀叫，我终于把缚着它的绳子除了，事前我已经非常慎重地把各个门窗关好了，因为恐怕它趁机跑到外面去，但是，不知怎样地，在不知不觉中从虚掩的后窗逃跑了，从正午到现在还不见它回来。"

"也许等一会会回来的罢。"

在这不安的失望的情形下，就不能不找寻自我的安慰，明知它回来的希望是非常微薄的了。一直守候至中夜，连猫的影子也没有，我们的希望简直破碎无遗了，偶尔听见一两声猫叫，神经立即紧张起来，以为是猫回来了，可是，不久即印证这些声音是邻家的猫发出来的，我的失望也就更加深重，不安的心烦乱不已，然而，这又有什么办法呢，这无可挽回的失责是注定的了。

那天晚上很夜依然无法入眠，却突然地有两只猫在窗外的旷地上狂叫着，我急急地爬起来向外看望，却原来是不知何家的猫跑到这里幽会，这却使我联想着日间逃走了的金丝猫，今夜也许在别一处地方尝着它的初恋罢。我心里暗暗地为它默祷着，希望它不要再给旁人提去缚束着，如果它能获得真正的自由的生活，这次我的失责倒可以有原恕的余地了。

刊于《香岛月报》[1]1945 年创刊号

---

[1] 编者注：《香岛月报》，1945 年 7 月创刊于香港，月刊，属于地方性综合刊物。该刊出版者是胡山，编辑者是卢梦殊，香港日报社发行兼印刷。主要刊载与香港地区有关的社会、教育、体育、文艺、文学等作品。

猫的命运

张善庆

　　王家、李家与我家同住在一幢四层楼大厦里面，底层是邮政支局，而王先生也就是该支局的局长。大家因为是同居又兼同事，所以我们的生活好像止水般的安静。但是渐渐地我们的安静被那些老鼠破坏了。那些老鼠好像特别垂青王家似的，大群地聚居在三楼。二楼（我家）与四楼虽也偶或光临，但是并不久住，而且数目也少，所以倒也并不觉到过分烦恼。但是王师母的大喉咙，确实赐给我们少许不快。每天清晨她总是鸡啼般地嚷着："喔唷！皮鞋咬破了！""喔唷！断命老鼠把我的袜子衔去一只了！""喔唷！火腿咬得不像样了。"接着便是死老鼠杀千刀的乱骂。她的嗓子真是太响亮了，往往将我们爱睡晏觉的弟弟闹醒，因此我的妹妹便给她取了一个绰号叫"闹钟"。

　　一天下午，她从亲戚家讨来一只猫，花白的新猫①。那只猫确是很惹人爱怜，躲在地上好像一堆毛球，跑起来又好像一只兔子。据说已经捉过几只老鼠啰！所以王师母讨来请它做"警备司令"。那天晚上，我笑着对弟弟说道："明天恐怕不闹！"然而出乎我的意外，下日的早上，我们还没有起床，王师母便来敲我们的房门，因为楼下前后门都有铁门锁着，所以我们的房门即使在晚上也不下锁。她敲了两下，便把门推开了："张师母，还没有起来？辰光已经不早呢……昨晚上那只猫捉了两只老鼠呢。"接着便形容那只猫如何地跳上跳下捉老鼠。我细看她的神情，即使她的儿子在校中考得第一名，她的欢欣也不过是如此。"王家姆妈，一早去买

---

　　①　作者注：新猫即已经长成的小猫。

小菜？"妹妹看见她提着篮子问道。"早一点至小菜场去买买鱼看。"

一连有十几天，总听得她赞美那只花猫如何地会捉老鼠，每次总讲得那么详细，起初我们还好奇地听她的猫的故事，可是渐渐地我们听腻了，最后我觉得她的猫的故事比校中训育主任的话更讨厌。

但是这几天，我们却因为不听到她的猫的故事而感觉到有点异样，多疑的妹妹，却怪我在她——王师母——讲猫的故事的时候冷待了她。

事情终究大白了。原来妈妈发觉她已经几天不买鱼了。自从那只猫来了之后，王师母的小菜篮里少不了鱼。现在正是黄鱼汛，而王师母的菜篮里倒不看见黄鱼的踪迹。"王师母！为啥不买黄鱼？""吃厌了！""邪气便宜，买给猫吃也合算的。"妈忆起那天王师母特地买了一条我们轻易不上餐桌的鲫鱼给猫吃，所以这样地说。"喔唷！不要讲起格只猫了，初来时倒还好，每夜总要捉一二只，但是这几天，一只老鼠也不捉，真是养娇了，我真不高兴拌饭给它吃，让它饿饿，自会捉老鼠的。"

妈回来一字不漏地讲了一遍，把我们的不安打扫一光。原来王师母为了那只猫不捉老鼠，或者说是捉不到老鼠而不高兴。

猫的末日终究到了。一天早上，敏儿——王师母的儿子——来约我弟弟一同上学时，他手中除书包外还有一个草包，"迷阿五！迷阿五！"的叫声不断地从包中传出来，不用说便是那只猫了。"这只猫带去做啥？"妹妹好奇地问。"去丢掉它，不捉老鼠，专门偷食，要来做啥！本来妈妈倒不预备丢脱的，哪知道昨天竟将一碗红烧肉吃去半碗，所以妈妈叫我去放在南市荒地上，省得再回来。"

"不是它不捉老鼠，实在你们的老鼠已经捉光。"弟弟好像代猫辩护似的说。"老鼠捉光了！我们也不需要猫了！"敏儿悻悻地说。

"唉！世间可怜的还有甚于猫的命运吗？"

刊于《小主妇》，徐蔚南主编，日新出版社 1946 年 10 月出版

重庆的猫

蒋慎吾 [1]

徐蔚南先生在重庆几年，写的文字里面有《重庆随笔》一种，而《猫的故事》一篇，尤为幽默。

他首先说明重庆的猫之所以珍贵的缘故："当我抵达安徽屯溪时，看见猫被禁闭在大鸟笼里，聚着许多人在欣赏，觉得很是奇怪。原来屯溪猫已成为珍品，每头价须数十元。在人家里难得看见猫的，那笼子里的猫便是待价而沽的。其后走了不少的山岳之地，猫总是视若天之骄子。重庆是一个山城，当然也不能够例外。"

接着，他叙述重庆人家养猫的方法："十之九都是用绳子系着颈项的，时刻怕它逃走。"这也是事实。当时的猫价，徐先生也很注意，说是："重庆在民国三十二年春夏间，小猫的价格，从五十元起至五百元不等，视猫的毛色好看与否而定。"他提到他的挚友沈君陶先生的太太所买的一双小猫，道："沈君陶太太花了六十元买了一只小狸猫，很是宠爱，逢到她在家时，总是一心一意看顾着。尽管十分优待，头颈里系着绳子不给以行动自由，猫总是忧郁的罢。不久，小猫竟因忧郁而成疾了。沈太太于是深夜去买药来煎了，灌给猫吃，不幸药石无灵，猫竟不起。沈太太为之不欢者累日，连上天台的好嗓子都不练了。"

---

[1] 编者注：蒋慎吾，字心真，江苏江宁人。上海通志馆编纂，曾任南社纪念会的书记员。

最后，徐先生虽则说重庆的猫不及上海的漂亮、活泼，可也在文字里画了两只"野猫"："在重庆所见到的，只有吴开先先生家里的二匹算是美丽的了，这也是买来的，是一对黄白色的小雌猫，每只价洋一百元。朱小姐最喜欢这对猫，照顾非常周到，衣食住行，除了衣——猫自备毛大衣之外，样样设备完善，务使它们在房间里生活得非常优裕，乐此不疲。自然颈项里没有绳子，更没有响铃，猫在房间里东跳西奔，愉快非常。"

总之，徐先生为了重庆的猫，写了几千字，用意在指示猫在重庆已失去捉老鼠的本能。

关于重庆的猫，已被他说尽，我不想再写什么。打算要补充的，就是中外文学家、古今画家和当代科学家和猫的故事了。

抗战时期，刁恶残忍的日本御用文人曾经骂我们中国做了英美的猫爪。这固然是歪曲的话，但是猫爪确是英美人士的社会里面一个通俗化了的寓言。

南美的潦倒诗人爱伦坡曾经写了一篇恐怖小说，题名叫作《黑猫》，已有钱歌川的译本。当代的小说家，有盛名的《烟草路》的作者加德威尔在一篇小说《瑞典人的乡村》里面也曾描写了一只大黄猫的镜头。

至于沙龙之类称作"野猫""黑猫"的，更不用说了。

在中国，文人得着猫力升官的，有唐朝的卢延让，史书载其事云：

初，卢延让献高祖诗，有云："栗爆烧毡破，猫跳触鼎翻。"至是，高祖与同平章事潘峭夜论边事，旋命宫人热栗，毁坐间绣褥。又高祖性猜疑，常于炉间置金鼎，令二妃亲侍茗汤。是夜，宫猫相逐，误翻其鼎。高祖良久曰："栗爆毡破，猫触鼎翻，忆得卢延让卷中有此语，乃知先辈裁诗，信无虚境。"明日，超工部侍郎。

到了宋代，黄鲁直、陆务观都曾作猫诗，前者为猫"买鱼穿柳"，后者为它"裹盐迎将"，真乃宠物也。

猫的别名，古时有"狸奴""锦带""衔蝉"等等，现在普通则称"咪咪""阿花"，但如果人们特为命名，像人们给狗起名叫作"希特拉"之类，也未尝不可以。直到我逃难出来的时候为止，我们江苏的猫是不作兴卖钱的，但也不一定拿盐来换。至于猫鬼作怪的话，虽则迷信无知，倒是亲耳所闻。隋书《独孤皇后传》曾载猫为巫蛊的故事。看来，猫的神秘性，古今中外的人应具同感了。

清人朱竹垞为了猫作了"雪狮儿"三首词，可作为"猫世家"读。他所根据的故事，有《酉阳杂俎》所记一则，云："猫洗面过耳则客至。"我在小孩子时，这话听大人说，真太多了。朱词又有谓："问啮锁，金钱谁绾。风吹转。"则本同上书"猫城金锁"的出典，现在上海话有说"猫来富"，大概也是由此推衍而来的吧。

蒲松龄的《聊斋志异》好像也有一篇写俏丫头抱猫吃酒的事，笔法非常细致，把猫写得非常可爱，和朱词一样。我真不懂现在骂人叫作"三脚猫""猫手猫脚"以及"猫脸"等等是从哪里说起的。

《俗语画·三脚猫》，刊于《图画日报》1910 年第 233 期

通俗的《狸猫换太子》的京戏，说是根据元剧《狸猫换主》的本子，不过那本子已经失传罢了。

猫画，也是值得评价的，和诗文一样。

《宣和画谱》记有滕昌祐的《茴香戏猫图》、黄荃的《蜢蚱戏猫图》、吴元瑜的《紫芥戏猫图》、何尊师的《苋菜戏猫图》等等。黄荃除了《蜢蚱戏猫图》外，还有和赵昌、徐熙、崔白所作同样的《牡丹戏猫图》，又有《食鱼》《捕雀》两幅图。米南宫《画史》也曾批评"黄荃《狸猫颤荍荷》甚工"，黄荃可称猫画家。今人徐悲鸿也喜欢画猫。

复员时代，重庆中一路中苏文协的《猫国春秋》，乃廖冰兄的作品，看过的人也很多。

科学家对猫也有兴趣。外国的，没有见过，有一位中国行为派的心理学专家，在他"没有本能存在"的理论之下，对于"重庆猫失去捉老鼠的本能"这一点是不能成立的。他说，猫捉老鼠，是行为，不是本能，信不信，当场试验。他养猫，从出生时起，就和一切的猫隔离，后来，把老鼠送到它面前，它据说是没有打算吃的动作和企图。这证明猫吃老鼠也是学而知之的，正和人类并非生而知之一样道理。

究竟是怎样，只好要猫自己去答复了。

刊于《新重庆》①1947年第1卷第2期

---

① 编者注：《新重庆》，1947年1月13日在重庆创刊，月刊，由蒋用宏编辑，新重庆月刊社发行，1948年停刊，共发行5期。属于新重庆市政建设刊物。该刊主要撰稿人有蒋明祺、罗竟忠、吴人初、张笃伦、柳维垣、汪观之、黄宝勋、王平陵、何鸿钧、林涤非、刘希武、黎庶昌、干天佑、朱国定等，设有重庆特写、重庆漫画、采风录、摄影、文艺等栏目。

猫

林祝敔 ①

猫是谈话的敌人。我有个朋友，同我分别了多年之后，最近在伦敦住下来了。他有一位太太，一只猫和一座花园。为了这只猫，我竟担忧我们的友谊能不能继续下去。我去拜访他，看见他同他的太太坐在花园的帆布椅里。有多少事情我要同他谈，我将怎样快乐听他的口里说着老朋友同老地方的名字？同时我将怎样高兴告诉他自从他隐遁到南美洲后发生了什么死亡或离婚的大事？我甚至极愿见见他的太太，虽然我不大赞成我的朋友结婚！但是，当我们刚握了手坐定的时候，他用了吃惊的眼光看着他的太太说："克朗威尔哪里去了？"他的太太恐惧地在园的四周看了看，然后叫："咪！阿咪！"没有声音，于是说了："它会到哪儿去的呢！"跟着是一连串紧张的对话，例如：

"它不会从篱笆里钻到别人的花园里去的！"

"一分钟之前我还看见它！"

"说不定它爬到槐树上去了。今天早晨我走出去的时候看见它在树上，让我去搬张梯子叫它下来吧！"

"阿咪！阿咪！阿咪！"（女人的声音）

"克朗威尔！克朗威尔！"（男人的声音）

"啊，来了，在豆棚里！"

"顽皮的克朗威尔，你到哪里去的！"

---

① 编者注：林祝敔，广东潮阳人。曾用名林怡昌，笔名敔、祝敔、品品、夏婴、林绿、林婴、羽史、劳琳、若蕾、望鼎、莱蒂、江南柳、林常绿、夏九鼎等，著有《束缚》《旅人》《哲人其萎》等作品。

《猫追鸟》，刊于《画图新报》1907年第28卷第1期

"咪咪！咪咪！"

"皮球呢？吏岱拉！小宝贝，去玩玩吧！不要来打断人家谈话，知道吗？"

猫到草地上滚球去了。猫着迷似的看着球，躺在草上，伸出颈子，竖起耳朵，张大眼睛，摇着尾巴。它向球冲过去，快冲到了，拱着背向旁边一跳避开了球，然后坐下来舐它的前腿，好像完全忘了皮球的事。我的朋友得意地说："你看克朗威尔怎样？它多好玩！"我点头称是。"看啊！看啊！"他的太太打断了我们，当猫伏下身子再向球冲去的时候。他自言自语地说道："真是个小宝贝！小心肝！"这一次猫跳到球上去了，用前爪捉住了球，举到空中，又抱着球翻了个筋斗，向上滚去，又像惊恐似的躺到花坛旁边的草堆里去，露出半个头窥看那玩物，好像躺在林子里的虎。这玩意儿引出我的朋友及我的朋友的太太大串笑声。我的朋友说他们应该把猫叫作辛克伐利，他宣布说那猫的玩球是种惊天动地的绝技。"真是只聪明的小猫咪，"他的太太又自言自语起来，"比辛克伐利聪明多了——聪明得木佬佬呢！"她说完伸出手去抱猫。猫在她身上穿来穿去，她去摸摸，就拱起背来"念经"。我的朋友在一种愚蠢而快乐的偶像崇拜状态中看着猫，我真怀疑他同他的太太也会"猫念经"的。这是很明显的，猫的念经对于他们有种催眠的效力，而我非常怀疑他们二人是否记得我在他们旁边。

女仆出来敬茶了，她把茶具放好之后也用着愚蠢的偶像崇拜的眼光看猫。她好像极不愿意退去，而走进屋子的时候，还回头来看，好像不舍得同这活宝分开。"你记得杰克的猫吗？"我向我的朋友说，希望回到正常的谈话，然后问他有没有听到杰克覆舟溺死的事。

"我希望，"他的太太说，"你不是想说旁人有猫同克朗威尔那样聪明伶俐。我们不会相信的。对吗，克朗威尔？"

"可怜的老杰……"我说。

"我不了解他的爱猫，"我的朋友说，"一点都不，直到我们有了这只小畜牲。"

"你不应该叫克朗威尔畜牲。"他的太太抗议。

"你知道杰克死了？"我说。

"杰克死了？不知道啊！怎样的？看啊！"他叫了起来，因为猫从他的太太怀中跳下来去追草里面的一只蜜蜂。"我常常想猫在追蜜蜂之外有别的灵性。它总有一天给蜜蜂刺的。嗳，可怜的老杰！"蜜蜂同猫走了之后他再说，"我还是第一次听到这消息呢！"

我告诉他这祸是怎样肇的——杰克怎样被人打下船去，显然给打昏了，因为他像石头一样沉下去。他的太太，据我想来，没有在听，因为说完之后我同他沉默片刻的时候，她打断了我们说："这次我想它把蜜蜂捉到了。小家伙！笨小家伙！"她赶了过去，摸摸猫在舐的地方。我的朋友奔过去同她说："有没有刺？让我们替它把刺拔出来。"

正在这时候猫看见了一只白蝴蝶，就从他们的手里跳出去追了。他们高兴地笑了。"我相信它没有受刺，"我的朋友说，"可怜的老杰！谁想到他死？你记得那天他同鲍皮游水游到史克莱？鲍皮怎样了？"

"他给人暗杀了，在印度赛船的时候。"我告诉他。

"天啊！"我的朋友说。

"阿咪！阿咪！阿咪！"他的太太急急地说，"不要去捉住它，汤姆，一捉，它要逃到隔壁花园里去了。"汤姆立了起来，冲过草地，猫的头正钻过篱笆，被他捉住了。他把猫领了回来，放在他太太的怀里。

"可怜的老鲍！"他说，非常感动地，"奇怪，没有一个人写信来告诉我。我常在想念他。他实在是学校里一个出色的同学，"汤姆说，"一离开学校我们就不大碰见了。"

"他是最好的博学者，同时又是个运动家。"我告诉他。

"真太不幸了。"她说，一边摸着猫。猫看见一只苍蝇在她头上飞，爬上她的肩膀去追，在她的颈子上走圆圈。"救命呀，汤姆！"她叫着，"它的爪抓着我的颈子了！"汤姆把猫一把揪了起来，提到半空，恨恨地对它说："听着，猫咪，去玩你的球去，让我们安静个几分钟。我老早对你说过了，不要来搅乱人家的谈话。"

但猫会听人的话吗？花了整整的一个下半天我才成功告诉汤姆怎样一个朋友做了法官，一个做了医生，一个在美国做新闻记者发了财。但我的报告常陪着这种伴奏："妙！妙！""阿咪！阿咪！"

"它在撕花了！汤姆，把它捉掉！"

"我顶喜欢看猫竖起尾巴像个惊叹符号。"

"顽皮的克朗威尔，不要去捉雀子！"这使我感到非常吃力，好像我在大风中同聋子喊了几个钟头一样。

"常常来玩。"我的朋友的太太在我们握手的时候说。"记住，每星期天我们都在等你。"汤姆热情地说。"回来，克朗威尔，"他太太的声音传到我们耳里，当我走出门的时候，"当心不要让它走到大门外面去，汤姆！"

我自己是喜欢猫的，但我不喜欢它变成谈话的一部分。我不赞成在客人面前谈猫。猫可以给人家看，但不可以把它谈。现在我知道能否守这个原则，因为我家里刚养了一只猫。它很美丽，驯服，活泼，好玩。家里本来有了两只小黑猫。一只是走失的，卖肉的送给我们的。它的耳朵比平常大三倍，尾巴如鼠，客人不会注意它，但它脾气很好，一点不凶（除掉对于鸟及虫），所以大家都很爱它。另外一只"黑趾太太"，美丽而凶。它在我们某一夜喊费力克斯的时候来的，从此就留着不去了。它除了吃饭的时候从不"念经"，有人要摸摸它，它就要叫着逃走。我想象起来，它本来的一家一定没有人逗它，而只有人拉它的尾巴。新的一只叫"老虎"，背上有条纹，肚皮是白的，走起路来非常轻，每一步都把爪轻轻地放下去，好像没有存在一样。它在房里，人就不可能看书了。哪一只椅子它没有查踏过？多仔细地它查考书橱，又多小心地把身子蜷在每个空隙里！晚上它怎样在飞蛾后面提起后腿跳舞？怎样快乐地同挂在椅子下的纸球玩个几小时？它察看绳子，同它打，咬它。它跳到椅子上来，研究缚住它的绳结。它朝天躺在地板上踢球。它坐下来拍球，又走着用前爪滚那球，它走得远一点，再跳过去捉球。它捉住了球像踢球似的盘过去。我想我可以请汤姆和他的太太来看我，因为那"老虎"也好玩得很。这一定是给他们的责罚，非如此，我不足以原谅他们。

刊于《幸福世界》1948 年第 2 卷第 7 期

养猫

浅　子

在二月二十七日的《新生报》上看到一则新闻《美猫援欧，马卿计划一插曲》，内云：因为预料在实施马歇尔计划中，将有庞大数量的粮食，被运到欧洲去。而这大批谷物在堆积仓库的时间，必定要遭老鼠的光顾。于是美国养猫协会会长罗伯特氏向政府当局建议，在运输粮食时，宜应配运五万只的猫，同往欧洲，借以防止鼠害。对此养猫协会会长的建议，却有人声言反对，他就是动物保护协会会长雪尼柯尔曼，他说："猫并非仅捕食耗子就可以活着，还不是要用谷物喂它……"

看到了这则新闻后，不禁使我哑然失笑。想到我刚来台湾时，每晚为了耗子的吵扰为恨，放在壁橱里的米袋都被咬破，因此又把橱门用铁丝扎起来以为防御，可是它们的爪牙多锋利，上下木板洞穿，纸的橱门也咬破，门户洞开，进出自如，竟致无法防治。因此发狠一定要养几只猫来抵制，四处打听谁家有猫，好容易访问到一位朋友家的母猫养了三只小猫，但是还得喂二个月的奶，只好又耐心地等着二个月。当去捉猫时，猫主人说猫是要拿糖去换的，内中含有什么意思他们也说不出来，我想来这大约就是礼尚往来吧。三只小猫中一只是黄黑相间的，另二只是除了尾上及头上一块是黄色外，全身均为白色，于是把这一对都要了来。一到家放下地，问题就发生了，原来这儿的屋子都是榻榻米，而猫要溺屎尿时怎么办呢？而且还是刚离开母怀的小猫，要给它弄个睡的地方，再者我们一家几个人都不爱吃鱼，还得每天特为它买猫鱼，这种种都是以前所未想到的。但是为了耗子的可恶，而且见了这一对雪白的小猫实在惹人爱怜，于是不顾什么困难用心供养它了。

过了几天，二只小猫都生病了，肚子泻得很厉害，给它们止泻的药还是不行，终于死了一只，另一只总算慢慢地恢复健康，每晚跟我睡在一起，吃食都十分小心，为了溺屎尿的泥盆角每天要给它洗换，不然就乱溺，隔几天还得生了火盆给它洗澡，每天至少为它买几十元的猫鱼，我们老说笑话，大约孝顺父母也不过如此吧。

现在，小猫成了大猫，可是晚上还是习惯地要跟我睡，在白天只要一听见上面的跑马厅——天花板上面，因耗子大批地跑起来简直就像跑马厅——有些声音，它就向纸门上爬。可是因为是纸的门，猫脚爪是不能着力的，还是爬不上去，而我们去年搬来时花了上万元手裱糊的纸门却统被撕破了。有时只要它高兴起来，就把我们每个人都当作一株树，一下子就从你的脚下爬到你的肩上，看见你穿袜穿衣它都要和你玩，因此我们每个人的手上脚上都像纸门一样的，被那猫脚爪抓破了。有朋友们来，看见我们被破坏的纸门及被损伤的手脚而谈起养猫的经过，大家都认为是一桩大笑话。

"世上本无事，庸人自扰之"，自己每每看到手上的伤痕而不禁想到在未养猫之前损失了些什么？而养了猫之后又得益了多少？到现在为止，已养了它整整的半年，而捉了几个老鼠呢？一个也没有。因此我看到了这则新闻之后，觉得对于这位美国动物保护协会会长雪尼柯尔曼所说的话颇有点同感。

刊于《通运通讯》[1]1948 年第 1 卷第 3 期

---

[1] 编者注：《通运通讯》，月刊，为交通刊物，1948 年 1 月在台北创刊，同年 10 月出版至第 2 卷第 4 期停刊。由通运公司编辑课主编，通运公司编辑通讯社发行，以报道该公司业务，研究经济建设，辅导分支机构同人进修为宗旨。陈秀夫编辑，发行人是杨承煦。主要刊有高道儒、陈清文、程其恒、何天佑、沈慕池、乐心田等人的文章，其中有不少诗歌。栏目有专载、论著、报道、讲座、研究，此外还有业务报告、通运园地、公告、通运诗选等栏目。

猫

钱大成 [1]

一提起猫，我有好多话要说。专讲究猫的书叫《猫苑》，我不预备引证它一词半句，来拉长我的文字。现在只谈猫给我的印象。

在八九年前吧，家里忽然来了一双黑白色的雌猫。来了之后，竟不再走去。喂它饭，它就吃；捉了它放在膝上，它也不动。于是人家说："猫来富，狗来穷，好得很呢！"我也认为好得很。隔了几年，它却又悄悄地走了。为什么原因，那时可不知道。但它留下了一只小猫，是玳瑁色的，也还不坏。这只小猫现在也已有了好几代子孙，它乖巧得很，向我讨鱼骨头吃的时候，竟会跟叭儿狗一般地直立起来，而且也能用两只前脚来接东西。在我吃饭的时候，一呼就到；在平时呢，唤来唤去也唤不到，不但唤不到，听到了我的声音，简直睬也不睬，有时更故意走得远远。于是我有些生气，感觉到猫毕竟是势利畜生，证以"猫来富"的俗语，更可判定猫是势利畜生。那只老猫的来而又去，一定是为了以前我家里有鱼肉可吃，后来却一天一天地减少了，同时它更找到了富有的新主人，当然要掉头不返了。从此证明，我家里固然很少荤腥可吃，有人家却比我们要好得多哩！

在一个多月前，那只玳瑁猫也走掉了。隔了一星期，却又垂头丧气地回来了，它的体重差不多轻了一半。回来之后，立刻吃饭，吃的分

---

① 编者注：钱大成，常熟人。据钱仲联《关于钱姓源钱答朱浩熙书》中所言："联所据是钱曾嫡裔后人钱大成君所撰《钱遵王年谱稿》所载。"

量竟比平日要多上一倍。我于是揣测它出走的动机，是要去找一只腥气比较浓一些的饭碗，结果却几乎饿死。从此又可证明，现在我家里固然差不多已少有荤腥可吃，但附近好多人家恐怕简直没有荤腥，或许白饭也已发生问题了。否则，畜猫成为习尚的江南，它哪里会一饿六七天呢？——从两只猫先后的出走，竟能使我悟到了一个现实生活的教训。

在沦陷时期，我对于猫是绝对崇拜的，不但"迎猫"，而且甘心做猫，曾经请朋友画了一幅猫，我自己更题上一首诗道："平生枉事读龙韬，报国何尝有一毫？鼠辈跳梁昏白画，甘心化作老雄猫。"猫还只是猫，然而我对它的印象，却时时刻刻在变。现在，我虽还是甘心做猫，但决不愿意做伏在贵妇人膝上的玩猫，我要做一只捕捉跳梁黠鼠的老雄猫。至于花荫戏蝶的猫，更是我所瞧不起的。

刊于《申报》1949 年 4 月 13 日

《猫鼠》，刊于《福幼报》1948 年第 34 卷第 5 期封面

豢猫余谈

猫史

徐明德

有许多人以为猫是一种极平常、无足轻重的动物，多不很爱护它，其实古埃及人们爱猫的热烈，说出来大是令人惊异，他们以为猫是一件比什么都宝贵的东西，要是一个人死了他所抚养的一头猫，便要剃掉他的眉毛，以志哀悼的（埃及人剃眉，等于中国人的戴孝、西洋人的服黑，同是哀悼的意思）。并且有许多猫，都供在神庙里，饲以鲜鱼和牛乳面包。要是一个人在神庙里得了饲猫的任务，便以为莫大的光荣，人家也敬重到他了不得。

世界上什么时候初有猫，已不可考。柏林博物院内，陈列着一块耶稣纪元前一千八百年的石碑，这上面便有"mau"（即"猫"也）这么一个字，便有几位历史家，便以为猫本是东方独有的动物，现在欧洲所以也有猫的缘故，是被十字军征伐时传来的（起初欧洲人不知道猫是什么东西，叫什么名字，听见东方人叫它"猫"，使也胡乱叫它"mau"），然而此说也不能成立，因为有许多人反对着，可是无论如何，我们总得承认在三千年前，猫是人们很宝贵的一件东西。

欧洲中世纪时代，许多寺院里的尼姑及女住持，都喜欢抚养着猫，因为在她们寂寞的生活中，只有猫是她们唯一的良伴。安格耐（一个女教士）所著的《炉边怪》有一段说道："猫能融和寺院里严峻的气象，并且是家庭里唯一的点缀品，我们一见了猫，便油然生居家之乐，所以无论什么人，即使幽居寡欢的女人都喜欢它。"

我们知道穆罕默德爱猫的故事，可以表明大人物慈爱的榜样。穆罕默德有一头白猫叫梅沙，有一天，他坐在椅子上，梅沙忽然也睡在他的长袖上，直等他要立起来的时候，梅沙还没有醒，然而穆罕默德宁可剪刀剪断他的长袖，不忍惊扰梅沙的酣梦。这种事情，人人都会做的，可是人人都不肯做的。还有那土耳其军士，我们都承认他们是世界上最残酷的军士，可是他们保护猫的能力，倒也是名闻于世的呢。

还有一件关于猫的故事，说起来也很有趣。当开罢西（波斯王名）与埃及争配罗新（尼罗江口的古城）时，波斯军连战皆捷，后来到底占据了配罗新。你道这是什么缘故？原来开罢西知道埃及人最敬爱猫，无论天大的事，都肯为猫牺牲，所以他在战争的当儿，令前排冲锋的军士都怀里抱了一头猫。果然，埃及军起初很勇猛，看见波斯军怀里的猫，因为恐怕误伤了它，都弃了兵器而跑，波斯军便乘势追杀。这件故事，现在虽然不能证实确有其事，不过我想埃及人既然那么看重猫，这件事也许是有的。

阿剌伯人亦很珍视猫，他们有一句相传下来的古话，说是当他们第一个老祖宗降生的时候，天帝（阿剌伯人的天帝叫安拉）恐怕他寂寞，或碰着危险，所以给他一条狗、一头猫，狗是用以保护他危险的，猫是用以安慰他寂寞的，所以天帝在狗的身内，放着一个勇士的灵魂，在猫的身内，放着一个温柔女儿的灵魂。

藏书票中的猫，此为黄伟业先生收藏

欧洲名人，亦都以猫为唯一的良伴。大僧正雷希罗（法国第一政治家，路易第八之首相），到了昏闷不欢的时候，只需同他的猫戏弄了一回，便立刻恢复精神。瓦尔赛（英国政治家，亨利第八首相）亦尝自谓猫是他的好伴侣。

法国的贵女，都欢喜抚养猫，并且常借诗歌以表猫的温柔和柔顺。英国诗人海力克、德国诗人海涅，都有赞美猫的诗歌，更有哥潘（英国诗家，即著《痴汉骑马歌》者），葛来（十七世纪英国诗人）、阿诺尔（十八世纪英国诗家及神学著作家）都有关于猫的著作。牵司脱非而勋爵（英之贵族，以善治家而著称于世）死时，曾以饲猫之事，书于遗嘱，此外尚有奈端、约翰生、司各脱等的爱猫，都是大家都知道的。

到了现在，虽然都知道猫是有用的动物，但是还有许多人承认它的有用只限于捕鼠，所以有许多暴虐的儿童，专门同猫做许多恶作剧，以为笑乐。更有那不幸的猫，凭它怎样温和驯良，到底因为受不到人们欢迎的缘故，都死于饥寒。这是何等悲惨的事啊！长此以往，岂不是人们辜负了这温和驯良的动物了吗？所以我想组织会社去保护这可怜的动物，是人们应当的责任，要是将来人人都欢喜抚养猫，恐怕于人们生活上，要增不少的幸福呢。

刊于《轰报》[①]1924 年 1 月 25 日

---

① 编者注:《轰报》，创刊于 1923 年 8 月 5 日，二日刊，馆址在沙文井。1937 年随《锡报》同时停刊。先由吴观蠡创办，后由朱冰蝶接办。编辑记者大多是报界名人，其中有“三曹”“三笑”“三涤”：“三曹”为曹君穆、曹涵美、曹血侠；“三笑”为包天笑、华微笑、庞独笑；“三涤”为朱涤秋、张涤俗、崔涤亵。以小品文为主，幽默风趣，对时局亦有评论。首版专门刊载广告，其他版面刊载小品文字。

谈养猫

叶良德

猫为家畜之一，善捕鼠，故人家每豢养之。原其始，亦为豹类食肉兽之一种，历久野性渐渐退化，而变驯良之动物矣。然其锋利之爪，锐利之目光，矫捷而善跳跃攀登之身躯，固仍在也。且猫性虽驯，尚不如其他动物之不伤主人而有义气，猫如与其嬉戏，一逢其怒，辄张牙舞爪，撕破皮肤甚至见血。所以俗谚谓猫系娼妓所投生，虽属迷信之谈，亦言之有理也。

猫每饭必饲以鱼腥，否则宁枵腹不食。豢猫之家，于菜肴中偶有不备鱼腥，亦必另购小鱼，即市上叫卖之猫鱼，煨熟后拌于白饭内饲之。又遇猫之初生，至三四个月，喉间有呼呼之声，昼夜不息，名泛珠，盖即猫之发育期也。际此期内，喂食第一要当心，最好用羊肉骨髓拌饭喂之，则猫易壮大而有力。如于泛珠期内，一有疾痛，此猫即不能长成，或因以致死者甚多。

猫之怀孕及至生产，大约三个月，其发性期雄者昼夜狂鸣。猫之生于春天者谓早春猫，生于夏天者谓之夏猫，除春夏两季外，其秋冬两季，生产者极少。早春猫最佳，毛色清洁而易长成，且入寒天较不畏冷，而毛中蚤虱少；夏猫一入冬天，即喜伏于灶下，以致毛色污浊，且身上蚤虱极多。去猫虱之法，用樟脑末干揸于毛里，虱即自灭；或者竟用沸水一盆，和以樟脑，于盆上罩以铁丝网，将有虱之猫，放于网上，再用盆覆之，留一出气处，虱受樟脑热气，均跳出，溺死于盆中焉。

又，猫一胎产下之小猫，无一定之数，但愈少则其性愈凶，愈善捕鼠，故有"一龙二虎三猫四兔"之称号，盖喻其能干与不能干也。猫之毛色各有不同，大约可分者如下：

"雪里拖枪"，全身均白，唯其尾则黑；

"乌云盖雪"，背上之毛黑而腹部则白；

"铁棒打樱桃"，全身之毛均白，而头面上有一处似桃子大之黑毛，又其尾全黑；

"虎狸斑"，全身之毛黄白条纹相间，像虎皮之斑纹；

"竹节"，全身之毛黑白条纹相间，作一节一节形；

"糖焦斑"，全身之毛黑白黄，互相错杂，此种毛色最为美丽；

"全色"，全身之毛或黄或白或黑为一色者，又俗谚有云，"黄猫难得雄，黑猫难得雌"，即喻黄猫多雌，而黑猫多雄也。

猫之眼，其光甚为锐利，于暗黑中能了然见物，其眼内之黑点，依时刻而变换其形式。有时圆，由圆而变两头尖，由尖渐变为一条线，再周而复始，大约两点钟一变换其形式，一昼夜间，自一条线而两头尖，自两头尖而滴溜圆，如是辗转变换，共有四次。依十二个时辰计算，即子午卯酉一条线，辰戌丑未两头尖，巳午申亥滴溜圆。又，其猫之眼睛既为黄色，不过以一只深黄，一只淡黄，两只两样者为贵种，名"金银眼"，据云老鼠一经其目光所及，即骨软而不能跑矣。

猫之性特异者能蹲伏河边，见游鱼之游近岸旁，彼即在水中攫得者。又有猱升高树，于枝头飞鸟，乘其无备扑杀之者。再猫往往有偷窃看馔，此则在于畜猫者之严厉扑责，亦能稍杀其偷食之恶习性也。不过于其偷食时，切不可趁便以筷击，如以筷击之，恒至田野间捕捉小蛇，咬杀之衔入屋内。

猫最喜于花前扑蝶，当春间百花怒放，蛱蝶纷飞时，而猫即蹲伏花前，虎形虎状，仰首怒目而视，俟其飞近身旁，即张牙舞爪，且跳且张前足扑之，此景此情，最为可玩，故自古以来之画家，每喜绘之入图画中也。

刊于《申报》1925 年 11 月 17 日

养猫

益百

此题之动机，系因读叶君之《谈养猫》而起，惟内容稍有不同耳，余对于叶君述饲猫必以鱼腥之一点，因于处地上之关系，略有意见。按：敝处鱼食甚缺，且价甚昂（按：北方新、陇、秦、豫等省均如是），若以之饲猫，于经济上实有不可能。即食鱼时，亦戒饲猫，恐鱼刺梗其喉中，致生病也。敝地虽肉价廉易，而亦禁饲，恐成馋口，若不饲肉食，即行窃；恐充其食欲，即仰腹长眠，不去捕鼠，故普通多以馒头嚼细饲之，小猫则间饲牛乳。再凡养猫似不必朝饲肉，夕饲粥，视如掌上珠，若娇养已惯，或反失其本性，或易生疾病，未识识者以为然否。

养猫之趣味

如抚其背，顺其须，则必呼呼而鸣，俗谓之猫念经也。又或触其怒，则必夫夫而呼，是发怒也。小猫最喜玩物，如玩球时，先以小爪动之，球必滚滚，彼以为活物也，跃而攫之，则球又不动，复以爪使之旋转，实令人起兴。又将球以尺余之线系之猫后足，则逐前逐后，煞是好看。余如以爪洗面，群猫相戏之状态，靡不令人生种种快感及兴趣。

养猫之禁忌

猫既好玩，故弊亦生焉，如小孩睡熟，伊见小孩之生殖器（小孩之裤多无裆），仍如玩球之法以爪动之，或进而啮之，故俗谚"男子不养猫，女子不养狗"，诚非虚语。

又猫常食鼠，其口常不洁，若任其触食物，必易染疾，尤宜慎之。

猫尿之用途

敝地盛传，若蜈蚣入耳，以雄猫之尿滴入，蜈蚣必化成血流出之。取猫尿之法，先以蒜捣碎，抹于猫口，尿必洒洒然下云。

普通养猫多养牝猫，以其性驯也，犹养狗之于雄狗，以其性凶也同。

刊于《申报》1925 年 11 月 27 日

刊于《福幼报》1918 年第 4 卷第 9 期封面

猫

蔚 南

偶然在一本杂志里，翻到了卜那尔（P. Bonnard）所画的一幅猫，觉得很欣喜。因为这幅画委实画得不差。一匹坐着的胖胖的猫，只用着寥寥十几笔来描绘，却描绘得惟妙惟肖，活泼泼地！那一对锐利的眼睛，多么美丽，怎样魅惑人的！还有那几根胡须，刚健而威严，真正漂亮呢。猫的精神，猫的情态，表现到这般淋漓尽致，谁见了，谁都要赞一声："好画！"

猫的可爱，猫的特点，原来就在它柔媚里带着点神气活现的骄傲，骄傲里有点使人舍不得的柔媚，所以莫泊桑甚至要把猫来比可爱的女人了。他说："那种娇媚的，温柔的，眼睛里很有光芒的女人……她们为要在爱情上摩擦，于是来选择我们男子。当她们呈开双臂，预备拥抱的时候，走近她们身边去好了。当我们拥抱她们时，嘴唇早已预备人家去亲了，当我们尝着肉的欢乐，尝着她们精细的娇媚的时候。心便突突地跳，仿佛我们抱着一匹雌猫，一匹具有锐利的牙齿的雌猫，一匹不忠不义的，假仁假义的，热情的，仇敌的雌猫。假使她们疲倦于逸乐了，她们就会咬你抓你呢。"（见拙译法国名家小说集《猫》）

莫泊桑这种刻毒的笔锋，这种以猫来比女人的思想，很受鲍特来尔的影响的。鲍特来尔在《恶之花》里描写猫的诗，有一首莫泊桑已引用在他这篇小品的最后，另有两首却没有引用。现在把莫泊桑所未引用的，鲍特来尔的另一首写猫的诗，译述其大意如下，以资和莫泊桑的文章相比较：

可爱的猫，到我恋爱的心旁来吧，

你的脚爪且替我缩了进去，
让我飞进你的美丽的眼中——
你的金属与玛瑙相混成的眼中。
我的指头缓缓地抚摸着你的头，
抚摸着你自在的背部的时候，
我的手触着那电气般的你的身体
而醉在那快感之里的时候，
我想起我的亡妻，她的眼光，
可爱的猫，正像你的眼光。
深奥的，冰冷的，投枪般地刺死人。
自头顶至足尖，
微妙的空气危险的熏香，
漂浮在她的褐色的身体的四周。

藏书票中的猫，此为黄伟业先生收藏

鲍特来尔在另一首写猫的诗里，称赞猫叫的"苗乎苗户"声中含有魔力与秘密，像媚药一般的，使他欢乐。他又赞美猫的皮毛，猫的眼睛，认之为妖精，甚至认之为天神。鲍特来尔真是猫的知己呵！所以替他作传的辜底爱（Gantier）说他道："他自身就是淫逸的猫。"

"爪儿嶙峋踞，睛谁仔细看"，"一尾丁蛮屈，双睛午细描"，这种描写猫脚爪、猫眼睛、猫尾巴的诗句，和鲍特来尔的诗一比，似乎稍觉浮面的了。我国人把猫眼睛来看时间这件事，鲍特来尔也提到过，他有名的散文诗中有一首叫《钟》（L'Horloge）的，就是说用猫眼睛来看时间的事情。

猫在拉风歹纳（La Fontaine）的寓言里，被描写得不大高尚。有一天，黄鼠狼和野兔子争住宅，闹个不休，便去请拉米那豽老皮来裁判。拉米那豽老皮是一只隐世的道猫，它是一个慈悲者，它是畜牲中的一位圣人，它具有很伟大的智慧，善于审判的。原告、被告都到案了，慈悲为怀的法官便问它们说道："小子们站近前来，我年纪大了，耳朵有些不便当。"原告、被告毫不迟疑，果然站近法官面前去了。谁知道那奸诈伪善的道猫，突然跳起来抓住它们，一先一后都吃了下去。这一段故事，就是拉风歹纳寓言里描写猫的一首。

我们还记得有名的童话作家班洛（Perrault），写过一篇《穿木靴的猫》，写得很有趣，那篇故事是这样的：

从前有个穷人死了，遗产的分配是如此：驴子一匹，归大儿所有；磨子一架，归次子所有；猫一匹，归三郎所有。三郎想：做小儿子的真倒霉，遗产只得着只猫。大哥、二哥倒可以联合起，用着驴子和磨子开一家磨坊，我只有只猫，杀它来吃了之后，至多把它的皮来做个冬季的袖手筒。他正在自言自语的时候，站在旁边的猫竟开起口来了，它说："小主人，你不要慌，不要愁穷，我来替你想法子。"三郎听见猫会想法子，自然欢喜到极点，非常爱好那匹猫了。后来猫又说道："主人，我来替你到树林里去打猎，只是林中荆棘丛生，我走进去时，恐怕脚都要触破，你给我去办双木靴来，让我穿在脚上。"

　　主人果然替猫做一双木靴，猫于是穿了木靴到林中去打猎了。猫常常打了野兔子来给主人。猫又把兔子去送给一个邻近的国王，说是侯爵卡拉排送的礼物。国王很欢喜。后来猫又想了种种巧计，使他的主人娶得那个国王的最美丽的女儿。

　　西洋各国的文学者描写猫的散文，真不少。写得很美妙的，像陆蒂在那 *Le lvure de la Pitie'et la mort*[①] 里所写的中国摩摩的太太（猫名），又像辜底爱所写的丹淫飞勒夫人（猫名），都能使人爱读，但把猫的懒惰、聪明，很有趣很巧妙地写出来的，我却以为法兰西（Anatole France）在 *Le Crime de Sywestre Bonnard*[②] 里，所写的哈米尔伽为最：

　　我将我的围椅和活动的小圆桌推近炉边，并且取得哈米尔伽所愿意让给我的地位。脑袋靠在柴架边而身躯伏在一个鸭绒垫子上的哈米尔伽，正屈成圆形睡着，它的鼻子藏在它的腿子之间，一阵停匀的呼吸，将它那厚而细的毛巾微微托起。我走到它跟前时，它从它那半开的眼睑中，用它那和玛瑙一般的眼球向我瞧了一下，一面默想道："没有甚么事，这是我的朋友。"便立刻将眼睛闭下了。

　　"哈米尔伽！"我伸足前进时向它说道，"哈米尔伽，书城中好睡的王子，守夜的将军！你给这些由老博学用尽铢积寸累的金钱和自强不息的毅力之代价所得的抄本和印刷品，担任防御害虫啮蚀的责任。你在这一座被你用武德所看守的藏书室中，哈米尔伽，你尽管用土耳其皇后的懒惰态度睡觉吧！因为在你的身份上，你将鞑靼战士的骇人外表和近东妇人的古拙丰仪合而为一了。英勇的哈米尔伽，你尽管睡下而等候老鼠在月光之下，博学的孛冷台史德等人所写的《圣僧传》之前跳舞的时候吧。"

---

① 《怜悯与死亡的兴起》。
② 《波纳尔之罪》，是法国著名作家、文学评论家、社会活动家阿纳托尔·法朗士于1881年创作的长篇小说，也是其代表作之一。

这篇演说的开始颇合哈米尔伽的意思，它用它那像水沸而微鸣一般的喉管微响着，和这演说相应和。但是我的声音渐渐高了，哈米尔伽垂耳蹙额——它那斑纹的顶额——瞧着我仿佛说这样高声宣言是不合理的。并且它想象的：

"这个书呆子发一些毫无内容的议论，可是我们的保姆，却只向我说那充满了意义、充满了事实的语言，或者报告饮食，或者报告鞭挞。人都懂得她所说的，但是这老头儿却将毫无意义的声音集合在一块儿。"（依李青崖译本，略事增减）

法兰西不愧是个才智纵横，富于幽默的大作家，他会用一个老头儿的口吻，描写出猫的情态来，而且描写到这样冷静，分外使人感到猫的可爱了。可惜我寓里现在没有猫，家里也没有猫！

刊于《复旦旬刊》[①]1927 年第 5—6 期

---

① 编者注：《复旦旬刊》为大学校刊，是《复旦校闻》《复旦季刊》《复旦周刊》的接续，上述刊物皆是因经费原因而先后停刊，后在师生的要求之下，创立了《复旦旬刊》，于 1927 年 11 月 5 日在上海创刊，由复旦大学学生会旬刊社编辑，复旦大学学生会出版委员会发行。1927 年共出版 6 期，其中 5、6 期为合刊，1928 年出版 7 期，第 7 期出版后，因为学校的经费问题而停办。撰稿者有梁实秋、于楠秋、光地、童家尧、蒋励材、杨开道等。内容有政论文、学术研究心得、通讯、书报介绍，以及大量本校新闻。该刊还发表些文学作品，如小说、诗歌、散文等。

豢猫余谈

蒋春木 [1]

余多癖好，若虫鱼鸟雀，均在余兼爱主义之下。大弟景晖喜畜金鱼绣眼，而内子又爱猫如命，故余之家庭，不啻一动物之苑囿矣。

频年浪迹南北，居无定所，对于虫鱼鸟雀之爱，日渐淡漠，且被内子爱猫之化，竟畜狸奴，爱述之，以为同嗜者告。

民十二年秋，挈眷至平，就内叔家之余屋而居，屋多鼠，又多地鼠，常爬地出泥，垒若小阜。平之，而明日复然，成京观焉。乃由庖人捉一猫来，毛色斑，唯瘦瘠异常。盖北方乡人，豢猫不以饭，常以窝窝头饲之，致难肥腯。至余家，则每日以猪肝和饭为饲，猫唉而甘之。三四日来，穿墉之扰，地上之阜，均于无形中平息。实则此猫饱食甜眠，固未尝捕得一鼠也。余因其能弭鼠患焉，名之以老咪，宠护备至。老咪怀孕生大黄，初给程姓，恐噬其爱鸟，复索还。大黄生小兔，小兔后二足短，不良于行，尾卷曲，若秃尾驹，余怜而爱之。大小凡三头，有如卷烟之三猫牌商标矣。大黄性劣，常外出窃食，旋失踪，内子思之，悬赏二金，招寻不得，为之不怡者累日。

翌年春，小兔生三猫，中有毛玟瑶而方头者，甚美，且善伺人意，因留之以补大黄之缺。

余欲为方头摄一影，不便携之至留真馆，乃特购一机以摄之。老咪也，小兔也，方头也，或立或卧，其状甚多，耗余片至不可计，但迄无

---

① 编者注：蒋春木，1925 年《紫兰画报》驻京特约记者，撰有《西方释梦录》，译有《猫的研究》等作品。

一当意者。余曾撰《猫之摄影谈》，刊诸天津《大公报》之《妇女与家庭》，盖摄狸奴与金鱼，同一吃力不讨好也。

入秋，屋已燃火，方头常见与人同睡厚被中，忽得秋瘟症，送至某兽医处诊治，未愈而死，内子为之下泪。

十七年夏初，余先南下，内子携行装及老咪、小兔，由北平至天津，登轮至上海，经黑水洋，风浪殊恶，内子本患航行，呕吐致无人状，但犹强起为猫切肝拌饭，其爱之有如此。

余进一步做学术上之研究，至京师图书馆，遍寻目录，得清人黄鹤楼著之《猫苑》一书（文明书局有石印本），该书缀拾典故，不能据为科学研究之用。后即致函日本丸善书局，买得英文本《猫书》一本，分类详明，材料丰富。除此书外，欧美之研究猫者，大率在《狗书》中附入一二章，殊不餍余之欲也。

刊于《联益之友》[①]1929 年 6 月 21 日

《猫逐鲤》，（清）张秋谷绘

---

① 编者注：《联益之友》，文艺刊物，1925 年 8 月 1 日刊行第 1 期，1937 年 7 月 21 日刊行第 192 期后停刊。联益之友旬刊社编辑发行。主要刊载书画名家的墨宝，提倡国粹（载文以文学和艺术两方面为主）；征求关于工商业的著作，鼓励工商；刊登有趣的小说、笔记、琐闻，以助读者的兴味，满足茶余酒后的消遣。主要撰稿人有程小青、郑逸梅、许廑父、顾明道等，书画作者有钱化佛、于右任、吴昌硕、薛伯青等。

猫话

郑逸梅 [1]

猫，家畜也，异名甚多。如女奴，见《采兰杂记》；家狸，见《本草纲目》；鼠将，见《清异录》；蒙贵、乌员，见《酉阳杂俎》。我国之有猫，当在二千数百年之前，《诗经》云："有猫有虎。"《孔丛子》云："孔子昼息于堂而鼓琴，见猫方取鼠，至发为幽沉之声。"可知由来之古矣。猫之善捕鼠与否，俗谓可视其口中之坎。三坎者，捉鼠一季；五坎者，捉鼠二季；七坎者，捉鼠三季；九坎者，捉鼠四季。其睛随时而变，昼细如线，日暮则圆。有人收《牡丹图》者，丛下有一猫，有别画者曰："此正午牡丹也。"何以明之？猫眼黑睛如线，此正午猫眼也。见《埤雅》，洵为佳话。鼻端常冷，惟夏至一日则暖。性畏寒，若在初生时，以硫磺少许纳诸豚儿肠，和饭饲之，则不致怯冬而煨灶。如猫有病，饮以乌药之汁即愈，此畜猫之常识也。

古之癖猫者，如贵妃爱康国猧子，尝上局乱弈。又连山张大夫博，好养猫，众色备有，皆自制佳名。每视事退，至中门，数十头曳尾延颈，盘接而入，以绿纱为帷，聚其内以为戏。

同社黄转陶之太夫人，爱猫成癖，畜数十头，特雇猫役，专司其事。又学友蒋春木因爱猫而作《猫书》，由北平朴社发行。其夫人更视猫为第二生命，凡猫之食，必亲自料量，虽病困于床，亦必勉力为猫拌饭，其癖好之深，殊不让于古人也。

---

[1] 编者注：郑逸梅，江苏吴县人。作家、画家，著有《小阳秋》《人物品藻录》《逸梅杂札》《艺林拾趣》《艺坛百影》《影坛旧闻》《清末民初文坛轶事》《三十年来之上海》等作品。

西方电影小明星贾克·柯根，以猫为好友，一白一黑，尤为宠爱，尝有"生平所爱者，舍阿母外，当为猫"之语。吾国电影女明星王汉伦以猫为子女，一名比子，一名普倦，出入相携，眠食与共。电影家爱猫，真无独有偶矣。

向邻家乞猫，必以盐一包为交换品，盖俗例如此也。然此例宋时已有之，放翁诗云："裹盐迎得小猫奴。"又俗语云："猫洗面过耳，则有宾客至。"此说亦殊旧，《酉阳杂俎》已载之也。

猫之故事，足堪发噱者，如《旧唐书》。武后杀王皇后及萧良娣，萧詈曰："愿武为鼠，我为猫，生生世世扼其喉。"后乃诏六宫，毋畜猫。

英人谓养黑猫者，家多幸运。吾国人谓养黑猫者，可免火灾，实则同一迷信之谈耳。

猫之须，不啻一尺，常以量度穴之宽窄，而知其躯体之能入与否。顽劣之儿童，往往戏剪其须，则有先探穴得鼠之技能，家长不可不斥戒之。

予家曩畜一猫，睛一白一黄，盖俗之所谓金银眼是也。时先大父锦庭公尚健在，颇爱护之。晚间灯下，锦庭公吸旱烟，与愚夫妇作拉杂谈，猫辄跃登锦庭公膝上，蜷伏就抚以为常。某晚猫不来，捉之置膝，一释手即逸，再捉再逸。锦庭公以其改常能也，殊讶异之。不料翌日锦庭公得中风病，病三日，竟弃愚夫妇而长逝。从此愚夫妇虽羽毛未丰，亦不能不作高飞远扬，因此罡风暴雨，备受苦厄。此猫有若先知，特以为警，深愧人之反懵懵也。

刊于《联益之友》1930 年 4 月 11 日

猫与小动物

陈光垚 [1]

人类中爱动物的，大致要数女子和儿童。女子里面虽然也间或有不大爱动物的人，但一般儿童内不爱动物的就很少了。不过动物不能完全都被人类所爱，例如丑污的猪、粗笨的牛、可怕的蛇、可鄙的鼠……这些动物大致都不能得人类的欢心。（如为"吃肉"或"耕田"起见，自然猪牛都得受人欢迎，但这已是另一个问题了。）在这里，其实要细说起来，我们人对人属于同类，还不能完全相爱，则这一部分动物之不被人所爱，更加不足怪了。但是有一部分的动物，却很能为人类所爱，如猫、兔、猴、马、洋狗、哈叭狗、八哥、画眉、黄莺、鹦鹉、鸳鸯、孔雀等便是。这些动物里面，我自己最爱的便是猫（癞猫自然不爱），其次便是聪明的洋狗，但洋狗买价太贵，喂养更不容易，所以我就特别的爱猫，尤其是小猫。

猫的种类，有短毛猫，有长毛猫，但以前者为最普通。猫的毛色，有花白猫、麻猫、黑猫、白猫、黄猫几种，大致花白猫最为可爱，麻猫和黑猫最为肥大，白猫、黄猫比较瘦小。但这也只是就大略说，并不是绝对没有例外的。总之，不论猫之为长毛、为短毛，或花白、或麻、或黑、或白、或黄，总要肥胖、活泼、毛色光泽、没有疾病（按：猫最易得病或死亡，而小猫尤甚）才可爱；要是瘦猫或病猫，人们且厌恶之不暇，更无所谓爱不爱了。

猫之所以令人喜欢，就体质上说，便是因为它有圆圆的脸子，明媚

---

① 编者注：陈光垚，著名文字学家和教育家。1927 年在上海《民国日报》发表《发起简字运动临时宣言》，1937 年 10 月邀约三十余位文化教育界人士组织中国文字改进学会，并发表《中国文字改进学会宣言及章程》。著有《常用简字表》（1936 年北新书局出版），此书为文字改革问题的重要参考资料。

的眼睛，美丽的胡须，好看的耳朵和鼻子；其次如爪尾等，也都具有美术上的价值。就性情上说，则是因它具有一种活泼好玩的天性，而且富于和人类恋爱的恋爱心。关于前一项，极易明白，不必多说。关于后一项，我们要是能留心一般猫的举动，也就可以证明了。因为它们很喜欢跳跃和扑跌，喜欢将自己捉住之小东西抛在空中，落下来又抛上去地玩耍。如果人们拿一条布带或绳子，在它面前来回地荡摇着，它便扑过来抢又扑过去抢。而且它又会玩耍自己的尾巴，有时候因为要咬自己的尾巴，便在地上连续地打圈子，这不是很活泼好玩吗？此外，一切的猫，还喜欢跳在人身上或桌子上，身体紧挨住人地摩擦着，嘴里很和悦地"喵喵"地叫着。我们如果拿手去搔它的头部和下颚，或抚摸它的身上，它便在喉中"呼娄娄呼娄娄"地小叫起来。这两种叫声，我们人类虽然不能断定它究竟是些甚么"猫语"，但说是一种对人的极亲爱的表示，却是毫无疑义的。

总而言之，猫要算是一种艺术兽，它之所以能为人类所喜爱，就因为它是艺术兽的缘故。但由此类推，则凡为人类所爱的动物，虽不能说完全都是艺术化的，但其中的艺术动物，总也不在少数。别的且不说，即以前面说过的丑污的猪和粗笨的牛而论，要是小猪或小牛，人类不但不厌恶它，而且觉得它很可爱。这就因为小猪尚未丑污，小牛也尚未粗笨；而它们自己所表现的，只是一种天真、活泼、柔嫩、娇小，故遂能为人类所爱。此外，如小兔、小猴、小马、小狗、小羊、小骆驼、小老虎、小狮子，小鸡、小鸭、小鹦鹉、小孔雀，以及其他的许多小动物，亦莫不如是。世间有许多人，或是因行为卑劣，或是因形态可憎，或且因彼此的性情不相投合，遂为同类的人类所恶；而人类的一部分"爱"，反转移到猫狗和一般小动物的身上去。这也犹之乎猫之恋爱，不全在同类，而多在异类的人身上一样。

刊于《妇女杂志》1931 年第 17 卷第 2 期

猫狗

梁遇春 [1]

惭愧得很，我不单是怕狗，而且怕猫，其实我对于六合之内一切的动物都有些害怕。怕狗这个情绪是许多人所能了解的，生出同情的。我的怕狗几乎可说是出自天性。记得从前到初等小学上课时候，就常因为恶狗当道，立刻退却，兜个大圈子，走了许多平时不敢走的僻路，结果是迟到同半天的心跳。十几年来踽踽地踯躅于这荒凉的世界上，童心差不多完全消失了，而怕狗的心情仍然如旧，这不知道是不是可庆的事。

怕狗，当然是怕它咬，尤其怕被疯狗咬。但是既会无端地咬起人来，那条狗当然是疯的。猛狗是可怕的，然而听说疯狗常常现出驯良的神气，尾巴低垂，夹在两腿之间。并且狗是随时可以疯起来的，所以天下的狗都是可怕的。若使一个人给疯狗咬了，据说过几天他肚子里会发出怪声，好像有小疯狗在里叫着。这真是惊心动魄极了，最少对于神经衰弱的我是够恐怖了。

我虽然怕它，却万分鄙视它，厌恶它。缠着姨太太脚后跟的哈巴狗是用不着提的，就说那驰骋森林中的猎狗和守夜拒贼的看门狗罢，见着生客就猖猖着声势逼人，看到主子立刻伏贴贴地低首求欢，甚至于把前面两脚拱起来，别的禽兽绝没有像它这么奴性十足，总脱不了"走狗"的气味。西洋人爱狗已经是不对了，他们还有一句俗语："若使你爱我，请也爱我的狗罢。"（Love me, Love my dog.）这真是岂有此理，人没有权利叫朋友这么滥情。不过西洋人里面也有一两人很聪明的，歌德在《浮

---

① 编者注：梁遇春，别署驭聪，又名秋心，福建闽侯人。毕业于北京大学英文系，著有《春醪集》《泪与笑》。

士德》里说那个可怕的 Mephistopheles 第一次走进浮士德的书房，是化为一条狗，因此我加倍爱念那部诗剧。

可是拿狗来比猫，可又变成个不大可怕的东西了。狗只能咬你的身体，猫却会蚕食你的灵魂。这当然是迷信，但是也很有来由。我第一次怕起猫来，是念了爱伦坡的短篇小说《黑猫》，里面叙述一个人打死一

《我的功劳》，刊于《旅行杂志》1927 年第 1 卷冬季号

只黑猫，此后遇了许多不幸事情，而他每次在不幸事情发生的地点都看到那只猫的幻形，狞笑着。后来有一时期我喜欢念外国鬼怪故事，知道了女巫都是会变猫的，当赴撒旦狂舞会时候，个个女巫用一种油涂在身上，念念有词，就化成一只猫从尾顶飞跳去了。中国人所谓狐狸猫，也是同样变幻多端、善迷人心的畜生。你看，猫的脚踏地无声，猫的眼睛总是似有意识的，它永远是那么偷偷地潜行，行到你身旁，行到你心里。《亚俪斯游记》里不是说有一只猫现形于空中，微笑着，一会儿猫的面部不见了，光剩一个笑脸在空中。这真能道出猫的神情，它始终这么神秘，这么阴谋着，这么留一个抓不到的影子在人们心里。欧洲人相信一只猫有十条命，仿佛中国也有同样的话，这也可以证明它的精神的深刻矫健了。我每次看见猫，总怕它会发出一种魔力，把我的心染上一层颜色，留个永不会褪去的痕迹。碰到狗，我们一躲避开，什么事都没有了。遇见猫，却不能这么容易预防，它根本不伤害你的身体，却要占住你的灵魂，使你失去了人性，变成一个莫名其妙的东西。这些事真是可怕得使我不敢去设想，每想起来总会打寒噤。

上海是一条狗，当你站在黄浦滩闭目一想，你也许会觉得横在面前的是一条恶狗，狗可以代表现实的黑暗，在上海这现实的黑暗使你步步惊心，真仿佛一条疯狗跟在背后一样。北平却是一只猫，它代表灵魂的堕落。北平这地方有一种霉气，使人们百事废弛，最好什么也不想，也不干了，只是这么蹲着痴痴地过日子。真是一只大猫，将个个人的灵魂都打上黑印，万劫不复了。

若使我们睁大眼睛，我们可以看出世界是给猫狗平分了。现实的黑暗和灵魂的堕落霸占了一切。我愿意这片大地是个绝无人烟的荒凉世界，我又愿意我从来就未曾来到世界过。这当然只是个黄金的幻梦。

　　刊于《泪与笑》，梁遇春著，上海书店出版社 1934 年 6 月刊行

猫癖

逸梅

竹簟朝慵，花阴画静，猫之生活，亦殊优游，且其性驯昵人，偎依就抚。予固有猫癖者，曩曾畜一玳瑁纹一金银眼者，夜常挟之同睡，有时予临寝呼猫不得，及一觉醒来，则猫已不知于何时入据衾褥间，盖习惯行素，不必再事循导也。既而玳瑁纹者死，金银眼者失踪，迄今偶尔忆及，犹复萦绕不置。

《春猫》，孙菊生绘，《新民报半月刊》1941 年 3 月 21 日春季临时增刊封面

李莼客豢一白猫，名之曰小桃。小桃死，莼客哭之，成诗若干首，载于《越缦堂日记》，惜寓处无是书，不克录之，以充拙文篇幅也。

女文学家陈家庆，其《姑苏集》中有述及为猫设宴款宾者，殊趣隽也。文云：

浴佛前数日，骊英姊为其雪狸奴四，作弥月纪念，觞酌同人，诸姊氏皆有投赠，罗列一室，文采斐然，以视各督军省长之借弄璋瓦而开饼宴，以敛取像属财帛及民脂膏者，高出万万矣。骊姊自制祝词，有"满城硕鼠，赖尔肃清"之句，然则亦小题大做者矣。又某姊亦有句云："拱手谢抚育，洗面悦宾主。宝斋为我来，宠若登九五。"则尤为猫致词，可为猫之化身矣。余是日饱啖而归，沿途听子规声声，知春去已久，犹留余恨。抵校因填《千秋岁》寄骊姊云：

柳旁花外，鸦背斜阳退。芳讯断，炉烟碎。臂宽金叶钏，腰缓香罗带。庭芜绿，绿随镜边眉分翠。此意何人会，赚取东君泪。春去也，痕犹在，雪狸偎枕睡，一霎将愁改，娇憨甚，年年祝暇春如海。

询别开生面之韵事哉。寒云主人，癖猫殊常，畜三四头，各锡嘉名，主人烟霞一榻，猫辄蹲伏榻左，既而一猫忽走失，主人登报征访，愿以己画屏条四幅为酬，卒得珠还合浦云。

社友黄转陶，自署书室曰猫盦，同文咸称之小猫而不名，闻其太夫人畜猫甚多，雇人为猫役，转陶之癖，其得自遗传欤。

刊于《金钢钻》[1]1934 年 9 月 1 日

---

[1] 编者注：《金钢钻》为近代上海小型报刊之一，创刊于 1923 年 10 月 18 日。施济群为主要发行人，陆澹安、朱大可、胡憨珠等人任主要编辑并分别负责不同的版面。由金钢钻报馆发行。主要刊载广告、社会新闻、政治、军事方面的时评社论、文艺作品等。1932 年 8 月 1 日改为日刊，撰稿人多为名家，如孙玉声、张恨水、顾明道、朱大可、范烟桥、王西神、严独鹤、周瘦鹃等。1937 年 8 月 1 日该报因战事影响被迫停刊。

猫鼠之间

曙山 [1]

说起鼠这种东西，它在我们中国人的嘴里面，虽向来与虎是一样的，惯爱加上一个"老"字叫它们，如谓"老虎"和"老鼠"，但其究不能与虎相比，令人谈起也为之色变。这就因为鼠所给我们不良的印象，只不过在惊扰我们的清梦，咬破我们的衣物，到底不会像虎那样的，遇人便想吞食的可怕。虽然遇到鼠疫（pest）流行时，则其对于人们的危险性，却不亚于虎列拉（cholera）之烈。

再说鼠在文学中，虽从来未占到何等重要的地位，但如伊索寓言（Aesop's Fables）之类的作品，却也常以它为很好的题材呢。我们且看这寓言里面，有描写猫鼠世仇的几句话，真是何等的有味，他说："至于那个形貌美丽，体态温存，你认他做好朋友的，是一只猫，一会儿就要吃你，是我们世代的冤仇，望你一辈子不见他的面方好！"（孙毓修译《伊索寓言演义》一六页，商务版。）

不错，大概凡是一个人都能知道，一旦发生鼠患时，只须去找一只猫来镇压它，真比请兵剿匪之效还来得快些。而且也有些滑稽的人曾这样说："猫是人家防守鼠患的卫戍司令。"

然而这年头真大变了，即如在猫鼠之间这么"不共戴天"的世仇，今已明明地要走上退避妥协，以至亲善的一途，岂不令人奇怪？例如最近报载太原的一则通讯云：

---

[1] 编者注：周曙山，江苏沭阳人，曾与高长虹、鲁彦、柯仲平等人自筹资金创办《世界》周刊。著有《日本社会运动史》。

"离石、柳桃镇一带，近忽发现大鼠，成群结队，昼夜狂跃肆虐，仓谷什物均毁，人民大惊，猫均退避云。"（见南京《新中华报》七月十九日所载）

又如在前两个月，曾于上海发生一则各报竞载的奇闻说：

上海爱文印刷局主人蔡锡泉，畜有一猫，生了两只小猫，其对面理发店，捕获诞生未久之小鼠一头，乃贻于蔡君家，以供母猫产后之美点。讵母猫见此雏鼠，既喂以乳，复使与己生之雏猫同居。如是者旬余，母猫与雏鼠间之慈爱，始终不变。母猫常以舌舐鼠身，小鼠依依于母猫腹下，状殊亲热，两雏猫亦不以忤。雏鼠尝一度失踪。母猫四处寻找，得之后，始转忧为喜，仍设法衔之归巢，视之如己出。（此录上海《小说月刊》六月号所载）

宋人戏猫图，刊于《故宫周刊》1932 年第 140 期

我们看了上面的这两则新闻,当作何等感想呢?猫忽怕鼠,从而退避,这或许因前在庙中吃过了鼠的大亏(曾见某报上载某处古庙内,有大鼠一头,害及全村,后有人以一猫去捕之,反为鼠所败云云。)今又见来势之众,强弱悬殊,所以才不敢与敌吧。至于母猫之爱哺雏鼠,极示其愿与妥协和亲善之意,也自然是这种情势之下必然的趋势。惟哺人之子,就当尽保获之责。则其一旦"失踪",无论是由于爱或畏惧,亦必要待"寻获"之后才可以"转忧为喜"了。不过像鼠之跋扈,于今竟如此之甚,又岂不是猫历年来听其猖狂所致吗?

此外如猫鼠同处之说,虽早见于《新唐书》,如谓:"猫鼠同处,鼠隐伏,像盗窃;猫职捕啮而反与同处,像司盗者废职容奸。"这只不过是借以为喻,从而说明左右失职,彼此容奸的情形,而实际则未必有此事。不料在这最近几个月之中,竟有如许奇怪的事实接连地发生,难道真是所谓天意也改常了吗?

廿三年七月十九日

刊于《论语》[1]1934年第49期

---

[1] 编者注:《论语》,为综合性评论刊物,于1932年9月在上海创刊,半月刊,由中国美术刊行社发行。1937年8月,因抗战爆发而休刊,1946年12月复刊,到1949年5月上海解放停刊,前后共出一百七十七期。主要刊登时事评论,发表杂文,探讨文学理论,介绍西方和我国古代幽默作品,刊载各地报纸的幽默消息和读者讥讽现实的来信。初由林语堂主编,从第27期起改为陶亢德主编,自第83期开始由郁达夫主编,后改由邵洵美主编。主要撰稿人有林语堂、郁达夫、周作人、老舍、曾今可、沈从文、赵景深、李之谟、罗浮、徐訏、徐仲年、邵洵美、彭学海等。封面多为丰子恺所绘。此刊的小品形成流派,被称为"论语派"散文。

猫狗

大 宰

提起猫来，谁的记忆里恐怕也会涌起那么个印象：团团的脸，两缕银须，四只藏有钢爪的脚，一条绵软的身子。虽不一定吊睛白额，把它比诸大虫，似乎不十分差。种类普通可分两种：一为狮子猫，二为柴猫。柴猫的"柴"字究竟出于何典不得而知，或即取自油盐柴米的"柴"字，以其触目皆是也。猫的颜色不一样，白身黑尾者谓之"雪里拖枪"；黑白二色相间，而面部则成二色各半者谓之"烘云托月"；白腹黑身谓之"乌云盖雪"；毛色灰白参杂不一者曰"芦花"；还有纯黑或纯白名字已记不得了。我这个叙述法好像有点以它们的品级为序似的。狮子猫的形象得以名会之，因究竟不出猫类，故凡柴猫所具的五官四肢颜色它都具有，只是毛的尺寸较柴猫为长，可二英寸许，骤望之，如雄狮之缩形，唯性情则较柴猫温柔多多矣。

家畜之中，猫与狗系占两大多数。虽然主人不一定是个家畜癖者，往往喜欢弄两只豢在家里以为点缀，事实上，猫狗对于人类也不无相当用处，狗可以守夜防贼——"犬守夜，鸡鸣时"，猫则司捕缉虫豸之职，用句新名词来解述，可以说是安内与攘外是也。不过这两种动物同为食客的身份，而始终不能亲善，二者相遇必张牙露爪，大有不共戴天之慨。

南京有句谚："猫来富，狗来开当铺。"依普通的见解，都说若猫狗一旦光临，必系家庭兴旺之征，这种因果律的见解，实在是平白地让猫狗占了便宜去。应当说是家里富了，于是猫狗都来包围就食，似为近理一点。这可举例为证：昔者吾家尚称小康时代，便常有猫狗之患，常常听女人喊，"昨夜橱门没有关好，菜被猫拖了一地"，或是"什么时候进来的黄狗，把鸡咬死了两只"。统计起来，猫狗来的只有祸并没有福。而今家里穷了，老鼠饿得日夜在顶棚上造反，夜里睡不着觉，只好人学猫叫，镇压镇压，终年见不到一只猫狗的面。就连春秋两季，猫儿呼雌的时代，它们也只远远地耽在邻家屋顶上闹，不到吾家来。

听豢猫养狗者谈，狗性忠，猫是滑头。狗是不计贫富守一而终的，猫则择食而移，这一点倒是实情。但据我看，这不过是人生观之不同而已，也不能责猫太过。猫本是很唯物的，享乐之余，还附带念念佛，以备一旦倒霉，好效那"放下屠刀，立地成佛"的故事。它私下里也许还要笑话狗是傻子哩。狗虽忠，只忠于主人，并不忠于同类，在近代意识上似乎不能算周延。尝见一弄狗者，乘轻车，昂然过市，三五猛犬，猖猖然领路而行，遇同类必拥前相噬，经主人呼喝乃止。不禁为狗赧颜起来。猫决不肯做这种傻事，宁可耽在家里给太太小姐暖被窝，舐茶碗，亲亲芳泽，故是个彻底的享乐者。狗在外面风尘仆仆，忠则忠矣，依然不能打破人类"鸡犬不能登堂"的观念。至于西洋女人有豢养身粗力肚的牡狗以解决性欲的传说，则作者未曾目见，就算它们也有过这种艳福，依然属于少数。

浮世绘中的猫

平日对于达尔文的进化论尝笃信不疑，故也曾于茶余饭后的闲暇，利用达氏推断人类进化的程序回溯猫狗的宗源，所得的结论觉得猫的祖宗应该是狸，就算不是祖宗，至少也是表兄弟。过去曾在鸟市上见过一只狸，气味腥恶难闻，售者把它放在铁丝笼中，笼底置一窄仅寸许的木板，这狸便来回地在木板上走，从不一触笼底，看来颇有个死心眼劲儿，其实未尝不是一种谨慎的表现。据售者说，动物中以狸最为难捉，同时也最为难驯，因其生性最善疑多虑也。狸之特性有二：路径不熟者不走，食物非得自树上者不食。故捕狸的人于前数日探得狸的足迹所向，然后埋伏守待不可，果子里面下毒药决不生效。狗的祖先，或者说是狗的亲戚，以不佞斗胆推测，也许是狼；不但相貌上令人难以否认，就在名目上狗中尚存有"狼狗"之说也可强解。狼的性情虽暴，倒是合群，同类对同类很少争斗。读微尼（A. de Vigny）的长诗《狼之死》（*La Mort Du Loup*）便有这种感觉。诗人在诗里不但记载了一匹狼当时为掩护母狼及幼狼逃遁，毅然与数只猎犬及数杆猎枪格斗，至死不发一声的悲壮，同时也感到了狗与狼之间所处的地位孰尊孰卑。

法国去岁才逝世的大雕刻家崩崩氏（Francois Pompom）生平以雕塑野禽野兽著名，从不雕塑人像及家畜，理由是人像绝难得其本来面目，家畜也因吃了人食，失其天性而变为奴了。这话至堪玩味。

一九三四元月试笔

刊于《论语》1934 年第 37 期

猫

天　畴[①]

在我们的理想中觉得数千年以前的猫决不会这样驯良的。旁的不说，单是从它的生理上观察起来，大眼圆额，尖牙锐爪，简直和老虎的雏形差不多。尤其是当它在捕捉耗子的时候，那副凛然不可犯的神气，竖脊而蹲，目光闪烁，盼顾自豪，直与老虎一样的威武不屈。所以孩子们的嘴巴里常常把它称作为老虎的外孙，大概是由来有自。虽则猫虎两者是不同种类的，在亲属篇里不能列入四等或五等的血统关系，但论形象，猫与虎并没有多大的差别，只不过一个是躯干来得高大，住在山林称王，一个是个儿渺小，豢养在人们家里做寄生物。记得的时候，给它喂些零星鱼腥，不记得便让它挨饿，生活之卑不足道，自然比不及上它的外祖父来得自由。

据古老时代遗留下来的传说，说是老虎的生活技能还是猫教会的，如爬山越岭，跳谷泅水，并以捕捉耗子的经验，教它用如何的方法去捕捉野兽或人。后来老虎学会了浑身的本领，把它的这位老师不放在眼里。有一天，下着雪，找不到野兽或人可吃，肚子饿了，想要吃猫，待等老虎将要扑过去抓猫的时候，猫便猱升上树，对老虎说："就是这一套本领不曾教你，否则也难免要膏身虎吻了。"照这样说来，猫倒还是一个有着先见之明的智者哩！

也不知在什么时代起，秦汉或是晋魏，唐宋或是元明？猫的本能是

---

① 编者注：张天畴，笔名老张，《时代日报》主编，《朝报》总编，著有《实用书法讲话》等作品。

退化了，虽具有老虎之雏形，可一些儿没有老虎之气概，除了捕鼠，别无大志。有时候遇到寒冷的天气，简直连鼠都懒得捉，整日地蹲在火炉旁边，晏安享乐，惟猫鱼猫饭之是务。因此常常受孩子和女人们的玩弄，阴柔怯弱，学会了不抵抗的诀窍，任人们怎样地侮辱它，打它，咒它，它老是给你一个无声响，甚或装出了一副媚态，把尾巴夹在屁股后面，在你的脚边绕几个圈子，"咪咪"地叫喊几声，表示亲善敦睦的样子，仍旧若无其事地在人前屈服了。

若是它肯利用自己生理上的特殊能耐则大可有为，第一它的爪牙锐利，颇堪自卫；第二它有上屋跳墙的本领，不必依人膝下，尽可以另图壮举。但是被人们豢养惯了的猫委实不想这样做，只求生存，于愿足矣，所以它在家畜的地位，反而比狗都还要来得低下。以这种没出息、不长进的寄生物，至今仍想潜名为老虎的外孙，那真有些儿不知自惭了！

然而也有人说：猫之所以不即绝种者，也正唯其肯阴柔怯弱，摇尾媚人的好处，如果不是这样，谁愿意拿零星的鱼腥来馈饲它，豢养它。由此可知，"峣峣者易缺"，不抵抗则胜于抵抗，猫之能够收敛锋芒，不以妇人小子的玩弄为侮辱，大概已经懂得了老子的"雌伏"，和古来圣贤人的"柔能克刚"的大哲理？

可在我们不谙世故的人看起来，对于猫的阴柔怯弱的态度，总觉得不大爱看它。

刊于《时代日报》[1]1935 年 12 月 22 日

---

[1] 编者注：《时代日报》，近代上海小型报纸之一，1932 年 7 月 1 日创刊于上海。由陈宝骅任总经理，樊仲云担任主笔，万枚子担任主编。主要刊载广告、时事新闻、社会秘闻以及社会问题等。该报出版初期随报附送叶浅予、张光宇主编的四色精印《星期漫画》，另印《请读者批评》卷格，以获取读者信息，颇受欢迎，成为当时该报的一大特色。

《猫苑》抄

商鸿逵 [1]

虽然六畜无猫，我偏最喜爱它。记得小时因所爱猫走丢，竟至茶饭不思，哭啼数日。又一夜里，猫失足落粪坑，攒入我被窝，待发觉，已满身黄膏膏了，至今家人以为话柄。近年来颇想找部说猫书看看，亦怪，中国一些"虫鱼鸟兽"书里，大的如虎，小的如促织，都有些，独独猫的少见。若追考起它的历史，不惟不短，六经尚见，如《诗·大雅·韩奕》有"有猫有虎"句，《礼·郊特牲》有"迎猫礼"，就让说它是唐三藏取经带回来的，亦有千几百年了。在著录上倒也见有三个名字：一《猫乘》，王初桐作；一《猫苑》，黄汉作；一《衔蝉小录》，孙荪意作。三作者皆清道咸间人，而孙还是一位女士。三书都不甚多见。前天，趁大风之后，跑到琉璃厂买书，忽然见到《猫苑》，喜极！问了问价，要二十元，只两卷约百页的咸丰刊本且带蠹蚀，未免太贵，只得借着看看，一夜看完，随书抄下了这点：

全书分七门：曰种类，曰形相，曰毛色，曰灵异，曰名物，曰故事，曰品藻。内容虽亦未能脱"抄撮群书"的老套，但间有引证辩论，是其长处。这点就比王百谷的《虎苑》一味抄书要高。因中国谈"物"的书，向例是抄抄编编，不带一点研究味，叫人看来总觉是在翻一部什么类书。

"种类"门里，引经据典，繁絮无足抄。"形相"同"毛色"里便觉有意思，它根据了相猫经说猫相有十二要：头面贵圆，耳贵小贵薄，眼

---

[1] 编者注：商鸿逵，河北清苑人。师从刘半农、孟森学习文史，从事明清史研究。北京大学历史系教授，曾主持《清会要》的编纂工作。著有《赛金花本事》等。

贵金银色，鼻贵平直，须贵硬，腰贵短，后脚贵高，爪贵藏贵油，尾贵长、细、尖，声贵喊，口贵有坎，睡要蟠而圆，藏头而掉尾。这样一只猫想象着自然够美丽，只是尾贵细尖，恐倒不见得，还是稍粗些圆些显得雄壮。

还有两个验猫法：

提其耳，而四脚与尾随即缩上者为优，否则庸劣。掷猫于墙壁，猫之四爪能坚握墙壁而不脱者，为最上品。

前法我已试过，很有效，也很有趣；后法，大概是需要掷者先有一种练习才行，故连试几次，都没甚效。我想，若能把墙壁改为树干，便容易试多了，因树皮多皱易握，墙壁太滑了。

又说：

毛色纯黄为金丝，宜母猫；纯黑为铁色，宜公猫。然黄者多牡，黑者多牝，故粤人云："金丝难得母，铁色难得公。"

这话也许有据，因我家养过的几只黄猫，都是公猫。黑猫原本很稀有。北平人家最爱黑猫，迷信它能避邪；最恶白猫，因它的颜色好似穿孝，不利主人。

灵异门里有一条，是：

虎一生不再交，以虎阳有逆刺也，其痛楚在初；猫一岁仅再交，以猫阳有顺刺也，其痛楚在终；余畜之阳无刺，无所痛楚，故其交无度。

人们常把这话当作笑谈材料，究竟不知靠得住不？我曾问过一位弄生物学的朋友，他答不知道，但他却指例说："蜂阳是有刺的。"刺不刺的只好再俟考究。至所说"猫一岁仅再交"，恐怕更荒唐不可信。又，猫的一切动作，我都喜欢，只"叫春"起来，那种发声，犹如儿号，实在讨厌之至！

关于喂猫及医猫，在"名物"门里，也载的有些：

猫不食虾蟹。(《识小录》)

猫食鳝则壮，食猪肝则肥，多食肉汤则坏肠。(《夷门广牍》)

猫初生者，以硫黄纳猪肠内，煮熟拌饭与饲，冬不畏寒，亦不恋

灶。(《花镜》)

据我一己的经验，猫非不食虾蟹，是不宜食虾蟹，食后多呕吐。喂猫的食物，以猪肝拌饭为最普遍，有用一种小干鱼的，北平干果铺里卖，就叫"猫鱼"，盖专备喂猫用者。鳝非一般家庭所能常备，故用之者殊稀。至于硫黄猪肝一法，还不曾试过。

猫病，乌药一味，磨水灌之即愈。(《花镜》)

小猫叫不绝声，陈皮研末，涂鼻端即止。(《古今秘苑》)

猫癫，用蜈蚣焙干，研末与食，数次即愈；又法，桃叶捣烂，遍擦其毛，少顷洗去，又擦自愈。(《行厨集》)

猫生虱，桃叶与楝树根捣烂，熟汤泡诜，虱皆死；樟脑末擦之亦可。(同上)

这些方法，一般人家都不惯采用，大概也不知道用。只治虱用樟脑末擦的还不少，这恐是因其简便易办的缘故吧。又有：

公猫必阉杀其雄，气化刚为柔，日见肥善。时俗又有半阉猫，只去其内肾一边，其雄气未尽消亡，更觉刚柔得中。

这也不曾试验过，但证之"阉人"，恐不为无理。

末了的"故事""品藻"两门，一多属荒诞传说，一则为历代咏猫诗文，没有什么意思，不抄了。

刊于《宇宙风》1936年第31期

赋得猫

知 堂 [①]

猫与巫术

我很早就想写一篇讲猫的文章。在我的《书信》里《与俞平伯君书》中有好几处说起,如廿一年十一月十三日云:

> 昨下午北院叶公过访,谈及索稿,词连足下,未知有劳山的文章可以给予者欤。不佞只送去一条"穷裤"而已,虽然也想多送一点,无奈材料缺乏,别无可做,久想写一小文以猫为主题,亦终于未着笔也。

叶公即公超,其时正在编辑《新月》。

十二月一日又云:

> 病中又还了一件文债,即新印《越谚》跋文,此后拟专事翻译,虽胸中尚有一猫,盖非至一九三三年未必下笔矣。

但二十二年二月二十五日又云:

> 近来亦颇有志于写小文,乃有暇而无闲,终未能就,即一年前所说的"猫亦尚任其屋上乱叫,不克捉到纸上来也"。

如今已是一九三七,这四五年中信里虽然不曾再说,心里却还是记着,但是终于没有写成。这其实倒也罢了,到现在又来写,却为什么缘

[①] 编者注:周作人,原名栅寿,后名奎绶,字星杓,号起孟、启明、知堂,笔名仲密、药堂、周遐寿等。浙江绍兴人。曾任《新潮》《语丝》主编,参与发起文学研究会,从事散文、新诗创作和外国文学作品译介。著有《自己的园地》《雨天的书》《泽泻集》《谈龙集》《谈虎集》《永日集》《看云集》《中国新文学的源流》《欧洲文学史》《鲁迅的故家》等。

故呢？

当初我想写猫的时候，曾经用过一番工夫。先调查猫的典故，并觅得黄汉的《猫苑》二卷，仔细检读，次又读外国小品文，如林特（R. Lynd）、密伦（A. A. Milne）、邵贝克（K. Capek）等，公超又以路加思（E. V. Lucas）文集一册见赠，使我得见所著谈动物诸文，尤为可感。可是愈读愈糊涂，简直不知道怎样写好，因为看过人家的好文章，珠玉在地，不必再去摆上一块砖头，此其一；材料太多，贪吃便嚼不烂，过于踌躇，不敢下笔，此其二。大约那时的意思是想写"草木虫鱼"一类的文章，所以还要有点内容，讲点形式，却是不大容易写，近来觉得这也可以不必如此，随便说说话就得了，于是又拿起那个旧题目来，想写几句话交卷。这是先有题目而作文章的，故曰"赋得"，不过我写文章是以不切题为宗旨的，假如有人想拿去当作赋得体的范本，那是上当匪浅，所以请大家不要十分认真才好。

现在我的写法是让我自己来乱说，不再多管人家的鸟事。以前所查过的典故看过的文章幸而都已忘却了，《猫苑》也不翻阅，想到什么可写的就拿来用。这里我第一记得清楚的是一件老姨与猫的故事，出在霁园主人著的《夜谈随录》里。此书还是前世纪末读过，早已散失，乃从友人处借得一部检之，在第六卷中，是《夜星子》二则中之一。其文云：

《猫苑》书影，黄汉编，上海广益书局1920年9月刊行

京师某宦家，其祖留一妾，年九十余，甚老耄，居后房，上下呼为老姨。日坐炕头，不言不笑，不能动履，形似饥鹰而健饭，无疾病。尝畜一猫，与相守不离，寝食共之。宦一幼子尚在襁褓，夜夜啼号，至晓方辍，匝月不愈，患之。俗传小儿夜啼谓之夜星子，即

有能捉之者。于是延捉者至家，礼待甚厚，捉者一半老妇人耳。是夕就小儿旁设桑弧桃矢，长大不过五寸，矢上系素丝数丈，理其端于无名之指而拈之。至夜半月色上窗，儿啼渐作，顷之隐隐见窗纸有影倏进倏却，仿佛一妇人，长六七寸，操戈骑马而行。捉者摆手低语曰：夜星子来矣来矣！亟弯弓射之，中肩，唧唧有声，弃戈返驰，捉者起急引丝率众逐之。拾其戈观之，一搓线小竹籤也。迹至后房，其丝竟入门隙，群呼老姨，不应，因共排闼燃烛入室，遍觅无所见。搜索久之，忽一小婢惊指曰："老姨中箭矣！"众视之，果见小矢钉老姨肩上，呻吟不已，而所畜猫犹在跨下也，咸大错愕，亟为拔矢，血流不止。捉者命扑杀其猫，小儿因不复夜啼。老姨亦由此得病，数日亦死。

后有兰岩评语云：

怪出于老姨，诚不知其何为，想系猫之所为，老姨龙钟为其所使耳。卒乃中箭而亡，不亦冤乎。

同卷中又有《猫怪》三则，今悉不取，此处评者说是猫之所为亦非，盖这篇《夜星子》的价值重在是一件巫蛊案，猫并不是主，乃是使也。我很想知道西汉的巫蛊详情，可是没有工夫去查考，所以现在所说的大抵是以西欧为

《驱巫》，张松云绘，刊于《图画日报》1910 年第 372 期

标准，巫蛊当作 witch-craft 的译语，所谓使即是 familiars 也。英国蔼堪斯泰因女士（Lina Eckenstein）曾著《儿歌之研究》，二十年前所爱读，其

遗稿《文字的咒力》(*A Spell of Words*，1932)中第一篇云《猫及其同帮》，于我颇有用处。第一章《猫或狗》中云：

在北欧古代猫也算是神圣不可犯的，又用作牺牲。木桶里的猫那种残酷的游戏在不列颠一直举行，直至近代。这最好是用一只黑猫，在得不到的时候，那就用烟煤，加入桶中。

在法兰西、比利时直至近代，都曾举行公开的用猫的仪式。圣约翰祭即仲夏夜，在巴黎及各处均将活猫关在笼里，抛到火堆里去。在默兹地方，这个习俗至一七六五年方才废除。比利时的伊不勒思及其他城市，在圣灰日即四旬斋的第一日举行所谓猫祭，将活猫从礼拜堂塔顶掷下，意在表示异端外道就此都废弃了。猫是与古代女神莤赖耶有系属的，据说女神尝跟着军队，坐了用许多猫拉着的车子。书上说现在伊不勒思尚留有遗址，原是献给一个女神的庙宇。

第二章《猫与巫》中又云：

猫在欧洲当作家畜，其事当直在母权社会的时代。猫是巫的部属，其关系极密切，所以巫能化猫，而猫有时亦能幻作巫形。兔子也有同样的情形，这曾被叫作草猫的。德国有俗谚云，猫活到二十岁便变成巫，巫活到一百岁时又变成一只猫。

一五八四年出版的巴耳温的《留心猫儿》中有这样的话，"巫是被许可九次把她自己化为猫身。"《罗米欧与朱丽叶》中谛巴耳特说："你要我什么呢？"麦邱细阿答说："美猫王，我只要你九条性命之一而已。"据英法人说，女人同猫一样也有九条性命，但在格伦绥则云那老太太有七条性命正如一只黑猫。

又有俗谚云，猫有九条性命，而女人有九只猫的性命。（按：此即八十一条性命矣。）

巫可以变化为猫或兔，十七世纪的知识阶级还多相信这是可能的事。

烧猫的习俗，弗来则博士(J. G. Frazer)自然知道得最多，可惜我只有一册节本的《金枝》(*The Golden Bough*)，只可简单地抄几句。在六十四章《火里烧人》中云：

在法国阿耳登思省，四旬斋的第一星期日，猫被扔到火堆里去，有时候残酷稍为醇化了，便将猫用长竿挂在火上，活活地烤死。他们说，猫是魔鬼的代表，无论怎么受苦都不冤枉。

他又解释烧诸动物的理由云：

我们可以推想，这些动物大约都被算作受了魔法的咒力的，或实在就是男女巫，他们把自己变成兽形，想去进行他们的鬼计，损害人类的福利。这个推测可以证实，只看在近代火堆里常被烧死的牺牲是猫，而这猫正是据说巫所最喜变的东西，或者除了兔以外。

这样大抵可以说明老姨与猫的关系。总之老姨是巫无疑了，猫是她的不可分的系属物。论理应该是老姨她自己变了猫去作怪，被一箭射中猫肩，后来却发见这箭是在她的身上。如散茂斯（M. Summers）在所著《僵尸》（*The Vampire*，1928）第三章《僵尸的特性及其习惯》中云：

这是在各国妖巫审问案件中常见的事，有巫变形为猫或兔或别的动物，在兽形时遇着危险或是受了损伤，则恢复原形之后在它的人身上也有着同样的伤或别的损害。

这位散茂斯先生著作颇多，此外我还有他的名著《变狼人》、《巫术的历史》与《巫术的地理》，就只可惜他是相信世上有巫的，这又是非圣无法故该死的，因此我有点不大敢请教，虽然这些题目都颇珍奇，也是我所想知道的事。吉忒勒其教授（G. L. Kittredge）的《旧新英伦之巫术》（*The Witch-craft in Old and New England*，1929）第十章《变形》中亦云：

关于猫巫在兽形时受害，在其原形受有同样的伤，有无数的近代的例证。

在小注中列举书名出处甚多。吉忒勒其曾编订英国古民谣为我所记忆，今此书亦是我爱读的，其《小序》中有一节云：

有见于近时所出讲巫术的诸书，似应慎重一点在此声明，我并不相信黑术（按：即害他的巫术）或有魔鬼干预活人的日常生活。

由是可知他的态度是与《僵尸》的著者相反的，我很有同感，可是文献上的考据还是一样，盖档案与大众信心固是如此，所谓泰山可移而此案难翻者也。

话又说了回来，老姨却并不曾变猫，所以不是属于这一部类的。这头猫在老姨只是一种使，或者可称为鬼使（familiar spirit）。茂来女士（M. A. Murray）于一九二一年著《西欧的巫教》（*The Witch-cult in western Europe*），辨明所谓巫术实是古代的原始宗教之余留，也是我所尊重的一部书，其第八章论《使与变形》是最有价值的论断。据她在这里说：

苏格兰法律家福布斯说过，魔鬼对于他们给与些小鬼，以通信息，或供使令，都称作古怪名字，叫着时它们就答应。这些小鬼放在瓦罐或是别的器具里。

大抵使有两种，一云占卜使，即以通信息，犹中国的樟柳神；一云畜养使，即以供使令，犹如蛊也。书中又云：

畜养使平常总是一种小动物，特别用面包、牛乳和人血喂养。又如福布斯所云，放在木匣或瓦罐里，底垫羊毛。这可以用了去对于别人的身体或财产施行法术，却决不用以占卜。吉法特在十六世纪时记述普通一般的所信云：巫有它们的鬼使，有的只一个，有的更多，自二以至四五，形状各不相同，或像猫、黄鼠狼、癞蛤蟆或小老鼠，这些她们都用牛乳或小鸡喂养，或者有时候让它们吸一点血喝。

在早先的审问案件里巫女招承自刺手或脸，将流出来的血滴给鬼使吃。但是在后来的案件里这便转变成鬼使自己喝巫女的血，所以在英国巫女算作特色的那冗乳（按：即赘疣似的多余的乳头），普通都相信就是这样舐吮而成的。

吉忒勒其教授云：

一五五六年在千斯福特举行的伊里查白时代巫女大审问的第一案里，猫就是鬼使。这是一头白地有斑的猫，名叫撒但，喝血吃。

恰好在茂来女士书里有较详的记载，我们能够知道这猫本来是法兰色斯从祖母得来的，后来她自己养了十五六年，又送给一位老太太华德好司，再养了九年，这才破案。因为本来是小鬼之流，所以又会转变，如那头猫后来就化为一只癞蛤蟆了。法庭记录（见茂来书中）说：

据该妪华德好司供，伊将该猫化为蟾蜍，系因当初伊用瓦罐中垫羊毛养放该猫，历时甚久，嗣因贫穷不能得羊毛，伊遂用圣父圣子圣灵之名祷告，愿其化为蟾蜍，于是该猫化为蟾蜍，养放罐中，不用羊毛。

这是一个理想的好例，所以大家都首先援引，此外鬼使作猫形的还不少，茂来女士书中云：

一六二一年在福斯东地方扰害费厄法克思家的巫女中，有五人都有畜养使的。惠忒的是一个怪相的东西，有许多只脚，黑色，粗毛，像猫一样大。惠忒的女儿有一鬼使，是一只猫，白地黑斑，名叫印及思。狄勃耳有一大黑猫，名及勃，已经跟了她有四十年以上了。她的女儿所有鬼使是鸟形的，黄色，大如鸦，名曰啁唥。狄更生的鬼使形如白猫，名菲利，已养了有二十年。

由此可知猫的地位在那里是多么高的了。吉忒勒其教授书中（仍是第十章）又云：

驯养的乡村的猫，在现今流行的迷信里，还保存着好些它的魔性。猫会得吸睡着的小孩的气，这个意见在旧的和新的英伦（按：即英美两国）仍是很普通。又有一种很普遍的思想，说不可令猫近死尸，否则会把尸首毁伤。这在我们本国（按：即美国）变换了一种高明的说法，云：勿使猫近死人，怕它会捕去死者的灵魂。我们记得，灵魂常从睡着的人的嘴里爬出来，变作小老鼠的模样！

讲到这里我们可以知道老姨的猫是属于这一类的畜养使，无论是鬼王派遣来，或是养久成了精，总之都是供老姨的使令用的，所以跨了当马骑正是当然的事。到了后来时不利兮雅不逝，主人无端中了流矢，猫也就殉了义，老姨一案遂与普通巫女一样的结局了。

我听人家所讲猫的
故事里，还有一件很有意
思的，即是猫替猴子伸手
到火炉里抓煨栗子吃，觉
得十分好玩，想拿来做文
章的主题，可是末了终于
决定借用这老姨的猫。为
什么呢？这件故事很有意
义，因为这与中国的巫蛊
和欧洲的巫术都有关系，
虽然原只是一篇志异的小
说。以汉朝为中心的巫蛊
事情我很想知道，如上边
所已说过，只是尚无这个
机缘，所以我在几本书上
得来的一点知识单是关于

《绿野仙踪》中的女巫，刊于《小朋友》1949 年第 942 期

巫术的。那些巫、马披、沙满、药师等的哲学与科学，在我都颇有兴趣
而且稍能理解，其荒唐处固自言之成理，亦复别有成就，克拉克教授在
《西欧的巫教》附录中论一女所用飞行药膏的成分，便是很有趣的一例。
其结论云：

我不能说是否其中哪一种药会发生飞行的感觉，但这里使用乌头
（aconite）我觉得很有意思。睡着的人的心脏动作不匀使人感觉突然从空
中下坠，今将用了使人昏迷的莨菪与使心脏动作不匀的乌头配合成剂，
令服用者引起飞行的感觉，似是很可能的事。

这样戳穿西洋镜似乎有点杀风景，不如戈耶所画老少二女白身跨一
扫帚飞过空中的好，我当然也很爱好这西班牙大匠的画，但是我也很喜
欢知道这三个药方，有如打听得祝由科的几门手法或会党的几句口号，

虽不敢妄希仙人的他心通，唯能多察知一点人情物理，亦是很大的喜悦。茂来女士更证明中古巫术原是原始的地亚那教（Diana-Cult）之留遗，其男神名地亚奴思，亦名耶奴思（Janus），古罗马称正月即从此神名衍出，通行至今。女神地亚那之徒即所谓巫，其仪式乃发生繁殖的法术也。虽然我并不喜吃菜事魔，自然更没有骑扫帚的兴趣，但对于他们鬼鬼祟祟的花样却不无同情，深觉得宗教审问院的那些拷打杀戮大可不必。多年前我读英国克洛特（E. Clodd）的《进化论之先驱》与勒吉（W. E. H. Lecky）的《欧洲唯理思想史》，才对于中古的巫术案觉得有注意的价值，就能力所及略为涉猎，一面对那时政教的权威很生反感，一面也深感危惧，看了心惊眼跳，不能有隔岸观火之乐，盖人类原是一样，我们也有文字狱、思想狱，这与巫术案本是同一类也。欧洲的巫术案，中国的文字狱、思想狱，都是我所怕却也就常还想（虽然想了自然又怕）的东西，往往互相牵引连带着，这几乎成了我精神上的压迫之一。想写猫的文章，第一挑到老姨，就是为这缘故。该姨的确是个老巫，论理是应该重办的，幸而在中国偶得免肆诸市朝，真是很难得的，但是拿来与西洋的巫术比较了看也仍是极有意思的事。中国所重的文字狱、思想狱是儒教的——基督教的教士敬事上帝，异端皆非圣无法，儒教的文士谄事主君，犯上即大逆不道，其原因有宗教与政治之不同，故其一可以随时代过去，其一则不可也。我们今日且谈巫术，谈老姨与猫，若文字狱等亦是很好题目，容日后再谈，盖其事言之长矣。

民国二十六年一月二十六日于北平

附记：

黄汉《猫苑》卷下引《夜谈随录》，云有李侍郎从苗疆携一苗婆归，年久老病，尝养一猫酷爱之，后为夜星子，与原书不合，不知何所本，疑未可凭信。

刊于《国闻周报》1937 年第 14 卷第 18 期

猫在中国

童书业 ①

"猫"这字在中国很古的时候就有了。最古的文学书如《诗经》里有句"有猫有虎",不过最古的注解《毛诗训诂传》上说"猫似虎浅毛者也"。因此这个猫是否即现在的猫,还很成问题。《尔雅·释兽六》说"虎窃(浅)毛谓之虥猫",《疏》说"虎之浅毛,别名虥猫",那末《诗经》中的猫决是另一种动物,不是普通的猫,而是浅毛的老虎了。

但是现在普通的猫在先秦时也未尝没有。五经中的《礼记》说"迎猫谓其食田鼠也",这是祭猫的一种典制。因为猫能食田鼠(野鼠),驱除妨谷的害虫,对于人类有功,所以要规定了时候去祭祀它,照这条材料看来,或许在周代时候,已养猫作为家畜了。

猫自从被人养为家畜以后,它就担任了肃清家鼠的工作,如果它不尽它的职责,便有被人类捐弃的危险。宋朝的苏东坡曾说:"养猫以捕鼠,不可以无鼠而养不捕之猫。"可见猫若不捕鼠,那就是懒猫,要被视为无用之物。

猫因能捕鼠,为人类除害,所以常被看作灵物而得到祭祀。除了上引的古代"迎猫"的祭典以外,历代也常祭猫,如《唐书礼仪志》就载有"祭五方之猫"的制度。在南北朝时,更有一件祭猫鬼的故事:

(独孤)陁婢徐阿尼言,本从陁母家来,常事猫鬼,每以子日夜祀之,言子者鼠也。其猫鬼每杀人者,所死家财物潜移于畜猫鬼家。

---

① 编者注:童书业,字丕绳,号庸安,安徽芜湖人。著名先秦史专家和文物史专家,著有《春秋史》《中国疆域沿革史略》《中国手工业商业发展史》《先秦七子思想》等。

猫鬼会杀人，还能把被杀的人家里的财物移到养它的人家来，它真有后世狐仙爷的本领了。

猫不但懂得搬运的法术，它还会变化：

> 唐道袭夏日在家，会大雨，其所畜猫戏水于檐溜下，道袭视之，稍稍而长，俄而前足及檐，忽而雷电大至，化为龙而去。（《稽神录》）

猫同鲤鱼一样会得化龙，足见它不是寻常的动物了。不过它有时又很被人轻视：

> 道州狗子无佛性，也胜猫儿十万倍。（《指月录》）

这是一句骂和尚的话，但这样一来，猫儿的身份便大降落了，这是佛教徒的动物学。

猫虽然会捕鼠，但有时也有反被鼠子啮咬的危险。据古书说来是有凭有据的：

> 弘道（唐高宗年号）初，梁州仓有大鼠，长二尺余，为猫所啮，数百鼠反啮猫。（《唐书五行志》）

猫固然有伏鼠的天然本领，但到了鼠子懂得合群御侮的时候，它便不得不吃些亏了，虽然未必真有这么一件事情。

猫在中国也不仅仅为捕鼠之用，它有时也被当作玩物看待的。中国人的爱猫虽不及西洋人爱狗的热烈，但爱猫的人数实在不少，尤其是妇女和孩子。玉腕捧猫，传为韵事。猫在中国也常被咏于歌诗，被绘于图画。中国善于画猫的画家，有宋代的李霭之，他曾画过《戏猫》《雏猫》《醉猫》《小猫》《蛮猫》等图，载于《宣和画谱》的有十八幅。中国人画猫很知道格物，古书上载有一幅《牡丹猫》图，猫的眼睛黑而如线，有人批评道："此正午猫眼也，猫旦暮目睛圆，日渐午狭长，正午则如一线。"

中国有一种宝石叫作"猫儿眼"，形如猫眼，中有黑点，据说这黑点也如猫睛，随时会变化的。

猫在中国的灵迹还多着呢。它会修炼，据说雄猫常在月光下拜月，吸收了精华，便能成精。猫成了精，就有迷人的本领，人们在睡着的时候感觉有物压在胸上，那就是猫精作祟在吸人的精气，人的精气被吸尽，便面黄肌瘦以至于死。不过这种可怕的猫精多是雄猫变成的，雌猫不会成精，所以中国有好多地方人家不畜雄猫，便为此故。这大约是因雄猫不如雌猫的柔顺可爱，人们为憎厌雄猫，便替它造出种种可怕的谣言了。

天上玉皇大帝的驾下有一只玉面猫，它能够收伏鼠精，当五花洞里的五头老鼠变化人形扰乱东京（宋朝的都城开封）的时候，弄得包文正也没有办法，他只得借他的法宝游仙枕使魂灵到天上去请下玉面猫来，把鼠精一口一个地收完。

中国人有一种迷信，他们说"狗来富，猫来穷"，他们以为狗能替主人守门保守财物，所以狗来是富的象征，猫儿馋嘴，要偷吃主人的食物，所以就把猫来看作穷的象征了。但也有许多地方反过来说"狗来穷，猫来富"的。

中国人养猫，寻常是把小鱼拌了饭给它吃，唤作"猫儿饭"。但除了拿猫常作玩物的人家外，多数是不肯把猫喂饱的，尤其是晚间，总叫它带三分饿，好使它尽些捕鼠的责任。猫死了，把它吊在树上，唤作"吊死猫"，因为猫的前世是个因偷吃而吊死的尼姑。在中国有好多地方通行这种风俗。

中国人也有把猫皮来制裘毡等物的，但是很少见。广东人又把猫当作食品，他们把猫肉和蛇肉煮在一起，唤作"龙虎斗"，据说味道是很鲜的，这是广东馆子里的一味有名的大菜。

我们知道猫是非洲原产，埃及尼罗河沿岸是它的发祥地，至我国所产之猫，为亚洲种，或谓别有根源，迄无定论。埃及人把猫当作神崇拜，在上古的时候，埃及人杀了猫是犯大罪的。葛劳德氏的《世界的童年》里有详细的记载，可以参阅黄素封氏译本。至猫在中国的地位，虽不如埃及，但也很有神灵的遗迹。中国人除了极穷的人家外，差不多家家都养着猫，它比狗还要来得繁殖，所以猫在中国的命运也不算很坏了。

刊于《知识与趣味》1939 年第 1 卷第 8 期

野生的猫

晏　冲 [①]

因为耗子太猖狂，白天也敢在人们脚前脚后转，仿佛和人们已经毫无嫌隙似的，人们不胜其烦，于是想到养猫。

好像猫与鼠有天生的传统的仇恨，一个猫必定会捕鼠，否则便不成其为猫。至于猫为什么要吃老鼠，有些生物学家也许另有其科学的解释，不过给我印象最深的，却是幼年在童话书上所见到的一篇说明。

童话上面说：

猫与鼠在从前本来是同住在一个山国里，它们的生活似乎很平和，大家都相安无事。这个山国里有一个万兽之王，统辖着全部牲畜。这个山国里的牲畜，最初都不是食肉动物，除去万兽之王以外，没有一匹兽或一只老鼠敢开口吃活的东西。后来不知山国里因何闹了一次纷争，畜牲们互相厮杀了一场，有些大的畜牲开口咬死小的畜牲，觉得味鲜肉美，从此便脱离了万兽之王的统治。剩下了一些小的畜牲还驯伏在万兽之王的脚下，像温顺的猫、狡猾的鼠与忠实的狗都是。相安了好几年，一天，耗子不知为了什么，竟然咬断万兽之王的尾巴，万兽之王大怒，就要惩治它，耗子一吓就溜出山国逃走了。忠实的狗自请负缉捕之责，王说另外有任务给它，就派猫去追捕。猫在半路上逮住了耗子，并且咬死了它。不料一咬之后，才觉到动物的肉比草根树皮有味得多，猫第一次尝了肉

---

① 编者注：晏冲，为韩北屏笔名。韩北屏，原名韩立，笔名晏冲、欧阳梦，江苏江都人。曾任《菜花》《诗志》月刊主编，以及《江都日报》《广西日报》《扫荡报》编辑。著有诗集《江南草》《人民之歌》，散文集《史诗时代》《非洲夜会》，报告文学集《桂林的撤退》，小说《荆棘的门槛》《没有演完的悲剧》等。

味。回来后，猫报告王，王因为猫歼灭了王的叛臣，也就特许猫可以食鼠，这样结下了猫鼠的世代怨仇。

童话作者在这篇文章中，很巧妙地解释了猫为什么食鼠。给他一说，仿佛猫吃了它多年的朋友，还是为了"替天行道"似的。其实，我们知道，后来猫不但食鼠，而且还违反了王给它的特许，另外也喜欢吃点比它小的动物，像蝴蝶、蚱蜢、蜻蜓与鱼之类。

不管怎样，猫会捕鼠却是事实。因此，有鼠患的人家，自自然然地养了猫。

事情就坏在这里。

猫以前食鼠，是因为鼠的味道比草根树皮好，并不是它真心为了"效忠我王"的意思。但是以后，人家养了它来捕鼠，情形便有点两样了。既称为"养"，当然不能听其自然，无钱的人家少不了给它些剩饭剩菜；有钱的人家，更特为它买了猫鱼与牛肺。甚至有些太太小姐们，为了修修来生，希望来生嫁一个更体面的男人（这是流行在江苏的一个民间传说，要是女人们把猫服侍得好，来生必定得着好丈夫），

小校场年画中的猫，此图为张伟先生收藏

还亲手为它调制食品。如此一来，被豢养来捕捉老鼠的猫，因为在瓷盆里享受惯了，正像一些安富尊荣惯了的人们一样，它早忘了它是从哪儿来的了。肚饿的时候，就在太太小姐们的高跟鞋绣花鞋的旁边"咪咪"几声，一顿丰盛的饭就送到嘴里了。这样，不仅它自己懒得走动，就是别的穷猫千方百计地捕鼠吃也受它的讪笑了。

这种猫，最初当然是养来捕鼠的，等到它不能捕鼠时，照理是应该被遗弃。可是，不必为它担心。因为吃惯鱼与牛肺的猫，和吃惯燕窝鹿

苣的人一样，他会渐渐变得十分懂事，只要主人一开口，它就会服服帖帖受摆布。或则当太太小姐在疲倦时，它跳到膝盖上，用已经不锋利的爪，轻轻搔搔她们的衣服，用只会唱讨喜的歌声的口，轻轻闻闻她们的手。或则，小少爷啼哭时，太太用一个绒绳球抛在地上，引着小猫跑来跑去，小少爷才又破涕为笑。

于是，那些不会捕鼠的猫，也能利用它们温良乖巧的性情，玳瑁琥珀的毛色，一样地会保持它们在公馆中的地位。

这样以前曾经为"效忠我王"努力过的猫，却又换了一副面目了。

刊于《野草》①1941 年第 2 卷第 4 期

《下课》，丰子恺绘

---

① 编者注：《野草》，文艺月刊，1940 年 8 月 20 日在桂林创刊，1943 年 6 月 1 日第 5 卷第 5 期后停刊。后来于 1946 年 10 月 1 日在香港复刊，出版新 1 号到新 6 号后停刊，后由《野草丛刊》继承。由夏衍、孟超、秦似、聂绀弩、宋云彬编辑，夏衍任主编，陆凤祥为发行人，桂林科学书店总经售。主要撰稿人除上述编辑外，还有茅盾、郭沫若、胡愈之、邵荃麟、胡绳、柳亚子、秦牧、楼栖、韩北屏、默涵、周而复、黄秋耘等。该刊是在抗战相持阶段大后方创办的杂文刊物，宗旨是希望透过该刊的笔墨替苦难的人民传达出一点抗议的心声。取名《野草》寓有"野火烧不尽，春风吹又生"的顽强生存之意。在香港复刊后，主要以香港和南洋为发行对象。

猫的故事

李毓镛 [1]

猫在很早很早之前已经做了人类的朋友，它的历史至少已有三千年的久远了。埃及是世界上文明最古的国家，纪元前三千多年有一个国王建立了埃及王国。传到纪元前两千年左右，定都底比斯（Thebes），就是埃及的中王国。养猫的开始大约在十二朝代的时候。最初养猫的，据说是上尼罗河的民族。当时养猫的情形只在古代埃及的壁画里还看得见。比较早的壁画里，猫和别种家养动物一般，允许它们走入房内，躺在主人的椅下。后来有许多壁画绘着带猫的打猎的情形：有一张画着几只猫入水捕鱼；有一张画着一只猫像猎狗一样追猎；英国博物院里藏着的一张，画着两个人打一群飞鸟，左下角的花丛上有一只猫，一下子捉住三只鸟。哈那（Hana）王墓中有一个国王的雕像，两脚中间有一只猫放着。大约在纪元前 1668 年左右，当新王国开始的时候，猫已服顺水土，所以猫的历史已和马差不多长久了。

埃及的宗教极富自然崇拜的色彩。他们有许多人身兽头的神，据说是居于动物神和人态神中间的。埃及人信仰猫的原因，大概为猫的眼睛善变之故。他们或者把

路弗埃及古物陈列馆中的猫木乃伊

---

① 编者注：李毓镛，笔名次恺，浙江温州人，毕业于上海东吴大学生物系。其父为中山大学教授李翘（孟楚）。著有《我国古代生物学》等。

猫的眼睛象征日，或者象征月的圆缺。他们的巴斯得（Bast）女神，持有猫头做记号，巴斯得女神庙中有猫供养着，当作女神的化身。这些猫活着的时候受人们的尊敬，死后便涂以香油，做成木乃伊，用隆重的仪式埋葬掉。

埃及有许多地方的木棺中有猫木乃伊发掘出来。面上涂着颜料，样子极为古怪，像一只稻草包扎的酒瓶。现在博物院里所藏的埃及黄铜器具和瓷器，中心往往每有一只蹲坐的猫装饰着。

埃及人对于猫的尊敬情形是很奇特的。在罗马很强盛的时候，埃及人本来处处讨好罗马，避免各种的冲突。有一次一个罗马人无意中杀死一只猫，却引起公愤，和杀猫的人为难，连政府里的人都阻止不住。

最有趣的，埃及那般崇拜猫的习惯，我国也曾有过。据说我国上古有一种祭祀叫作蜡的，是十二月祭祀万物的一种仪式。天子的大蜡，祭祀八种神，就是神农、后稷、田屋、沟渠、道路、昆虫等等，猫和虎也在里面。他们以为猫和虎是吃田鼠和田豕的动物，都能保护稻田，所以是很神圣的。南宋罗愿的《尔雅翼》里说："夫猫虎虽能食田豕田鼠，然所以主此者必有神于此……今去田豕田鼠者虽猫虎也，然所以使鼠豕得去者，岂无神掌之耶。"这大概就是我国敬猫的理由，和埃及是很不同的。这种风俗到唐代还流行着。

上古的寓言里有一种"食鼠兽"，最早见于伊索巴德斯（Isobades）。后来印度的寓言作家匹耳帕伊（Pilpai）模仿他，伊索（Aesop）又抄了匹耳帕伊，但这不知道是不是真的猫。我国在《礼记·郊特牲》里说："迎猫以其食田鼠也。"《吕氏春秋》里说"猫登堂而鼠散"，东方朔还拿"良马捕鼠不如跛猫"的话来譬喻，可见在纪元前一二世纪中，我国已把猫捕鼠的事实用到文学上去了。

埃及和我国所尊敬的猫，在希腊和罗马好像是没有的。罗马人都常常受老鼠的害，他们用鼬鼠、貂和野猫驱逐老鼠。那时候的文学里常把鼬鼠和老鼠连在一起，像我们把猫鼠同称一样。邦贝古城里掘出一张镶拼画，镶着猫捕鹌鹑的图形，但这猫条纹的毛和头的表情很像野猫。发掘古城的人也说古城里只有牛羊狗等的骨头，没有一点猫的遗迹。所以在这古城中，猫好像还没有养过。欧洲人弄猫的时候或者是很迟的。大约在东罗马时候，有

那不勒斯博物馆所藏的猫捕鸟的镶拼画

一对埃及的猫偶然被人带到那里去，因此渐渐繁殖。四世纪时，一个古墓中有一块石碑，上面刻着一个女孩，手里抱着一只猫，这好像是女孩生前的玩物。

二世纪时，埃及有一位国王叫作培巴尔斯（EI-Daher-Beybars）的，武功很盛，也很喜欢猫的。他死后遗下一个花园叫作猫园，靠近开伊罗城外的回教堂，以收养贫弱或无主的野猫。不过这一所猫园，不久被保管的人卖掉了。另外有一个叫作喀狄（Kadi）的人专管宗教上慈善的事业，他每天下午午祷时候，把许多动物脏腑和屠店里的废肉，一起切碎，在法庭外散给猫吃。时间一到，开伊罗远近各处的猫都跑到这里来抢吃，实在是一幕奇观。这种养"野"猫的风俗，后来在意大利和瑞士据说还有传下来的。

第四世纪到十四世纪，欧洲成为黑暗时代。这时候宗教的观念非常浓厚，术士、学者、科学家这些人都被视为妖孽。猫因为有黑色的毛、闪烁的眼睛和夜出的习惯，很引起欧洲人的惧怕。他们以为猫和妖魔在一起，或者会变成妖魔。那时据说有一个磨坊孩子夜里忙着磨粉，有一只黑猫跳进来。他在它前脚上打了一下，它叫着逃去了。第二天这孩子跑到磨坊主人的房里看见他的主母前臂已压碎了。于是他以为他主母便是妖怪

第四世纪加洛罗马坟墓里一个壁龛，一个女孩手捧着猫，脚下是一只鸡，呈现出当时的殉葬风俗

243

变的，前天的黑猫也就是她。这种稀奇古怪的迷信非常多，因此欧洲人常常把猫活活丢在火里烧死。他们以为在圣约翰节把猫投在火里，可以鼓励做善。这种残暴的风俗一直到十七世纪还存在着。

欧洲人常把猫当作独立的标志，这个起源早在罗马的时候。罗马所建的自由纪念塔上，女神旁边就蹲着一只猫。那些喜欢标志的民族，军旗或盾牌上常画着猫的样子。十六世纪意大利的人也常利用到它。塞沙（Sessa）的商店用猫做招牌，威尼斯的印书家也喜欢把猫印在书后，外面有奇形怪状的花边围绕着。这些画中有许多实在是全没有意义的。

十六世纪文艺复兴以后，中世纪那种野蛮的行为仍旧还残留着，同时又产生了一种新奇的虐待法。那时候每逢佳节一到，常有马戏的表演，表示欢迎国王的出巡。有一个西班牙人记着1549年布鲁塞耳（Brussel）的事。那是欢迎腓力普二世节日中的表演。他说，有一个音乐队载在一辆大车上，中间坐着一只熊，弹着风琴。这风琴不是用管发音的，却用二十只猫各放在一个小匣里，把尾端露出来缚在风琴的键盘上。键盘弹动，猫的尾巴被拉起来，便发出苦叫的声音。

不要说残酷的腓力普国王，就是有一个神父叫作客契尔（Kircher）的，一辈子弄着这种古怪的乐器，不过它不用绳拉，却用刺戳。键盘里按一下，刺便向猫身上痛戳一下，猫受痛发声，供残忍听众的娱乐。十七世纪中还有人想把猫风琴改良普及，可是结果很不好。

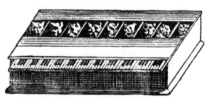

活猫做键簧的风琴，演奏时键盘底的针刺着猫，猫受痛发声，以供残忍的听众取乐

十七世纪里这种"音乐猫"的待遇，稍稍自由一点了，但依旧被人玩弄着。有一张古代的木刻，画着一个卖艺的人站在一张桌子前面，头顶和两肩头各蹲着一只猫。桌子上又有三只猫看谱唱歌，三只猫拉着曼陀林等乐器。这种古画找到颇有几张，所画的大都差不多。它们大概是当时马戏班的写真，或者它们表演时的市招之类。除了这些图画之外，

有些人的文字里也有这种记载的。

有一个博物学家，在十八世纪一个市场中看见一个玩猫的人，棚外贴着一张大招牌。棚里有一张桌子，猫都在桌上。猫的前面摆着一本歌谱，有一只猴子指挥着唱。1789年有一个未内喜亚（Venstia）人在伦敦开"猫音乐会"，据说猫都受他的指挥，但单是这一点结果，已不是短时期所能成就的了。十八世纪以后，这种稀奇的娱乐已不再看见。只有补破衣的人常在猫儿经过的地方用药引诱，把它们捉去制成玩具。

十八世纪以后，猫儿又交了好运。有名的政治家和法官里有许多喜欢猫的，文学家里爱猫的就更多。还有几个画家专门画猫出名的，除了这些人以外，鳏夫、老妇和一些穷苦的人，往往把爱集中在猫的身上，拿它当作自己的慰藉。有些人还把遗产赠给猫的，有些人还为了猫的事打起官司来的。因此猫和别的动物不同，在法律上面也很占地位。这时候法律上对猫很是优待，伤害猫的，往往受人控告。有一次有一个妇人因为把她一只死猫的牙齿挖去镶戒指，受到她兄弟的控告。有一次法国某处地方一个居民家里被邻居的猫骚扰，因此用机关把十五只猫一网打尽。邻居就联合起来到法庭起诉，这人还受到法律的裁判。这可见人类渐渐文明，对于动物的爱护渐渐周到了。

现在东方各国，猫儿受到极端的宠爱。欧洲除了日耳曼民族以外，在东欧南欧都很喜欢猫的。俄国三爿店铺里至少有一爿有肥胖的猫霎眼半睡。法国的猫最为女主人所宠幸。意大利则自威尼斯到罗马一路的教堂里都有猫养着，在正式的餐馆里，你可以立刻找到在你自己的椅垫上或相近的地方有猫游戏或摩着鼻子。

猫既驯养到现在，历史已很久远，应该是一种家养动物了。但猫究竟是真家养动物吗？只有有名的学者想得出这问题，因此我们又觉得糊涂了。

第一个想出这问题的人是法国的学者夫路楞斯（Flourens）。他说："我们所有的家养动物，像牛，像猪，像狗，像兔子，都自然地大群相聚，只有猫一看就知道是个例外，因为猫是独居的呀，但猫果真是家养的吗？它和我们一同生活，但和我们亲昵吗？它得到我们的慈爱，但还给我们温良、柔顺和真正家养动物的服务吗？除非这动物本来容易驯养，时间、留意、风俗都是白说的。猫的情形我们已经知道得透了。"他又引部丰（Buffon）的话："它们虽然住在我们的屋子里，然并不完全家养的，最驯的也没有变成完全服从。"

博物学家费（Fee）氏对这个意见的回答是："有人说猫不是一种家养动物，但什么才是家养，仍不明白，据我的意见，家养意指动物习性的变更，便喜欢我们的宠爱，服从我们的呼唤，守在炉边，至少和我们一起生活。山羊和马是我们的奴隶，猫不是一个奴隶，这却完全不同罢了。"

这很可过渡到夫氏的理论："在食肉类中，豹类最不易驯，唯一为杀而杀的是美洲豹，唯一生就温和性质的是豹，唯一聪明的是猫。我们允养它寄食，我们供给的房子，我们让它食物，但它既不如马那样做我们奴隶，又不像狗那样做我们的朋友。"

但费氏却以为如果和猫长久接触不相间断，便容易得到它的感情。但猫对人的感情易失不易得，是和狗不同处，费氏也很承认，所以猫不是家养动物，实在是有几分理由的。

刊于《科学画报》1942 年第 8 卷第 11 期

谈猫狗典籍

蒋春木

人不可不有癖好，否则扰攘尘寰，生趣索然矣，如周子越然之庋藏善本书，郑子逸梅之搜求时贤书札，皆癖好所以慰情者也。予不喜征逐饮博，块然独处，则喜栽花木及畜饲猫狗，且复购置花木猫狗书籍。彼种树艺花之书，散见于各家专集及丛书中者不少，惜乎连年奔波，又复限于经济，难以尽行搜罗。至于猫狗之书，除清人黄鹤楼著有《猫苑》一书，及《图书集成》中之《鸟兽典》外，似未有其他专集。十余年前，向日本丸善书局函购得一英国人著之《猫书》一本，大喜欲狂，昕夕迻译，时逸梅主编《金钢钻》报，乃按日刊登，二三同好，与余讨论养猫及医猫病之函，交由逸梅转致，增余知识不少。后以事冗，未及全部译竣，既而略加增饰，由北平景山书社出版。二十七年，余赋闲在苏，又将该书大加润改，并补入《中国猫之分类》一章，该稿存置在家，俟有机会，

《猫的研究》，蒋春木译，刊于《金钢钻》1932 年 7 月 8 日

再行重版。

因搜求《猫书》之便，又向商务印书馆及丸善书局购得养狗之书十余本，其中有一本 *My Dog*，篇幅不多，文义较浅，时表弟尤半狂主办《小日报》，余乃按日译案，积一二月之久，约得数万字，即汇集成书，名之曰《怎样养狗》，托上海女子书店出版。在事变后一年，又续译三章加入，以便他日再版时之增益。

译猫狗书有一困难之点，即猫狗病及治疗之方，内中颇多医学专门名词，译之既极困难，译出后却不易使读者欢迎，不过病与治疗之方，在猫狗书中，确占重要之地位。

近年来余谋食黄浦滩畔，百无聊赖，乃日往南京路四川路之西文书店，陆续又购得西文猫狗书各若干本，其中最使余满意者，有猫书一本，又 *Toy Dogs* 及 *Working Dogs* 两书，内中载猫狗各若干种，详述猫狗之历史及饲养方法，倘以中文译之，每篇大约一二千字，至三四千字，至多决不过六千字。夏日正长，余又多暇，当以此项工作为消遣之方法也。

事变前，上海某书局编行全国总书目，养猫及养狗书中，只列余《猫书》及《怎样养狗》两书，可见从事此项工作者之少，予固独行生意也，设能天假岁月，又使经济稍裕，决意将关于猫狗等书籍，大事搜集，考订印行，用以就正同好，则余愿足矣。

刊于《永安月刊》1943 年第 50 期

乱世说猫

海上汗漫人

夏目漱石写的《猫》是太平时代的猫，这一篇介绍的猫便可称为"乱世的猫"。新年无聊得很，看一个话剧，演来毫无精彩，不必说它。到朋友家去坐坐，大家都放假，其他朋友正聚在那里麻将喝酒的应时消遣，这些在我看来简直比看那话剧还乏味。

新年第三日，天阴。想写一篇《我们都好比是一个单字》的文章，可是老想在一个个单字上，更难连成句子，又哪来构成文章？做人不容易，做单字也一般地不容易；做一个单字，简直有时叫你无处可投。这是我们当小学时识不了几个字便要学造句的经验。做人如做字，我们都是一个字，我们得如何做法？照孔老的意思，做人"仁"而已，意思是单独一个人是做不了人的，至少要二人，才成做人的道理。然则做人如做字，字也一样，一个单字是造不了句，成不了章的。

孔老说"能近取譬"，方是做人之道。做人能以己推人。单字也一样，要推知其他的单字，更应以我这单字所欲的，去探知其他单字所欲的，择伍而入，然后可以结连成句。

天阴，写不出文章，也就算了。好在不很冷，在房中煮茶读书，也算一乐。于是读《月刊每日》的创刊号，读到了一篇德川梦声作的随笔，叫《猫吃白饭》。觉得做只猫，倒颇知做人之道，果然"能近取譬"的，知道人在乱世遭受苦难，它也就处处迁就，虽然娇养惯了，白饭也只好吃了。现在且看这一篇随笔说的是怎样的一只猫。（以下是那一篇随笔的"随译"）

近来的猫，能吃白饭了，这也是受战争的影响。说到猫，除了些特殊的例外，都属于肉食动物的一个支派，喜吃生腥油腻的东西，普通是不吃植物制的东西的。但其中也有古怪的猫甚至要吃四川榨菜或苹果橘子之类。

但猫受人类饲养既久，于是虽称肉食之兽，却也娇养成了吃饭的习性，还要在饭上盖浇，叫人给它煎鱼煮肉。若给了白饭，便连鼻子也不会去嗅一嗅，表示不感兴味。这是以往人类对于猫的常识。

这一天我们那写《猫吃白饭》的作者德川家里的猫，听到主人妻子和一位客人作下面的一段对话：

"你想奇怪不奇怪，近来那些猫会自己开饭锅，偷吃白饭？"

"说哪里话呢，我们人好容易节省下来的，倒给猫偷吃去！往往锅子内剩下一半，它给你吃个差不多。照从前说，猫吃过的当然龌龊，把它丢去，可是这年头一粒米如一粒钻，大家遇到这样的时候，也就迁就地来洗了洗，胡乱一杯热茶，一块咸萝卜地吃了，人早降落到猫下面去了！哈哈哈！"

"呵呵，你还说哩！老实告诉你，我家前天才遭殃哩！好好的干烧鳗鱼，也都被猫吃去了。"

"什么？干烧……鳗……鱼，也被……？"

"你别慌，总算还不是从黑市买来的，倒是住在信州的一个朋友，在天龙河钓得，特特干烧了送了十段来。"

"啊唷，有十段之多送来，也够朋友之情了！"

"可是马上吃了，或分送给邻居倒也好了……"

"的确该如此！"

"吃了倒也罢了，可知今年还是第一次见到呢！因想等我家先生从公司下班回来，和他谈一谈如何吃法或送法，再作道理。便先仔细地藏了起来，这也叫命中注定。"

"到底吃去了几段？两三段罢！"

"这倒好了，可恶就可恶在全部吃去了！"

"唔，竟吃得下那么多！对了，像我家中饭锅中的饭，常被那么地吃去。这一向的猫，简直像反刍类动物的牛和骆驼一样，颇有在肚中囤积的本领。"

"那时我真恨极了！竟想把世界上所有的猫全都处以极刑。"

"这也难怪你，你这愤恨之情，我完全理解。总之像今日那样粮食困难的时代，还能容猫儿悠悠生存，根本就是大错特错！政府只知捕杀野犬，也该捕捕野猫，然后杀了把猫肉来配给大家。"

"啊哟！配给猫肉给我们？可是想想做猫的却也可怜！养猫的近来确实难得给它们吃什么，它们也必肚饿得难熬。野猫也如此，近来的垃圾中简直没有可吃的，可是做猫的一年中还得生产两次。邻家那天花板中来一只野猫生下了六只小猫。看！就是外面走着的白色碧眼的那只便是，它还得给它的小猫喂乳呢！自己吃的却什么都还没找得，做它本人确也够苦了！"

"到底是女人心肠，给它想到这些！这且不说，结果那鳗鱼便怎的？真的都被吃去了吗？"

"自然！先生回来，我吓得只能一字一字地报告他，他大怒之下，便恨恨地直向厨房走去。你猜，他去干什么的？他唤我道：'拿一枚针来！'他说要从那猫的牙缝隙中，收回些鳗屑也好，我听了真又气又好笑！"

三十四年一月三日

刊于《现代周报》①1945 年第 2 卷第 10 期

---

① 编者注：《现代周报》，1944 年 8 月创刊于上海，共发行 4 卷 48 期。由上海现代出版社编辑、发行，代表人为林朝晖，总经销为上海宇宙发行出版社、上海文汇书报社。该刊属于综合性刊物。主要撰稿人为严懋德、卢绮兰、张立平、韩绍瑶、朱落红、沈志远、曹慧麟等。该刊主要栏目有周话、专论、译著、随笔、史地、转载、影剧批评、小说、杂俎、读者之声、编辑室等，主要刊登有关时事政治的论著、群众来信等，还登有一些古今中外的奇闻轶事和文艺创作。

暹罗的"警猫"

毛 毅

一般人只知道猫会捕鼠，很少有人知道居然还有一种会捕盗的猫，它就是暹罗猫。好几百年以来，暹罗人一直以猫代替守夜犬，训练它们辨认和攻击盗贼。曼谷的王宫和官邸区，从前一向是由特种的猫巡夜防护的。

这些御猫在"上差"的时候，像哨兵一样地在岗位附近踯躅逡巡，绝不偷懒或跑开。如果有人想爬过墙来，或是掩门私入，它就从后面悄悄地蹑足走上去，猛然地跃上入侵者的背部，用四足长而锐的利爪，紧抓住肩胛骨的下方，这使被抓的人无法用手撩到它，把它摔下来。假如有人想这样做，它便猗猗咆哮，用尖锐的牙齿狠咬。

暹罗猫的眼睛平常作蓝色，当它发怒的时候变成血红，脸色也涨红，这好像是一种心理的武器，有骇退敌人的功效。在暹罗的穷乡僻壤，以猫代狗的事情也很普通，歹徒看见它们，同样的敬而远之。暹罗猫的声誉是以事实建立起来的，远在古代，暹罗兵便把猫当作军犬带上战场。

暹罗猫的私生活很有趣。它们是一夫一妻主义的信徒，如果给它们机会，它们会选择自己的配偶，并且终生坚贞不渝。小猫在幼年选中的异性伴侣，常永久不分离，达到成熟时期，它俩便成了齐眉的伉俪；如果加以隔离，便会忧郁和颓丧。

猫夫妇喜欢用同一只碗一起吃饭。不过，在求爱时期，则常是雄猫先吃，雌猫在一旁等它吃饱了，才安静地走上去吃残羹剩饭。但是，一等到猫太太有了身孕时，这一切就又完全改变了。在雌猫怀孕和哺乳的时期，雄猫总是体恤地让它的太太先吃饱。要等到小猫断乳，猫先生才恢复它的优先权。

因为暹罗猫有捕盗的特性，成了暹罗的特产，所以有些外国旅客难免要买一两只带回国去，并且都选购尾端打结似的勾曲的猫，因为据说这种猫是道地的御猫。卖猫的土人也总说他们的猫是从宫中偷来的。其实，偷盗御猫是犯死罪的，谁愿为了赚小钱而犯重典？但是，尾端勾曲是御猫的特征，却有一段传诵人口的故事：

据说，在古代，有一个暹罗王出外去作战，临行时他脱下他的魔怪戒子，交给他的妻后保管，告诉她要放在一个安全的地方，以防遗失或被盗。

他出征之后，王后便将魔戒套入她的爱猫的尾巴上，因为她认为这是最安全的地方。为了防免戒子滑脱起见，她就在猫尾上打了一个结。于是，这个结就变成永久性的了，这只王后心爱的御猫的子嗣，都遗传到这个特殊的畸形，并且成了御猫的标记。

拆穿了说，猫绝不会因为它们的祖先的尾端被偶然打了一个结，就此子子孙孙的尾端都有结。尾端结状勾曲的猫并不十分稀罕，形成的原因亦无神秘，不过是因为它们的尾椎骨的地位和常猫不同一点罢了。

刊于《申报》1949 年 3 月 11 日

《猫与空罐》，令钊画，刊于《人世间》1948 年第 2 卷第 5/6 期

豢猫杂俎

爱猫奇闻

佚　名

沪城内有某氏妇者，畜猫七八头，白雪、乌云，清洁可念，而爱之特甚，寸步不与相离，卧榻毡毹，纵横叫跳，妇顾而乐之，弗厌也。妇本吸食洋烟，每吸烟之时，必以烟熏猫口，猫亦有瘾，因之疲倦不堪，夜间不肯捉鼠，唯喃喃作念佛声而已。近日一猫死，妇哭之哀，水浆不入口者累日，邻里劝解不听，路人闻其哭者，亦为之恻然，佥曰："此必其夫死也，否则其子死也。"而不知皆非也，乃为一猫死也。爰述其事，以助一粲。

又某甲家有老母，不知孝养，而偏有爱猫之癖。养一三脚猫，吃饭时口中先含去鱼骨，然后与猫同碗而食，纵母之枵腹不顾也。甲亦尝有不举火时，然必先供给猫食，弗令缺乏也。有人异猫之三脚且毛色洁白，愿出洋数圆买之，甲笑曰："我此猫性命以之，纵十万金不愿售也。"矧数洋乎，夫有母而不知孝养，兽行也。人与猫同碗而食，兽事也。倘甲以爱猫之心易而爱母，岂不足以为孝子乎？或谓予曰："世人不知孝亲而偏知孝不当孝者，岂某甲为然哉？"予笑而不答。

刊于《申报》1872 年 7 月 25 日

记泥猫捕鼠事

钱江素安子

　　杭州武林山，俗呼为半山，植桃花几千株，三月间，游人如市，往来不绝。山中人多捏泥作猫形，外饰以彩，名曰泥猫。游人争购之。相传谓半山泥猫虽不能捕鼠，而置之案头，鼠若惧者然。又谓半山每年所制泥猫，必有一只能活者，语固荒谬而不可深信。

　　乃今岁春间，邻人某赴半山购一泥猫归，貌颇猛，置于房中。邻家故多鼠，自购猫，鼠迹渐敛。一日夜卧，闻猫捕鼠声甚厉，初以为外来之猫，亦不之奇。次日起，视见嚼毙二鼠，皆于置泥猫之几上，而猫则不知所往，遍寻无踪。

　　噫！猫而泥也果真能活乎哉？抑或为鬼物所凭依耶。同里诸君，佥以为异，咸来告予，谓妖由人兴，如蛇斗石，言《春秋》中往往有之，况邻某素崇佛教，时有神见佛降之语，今之为是言也，殆亦不可尽信者欤。然即以怪论，亦何不可？

刊于《申报》1873 年 5 月 1 日

义猫小志

佚 名

有王秀轩者，在京师麦芽胡同有屋三椽，豢一猫，极灵驯，家人皆珍护之。前月杪，大雨通宵，举家皆熟睡。天将明，此猫绕室哀鸣，继而跃上床榻，猛啮王足，王痛极而醒，忽闻室中震震作响，举头仰视，见梁掎角若将倾覆者，疾呼家人起避。复闻猫声嗷嗷，儿声呱呱，盖王之妻仓猝奔避，遗儿于榻，猫故抓儿啼以待救也。迨夫妇抱儿出，则房屋骤倒，猫竟死矣。王感猫之义，为置棺以瘗之。世之受人恩而不图报者，其愧此猫也多多矣。

刊于《申报》1883 年 9 月 5 日

《双猫图》，孙菊生作

役猫说

佚 名

蠹鱼，一名脉望，虫之雅者也。鼠则昼伏夜动，扰人清梦，物之俗者也。说者以鼠比贼，谓其穿穴逾墙，其行有似乎鼠，而作耗人家，亦与鼠同为防不胜防。又以"蠹"比衙门中之差役，谓其舞文罗致，暗中侵蚀，其所为大类乎？蠹！然则以贼比役，役乃雅于贼乎？然衙门之所以设役者，约有数等，而捕役之设，则专以捕贼之用，是又不当比之以蠹，而当比之以猫。人家之养猫也，饲之鱼腥，卧之棉絮，甚有爱之过者，则日饲以牛肉，夜卧以锦茵，坐则抱之于膝，食则并之于座。问以何故而爱之若此，则以为其能捕鼠也。余虽不甚爱猫，然前数年畜有一头，眼分二色，土人名之曰"金银眼"。虽鼠在梁上，猫仰首注目，鼠则立堕，以故鼠辈敛迹，不敢复肆。乃以余不甚爱惜之故，为人诱去，亦不穷追。

自此猫去后，而鼠乃大肆，虽在白昼承尘上如开大操，夜间更无论矣。箱箧镉之严，尚不至有所坏，而架上书则大受其累，竟有朝购以来，夕衔以去，且咬又嚼字，蹂躏靡遗，此其凶焰，尤甚于蠹虫。盖蠹之所侵蚀者，尚不若是之多也。嗣后，千方百计购求良猫，卒不可得。忽邻家来一猫，依依肘下，意甚驯扰，往往日间不至，夜间则来，以为借此以略慑鼠胆，亦未为不可。因不令逐去。孰知入夜而鼠益恣横，不但毫无所畏，而且伤损更多，终夜亦不闻猫声，而庖厨中之剩鱼残肉，则往往不胫而走，不翼而飞。庖人佣妇辈留心伺察，乃知邻猫为之。其来也以昏暮，其伏也在暗处。伺灯熄人静，则出而攫食。橱门之闭者，爪而辟之，盖藏之密者，拽而出之。鼠平日所不获下咽者，借猫之力，群恣大嚼。夫是以耗损反过于从前。噫！此其患也，转不如无猫之为愈矣。

《异猫》，刊于《图画日报》1910 年第 361 期

　　余之所见者如此，想他人之所遭者如此类，正复不少。余之猫乃来自邻家，尚非常至，且尚可以驱之使不入吾室。他人之猫，并有平时畜养，专恃以为捕鼠之用者矣。夫猫之为物，饥则依人，饱则远去，喜则伏人肘下，怒则抓人肌肤，本亦不足供玩，因其有捕鼠之一长，遂有得主人之欢者。孰意豢养多年，与鼠日习，竟至于猫鼠同眠，一任主人之物耗败于鼠，且反为鼠先路之导，又焉为用？近来各处州县衙门所用之捕役，若此类者，时有所闻。窃以为嗣今以往，不当名役以蠹，直当名役以猫。盖蠹之蚀也以渐，而猫之为害也尤烈。即如通州捕役，庇盗宁波，保正犯奸，彼天下借衙门之势力以为害于闾阎者，又不知凡几，正不独捕役一种，是皆蠹之类也，亦即猫之类也。

　　昔者武氏潜王后萧妃，萧妃临死切齿曰："愿死后世世为猫，武氏世世为鼠，见则必扼其吭而制其命。"一似猫之于鼠，不容并立，乃物性之本然，初不待教而然者也。孰意竟有客气之猫，竟有托庇之鼠，岂由唐以来，已逾数千年，萧武之怨气，至此已略平乎？不然，何以相仇者而忽成相好也？虽然，此其咎仍在于主人也。当其初畜一猫，必先相之，相而合意，必更试之。试而知其性情，知其本领，可留则留之，不可留则去之。如无佳猫，则姑悬其缺以俟之，宁缺无滥。其有试之，而性情既驯，本领亦有，则又当抚之得法，居之有方，勿过饱以鱼肉，过饱则晚间将肆然安卧而不复出力。勿过假以颜色，假以颜色则彼将恃主人之爱，而无所不为。勿以爱克威，彼将上头上脸，而不顾体面。勿以威克爱，彼将串通鼠辈以泄私愤。

　　盖猫之为物，阴类也，与女子小人正复相同，极为难养，近之则不逊，远之则怨。虽复庄以莅之，慈以畜之，尚恐有意外之事。若率性径行，则乘我所不防，投人所不觉，其为害又岂有涯哉。今天下之衙门多矣，役之为蠹者，固不知其几何，但曰蠹也，不过暗中侵蚀，其所以为患者尚小。至于明明赖以捕贼，而竟与贼通联，则其居心尚堪复问耶？说者谓役之无良，罪不容诛，吾则以为诛之固当，而不知其所以致此者，匪一朝一夕之故，其所由来者渐矣，夫孰纵之至此也哉？因有感于猫而作此说，见之者当勿以游戏也而忽之。

刊于《申报》1890 年 4 月 22 日

豢猫者说

佚 名

余架上书有被鼠啮者，或至全函残缺，或啮其包角之处。余心恨之，意以为鼠在我家，无所得食，不胜饥饿，因出而作耗。书之包角者，其所包之绸绫，多以浆糊裱褙，故鼠欲得此以为粮。其不啮衣被等物而啮书，且多啮书角，殆为此也。因每晚取米一撮，盛之以盘，置书架旁，名曰鼠粮，且祝之谓："宁分砚田之税，毋伤邺架之储。"嗣后稍安静，一似能知人意也者。有时偶尔忘置，则是晚鼠必大闹承尘上，飞行绝迹若跑马，然置粮则否，遂亦安之。

一日，有同乡友由外洋回华者，过余斋，抵掌谈外洋事，因见余架上书多残损，怪而问之。余告以故。友曰："此物之所忌者，猫也，何不畜猫以制鼠，而乃设粮以豢鼠，何计之左耶？且鼠辈亦知人意。毕竟鼠首两端者，性多疑而阴险特甚，非仁心厚惠所能感格也。仆有庖人，向曾佣于某洋人家，专司养猫之事。其家猫最多，当必有善养猫之法。曷呼而询之，倘有善法以养猫，则鼠辈将绝迹于君家，又何必多此鼠粮之设耶？"

余曰："善。君试携之来。"

次日，友不自来，作柬，命庖人至余家。余进而询之曰："子即在外洋豢猫者乎？豢猫固有法乎？试为余陈之。"

豢猫者曰："小人在外洋时，曾佣于某西人处。西人性喜畜猫，大者、小者、雌者、雄者、黑者、白者、黄者、斑者，成群而出，结队而入，日则饲以鱼腥牛肉，晚则藉以花毡。猫日嬉游于花阴之下，奔逐于屋梁之上，其所以待猫者，如是而已，无他法也。"

余曰："如是则鼠仍作耗否乎？"

对曰："平时畜猫之多，如此屈计不下数百头，满屋中无非猫者，鼠虽欲混迹其间而不可得，然竟以为足能驱鼠，则又不敢信。盖西人年尚轻，未曾授室，至某年凭媒聘定某西人之女为妻，妻则在家时专喜养鼠，亦如西人之喜猫。见鼠出，必调食以饲之，或把而玩之不去手。鼠亦见女甚驯，不但不啮其衣物，而且依之如慈母，饥则出，饱则匿。或有时与女同坐起，同眠食，并不知避。所养之鼠，不知其数。及其嫁也，携鼠偕来，适与其夫之所豢者为仇，稍稍出而游戏。猫见之，辄扑而啖之，夫妻遂以是反目。妻欲尽驱猫，夫欲悉灭鼠，占脱辐之爻者已数次，颇有两不相下之势。互控于官，官为之衡情酌理，断令夫妻划楼以为界。楼之上，妻居之，禁约其鼠不得下楼；楼之下，夫居之，禁约其猫不得上楼。如猫上楼者，即为妻所格杀，夫不能问；鼠若有下楼者，虽为猫所啖，妻亦不得怨。夫妻遂遵断而退。既归家，各守其界，鼠与猫不使见面，顾鼠畏猫目，不敢下楼，妻固不难如约也。猫则最喜登高，又垂涎于楼上之鼠，岂肯不上楼？故其夫虽欲如约而有所不得。凡乌圆之为所击毙者，不知凡几，心痛之而无如何。因再与妻约：'猫虽登楼，苟不伤鼠，请勿毙之。'妻亦允之。乃不惜工值，延雇善于豢猫之人，必使猫驯而不宴鼠，俾猫鼠可以同眠，亦如夫妻之共牢而食。而后谓之称职，小人乃应募而往，先扰其性，继丰其食。鼠之所食，猫亦食之；鼠之所居，猫亦居之。有时鼠下楼，见猫啾啾然若问讯；有时猫上楼，见鼠呜呜然若噢咻，猫与鼠相安无事，不啻合胡越为一家夫妻。由是而和好无间，琴瑟甚调。西人以小人为有功而重酬之，且欲荐以为巡捕，又欲荐为捕兵，小人辞之弗受。西人问故，小人对之曰：'我之豢猫也，非能制鼠也，直能使猫鼠联和而已。巡捕之捕贼，捕兵之捕盗，犹猫之捕鼠也。扼其吭，啮其颈，饮其血而食其肉，而后乃为尽乎猫之职。若见鼠而鼠不之避，反与鼠同眠同食、同起同行，则于猫为失职，于鼠为横行。今我若则身巡捕之中，列名捕兵之内，而亦如猫之不以捕鼠为事，是旷职也。若欲使我捕盗贼以尽其职之所当为，则是与豢猫之道相反也。'请辞。西人笑而置之。小人乃携其所酬之资，乘间回华。今又欲命小人豢猫，告知以此法豢猫而书之，被鼠伤者且不止包角之处而已焉。"

余闻其言，亦笑而谢之。继而思其言，怃然曰："是殆滑稽之流也。今天下有捕盗之责，而一任盗贼之纵横，使鼠窃者皆逍遥于光天化日之下。若此者不可以更仆数转，不若以粮飨鼠，而鼠不作耗，以视豢猫之资，省且数倍，又奚事康国猧子之搅乱楸枰，混淆黑白也哉！"爰诠次其语而存之。

刊于《申报》1891 年 1 月 8 日

《猫蝶图》，黄霭农作，刊于《东方杂志》1929 年第 26 卷第 11 期

猫捕鼠说

佚　名

　　兵之于盗，犹猫之于鼠。国之养兵，欲其捕盗；家之豢猫，欲其捕鼠。然而天下何处无兵？亦天下何处无盗？民间大都有猫，亦民间大都有鼠。此其故何也？西人有豢猫者，其爱猫也备至，卧以锦褥，饲以精食，煦妪噢咻，待之如子。而猫亦依其肘下，随之出入，不啻相依以为命。其所豢，凡数百头，皆精壮美好。然西人之所以豢之者，借以作玩具，非专以捕鼠也。

　　既而西人娶妻，妻性爱鼠，本出阁时即喜畜鼠。鼠之种不一，大小黑白，分门别类，所畜以千计。及嫁，携以俱来，奁具之外皆鼠。每日调食以饲之，其爱护一如在家之时。初不知其薰莸之嗜好也，不数日，鼠已死数头。其妻异而察之，乃知为猫所啖。于是恨猫至极，见猫即扑而杀之，以为鼠雪恨。乃猫又极多，不胜其防，一或不慎，鼠即被噬，因此夫妻反目，后经人出为调停，约法三章，画楼梯为鸿沟，鼠不得下楼，猫亦不得上楼。猫上楼，则任凭扑杀，其夫不得过问；鼠若下楼，则虽遭攫啖，妻亦不得与闻。从此始得相安无事。

　　然和局既成，窃恐猫与鼠亦各相习，安于休息，积之既久，势必猫鼠同眠，如兵之与盗，各不相犯，甚而至于以兵党盗，又甚而至于变兵为盗。而人之被盗者，且不恨盗而恨兵，是又失职旷官之甚者矣。

　　夫洋鼠种类不一，有贾客携入中国，妇稚辈见之，颇为喜爱，有置之笼中饲而教之。教以登梯、跳圈，捱磨诸戏剧。其毛色，有洁白者，有纯黑者，有白纹黑点者，虽气味刺鼻而形状尚有可观宜乎。西女之爱而豢之。若中国之鼠，则毛皆灰色，状类从同，殊不足观。且昼伏夜动，毁衣啮物，最足取憎，以故中国之人从未有豢鼠者。

《聊斋志异》载有《鼠戏》一则，谓其人豢鼠，教以为戏，鼠亦驯而听教，居然借鼠以糊口，此或浦柳泉先生之寓言，未必果有其事。藉曰有之，究亦不多。而中国人之豢猫者，则比户皆是。嘉湖养蚕之家，尤喜畜猫，以鼠能啮蚕，得猫以防鼠，蚕乃获安，故竟有以数十金觅一猫者，而佳猫亦不易得。余家眷初至沪上，赁屋而居，苦鼠耗，向五云深处乞得一猫，性颇驯，善捕鼠，鼠伏不敢出，出即攫。余甚爱之。

然此猫独恶洋版书，见台上有洋版书，辄以爪碎之。余自两次遭焚书之祸，木版旧本悉付劫灰，日常所用，皆洋版者居多。自有此猫，书不毁于鼠，而毁于猫，因渐恶之。无何迁居，遂舍之而去。

新居无猫，鼠乃大肆，又多方觅得一猫，身小而捕鼠特勇。其眼左黄而右白，初不之异，有说者曰此名金银眼，目视梁间，鼠即立堕，试之而信，遂益宝爱之。未几为人所窃去，余曰此金银眼之名为害也。

次年又得一猫，毛纯黑，雄壮特甚，性驯优，终日饱食而卧，鼠虽过其旁，亦不为之动也。畜未数月，过邻家不返，遂置不问。

近复畜两头，其一魁岸可观，而与鼠极相昵，从未见其捕鼠，且便溺污物非一次，屡欲逐去，而儿辈辄留之，喜其驯且爱其毛色也。其一来时尚小，恒宿于灶下，毛焦而卷，人亦无顾惜之者。惟灶下养，尝以剩饭饲之，至今春渐长，能自濯磨，毛渐光润，且勤于捕鼠，日间嬉于邻家，晚则必归。盖自此而鼠辈竟不敢逞，余深爱之，命调鱼腥饲之。

有窃以饲大猫者，余必呵之，或有窃笑。其后者谓余不辨妍媸，大者外貌极可观，小者断不能及，乃爱之颠倒若此。余乃肃然曰："猫之为物，所以捕鼠，非仅为玩具而已。犹之兵之为用，所以捕盗非徒以壮观也。"如但以猫为玩具，则如西女者豢鼠，以为玩具，何独不可，而必取乎猫？如徒以兵为壮观，则梨园中顶盔贯甲，凛凛威风，其壮观也，更甚何必取乎兵？以余之爱憎为颠倒者，是真颠倒其爱憎者也，因作《猫捕鼠说》以示之。

刊于《申报》1891 年 7 月 6 日

说猫

佚 名

余畜有猫，暹产也。人谓猫以暹种为良，于是多方而购得此猫，颇爱护之。此猫性极驯，见余辄恋恋，作猫猫声，余以为异，待之遂殊于常猫。然猫性极懒，终日酣睡，且不喜捕鼠，每与鼠同眠，甚至见鼠辄避，家人告余曰，此猫失职，无益于我家，辜我豢养之恩，盍弃之。

余寻思，暹猫称为最良，善于捕鼠，此猫乃改其常度，是殆有故，乃静察之。

久之，鼠益纵横，家人咸詈此猫之无用，余以其驯也，不忍舍弃，而曰："姑俟其改良。"家人以余呆，窃笑不已。

家人不耐，另畜一他猫，亦暹产也，性好动，捕鼠无算，家人咸称之曰能，而益厌恶前猫矣。但后畜之猫，狂跳以逞奋勇，以示捕鼠之能力，然杯盘之物多被其触碎，损害不少，且好窃食，常若不得一饱，家人又恶其饕，而告余曰："畜猫亦难矣哉。"因与比较两猫之优劣功过与利害。

余曰："猫不捕鼠，是诚无功，然亦无过也。至于以捕鼠之故而损坏器物，如是之伙，衡其功过，亦足以相抵。至于窃食，则与盗贼无异，是谓劣种，不如不捕鼠者远矣。且猫鼠同是凉血类动物，以不忍自残同类宁受主人之憎恶，是其贤也，然则此猫实优于彼猫。"家人服余之论，遂待前猫如初。

余因而叹曰："暹人最懒，不事生计，此猫乃与其国人之性质相近，是尚有人心者欤？"

刊于《申报》1908 年 11 月 14 日

猫

研

猫与鼠，本无仇怨，而猫见鼠则必捕之，大有灭此朝食之慨。鼠屡欲与猫联和，猫不允，鼠窘甚。一日入书笥啮食，见内有一书，中载一条云："鼠食盐百日，则化为蝙蝠。"鼠大喜，遁入盐仓，终日以盐为粮。至百日，果生双翅。试振翅，居然飞起，自顾翩翩有致，俨然蝙蝠矣，不觉大喜，鼓翼而出，栖于梁上。见猫方在堂下，蝠乃"啧啧"作鼠声曰："猫乎，何不来捕我？"猫闻之，怒目上视，欲扑之，而力有不及。蝠更飞舞空中，忽上忽下，时或贴地掠过，故意逗猫，猫往来奔逐，卒不可得。蝠遥笑谓猫曰："若前此之穷凶极恶，吾欲乞和而不可得，乃今日亦竟势穷力尽耶。"

按：方书载，"以巴豆饲鼠，可长至三十余斤"，若是，则成为庞然大物矣。苟有黠鼠，窃食巴豆，庞然遂大，猫见之，不知又将何如也，附识之以博一粲。

刊于《月月小说》1908 年第 2 卷第 1 期

猫苑（节选）

黄 汉

嘉应黄薰仁孝廉（仲安）云："州民张七，精于相猫。尝畜雌猫数头，每生小猫，人争买之，皆不惜钱，知其种佳也。恒言黑猫须青眼，黄猫须赤眼，花白猫须白眼，若眼底老裂有冰纹者，威严必重，盖其神定耳。"又言："猫重颈骨，若宽至三指者，捕鼠不倦，而且长寿；其眼有青光，爪有腥气，尤为良兽。"

薰仁又云："张七尝携一雏猫来售，索价颇昂，云此非凡种，乃蛇交而生者。因详述其目击蛇交之由，并指猫身花纹与常猫亦微有别。验之不诬。"

汉按：据此说，则张暄亭参军所云"猫与蛇交"一节，似可信也。

薰仁又云："年前余得一猫金银眼者，花纹杂出，貌虽恶而性驯，善于捕鼠，进门未几，鼠遂绝迹，因呼之曰'斑奴'。惜养未半年，遽死焉，盖因久缚故耳。佳猫多惧其逸，与其缚而损其筋骨，何如用大笼笼之耶？"

《猫苑》

嘉应钟子贞茂才云："州人有梁某，尝得一猫，头大于身，状甚奇怪，眼有光芒，与凡猫迥异。初莫辨其优劣，厥后不惟善捕鼠，而主家亦渐小康。珍爱而勿与人，有过客见之，饵以重价，始售之。梁因问猫之所以佳处，客曰：'此猫自入门后，君家必事事如意，盖此猫舌心有笔纹故耳！其纹向外者主贵，向内者主富，今予得此，可无忧贫。'启口验之，

269

果然。梁悔之不及。"

汉按：笔纹猫实所罕闻，且能富贵人，真兽中之宝也！惜乎不可多得。

司徒马燧家猫生子同日，其一母死，有二子，其一母走而若救，为衔置其栖，并乳之。

（韩昌黎《猫相乳说》）

左军使严遵美，阉宦中仁人也。尝一日发狂，手足舞蹈。旁有一猫一犬，猫忽谓犬曰："军容改常矣，癫发也。"犬曰："莫管他。"俄而舞定，自惊自笑，且异猫犬之言。遇昭宗播迁，乃求致仕。

（《北梦琐言》）

蜀王嬖臣唐道袭家所畜猫，会大雨，戏檐下，稍稍而长，俄而前足及檐，忽雷电大至，化为龙而去。

（《稽神录》）

成自虚，雪夜于东阳驿寺遇苗介立，吟诗曰："为惭食肉主恩深，日晏蟠蜿卧锦衾。且学智人知白黑，那将好爵动吾心。"次日视之，乃一大驳猫也。

（《渊鉴类函》）

杭州城东真如寺，弘治间有僧曰景福，畜一猫，日久驯熟。每出诵经，则以锁匙付之于猫。回时，击门呼其猫，猫辄含匙出洞。若他人击门无声，或声非其僧，猫终不应之，此亦足异也。

（《七修类稿》）

金华猫，畜之三年后，每于中宵蹲踞屋上，伸口对月，吸其精华，久而成怪。每出魅人，逢妇则变美男，逢男则变美女。每至人家，先溺于水中，人饮之则莫见其形。凡遇怪来宿夜，以青衣覆被上，迟明视之，若有毛，则潜约猎徒，牵数犬至家捕猫，炙其肉以食病者，自愈。若男病而获雄，女病而获雌，则不治矣。府庠张广文有女，年十八，为怪所侵，发尽落，后捕雄猫冶之，疾始瘳。

（《坚瓠集》）

靖江张氏泥沟中，时有黑气如蛇上冲，天地晦冥，有绿眼人乘黑淫其婢。因广访符术道士治之，不验。乃走求张天师。旋见黑云四起，道士喜曰："此妖已为雷诛矣。"张归家视之，屋角震死一猫，大如驴。

（《子不语》）

郭太安人家畜一猫，甚灵，婢见必挞之，猫畏婢殆甚。一日有馈梨，属婢收藏，既而数之，少六枚，主人疑婢偷食，鞭笞之。俄从灶下灰仓中觅得，刚六枚，各有猫爪痕，知为猫所偷，报婢之怨。婢忿，欲置猫死地。郭太安人曰："猫既晓报怨，自有灵异，苟置之死，冤必增剧，恐复为祟。"婢乃恍然，自是辄不再挞猫，而猫亦不复畏婢矣。

（《阅微草堂笔记》）

某公子为笔帖式，爱猫，常畜十余只。一日，夫人呼婢不应，忽窗外有代唤者，声甚异。公子出视，寂无人，惟一狸奴踞窗上，回视公子有笑容。骇告众人同视，戏问："适间唤人者，其汝耶？"猫曰："然。"众乃大哗，以为不祥，谋弃之。

（《夜谭随录》）

永野亭黄门，言一亲戚家，猫忽有作人言者，大骇，缚而挞之。求其故，猫曰："无有不能言者，但犯忌，故不敢耳。若牝猫，则未有能言者。"因再缚牡猫，挞之，果亦作人言求免，其家始信而纵之。

（《夜谭随录》）

护军参军舒某，善讴歌。一日，户外忽有赓歌，清妙合拍。潜出窥伺，则猫也，舒惊呼其友同观，并投以石，其猫一跃而逝。

（《夜谭随录》）

汉按：猫作人言，初见于严遵美一节。笔帖式猫代唤人，无甚不祥。若永黄门所述牡猫皆能言，牝猫则否，此则为异耳。然不当言者而为言，则其被挞被弃也亦宜。此与《太平广记》所载猫言"莫如此！莫如此！"大抵皆寓言尔。至于猫学讴歌，则不啻虬知读赋，诚为别开生面。

蒋稻香（田）云："阳春县修衙署，刚筑墙，一日，其匠未饭，有

271

猫来，窃食其饭并羹。匠人愤极，旋捉得此猫，活筑墙腹以死。工竣后，衙内人皆不安，下人小口，率多病亡，因就巫家占之，云：'此猫鬼为祟，在某方墙内。'于是拆墙，果得死猫。遂用巫者言，奠以香锭，远葬荒野，自是一署泰然。此道光十六年事，余在幕，亲见之。"

又云："湖南有猫山，相传昔有猫成精，族类甚繁，其子孙皆若知事。凡猫死，悉自葬此山，其冢累累然不可计数。山出竹，名猫竹，甚丰美；其无猫葬处，则无之。猫竹之名，本此，作'毛''茅'皆非。"

汉按：瘗死猫于竹地，竹自盛生，并能远引竹至，据此，则《本草》载之不诬也。《洴僻百金方》有"猫竹军器"，亦不作"毛"。

长沙姜午桥（兆熊）云："道光乙酉，浏阳马家冲一贫家，猫产四子，一焦其足，弥月丧其三，而焦足者独存。形色俱劣，亦不捕鼠，常登屋捕瓦雀咬之，时或缩颈池边，与蛙蝶相戏弄。主家嫌其痴懒，一日携至县，适典库某见之，骇曰：'此焦脚虎也。'试升之屋檐，三足俱伸，惟焦足抓定，久不动旋；掷诸墙间亦如之。市以钱二十缗，其人喜甚。先是典库固多猫，亦多鼠，自此群猫皆废，十余年不闻鼠声。人服其相猫，以得诸牝牡骊黄外矣。此故友李海门为余言之，海门浏邑庠生，名鼎三。"

汉按："焦脚虎"三字，新而且奇。

钱塘吴鸿江（官懋）云："余甥女姚兰姑，畜一猫，虎斑色，金银眼，无尾。产雌猫一，黑质白章，亦无尾。今四年矣，行相随，卧相依。时为母猫舐毛咬虱，每饭，必蹲俟母食而后食。母猫偶怒以爪，则却受不敢前。或出不归，则遍往呼寻；人或误挞母猫，则闻声奋赴，若将救然。甥女事母孝，咸以为孝感云。

汉按：此与蒋丹林都宪之猫同为孝感所致，可谓无独有偶（鸿江，一字小台）。

余蓝卿云："嘉庆十六年，河南白莲教匪林清煽乱，烽烟绵亘数省，是时中州人家有猫生狗，鸡窝出猫之异。"

孙赤文云："道光丙午夏秋间，浙中杭绍宁台一带，传有鬼祟，称为三脚猫者。每傍晚,有腥风一阵,辄觉有物入人家室以魅人,举国皇然。于是各家悬锣钲于室,每伺风至,奋力鸣击,鬼物畏锣声,辄遁去。如是者数月始绝,是亦物妖也。"

会稽陶蓉轩先生(汝镇)云:"猫为灵洁之兽,与牛、驴、猪、犬迥异,故为贵贱所同珍。且古来奸邪之人,其转世堕落为牛为马、为犬为猪,如白起、曹瞒、李林甫、秦桧之辈,不一而足,未闻有转生而为猫者。可见仙洞灵物,不与凡畜侪矣。"

刘月农巡尹(荫棠)云:"番禺县属之沙湾菱塘界上,有老鼠山,其地向为盗薮。前督李制府(瑚)患之,于山顶铸大铁猫以镇之。猫则张口撑爪,形制高巨。予曾缉捕至此,亲登以观。而游人往往以食物、巾扇等投入猫口,谓果其腹,不知何故。"

胡笛湾知醴云:"天津船厂有铁猫将军,传系前朝所遗战船上铁猫。厂中废猫甚多,此独高大,因年久为祟,故有奉敕封号。每年例由天津道躬诣察祀一次,至今犹奉行不替。"

余蓝卿云:"金陵城北铁猫场,有铁猫,长四尺许,横卧水泊中,古色斑斓,不知何代物。相传抚弄之则得子,中秋夕士女如云,咸集于此。"

桐城刘少涂(继)云:"道光丙午春,余家所畜老麻猫生一子,白色,长毛毨毨,形如狮子。友人方存之云:'此异种也,不可易得。'养之年余,日夕在旁,鼠耗寂然。一日天未明,猫忽至余床上,大吼数声而去,已而死焉。庸猫得奇子,灵异如此而不寿,惜哉!"

董霞樵上舍(斿)云:"川中一种峒苗,祀祖用苗曲,侏离不可解。谓其音曼衍,则神享而族盛。相传獠、獞、猺、苗皆百粤遗种,散处于滇、黔、楚、蜀及两粤之间。"(霞樵,泰顺人,尝为川督蒋砺堂幕客)

汉按:徽州班戏曲有《猫儿歌》,亦称《数猫歌》,盖急口令之类。猫之嘴、尾数虽只一,而其耳与腿则二四递加,数至六七猫,口齿迫沓,鲜有不乱,盖急则难于计算耳。倪翁豫甫(懋桐)云:"京师伎人,有名八角鼓者,唇舌轻快,尤善于此歌。虽数至十余猫,而愈急愈清朗,是精乎其伎者也。”

（猫歌大略如：“一只猫儿一张嘴，两个耳朵一条尾，四条腿子往前奔，奔到前村。两只猫儿两张嘴，四个耳朵两条尾，八条腿子往前奔，奔到前村。”下皆仿此，惟耳腿之数以次递加尔。）

倪豫甫又云："河东孝子王燧家，猫犬互乳其子，言之州县，遂蒙旌表。讯之，乃是猫犬同时产子，取其子互置窠中，饮其乳，惯，遂以为常。此见《智囊补》，列于'伪孝'条。想当时必以孝感蒙旌。然则物类灵异处，亦有可伪托者。一笑。"（豫甫，浙之萧山人）。

倪豫甫云："湖南益阳县多鼠，而不畜猫，咸谓署中有鼠王，不轻出，出则不利于官，故非特不畜猫，且日给官粮饲之。道光癸卯，云南进士王君森林令斯邑，邀余偕往。余居之院甚宏敞，草木蓊翳，每至午后，鼠自墙隙中出，或戏或斗，不可胜计，习见之，而不以为怪也。一日，有大猫由屋檐下，伺而捕其巨者，相持许久，鼠力屈而毙。自此猫利其有获而日至焉，乃积旬而鼠无一出者，后竟寂然。噫！猫性虽灵，其奈鼠之黠何。然余在署三年，衣物未被啮，鼠或知豢养之恩，不敢毁伤，且人无机械，物亦安之尔？"

汉按：有此一惩，积害以除，不可谓非猫之功也。但不知鼠耗寂然之后，其日给官粮可以免否？谚云：籴谷供老鼠，买静求安。"是亦时世之一变，可叹也夫。

刊于《猫苑》，（清）黄汉辑，上海进步书局 1912 年印行

黑尾猫

太原草儿

余家豢一猫，身白而尾黑，因名之曰"黑尾"，其毛甚丰美，其性甚狡黠，能知人意，呵之，则狂叫不已，若还骂然。或见犬来，恐争食，必唾其面，掌其颊，犬未有不低首丧气而去者。

惟黑尾甚馋，常窃食贮藏之食物。且当余饭时，黑尾常跃于案上，其目或张或闭，俟余弗备，则突起攫物而去。余知其奸，见其登案时，常以棒打之。黑尾则目光灼灼，摇尾乞怜，叱之不去，打之复来。然与之饭而不加鱼，终不肯食也。余甚恨之。而吾弟甚爱之，常以鱼拌饭而饲黑尾，余则辄以其饭转喂之鸡。余之去其饭，以为饿之也。孰知鸟也，鼠也，金鱼也，常发见于黑尾之口中，甚至蛇与蜈蚣，蝶与蛤蟆，凡污毒之物，无不捕而大嚼。故黑尾虽饿，而其跳跃活泼之状态仍如故。

昨日表兄盛采慈自莘庄来，余乃命庖人买鲈鱼二尾，将以飨客。庖人杀之，而置之碗，藏之橱。未几，忽闻庖人呼曰："谁启我橱门乎？鱼何往乎？"余弟泰然曰："殆又为黑尾所食矣。"余怒曰："黑尾大可恶！"持梃遍寻之，不见。至其卧处，则有鱼骨在焉。其新育之小猫，见余至，呼呼作声，若甚忌余也者。余曰："此孽种也，留之何为？"乃捉而赠诸邻。邻人曰："何不俟其长大而赠人耶？"余告之故，众皆摇首曰："吾家亦不欲此孽种子，其自畜之。"余怒而弃于路。有乡人遇之曰："猫亦生命，此儿何忍掷之？"余亦告以故。乡人曰："信如是也，与其畜之而害人，不若放之荒野为愈也。"草儿曰：贪欲之致人怒也如是。虽然，猫犹小焉者也。

刊于《申报》1914 年 1 月 19 日

说老猫

粤　南

余家畜一雌猫，以捕鼠。性驯，深居简出，邻舍之雄猫，每夜恒来"呜呜"作怪鸣，骚扰殊甚，至寝不安宁，心甚厌之。一夕，来一老黄猫，身躯肥壮，见其逐余畜之猫于外，余即操梃以出，把持其归路，欲作棒喝当头，冀其不敢复来矣。立要隘后，即蹴地板，以惊之猫，果闻声驰回，见之阻其归路，又不敢逸过，遂折回庭中，仰首四望，高不能登，竟无路可出，遂或跃于台，鸣于椅，叫跃不知凡几，后忽俯首若有所思，随有得计之状，缓行而出，约数武，即疾驰回，缘人身以登，至余顶，遂一跃而去。

余方静观其异，不图疾雷不及掩耳，面部为其爪所伤，及其逃也，急欲击之，已是不及。至今感之，犹服其智。

古云：归师勿掩，良有以也。以一人之力，操梃守隘，而击一猫，尚为其伤，况国之击国，人之掣人乎？方今中国若被困之猫也，若能效猫之勇，如猫之智，岂患人之操梃把隘以待哉？吁！老猫可师也。

刊于《申报》1918 年 12 月 29 日

猫言

曹仰之

某友言，道光年间，某公夜将寝，闻窗外偶语，潜起窥之。时星月如昼，阒不见人，乃其家一猫，与邻猫言耳。邻猫曰："西家婺妇，盍往觇乎。"家猫曰："其厨娘善藏，不足说吾驾也。"邻猫又曰："虽然，姑一行，何害？"家猫又曰："无益也，奚为多此一行。"邻猫固邀，家猫固却，絮絮久之。邻猫跃登垣，犹遥呼曰："若来若来！"家猫不得已，亦跃从之，曰："聊奉陪耳，行无益也。"某公大骇。

（清）牛石慧作，朵云轩旧木版水印

次日，缚猫将杀之，并让之曰："尔猫也，而人言耶？"猫应曰："猫诚能言，然天下之猫皆能言也，庸独我乎？公既恶之，猫请勿言。可乎？"某公怒曰："是真妖也！"引槌欲击之，猫大呼曰："天乎冤哉！吾真无罪也。虽然，愿一言而死。"某公曰："若复何言？"猫曰："使我果妖，公能执我乎？我不为妖，而公杀我，则我将为厉，公能复杀之乎？且我尝为公捕鼠，是有微劳于公也。有劳而杀之，或者其不祥乎？而鼠子闻之，相呼皆至，据廪以糜粟，穴簏而毁书，摅无完衣，室无整器，公不得一夕安枕而卧。妖孰甚焉？故不如舍我，使得效爪牙之役，今日之惠，宁敢忘耶？"某公始笑而释之，猫竟逸去，亦无他异。

《东阳夜怪录》记苗介立事，猫之能言，古有之矣。而此猫滑稽特甚，足为捧腹。

刊于《大世界》①1919 年 5 月 24 日

---

① 编者注：《大世界》，为近代上海小型报纸之一，日刊，1917 年 7 月 1 日创刊于上海，1932 年 1 月 28 日，因淞沪战争爆发而停刊。由经营"大世界"的商人黄楚九投资，"大世界"游艺场发行。社址位于上海爱多亚路即西新桥马路大世界内二层楼。报社主任孙玉声、总编刘山农，图画主任阙十原，主要编撰员有钱香如、朱瘦菊、朱大可、颍川秋水、陆澹庵、邓钝铁、郑子褒、曹痴公、许月旦、火雪明、卢溢芳、陈企白、严芙孙、刘寄恨、徐枕亚、方骏乎等近百人。每期分为四版，第一版和第四版为广告版面，第二、三版主要以通俗文艺为主，主要包括诗词、杂文、笔记、小说等。

桂林山房笔记

观海生

魇猫

神怪之说，半多荒诞，哲学家多闻之。然余所亲见者，徽商汪慎言，性喜睡，终日劳劳，无事即入黑甜乡。余初馆于紫阳氏，居停怜余年少，嘱汪联床相伴，以破岑寂。室凡三间，中为课堂，左为客座，右为卧房。房外有竹园，绿影满窗，丛篁如画，清溪一曲，颇觉清雅。天光乍晓，众鸟喧哗，夜月将阑，橹声欸乃。每当夜课毕，拥衾手一小说，挑灯消遣。汪已鼻息如雷，黄粱好梦矣。忽闻其呓语哀呼，余大声唤之不应，床前有铜盆，连击数下，闻有坠地声，察之，见一黑兽，大如犬，双目炯炯，向余怒视，尖喙而修尾，余急取盆掷下，兽向床下窜伏，汪亦醒。告以故，共起搜觅，室中门窗紧闭，并无出路，遍索不得。叩以呓语，据云，梦见一猫，由渐而入，履足足重，履股股软，据腹则气怯，神昏欲逐，而手不能伸，欲呼而口不能言，闻铜盆铿然一响，猫始跃下，豁然梦醒。余叹其奇，闻为魇猫，专喜深夜盗人津液者，然自此以后，余连馆四年，无复见矣。

丙午春，石冈门张氏，清明款客，余就宿其家。书斋容一榻，云不可眠人，眠必梦魇，许君剑雄豪侠自负，欲一试为快。余与同宿，先就床前铺石灰，上盖以网，并备铜锣等物。半夜闻许君呓语，急击铜锣，将网收起，不见有猫，而石灰上足迹宛然，五趾如犬迹，至室隅而止。许君竟不醒，众惊扰达旦。比其妻至，以面相偎，执其唇附其耳一呼，始醒，问之，曰："我被猫拖出户外，觉迷方向，闻妻呼我，乃得魂归躯壳。"自后不敢以勇骄人焉。

刊于《大世界》1919 年 4 月 22 日

汉玉猫

南翔至嘉定，一道冈身，中有仙迹，潭水味如惠山泉，大旱不涸。潭之东有一古墓，盘以砖石，樵牧不敢犯。相传为宋代所遗，每遇风月良宵，必闻丝竹之音，近听则寂，愈远愈清。墓旁野花自放，芳草常清，代远年湮，碑碣剥蚀，无可考其遗迹矣。

远邻有韩秉兰者，以贩卖京货为业。手持唤娇娘（状如鼗鼓），沿街售卖。早孤事母，以孝闻人，皆以韩孝子称之。年逾三十，犹未有室，所得悉以供母，备极甘旨，己则布衣疏食，终身欣然。太平军起，母以奔走惊恐，一病不起，韩哀毁逾恒，卜葬于古墓之旁。己开地穴，夜眠穴中。梦至巨第，千门万户，气象森严，入后，朱栏曲折，小径纡回，步进月洞，则珠帘画栋，掩映于碧梧修竹之间。彩鸳戏于池中，文禽鸣于架上。俄闻呀然一声，朱户洞启，有侍女七八人，皆装束古雅，风致鲜妍，或宕秋千，或戏蹴鞠，天机活泼，飘飘欲仙。韩隐身太湖石畔，潜窥之。忽一球飞来，堕于石下，群女奔集来寻，见韩，惊曰："何处风狂儿，敢来窥人闺闱耶？"一绿衣者曰："宜执送郡君，听其发落。"于是或推之，或挽之，拥上瑶阶。俄闻清磬数声，宫扇双开，一丽姝升殿，明珰翠羽，艳若天仙，侍女引韩启奏，韩自陈因葬母温穴，误入仙宫，乞宥无知之罪。郡君霁颜曰："是我后人也，感尔纯孝，赐尔后福，明日葬时，须退后一尺，当紧志之。"遂送之出门，豁然梦醒，但闻秋虫唧唧，小鸟啾啾而已。翌日下窆，果命土工开后一尺，得一瓦瓶。葬讫，携归。将瓶中积泥挖出，得一玉猫，洗净，知是汉玉，遍体作玳瑁色。及暮，室中放光，察之，出自猫眼，知系宝物，售于西洋人，得价颇丰，遂以起家。至今韩氏子孙繁衍，皆以为纯孝之报云。

刊于《大世界》1920 年 1 月 10 日

猫言

周 谆

鄞东杨生，隐士也，家小康，妻程氏，相亲无间言。家畜一猫，伟岸异常，杨爱之如拱璧，猫亦依依踝下，若解主人之爱己也。一日，程氏倏病，势其危笃，自知不久，握手凄楚。杨闻耳畔有嘤嘤泣声，凄楚异常，令人酸鼻。因细聆之，其言曰："哀哉！一人坐，八人抬。"如是者不绝。杨大奇之，启户察视，阒无一人，惟一猫蹲窗下，泪涔涔如穿珠，见主人至，一跃而去。杨殊不能测其凶吉，至程氏卒，猫亦不食而死，始恍然大悟，所谓八人抬者，是日程氏举殡，抬者为八人也。噫，猫亦奇矣。

刊于《大世界》1920 年 6 月 17 日

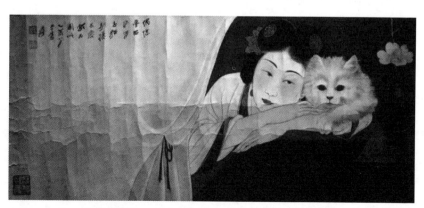

《红妆训猫图》，张大千绘，刊于《礼拜六》1944 年第 55 期

余家之猫

随

余家新畜一小猫，每见食余之鱼骨，必仰面向人作垂涎状。及见他处复有鱼骨，则又随之而往，其状如前。余见之，不禁大笑，以为何其似往来京沪之国会议员耶？

夫猫之所垂涎者，不过鱼骨而已。若议员之所垂涎，究何物乎？大选之票价，继长增高丑声四播，而猪仔之美名，欣然承受，若固有之，是殆猫之不如也。

且猫之垂涎鱼骨，固非分外之妄想也，得其所欲，则欣然长鸣，自乐其乐，其捕鼠之责任，未尝放弃也。今之议员，始而与阁员狼狈为奸，既不免猫鼠同眠之笑柄，及至南北分离，则又行踪诡秘，收京沪两方之利，几与鼠之昼伏夜动相等。是则所谓无耻之尤，国之妖孽也。此等人且恐为狗彘所不食，不惟猫之不如，并鱼骨之不如矣。

刊于《申报》1923 年 10 月 2 日

观斗猫记

应后伦

纵跳升越，专事捕鼠，此猫之特技也。相逢辄斗，不顾同类，此猫之异性也。然而竟有大谬不然者。余家畜二猫，黄一黑一，黄大而黑小，黄则具有斑纹，目光闪闪，行走昂然，骤观之，固俨然一虎形也。无如善入睡，乡夜间，有剥啄声，啮物声，固不问而知，为鼠也。彼则置若无闻，惟鼾睡阁上而已。日间徘徊厨下，乘人不备，即疾跃灶上，盗窃鱼肉。虽有庖丁，莫之能措。每饲以食，二猫同盂，黄猫则肆口大嚼，尽其腹之能容。黑猫方欲分味，黄猫则张须怒嘶，一若非将黑猫置之死地而不可者。而黑猫则悚然而退，不敢一撄其锋，遥伏数丈外，只得引颈长号而已。自是而往，日以为常。黑猫之所食者，皆黄猫口中之余沥也。黄猫乘其积胜之余威，愈骄矜，愈放纵。黑猫惟畏葸缩瑟而已。

一日，黄猫正啖饭，忽有一白猫自上而下，疾如飞鸟，欲攫取其食物。黄猫以为此即威约之下之黑猫也，方欲作虚声恫吓，偶一举头，则其所敌者，固赫然白猫也，直举其尾，怒目相向。黄猫一见，惊为劲敌，遂缩首卷尾，不敢作一声，去而远遁。白猫不待张牙舞爪，而黄猫已杳无踪迹矣。呜呼！一黄猫也，昔何其雄，今何其弱。且夫白猫亦一猫耳，与黄猫同类，具猫之形，施猫之力者。非若猛虎之耽耽逐逐也，非若蹇驴之庞然大物也。盖白猫之能，亦不过欲鲸吞蚕食，以扩张其势力范围之所及耳，其越界而至也，迹固显然也。何黄猫未敢与斗也，向使出其平素之雄，又安知胜负之所在。而黄猫不能也，卒畏白猫如虎，始终不克与之一校，夫岂自量其力，非虚声之可以御敌耶？抑以为昔日之敌，尽黑猫也，一任彼之所呵斥而不敢反抗也，卒致外貌愈骄，内容愈馁，及一遇白猫，始恍然于灶下。称雄之不足恃，劲敌既至，强弱显分，中心一蹶而遁逃无地矣。吾固不曰白猫之强，而直笑黄猫之但能擅作威福于黑猫之前，一若不可侵犯者，今一遇外猫，真情毕露，蜷伏畏缩，一步而不敢前，是则可耻也。爰为之记，以揭其隐，并以告世之类黄猫者。

刊于《春花》[1]1923 年毕业纪念刊

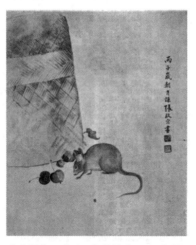

《鼠》，张肖谦作，刊于《艺林月刊》1936 年第 74 期

---

① 编者注：《春花》，为上海青年会日校文科癸亥的毕业纪念刊。

猫癖

饮香室主人

某妇性慈善，长斋绣佛，以娱桑榆，禅板蒲团，享尽清净风啸。夫已早死，膝下无儿女，云堂寂静，落落寡欢。每于长明灯黯中，合掌趺坐，鬓云衣香，已空色相，此身固不复有所恋爱矣。顾性独溺狸奴，所畜养不止数十头，昼静眠花，夜凉祷月，曳尾延颈，憧憧然往来于其室。翻盆覆鼎，捕蝶追蝇，而妇乃以为大乐。其所畜之猫，皆自制佳名，有雪奴、乌圆、葵姑、文彪、玉狻、貌锦、牡丹等称号。辟西楼以处之，伺之以精馔，眠之以锦衾，侍婢二人，专司其役，其爱护之情，实甚于慈母之抚少子，日必三朝于西楼，撕摩抚弄，珍惜备至。群猫见妇来，亦皆"呜呜"绕膝，如索乳之孩，一室周旋，其乐固怡怡也。猫间有亡失，则妇懊恼殊甚，命二婢踏破铁鞋，以踪迹之，咨邻访里，悬赏购求，不啻童夫人张图茶肆，以觅狮猫。不得则挞婢骂妪，喃喃怨詈，俱为之不安。嗣遂深锁西楼，毋许人窥，虽至戚不获一入其室。然猫自蛰居一室中，痴坐杠眠，无所事事，静极思动，乃日寻干戈，以相争斗，暗呜咤叱，喧闹无已。时妇不厌柔声下气，以为之排解，于是终日屃屃于蒙贵间，为仙奇作鲁仲连矣。妇居与泣红为邻，恒见其买鱼穿柳，遑遑无暇暑。昔张博好养猫，以绿纱为帷，聚其内以为戏，人呼之为"猫精"。今妇实踵其遗癖欤。

休休曰：猫性静，爱眠月下花丛，当春情勃发时，纵横于雁翎鸭背之上，不惜翻砖倒瓦，陷人家于屋漏之厄。柳色青青，猫叫春也。闺阁闷闷，猫戏色也。猫诚恶物哉，若非鼠窃可忧，竟可逐出长城而外，作永远之徒囚。

刊于《新新聊斋》，饮香室主人著，民友社 1924 年 6 月刊行

猫癖

漱石生 [①]

余性爱猫，自幼至老年，数十年如一日，甚至与同寝处，不以为秽，可谓有猫癖矣。生平所蓁之猫，以退醒南庐之三色猫一头，作伴至十有五年之久。每余阅书或作文时，相伴案头，不离寸步，最为可爱。此猫垂死之时，向余悲鸣不已，余竟为之泪下，家人哂余为猫痴，余不顾也。嗣后惜无佳猫，每以为憾。邑人姚绅伯欣与余为莫逆交，家有狮子猫一对，俱黑白色，毛长一寸有余，两眼深碧，脚矮，头圆，尾短而粗，背肥而厚，抚之滑不留手。盖在邵筱村中丞幕中时，自台湾携归者，知余好猫，允俟育得雏猫之后，赠余一头，余闻为之狂喜。乃不逾年而狮子猫以水土不服，竟丧其雄，以致未果，良为可慨。

至余目睹爱猫之人，当以城内小蓬莱之管房人为最。小蓬莱为邑绅杨渭生先生所建，为办理收焚字纸等善举之所。平日将正屋空闲，由管门人挈眷住居余屋，以司橐钥。余于弱冠之时，春华社中同人，恒假是处会课，因获与之相稔。悉其畜猫甚多，欲得一见。管屋人诺之，而先言所畜之猫，为家中人所爱护，无论大小，恕不相赠。乃启扃肃余入室，则见白者、黑者、黄者、花者、玳瑁者、竹节者、乌云盖雪者、棒打樱桃者、雪里拖枪者，或坐或眠，或立或跃，满室皆是。细数之得三十六头。余几为之目迷心醉，而其家人知余入室观猫，咸来监视，若惟恐余之乞取者。余以不夺人之所好，饱览移时而出，惟询以似此猫多，日需食猫鱼若干

[①] 编者注：孙玉声，名家振，别署警梦痴仙、海上漱石生、漱石生等。1891 年主编《新闻报》，后参与编辑《申报》《舆论时事报》，创办《采风报》《笑林报》《新世界报》等。著有《海上繁华梦》《退醒庐笔记》《沪壖话旧录》等。

钱？管屋者以三百文对。余念彼乃一窭人子，竟愿日耗此三百文，益之以米，殊属不赀。因叹此人一家，爱猫若是其甚，可云得未曾有。猫癖如余，犹不足数，因特志之，惟惜其人姓氏今已忘之矣。

按：猫身甚温，而猫鼻四时奇冷，惟夏至日适当夏至之时，略一转暖，不知何故。又毛宜顺抚，若倒抚之，百余度后，有硫磺气，猫必发跃。是否猫身有电，犹人手心之不可频搓，频搓则硫磺之气触鼻，愿以质诸格物家。

刊于《大世界》1925 年 3 月 24 日

《对菊持螯》，吴友如绘，刊于《飞影阁画册》

金银眼猫

郑逸梅

钱塘某妪，常出入巨家，为妇女剃面，盖三姑六婆之一也。平生喜畜猫，闻有佳猫，不惜重价购之。所得钱大半花去，既而得金银眼猫一对，毛色黄黑白相间，殊光泽美丽，尤宝之。食与同食，眠与同眠。一日，至某宦家，盖其家新自鄂中迁来者，其主母与某妪有同好，于是往来甚密。欲见一对金银眼猫，嘱妪携之来。妪曰："请屈尊临寒舍观之，携出恐蹿去也。"某宦主母不得已，至某妪家。爱之甚，愿以二百金购之，妪不肯，后增至四百金，终不愿。欲得其一，亦不许。某妪以此故，遂不至某宦家。尝语金银眼猫曰："我虽贫，然不忍以四百金舍汝也。"闻者以为美谈。

刊于《梅瓣集》，郑逸梅著，上海图书馆 1925 年 1 月刊行

记猫

梅花馆主 [1]

某家妇，性慈悲，雅好狸奴。某岁，得一佳种，全身纯白，无纤微斑点，娇小玲珑，不同凡品，妇爱之如掌珠。食与俱，寝与共，日夕珍护，不使须臾离。雇女婢一，专司饲养之职。晨起，为之梳洗；至午，饲以虾仁炒饭；晚间，更易以他种食品。饮食起居，备极优隆，贫家子女，无此清福也。妇左手患风疾，数医勿疗，猫似知主人意，卧时必以身贴近其手，未竟月，病竟脱体，盖妇之患风，系受寒湿所致，猫体温暖，能驱寒湿，宿疾之除，殆以此欤。自是以后，妇爱猫乃益甚。

某日，猫捕得一鼠，性甚豪，由楼上一跃而下，误触名瓷花盆，坠地而碎。妇女莲姑，正在室内作女红，见盆下坠，受惊而病。女以病由猫发，恶猫殊甚，坚请乃母驱猫离家，以快心志。妇爱猫如爱女，颇有难色，女惨然曰："此猫虽美，究系牲畜，娘既重畜而轻决，女宁死而不愿苟活焉。"妇知女恨猫殊甚，不得已，乃将此猫赠与其姊妹汪夫人。

猫移至汪宅后，废寝忘餐，郁郁不乐，有时嘤嘤啜泣，有时佯狂如癫，盖猫骄奢成性，不甘菲薄处此寻常之境，大有苦乐不均之慨。妇闻之，痛疼交集，乃遣小婢至汪宅，仍司饲养之役，猫得善养，欢乐如前，闻婢之薪资及一切用费，俱由妇家担任云。

梅花馆主曰：此事甚微，似无记述之价值，然吾观富家之子，仰祖先之荫庇，奢侈淫佚，放浪形骸，游手坐食，忝不为耻，其情况与此猫正无少异，笔而出之，所以示风焉。

刊于《申报》1926 年 8 月 8 日

---

[1] 编者注：郑子褒，原名美礼，别署梅花馆主。余姚郑巷人，寓居沪上。曾创办《戏剧月刊》等杂志，并与丁悚一起创办了唱片公司，灌录大量戏曲唱片。

螺屋杂记·记猫

胡怀琛 [1]

　　余家畜一猫，已数年，近忽患癫。（按：猫食咸则生癫，吾家猫患癫，亦因多食咸物故也。）余命佣妇日洗沐之，又以乌药和饭与之食。（乌药可治猫病）久之未愈，佣妇厌之，辄云欲弃于荒野，免其传染于人。余力阻之，一日，余外出，佣妇复以为言，家人患病之传染，竟信佣妇言而弃之。及余归，不见猫，问之，始知其详，痛责佣妇已无及矣。其弃之也，以布囊盛猫，负至一里外之荒野而放之，人疾趋归。此后一月余，余方夜坐，忽一猫自晒楼跃下，趋至吾前，悲鸣不已，儿女辈争来视，以为邻猫，细视之，乃一月前所弃之猫，今忽归矣。余恻然悯之，抚其毛，觉癫已愈，毛洁滑有光彩，惟四足抖颤不已，悲鸣久之，乃觅得一旧椅垫，即卧其上不动。余命家人与之饭，食半碗，复卧。如是困卧三四日，始复原状。夫一里以外，一月有余，吾不知其何以识归途，吾于是愈善遇之。回思当日佣妇所为，太残忍矣。

刊于《民众文学》[2]1926 年第 14 卷第 21 期

---

[1]　编者注：胡怀琛，笔名季仁、寄尘，安徽泾县人。曾任文明书局、商务印书馆编辑，上海沪江大学、中国公学、国民大学、持志大学、正风文学院等教席。

[2]　编者注：《民众文学》，1923 年 1 月创刊于上海，为儿童文学类刊物。创办初期由商务印书馆负责编辑出版与发行，自 1927 年开始，由小说世界出版社负责编辑与出版，历任主编为叶劲风、胡季尘。作为《小说世界》的副刊，《民众文学》常以单行本的形式随刊附送，主要栏目为诗歌、童话、小说、漫画、小模范、笑话等。

猫话

卓

新安湖田汪家，租谷每年达二三千石，其富有之声誉，驰于全邑。顾其富有之由来，殊为巧妙之至。汪家先固赤贫如洗，告贷无门，只有旧屋一椽，聊蔽风雨。家畜一猫，甚精警。一日，猫走屋檐上，张牙舞爪，顷刻间，有物自屋檐上砰然堕地。家人拾之，一乌黑之小偶像耳，托掌上，甚重，以袖角拭之，则金光灿烂，炫人目，知为珍宝，乃藏之。猫日走屋檐上，不肯下，家人以竹竿撼之，亦不他去。汪家异之，不解，后以其间必有故，乃架梯而视屋檐间，则小偶像多至数十事也，汪家一一捡出，于是由赤贫而陟为豪富。汪家敬猫如祖宗，殆以是欤。闻其家养猫至数十口，不使越门庭一步，死则为择瘗，冥镪更不计，或有扰其猫者，辄以白眼加之云。

刊于《申报》1926 年 11 月 19 日

猫老师

亦　陶[①]

　　昔吾邑有训导茅姓，性爱猫，学署中畜猫数十头，每食席次，前后左右，大小各色狸奴环集伴食，以为乐，人称之曰"猫老师"，以猫与茅姓同音耳。茅为安澜书院山长，出试帖诗，题"狸奴毡暖夜相亲"，其酷好可知矣。夫古者腊祭迎猫，为食田鼠，今则蚕家畜猫，助成丝茧，猫亦有功于人。然唐代有李猫，以其阴柔害物，是则猫性善媚，似非正人君子所宜近。若茅广文者，不过冰署无聊，借以消遣，亦不得谓之玩物丧志。独吾家六世祖姑杨孺人所赋《懒猫诗》，有"素餐犹厌食无鱼"之句，肤刺深矣。孺人适回邑大司马杨以斋公之次子，贤淑工诗，著有《素赏楼集》，教孤子有义方，犹记《纸鸢》诗云：谁知九万扶摇路，即在儿曹退步中。又云：旁观冷眼知多少，惊看高飞笑堕时。即物垂戒，颇能道破俗情，宜司马公重之，邑志载《才媛传》。

刊于《大世界》1926 年 12 月 31 日

[①]　编者注：即陈亦陶，萍社成员，著有《莳花馆笔记》《莳花馆丛抄》等。

义猫殉主记

荆梦蝶 [①]

猫为动物之小者，而迩来《自由谈》[②]中，时有异闻，兹吾所纪，更异乎诸君之作，乃目击之事实，而兼有表扬善类之意，谓足以风世也，倘亦读者所许乎。

余戚姜氏，居乡，家畜一猫，泽毛而无尾，因呼之以貏。主母张，余外姑也，绝爱怜之，每食必为之市猪肝于数里外，家人罢于奔命，或厌苦焉，而母弗顾也，数年如一日。且食必亲饲之，暇辄加诸膝而抚摩之。猫亦善解人意，恒偎依不去，喃喃念佛以娱母。有时嬉戏屋外，一闻母呼阿貏，则应声立至。

秋七月间，母以病卒，既殡，猫则终日旋转，出入以寻，由室而堂，而门外，而东西邻，且鸣且跃，不食不眠，如是者旬余，病弗能兴，乃入灵帏傍棺卧。既而家人异其状，或举母遗像以示之，猫则力自起，昂首熟视，哀鸣数声，宛转死。

刊于《申报》1926年10月9日

---

① 编者注：荆梦蝶为荣德生（即荣毅仁之父）所聘请的家庭教师，教授其二子尔仁小学课程。
② 编者注：《申报》之专栏。

猫异

履 冰

　　湖属石冢某乡农家豢一猫，已十年余矣。猫躯颇伟，双目灼灼有威。育蚕忙时，猫恒彻夜伺守，鼠类匿迹，故深得主妇之爱。今岁蚕事既罢，农以丝价不高，尚未尽售，余丝数十两，尽锁存一小室中。上月某夜，主妇方睡，忽闻异声，似呼"主妇速醒，窃贼来矣！"妇觉而起，急持灯遍照内外，只见藏丝之室，门已撬开，急检丝数，幸未被窃。既而主妇思及时已夜深，全家酣睡，卧房中何来此声，诚属不解。因即返内视察，则床头之猫竟人立而迎，睹主妇来，作依恋表功之状。于是疑所发之警告，殆出于猫口，惟其后主妇屡以语逗之，猫迄无言，意则非有大故，不轻启齿耶。但自此以后，该家人不以常猫畜猫，而以珍物视猫矣。

　　上述之事，乃一乡人自该处来亲告余者，似非臆造之谈。不过猫而能作人言，确属鲜见，今之研究生物学者，未识有说以解之否。

刊于《申报》1926 年 8 月 2 日

猫异

玄玄斋主 ①

戚自乡间来云，邻近有地名小湾者，有蒋姓，畜一猫，体雄健异常，毛纯黑有光，其祖之爱物也。蒋颇孝，遵祖遗命，极善视之。每食，必喂以鲜腥，使健饭乃已。猫似亦知人意，咪咪然昵就主人，若解语也者。二十余年无他异，惟不落毛，不老疲，或以为调护之力也。

今岁清明节，蒋全家赴集场购货，付守屋之责于一十五六岁之少婢。日落归来，见双门紧闭，叩之无应。大骇，破门而入，觅婢不得，疑私奔，则门咸反键，无路可出，方究诘问，婢忽自地平下匍匐出，惊骇之色，犹满眉睫。急叩其故，婢谓，自主人等离室后，即阖门打盹，猫蹲于膝，抚弄其颈，猫陡作人言曰："阿妹（婢名），我即汝丈夫也（猫乃雄性），汝肯嫁我否？"婢羞且怪，扑之，猫人立于地，体亦骤长若人，举前足前抱，婢欲逃，不得，仆于地，猫弛其亵服，将污之。婢力搊之，猫负痛大叫，即地而滚，婢乘间钻入地平以匿。有顷，猫去，濒行，犹爪钩婢身，一瞥不见。今闻主人声始出耳，遂觅猫，果不见，然犹不甚深信也。饭后就寝，顿见猫屈其后，足跪于床前，叩头三数而去，乃不复见，亦无他异。

刊于《申报》1926 年 8 月 2 日

---

① 编者注：孙一璞，别署玄玄斋主，常熟人，为吴双热的学生，曾主编《琴报》副刊《琴韵》及《常熟地方小掌故》等刊物。

狸奴轶闻

王梅瘦

猫以阴柔，称为不仁之兽，人之不良，至有李猫之目。猫之见恶于人，亦已久矣。乃近日昆山县亭林镇李氏有异事焉。李氏妇，中年而寡，今且七十，生平善居积，夫所遗产不过千金，妇权子母逐什一之利，四十年来，倍于本，而所生五女，遣嫁其四，悉取给焉，惟次女阿翠，面黑而声雄，无人过问，妇独爱之，尝抚之曰："吾无子，汝不嫁，亦不至穷饿死。

然阿翠颇狠骜，邻里皆畏之，遇母尤无状，母节俭无他嗜好，所爱者一女之外惟狸奴耳，方里而内，闻有毛色修洁之小猫，必裹盐载笔以迎。阿翠谓养人之资，分以养猫，殊不经济。而所养既多，不能一致，有偷色者，有破损杂物者，阿翠辄背母打杀，或以蒲包载而投诸水，前后所伤无数。母知之，略制止，即反唇。

近十年中，母女已成冰炭，固不仅为狸奴一事，母有嗣子，不为翠所容。嗣子亦以本宗可温饱，绝不与通。嗣子于阳历八月十七号将完姻，母念其入嗣有年，曾为父执丧，欲以三百金予之，翠大咆哮，詈母为老魅，戟指数之曰："老魅留我不遣嫁，允以家资付我，今乃以金予侄，置我何地？"因逼母将田契与存款息折交出，母愤填膺。邻里闻声不敢劝。

未几母病，家有佣媪二，一司炊，一司阃，见母可怜，窃窃有违言，翠痛殴之，两媪皆去。母病中益无人调护，翠日给以薄粥两餐，盐豆之外，无所备。已则招集女伴，别雇浮薄女佣二人，日以樗蒲为乐。母所养猫，死者死，赠人者赠人，仅存老猫小猫各一。会老猫亦病，小猫已长大，身材与母略同，日衔小鱼置老猫前，不食，则环绕叫号，如老猫骤失其子之状。病榻闻声倚枕而泣,央新来佣妇购乌药灌之,小猫不知为治病也,出死力,爪伤佣妇,以卫其母。阿翠有赌友曰朱二姐者,举以语人,翠之姊妹归宁者,亦感叹不置。阿翠之视母也亦稍稍改节。

昨因梦鱼耳痛往省之,过香烟桥故居,遇邻人顾某,庶邀至其家,告以此事,且谓君操三寸毛锥,遍述奇闻轶事以飨报界,此猫宜可登记载。余颔之,为之走笔。夫李猫不齿于人,而李氏之猫,乃能教孝,可以人而不如猫乎?

余岳母曾畜一猫,白质而黑章,非岳母亲饲之,不肯食,岁时伏腊几案间,鱼虾满前,非饲之不妄取。卢齐之战,尽室迁杭州,岳母以猫寄养姻戚颜氏家,跳踯叫号,不眠不食,如婴儿之失慈母者,三日,竟失踪,不知所之。附识之,以愧世之贪鄙饕餮反颜负主者。

刊于《申报》1927 年 9 月 27 日

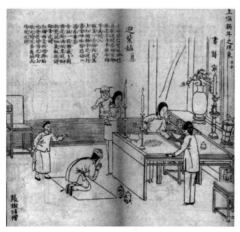

《迎紫姑》,张树培绘,刊于《图画日报》1910 年第 184 期

卖猫契

蒋瑞藻 [①]

《永乐大典》载元人卖猫契云：

一只猫儿是黑斑，本在西方诸佛前，三藏带归家长养，护持经卷镇民间。行契是甲卖与乙，邻居人看三面断，价钱随契已交还。买主愿如石崇富，寿如彭祖福高迁，仓禾自此巡无恳，鼠残从兹捕不闲。不愿害牲牷等六畜，不得偷盗食诸般。日日在家宅守物，莫走东去与西边。如有故违走外去，堂前引过受笞鞭。年月日契。

按：卖猫立契，今古未闻，措词尤离奇，读之发笑。

刊于《小说世界》1927 年第 15 卷第 17 期

---

① 　编者注：蒋瑞藻，字孟洁，号花朝生、羼提居士，浙江诸暨人。能诗文，家富藏书。著有《小说考证》《小说枝谈》等。

鲁难声中之义猫

何芳洲 [1]

历城李公与愚有葭莩谊，家居济南南关附近，昔曾供职部曹，比年倦游言旋，息影林下，日惟以花鸟琴书自娱，不复问世事矣。公有爱猫一只，系前清大内珍种，于北平费十数金得之于某内监者。该猫全身纯白，肢短躯长，双睛作蔚蓝色，炯炯有光，毛蓬松卷曲，远望之如一雪球，即俗所谓狮子猫者也。惟此种珍兽宜于北而不宜于南，今江南有畜此者，皆变而为懦弱无能，生气索然，橘逾淮化枳，地气使然耳。

公携猫返济，命一老仆专司管理调养之役。尝于一夜间，获鼠四头，遂爱之逾恒。及"五三"变起，南关等处为日军轰击，画栋雕梁都成瓦砾。公仓猝挈眷避祸，仅以身免。仆以年迈不能从，乃托庇于城东某姓，陋巷残室，度其凄凉岁月。然仍携猫与俱，盖公濒行曾郑重嘱托也。一日忽失其所在，辗转寻访，始得之于故居附近，隐伏于碎砖残壁中，不食亦不动，遂抱之返，扃于一室，猫则呜呜然，绕室循墙而走。每闻马蹄得得，炮声隆隆，则必耸耳长鸣，甚或张牙舞爪，见之者初不以为异，疑其受惊恐耳，后屡屡如此，则猫固有血性焉。

老仆年迈身衰，本已不久于人世，况数经恐怖，不啻为彼催命之符，旋于月前病逝。既死，无以为殓，猫竟任护灵之职，守尸身不去，哀鸣其侧，以表悲思。某姓即通知李家，时公方客居青岛也，闻讯即饬干仆赴济料理丧事，兼携猫返青。未至，而猫已饿死，与老仆同命矣。

---

[1]　编者注：何芳洲，苏州人，曾任苏州武陵中学的史地课教师，在《论语》《宇宙风》等刊物上发表了不少文章。

公近自津沽驰书告愚，嘱为文表之，据云猫之死乃意中事，殊不足异，盖此猫不食鱼虾，平居必以牛脯等品为饲。"五三"以后，不知肉味者久矣，无怪其瘐毙也。

刊于《申报》1928 年 9 月 7 日

日本版画中的猫，此图为私人收藏

讨猫檄

沈起凤 [1]

门人黄之骏，好读书，左图右史，等诸南面百城。豢一猫，用以防鼠。视其色，斑斓如虎，群以为俊物。置诸书架旁，终日憨卧，喃喃呐呐，若宣佛号。或曰："此念佛猫也。"名曰佛奴。鼠耗于室，见佛奴，始犹稍稍敛迹。继跳梁失足，四体坠地。佛奴抚摩再四，导之去。嗣后，众鼠俱无畏意，成群结队，环绕于侧。一日，踏肩登背，竟啮其鼻，血淊淊不止。黄生将乞刀圭以治。予适过之，叱曰："畜猫本以捕鼠，乃不能剪除，是溺职也；反为所噬，是失体也。正宜执鞭棰而问之，何以药为？"命生作檄文讨之，予为点定。其檄曰：

"捕鼠将佛奴者，性成巽懦，貌托仁慈。学雪衣娘之诵经，冒尾君子之守矩。花阴昼懒，不管翻盆；竹箪宵慵，由他凿壁。甚至呼朋引类，九子环魔母之宫；叠背登肩，六贼戏弥陀之座，而犹似老僧入定，不见不闻；傀儡登场，无声无臭。优柔寡断，姑且养奸，遂占灭鼻之凶，反中磨牙之毒。阎罗怕鬼，扫尽威风；大将怯兵，丧其纪律。自甘唾面，实为纵恶之尤；谁生厉阶，尽出沽名之辈。是用排楚人犬牙之阵，整蔡州骡子之军。佐以牛棰，加之马索，轻则同于执豸，重则等于鞭羊。悬诸狐首竿头，留作前车之鉴；缚向麒麟楦上，且观后效之图。共奋虎威，勿教兔脱。"

铎曰：昔万寿寺彬师，以见鼠不捕为仁，群谓其诳语，而不知实佛门法也。若儒生一行作吏，以锄恶扶良为要。乃食君之禄，沽己之名，养邑之奸，为民之害。如佛奴者，佛门之所必宥，王法之所必诛者矣！

刊于《老上海三十年见闻录》，陈无我编，大东书局1928年1月刊行

---

[1] 编者注：沈起凤，字桐威，号红心词客，别署花韵庵主人，江苏吴县人。清代小说家，著有小说集《谐铎》等。

猫癖

石仲谋

余尝居赣之上高，时在民国六七年间也，居停陈明经雪村，爱猫成癖，爰自署其居曰"友猫书室"。其所豢猫，都凡百许，种凡二十余，筑别室以居之，颜之曰"猫舍"。内部构造，略似鸽笼而较大，中设廊庑，供猫行走。廊之一端供食，他端设厕。佣一老仆司猫之饮食及粪除之职，而猫亦尽能体会人意，有条不紊。

有一种曰"寿桃献母"者，最佳，毛色白，头部及肋之二侧，有黄毛如桃大，而肋下复各附黑毛一片，似桃叶形，直似一寿桃也。明经豢猫垂十稔，仅得其一，且又未能遗传其优点于子孙，故明经特钟爱之。尝有一九江人愿以三百金易去，不愿也。明经年迈，血气衰颓，冬卧苦寒，则呼数猫来侍寝，于是肩腹胸足之间皆猫，片刻而被底生春，温暖适体矣。

余夜读，明经辄呼一二猫来为伴，猫亦似领悟者，竟蹲踞案头，宵深而犹不去且亦不倦，抚之，则曼声而鸣，婉转柔和，颇足以解旅中寂寞。余偶沽脯市腥以食之，乃益温婉。

据明经言，彼之嗜猫癖，自幼即具之，耳顺而后，尘事尽了，乃致力于是。近数年来，仅购求佳种一事，竟耗资盈千。日常所费者，概可想见矣。余叩以究何所乐而乐此不倦？彼言："试以狗为比，则猫性驯和，不若狗之于驯和之中，犹时或流露猛鸷之态；猫之面貌圆美，不若狗面之可憎；猫性喜洁，不若狗之喜辗转泥污，而口鼻间，时发难堪之臭味；猫鸣悦耳，不若狗吠之恼人也。"此外更有美点甚多，兹仅略举其一二，其说亦颇有独到之处。欧人嗜狗，中上之家，豢者十居八九，然余从未见有如陈明经之猫癖之深，而豢狗如陈明经豢猫之广者，当世虽或有嗜猫成癖者，然余敢断以陈明经为第一人矣，特志之，并附举其嗜猫之原因焉。

刊于《申报》1929 年 3 月 21 日

记李氏夫妇爱猫

觉　迷 [1]

日者本谈刊 [2] 海客胪举各国名人爱猫遗事，至解人颐，因忆余太亲家李梯云先生与其姚氏夫人，盖亦爱猫者，为记于次。

梯云先生为海上名宿，前清宣统纪元，举孝廉方正。姚氏夫人，亦出名门，娴于书史礼仪。故家训谨严，内外执业，各有常程，箕帚盘盂，皆有定位。而夫妇二人，独爱于猫，各豢一猫，各题以名，饲以精馔。每当暇时，拥之于怀，频频呼玩，或抚其背，或剔其耳，或理其毛，或捉其虱，日夕如此，竟无厌时。姚氏夫人于子妇婢仆所事，偶不中程，呵斥立至，而其所豢之猫，每攫其饮食，坏其器皿，毁其图书，乱其定位，不以为意。遗矢衣上，亦不以为意，抚弄如故也。梯云先生嗜饮，每夕饮至夜分，家人多已入睡，先生饮时，且饮且抱猫抚玩，猫不能饮，则食以炙。先生于人，不肯轻谈时事，意盖无人可与语也，独至夜半无人，酒酣耳热之时，拥猫于怀，大发其抑郁牢骚，而猫则若有知若无知也。

姚氏夫人日恒亲为饲猫，饭必精美，鱼必新鲜，婢仆于鱼，偶有遗忘，未为购致，或为购致而鱼已馁，则必大遭呵斥，重为购致。或以时晏，近处市集多已收歇，则令赴远方，百计购致。或竟不能得，则一日不怡。以余所知，海上名人之爱猫者，殆无过于梯云先生夫妇二人者。

而余阅陆放翁《老学庵笔记》，谓秦会之（按：会之乃秦桧字）孙女封崇国夫人者，谓之童夫人，盖小名也，爱一狮猫，忽亡去，立限临安府访求。及期猫不获，府为捕系邻居民家，且欲劾兵官。兵官惶恐，步

---

① 编者注：吴觉迷，上海浦东人，毕业于上海东吴大学，曾任《申报·自由谈》主编。
② 编者注：指《申报·自由谈》。

行求猫。凡狮猫，悉捕至而皆非也。乃赂入宅老，询其状，图百本于茶肆张之。府尹因嬖人祈恳乃已。

又阅钮玉樵《觚剩》，谓合肥宗伯（按：谓龚芝麓）所宠顾夫人，名媚（按：媚乃顾横波名），性爱狸奴，有字乌圆者，日于花栏绣榻间，徘徊抚玩，珍重之意，逾于掌珠。饲以精粲嘉鱼，过餍而毙。夫人恍惚累日，至为辍膳。宗伯特以沉香斫棺，瘗之，延十二女僧，建道场三昼夜。则吾国爱猫之人，古人盖亦有之也。

刊于《申报》1929 年 9 月 11 日

《狸奴》，范君博绘，刊于《新声》1921 年第 3 期

记曾受教育之猫

硕 氏

猫善捕鼠，人家多养之，美其名曰"家豹"，迎猫之记，见于《礼经》，诚珍之也。假使不畜猫，则鼠辈猖狂，正恐室无完器，架无完衣，人且无如之何矣。此但言畜猫之利也。猫往往偷食，鱼馔登盘，稍一转身，为猫衔去，宁独鱼，他馔亦何尝不欲窃食？此其害也。以利其捕鼠故，视窃食为小节，姑容忍之。硕氏曰，余曾见受教育之猫，可略述之：

前日，友人周君买得银鲈数尾，知余酷喜此，邀余吃饭。至则无他客，周君夫妇，暨其子女，同饭于书室。饭毕离坐，鱼尚有存余，他馔亦然。周君小家庭，仅雇用一妪，妪方至街头买开水，余馔未撤，一猫跳至桌上，余方欲起逐猫。周君笑曰："余家猫，不偷食，可听之。"果见猫向鱼馔等微嗅，并不窃食，旋即跳下，但嘤嘤向周君夫人发柔媚之声，似欲索食者然。周君夫人立起去，曰："忘之矣，汝未饭也。"猫即随之入。

余心异之，问安所得此佳猫？

周君笑曰："只须自幼施以适当之教育，可使全国之猫，尽成佳猫。"

余曰："君真教育家，其法可得闻乎？"

曰："至易易也。小猫免乳后，能食饭矣，即以白糖炖猫鱼饲之，戒除油盐。如是者弥月，使成习惯。习惯已成，凡人所食之荤腥肴馔，与之食亦不食。以油盐二味，一嗅即刺激不能耐，不复垂涎也。且畜猫而杂饲以鱼骨虾壳，以及残余之羹炙，久之于捕鼠有不良之影响。盖习惯于和调五味之适口，往往杀鼠而不肯食，则死鼠腐于人所不易发见之处，为害亦大。故猫亦不可不施以教育。"

余归而语某先生，先生曰："善哉，不窃食，是谓不贪；不遗腐鼠，是谓尽职。教育之功效如是，可以人而不如猫乎。"

刊于《申报》1929 年 8 月 24 日

《贪得之猫》，黄文农绘，刊于《时代》1930 年第 12 期

记奇猫

起 厥

《礼记·郊特牲》曰：迎猫，为其食田鼠也。

《埤雅》曰：鼠善害苗，而猫能捕鼠，去苗之害，故猫之字从苗。

猫之捕鼠，虽三尺之童，莫不知之，盖物性然也。然罕有以仙种技能称者，有之，其惟陈君仲祥之猫乎。

陈居辽东，善货殖，稍积赀。余今春以事至辽，有友偕余访其庐。西式之屋宇，而室内点缀，纯然华风。书画古玩，布置幽雅，不类阛阓中人。主闻客至，抠衣出迎，一狸奴随之，左右不离，洁白如雪，光泽照人。余等颇加赞美。

陈曰："此非常猫也，盍小试其能乎？"遂呼之至前，命之坐则坐，命之立则立，命之行则徘徊乎室中，若人之散步然。命之舞，则伸腰作态。每令动作，皆有特别口号。余等观赏之余，惊叹欲绝。

陈曰："技不止此也。"以手探怀出时计，令猫视之。有顷，猫以前足抵地者三，盖时针方指三点也。余初不信，夺其时计，自捻针至七点，复令猫视之。猫抵足者七。

余等乃益奇绝，不禁大叫，因叩其何自得此俊物。陈曰："曩有扶桑友人铃木者，业煤而雅好中国书画，一日至余斋中，见壁间悬有浙东马公愚所书屏幅，赞不绝口。余知其好此，遂慨然赠之，铃木欣然席卷而去。诘朝复来，携此猫以报，并告余各种口令。余得之如获异宝焉。铃木自言驯猫之术得自意大利人，家中尚有异能特技之猫数头也。"

余以知凡有知觉之物类，皆可教之以技能，要视教之之术为何如耳，孰谓天下有不可教诲之人耶。

刊于《国闻周报》1929 年第 6 卷第 38 期

猫揿电铃之奇闻

浅

去余家数十武，为同学刘君住宅，刘君有爱猫癖，畜猫三十余头，日耗鱼腥无算，中有玳瑁猫二，系姊妹行，最婉娈可人意，刘君伉俪，爱之若掌上珠，不但寝食与俱，且严戒仆媪，不得稍伤毫发。曾有一仆，因误触猫耳，为刘君所斥，一时传为笑话。

去岁腊月中，此玳瑁猫之一，名"金丝"者，忽杳如黄鹤，刘君四出侦寻，终不能得，为之懊丧。而玳瑁猫之二，名"银丝"者，因其姊失踪，骤失伴侣，致悲鸣终日，不肯进食，刘君见之，益觉踉跄不宁。

有告以寻猫秘法，并自矜至为灵验，刘君明知为迷信举动，以爱猫故，姑依法试之：法以水碗一只，置灶上，满盛清水，并以秤杆一枝，连秤锤、秤钩，架碗口上，别无他异。刘君照办后，事阅月余，卒无踪影，遂淡然忘之。

前日，时在深夜，刘君伉俪正拥衾高卧，忽闻电铃声大作，震耳欲聋，刘君因之惊醒，念在此夜阑人静，胡来不速之客，殆盗匪之流？不觉不寒而栗，正踌躇间，电铃声又大作，且杂以猫鸣，声至熟谙。刘君乃披衣而起，至门畔，一视究竟，讵门方启，铃声又作，而人踪杳然，寒风拂拂，吹火欲灭，刘君见门外阒无一人，几惊极而呼。

此时猫之悲鸣又断断续续，作于咫尺之间，刘君寻声凝视之，则瞥见失去之爱猫"金丝"，正高伏门际，举爪揿铃，状颇滑稽。刘君大喜，捧猫于怀，闭门归室，告夫人曰："金丝归矣！金丝归矣！"夫人亦欢忭逾恒，与金丝接一甜蜜之吻。

一昨余值刘君于途，刘君欣然告余失猫复得事。余笑曰："金丝不攀屋而入，竟异想天开，揿铃作祟，君不咎其扰人清梦之罪，而反引为笑乐，爱之更挚，殆亦狸奴转世欤？"刘君颔首大笑。

金丝安然归来，余亦受惠不浅。盖余家畜鸽数十，为野猫垂涎，金丝及其妹银丝，时来巡护。去岁曾在余家花园中，与二野猫作殊死战，虽颈部微伤，卒将二猫打退，余鸽得以幸免云。

刊于《申报》1930 年 4 月 22 日

《猫城记》封面，老舍著，上海正义书局 1947 年 3 月刊行

扫地猫

徐小庭

　　鸡司晨，猫捕鼠，此动物之常技也。日前，友人黄惟善君赠予一猫，该猫除捕鼠外，兼能司扫地之职，豢养数月，得益甚多，因记之。

　　黄君得该猫，系购自卖解者，全身洁白无瑕，尾尤修健，视寻常之猫尾，长逾倍半。黄君赠余后，余虽爱其洁白，亦以寻常之猫视之，盖不知其另有他技。初来时，余恐其逃逸，特以长逾数尺之银练系之，彼虽能行走，但不能越出书室门之一步。

　　吾侪终日恃文字为生活，实无暇整理书室，有时繁忙时，举凡邮差送来之书籍、报纸，信手将包皮纸扯去，随意抛掷，书室内之凌乱，几莫可名状。不谓自该猫入室后，却一反旧观，彼见地上之残纸碎屑，不惮烦难，一一衔之字篓中，然后用其长大之尾，从壁角扫起，将碎垃圾扫于一处，与人之用笤帚扫地无异。扫后，用其前两爪承之，抛诸书室门外。此时室内可谓洁净无尘，纤芥俱无。该猫慧黠如此，良不可解。据吾友殷君清光云，此猫恐在其故主手中，练习有素，否则决难有此慧性。余颇然其说也。

刊于《申报》1930 年 3 月 28 日

谈猫

吴天倪

猫性柔顺而活动，喜傍人起居，然教之以方，亦未尝无可用之处，惟其智慧远不如狗，国中闺秀多喜畜之，若男子则殊少爱之者，然如下列数则，又非可一概而论矣。

曩岁，余家畜一牡狗，名灵灵，种类甚佳，惜已变杂，色纯黑而颇小，求偶时，殊难觅同等身材之母犬。适家有一猫，为牝性者，大与狗埒，于是此狗忽发奇想，常与此猫互相倚偎，恋爱备至。普通之猫皆畏犬，而此猫独怡然相处，有时直竖其尾，声声叫唤，一切听其所为，然猫狗异途，难成事实，遗污满身，殊堪发噱。猫色全白，乃逾年有孕，竟产一纯黑小猫，此非狗之所有，可为确断，但母猫全白，而此子独纯黑类狗，亦巧事也。天下事真有不可思议如此者。此小猫渐大，竟与灵灵熟稔异常，灵灵亦爱之甚，尝卧狗窝中，狗且与之同卧焉。阅数月，此猫狗均长大，相爱亦如往时，但余自别乡里，倏又两载，不知近作何状矣。

外姑周氏，荆人梅阁之母，崇信佛教，家有佛堂一，布置颇清洁。一昨于佛前几上产猫一窝，家人以其渎佛庄严也，乘母猫不在，移至室门后网篮之中。不意经此挪动，母猫竟不承认其子女，千方百计，捉之喂乳，不顾焉。现此项小猫，计共五头，生甫三日，哀号终夜，已饥饿待毙矣。嗟嗟何辜，演此惨剧，不知读者有无方法，能令母猫回心重哺其子女否？

刊于《申报》1930 年 8 月 23 日

猫厄

铢 庵 [①]

　　闻诸猫种以波斯为上，在吾国则临清产狮猫，为昔年贵游所珍视。狮猫之为状也，毡毛浓泽，善伺人意。每当冬夜围炉，得此物蜷伏足畔，胜似摩挲玉肌。北地苦寒，非主毡不暖，故此种颇宜。其种性遗传，须两三代乃一见，不必每胎皆然，即一胎之中，亦止偶一遇也。余家小花猫，第一胎即产一头，全身雪白，惟半颊与尾为黑，既长于捕鼠，复善于媚人，终日抚摩，绝不烦怒。丙寅初春，病数日不食，送入医院，莫测所由，意谓不可救矣，蜷伏炉旁。忽自起就食，自此获庆更生。及己巳之春，忽复失踪。盖近年猫皮之价大昂，每头值可数元，奸人贪利，乘夜纵毒，诱而毙之也。畜猫之家，日以失踪相闻，久而渐觉，警厅虽亦捕治此辈，然利之所在，谁能禁之？无以名之，名之曰"猫厄"，人性不仁，残及无辜，有如是者，呜乎！

刊于《申报》1931 年 9 月 5 日

[①] 编者注：瞿兑之，原名宣颖，字铢庵、锐之，号蜕园。湖南长沙人。著有《方志考稿》《汉代风俗制度史》《秦汉史纂》《中国骈文概论》《李白集校注》《刘禹锡集笺证》等。

一个猫的故事

刘传中

京中计政学院有教授陈顾远氏，曾多年教学于沪滨，年将不惑，尚无子女，故视其家中所养之猫甚亲，抚之爱之，形影不离，每于写作疲倦之时，则与猫玩耍数分钟，精神乃得复振，每于乘舟车之际，必购有半价票焉。

缘该猫产于北平，性极驯顺，外表亦颇美观。民十八年由北平老友所赠予，抚养四载，耗费甚大，今始发育完全，见之者皆觉可贵。不料于最近走失，陈氏夫妇，偕为悲痛，日前至其寓所，方知此事，亦不胜有同情之伤！其有《寻猫启事》一则，遍贴于其寓所之前后左右，文曰：

本月十一日早五时，本宅走失一猫，全身白，额角黑，背有黑花数朵，尾则黑白相杂。头圆眼大，身长体肥。当走失时项间拴有铜铃一颗。此猫系友人所赠，已养四年，往来各地，无次不偕，一以重友人之谊，一以附爱物之末，故亲之如子，护之甚切也。一猫之微，得者无何所得，一谊之关，失者显然为失。贤达君子当能较其轻重，成人之美，如有遇者，请勿扣留，实所至祷。且此猫饮食向有特殊习惯，他人留养，未能注意，或则使其不食致死，或则使其病发黄疸，或则使其呕吐泻痢，既种宇宙悲哀之因，又伤天地好生之和，想亦仁者不忍私焉。倘或遇而捕之，请令尊价见告，谨备酒资八元，为尊价酬。此启。

记者按：此是古历四月间事。该猫必因一时春意，受异性诱惑而失踪无疑。该原主应知此系纯粹性的冲动，不必强止，亦无须忧愤成疾，否则人家养子女而失之于异性者，岂但"抚养四载耗费甚大"而已？

刊于《论语》1933 年第 18 期

彭玉麟手书

知　止

　　陈眉公《妮古录》，载《上海潘学宪伯明》篇：柱史归，有人持玉印来售，其文曰"雪堂"。学宪谓此苏长公物也，以一金得之。未几，出知黄州，府治后，有东坡书"雪堂"在焉，其题名下，即此印。

　　予髫龄于邑庙市上，以二百文购得彭玉麟手书尺牍一束，狂喜者累月，后于一夕失去，遍觅不得，恼恨欲绝。后于猫窠得之，已碎如蛱蝶，血渍斑烂，成无用矣。盖猫育小猫，是天冷，乃衔我书为御寒之具，甄已破矣，顾之何益？书已烂矣，殴猫何益？总怪自不小心，而叹缘之悭也。哀乐中年，回想当时，始悟人生遭遇，虽一饮一啄，皆由前定，不可逃也。

刊于《万象》1942 年第 1 卷第 9 期

群猫杀鼠记

向恺然 [1]

安徽立煌多鼠，曾居是邦者类能知之。其西南双河山有华严寺者，鼠患尤烈。寺僧畜猫，辄为鼠吞吃，鼠之大，倍于猫也。庄严法器，衣单经籍，藏庪稍疏，即为撕毁。寺僧苦之，无如何也。但日祷韦驮，乞为禁制，亦迄无验。

久之，忽来一猫，黑质白章，柔弱无异常猫，盘桓寺中不去。寺僧祝之曰："我寺有大鼠，尝食猫，恐于汝不利，盍去诸。"是夜闻猫鼠相斗声甚厉。寺僧窥之，见鼠屡扑猫，猫左右避，不敢近。鼠退则尾之，鼠反扑，猫又避如前。斗逾时，鼠逃入穴中，穴虽大，猫不敢窥也。须臾鼠复出，猫竟逸去。寺僧私幸此猫未膏鼠吻。

阅月余，此猫忽率四十余猫至。墙头屋角，无非猫者。寺僧喜曰，殆所谓大举围剿者耶？命其徒多备猫食。

入夜，此猫率十余猫入鼠穴所在之室。寺僧复往窥，则见群猫皆屏息伏室陬，一猫独探穴引鼠出。群猫皆趋扑鼠，鼠了无惧意，左右冲击。前猫以身障穴坐，作壁上观，不预斗。久之鼠力不胜，反趋穴。前猫立地虎吼，如长啸，如裂帛。鼠大惊倒地，竟毙。群猫共舁鼠，经大殿，至韦驮殿，委之而去。寺僧权之，得十八斤。

刊于《觉有情》[2]1948 年第 210 期

---

① 编者注：向恺然，笔名平江不肖生，湖南平江人。近代著名武侠小说家，著有《江湖奇侠传》《近代侠义英雄传》等作品。

② 编者注：《觉有情》，为佛教刊物，1939 年 10 月 1 日创刊，在上海出版，由陈一梦总编辑，觉有情月刊社发行，该刊原为半月刊，自 1948 年 1 月起，改为月刊，1951 年 7 月起改为数期合刊，1953 年 2 月停刊，共出 246 期。主要撰稿人有丰子恺、李观久、杨宇昌、朱石僧、杨典臣、厉胜通、方幼壮、马涤安、范古农、张勤息、刘显亮、张汝舟等，主要刊载杂文短论、佛学专题讨论等内容。

豢猫文录

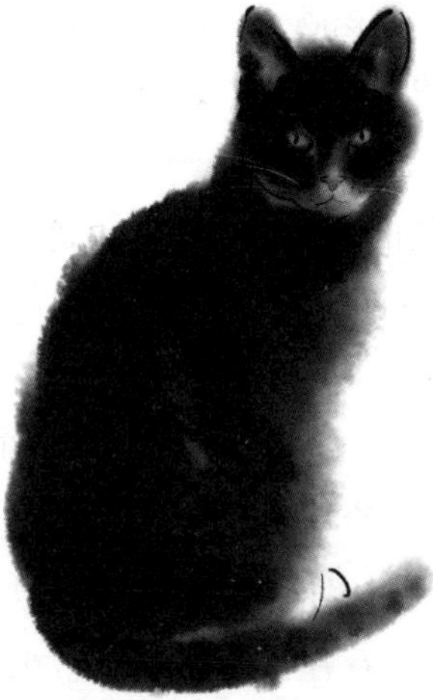

玉儿

非　非

"玉儿……玉儿……"

一个穿着蓝布棉袍四十多岁的男子，两只灰黄干瘦的手，捧着一碗鱼拌饭，站在屋檐下，仰着头，连声"咪咪"地乱叫。

有听得屋瓦响了一阵，接着"扑笃"一声，从上面跳下了一只白身黑脚的猫，瞪着两只圆溜溜像黄宝石的眼珠，望着他捧着的饭，摇着尾巴，不住"没唷""没唷"地叫着。

他那阔大而扁平的嘴角立刻含满了微笑，弯下腰，把它抱了起来，回到他的住室，他把它放在那积满了灰尘的玻璃窗子底下，一张乱七八糟放着几碗冷冰冰的饭菜的桌子上面，饭还没放稳，它（玉儿）已把它那尖薄长软的舌头伸到碗里去了。

在这个时候，他同室住的孙忠回来了，说道："饭吃过了没有？我还没有吃呢。"一面说着，一面揩着汗，走到桌子这边来。看了看，饭和菜却还没动，只是玉儿的尾巴，在上面掠着。孙忠立刻沉下面孔，又不耐烦地说道："你太不像样了！一只畜生，哪里不好喂饭，却这样尊贵地放在桌子上面。这饭和菜，都给它的尾巴掠着，还能够吃得吗？"说罢，气冲冲地把块汗巾掷在床上，一路咕咕噜噜地走了出去。

他却好像不曾听见一样，看着玉儿吃完了饭，摩着它的颈毛道："去玩一会来洗澡吧？"真的，那只猫好像懂得他的意思似的，摇着尾巴，望着他叫了两声，方才慢腾腾地走了出去。他看着它出去了，这才坐下来，拿过饭来吃，嘴里却自言自语的道："早晓得你不吃饭，也免得我挨着饿候这半天。猫的尾巴掠了一掠，有什么要紧，这也值得不吃饭？"他说完了，接着微微地叹了一口气。

他原是个佣人。他在这个主人跟前，已经二十多年了。起初，他本是做着马夫，因为他善养马。后来他的主人看他年纪大了，而且很忠实，便把乡下收租的差事派给他做，他虽然很感激他的主人，但是他因为舍不得那朝夕喂饲的两匹紫毛长鬣的马，反觉得这为同事所艳羡而不得的差事，倒不如伴着自己所爱的东西快活一些。因此他常常要感觉不乐，同事笑骂他："贱骨头不识抬举。"

有一天，忽然跑来了一只毛白如雪、脚黑如墨的小猫，他欢喜得如乞儿拾着了金子一般，吃饭、睡觉都把它抱在一处，他的同事都笑他得了痴呆病，而且非常讨厌这只猫，这猫就是他的玉儿了。

收租的日期到了，他奉着主人命令下乡去了。他的玉儿，无聊地睡在厨房里火炉旁边。烧火的王升忽然想起了他曾经为它偷菜吃，不料受了主人的呵责，就是前天，它偷吃了一尾红烧的鲫鱼，害得他赔偿不够，还要挨骂。那时，他就想把它打死，一出胸里的积恨，可是，给它的主人藏起来了，只好忍气吞声地罢了。他想到这儿，觉得"此患不除，更待何时？"，他即刻悄悄地走了过去，一把抓着玉儿的颈毛，顺手便向那火炉旁边的水缸里面丢去，只听得"扑通"一声，水面上冒了几个连珠似的小泡，一只活跳跳的小猫，便永远不能够动颤了。过了一会，他用着火钳，把它从水缸里钳了出来，水淋淋地一直钳到它主人的住室门前放着，这才兴致淋漓地回转厨房。可是，不久他很后悔，悔不该把它抛在水缸里，给一缸清水弄脏了。

傍晚的时候，玉儿的主人回来了，把事情交代之后，便回转他的住室。在不曾走到的时候，他看见了，看见他的玉儿水淋淋地直躺在地上，他骇了一跳，他想道："它怎么会跑到水里去了？"他飞也似走到它的身旁仔细一看，他一把把它抱在怀里，悲呼着："怎么死了？怎么死了？"

他同室住的孙忠，跑了出来。看他这种样儿，冷笑了一声道："死了一只畜生，算什么，也值得这样吗？"他不听他的话，只摆出一副沉痛的形状。孙忠看不过了，便把他扯进室中。可是，他从此以后，他的同事，不易见他那灰黄尖瘦的面上，有一丝的笑容。

他的同事，看他这样儿，又是好笑，又是可怜。有一天，实在忍不住了，便向他说道："死了一只猫，竟是这样的悲伤，假使死了一个亲人，你又怎样呢？——快不要这样吧！世界上的猫很多，明天给你弄一只来好吗？"

他摩着头，长长地叹了一口气道："老哥们！你们自然是说得不错，就是我自己也曾想到。可是我自从二十岁就离乡背井给人家佣工，二十年来，所遇的主人朋友虽都还怜爱我，但是我总觉得没有那两匹紫毛长鬣的马和这只猫，足以感慰我的心，唯有这玉儿，更觉可爱，我为什么要爱它？我自己也莫名其妙，现在它死了，我是……"

他说到这里，陡然一只黄色白章的猫，从桌底下窜了出来，穿过窗孔跳出去了，这时他们不约而同地骇了一跳，他却瞪着眼睛，望着窗子，叹了一声"嘿"。

刊于《妇女杂志》1926 年第 12 卷第 7 期

Three Little Kittens（《三个小小猫》）彩色石版画，1857 年出版

云儿

子 约

　　我展开一本小说，一页一页慢慢地翻看，绵邈的思绪，憧憬的情怀，不能自主了，只让它随着小说的节奏，曲折，变幻。

　　公寓里的听差提了一壶开水来，随手递给我一封信。看一看信封上的笔迹，我就知道是谓伊写来的。我连忙把它拆开，心里充满了狂喜。一个漂流在异乡的人忽然接到一封家信，他的狂喜，是可想而知的；何况信又是"她"写来的呢？信上起先是几段家常闲话，最后忽然看到关于云儿的事，我便吃了一惊，愣了半天，才叹出一口气来。

　　云儿，就算到现在，也不过十五岁。我最初同她认识，是在七年前回到家乡去度暑假的时候。一天早起，我到住宅西边的园子里闲逛。那里种的有半亩西瓜，几畦子野菜，靠墙一带有几丛长春花和两三株夹竹桃。我刚跨过篱笆门，就瞥见一个七八岁的女孩子正攀倒了一株夹竹桃的树枝，一手折着花朵。她一见我来了，即刻撒开手，在一旁站住，两只大眼睛很仓皇地望着我。那株夹竹桃借着固有的弹性重复直立起来，但是经过这番挫折，烂漫的花朵被震掉了不少的花瓣，一片片落到菜畦里。

　　我当时确是有些生气，不免骂了几句："可恶！怎么糟蹋我的花？这孩子！"

　　她垂下头去，脸庞儿涨得通红，趔趄着走出园去了。我望见她把右臂的衣袖时时抹着眼睛，大概是流着泪了，只不曾哭出声来。我在园里徘徊一会儿，也便回转家去，把这事当闲话和谓伊谈了。

　　"这是东邻张家的云儿。你不常在家，连邻居的事情也不大知道了。去年冬天云儿的母亲过去了，她的继母听说待她很不好。那是个苦命的孩子。"

"是呀，这些事情，我常常不大留意。"我漫应着谓伊的话，那稚弱的云儿挥着眼泪走去的情景又重新映到眼前。我又深悔当时不该那样暴戾地对待她。

又一天傍晚回家，看见谓伊坐在院子里的短凳上，抚弄着一只白毛面带有黑色花斑的小猫，一边和一个女孩子说着话。

"这小猫好不？你看。"谓伊见我回来，很得意地把小猫夸示给我看。

"倒是很好玩的小东西。哪里来的？"

"是张二嫂——云儿的母亲——叫云儿送来的。"谓伊答着话，指着旁边站的女孩子说，"她就是云儿，你那天对我说在园子遇见过的。"

这时的云儿才真切地被我认识了。她穿一件蓝色的裤子，褪色的淡红色的短褂，全是半旧了

刊于《红杂志》1923 年第 48 期封面

的。灰黑而无光的头发打成一条辫子，周围的短发松散下来，覆着前额，垂到耳根。她完全是一个乡村农家的女孩子，只是面庞儿黄黄的，瘦削得可怜，不像平常的孩子那么活泼壮健。她见我注意地打量她，有些难为情了，把两个手指扣着下唇，冰冷冷的两只大眼睛，一闪一合发出疑惑而惶怯的光。

"怎么不说话了，云儿？怕见生人吗？"谓伊似乎带了抚慰的口吻微笑着说。

"还是怕着我呢，我曾骂过她的。"我很觉不安了，就这么含了忏悔的意味解释着。

"怕什么？叔叔不认识你呢。"谓伊一手把云儿带到自己的怀里，母亲般慈爱地摸着她的头发，作了以下的问答：

"衣裳是谁给洗的？"

"自己。"

"我不信，自己会洗吗？"

"娘叫洗的，说洗不干净不给晚饭吃。"

谓伊不愿意再问下去，就换了一个说话的题目："小猫一共生了几只？"

"三只。两只是灰黄色的，一只就是这个白毛夹着黑花的。婶婶，我告诉你老实话罢。这猫不是娘叫送的。前回生了几只小猫，娘骂了几天，说养这些没有用的东西，还要白糟蹋粮食喂它们。人都养不活，还能养猫？后来张大脚来要了一只去了，还剩下两只，今早娘叫装在一个筐子里，丢到湖里淹死它。我提了出去，舍不得淹死它们，就放在大道旁边，心里想着也许有人来拾了去呢。刚才我偷着跑出来看看，可怜那只灰黄色的已经死了。剩下这一只，也饿得怪可怜的。我想了半天，没有法子，只好带到婶婶这里来，就说是娘叫送来的。婶婶，你看它长得多美。听说这种猫有个名儿，就叫作'乌云盖雪'呢！"

"是呀！一只顶好的猫！云儿，不要担心，我们一定好好地养着它。"谓伊还夸奖了云儿半天，说她真聪明，想出那些法子，救活了一只猫。这时我却想着"乌云盖雪"这名字虽是美，可是这一幅图画也够惨淡、够凄凉的了。我又忽然想起"云儿""乌云盖雪"很有些相仿佛，心里不免觉得有些奇怪。然而，我也知道，虽是同一个"云"字，两个名字究竟是拉不拢的。

云儿忽然想起什么来似的，一定要回家。谓伊携着手，送她到大门外，我也跟了出来。云儿一边说着"娘还不知道我到这儿来了呢"，把眼睛望着谓伊，很恋恋地，一边把眼睛瞟着我，依旧现出惬怯的神情。我很惭愧，我终于不能得到孩子的谅解。

以后三四年里我只回家一次。听谓伊说，云儿已经要给前村的李家了，是前一年的夏天送去当童养媳的。她的未婚夫是她婆母的独生子，和她的年岁差不多，现在城里的商店里当学徒，听说也是个很聪明的孩子。她的婆母为人很和蔼，又因为爱着她的儿子，对于云儿也格外地爱护。谓伊常常和我讲起云儿，尤其是每逢她喂那只猫的时候，就要讲起送它来的云儿。她每逢提起云儿的幸运来，便特别地有兴致："云儿真的比从前好得多了。今年春天回娘家来，也到我们家玩过，面庞儿又白又胖，不像从前黄蜡似的，身材也高了。"

我只不甚留意地答应着："唔唔，这孩子总算交了好运了。"

最近二三年我没有回家，云儿也早已被我遗忘了，因为我在外边每天所接触的人，所做的事，尽够装满一脑袋的，实在没有机会想起她来。今天从谓伊的信上骤然看见云儿的名字，几乎想不起来她是怎样的一个人，及至看完了关于她的近事的叙述，这才把七八年前脑筋里所留下的云儿的印象，重新勾引起来。

据谓伊的信上说，云儿的未婚夫在前月突然害霍乱症死了，云儿的娘家把她接回家去了。她久在婆母的抚爱之下过着幸福的日子，骤然回到娘家受继母的虐待，本来就有些受不了，况且邻家的妇女们都窃窃地私议，说她的八字太毒，克死了丈夫，继母又常常把这当口实来骂她。她简直绝了望，竟于日前投井自尽了。信上又讲到，云儿送到我家来的那只猫前一个多星期不知怎么忽然被狗咬死了。她说这事也真怪。我因此便记起从前关于"乌云盖雪"和"云儿"两个名字的一种奇怪的感想。"乌云盖雪"，好惨淡、好凄凉的一幅图画！

这一幕悲剧，在从前或许能使我落泪的，但是在如今便绝对不能了。我的情感被许多繁杂的世故的经验深深地锢闭住了，是不容易挑动起来的。假使我经过战场，亲眼看见成千成万的血肉狼藉的尸首，未必便感到悲哀，况且是几千里以外无关痛痒的一个女孩子的死，哪里就落下泪来呢？我只觉得一种无名的凄恻在胸间回荡，久久不去而已。

我如今才发现出来小孩子时代的哭泣，那种天真烂漫的哭泣，也很值得宝贵。记得五六岁的时候，母亲说我体气太弱，害怕不能养大，要把我许给王母娘娘充当侍童。哥哥们对我开玩笑，说我是"王母娘娘童养媳"，我气得哭过一场。以后母亲真的把我许给王母娘娘，设下香案，烧了纸帛，叫我抱着一只活的大公鸡在香案前跪下祷告。事情过后，就把大公鸡的脖子上系一条红布，好好儿喂养着它，说它代表着我的灵魂。不幸三五天以内，那公鸡就被黄鼠狼给咬死了。我因此又哭过一场。假使我现在能为云儿一哭，哭得我和哭大公鸡时一样的自然，岂不爽快？但是我现在仿佛被一种什么力量拘束着，哭不成了。我现在只觉得凄恻。这种凄恻，我相信有许多人知道，是很难受的。

刊于《现代评论》①1926 年第 4 卷第 85 期

---

① 编者注：《现代评论》，1924 年 12 月在北京创刊，1927 年 7 月起迁上海出版，1928 年 12 月停刊。由现代评论社编辑并出版。周刊，属于综合性刊物。曾任主编和主要撰稿人有王世杰、胡适、张奚若、陶孟和、吴稚晖、西林、高一涵、丁文江、杨端六、周鲠生等，其中许多撰稿人在当时被称为"现代评论派"。主要栏目有时事短评、闲话、诗、小说和通信等。

猫

胡也频 [1]

一

猫的毛是黄和白相间的……

这是在一天下午，无意中，厨子忽见到它，那时候正落雨。猫蹲在屋檐下，蜷着尾巴，毛淋湿了，雨还不断地打到它身上。看样子，是在忧愁、恐怖吧，微微地觳觫着。厨子就可怜它。

"咪！咪！……"他扁起嘴尖声地学猫叫，去招呼。

猫转过头来，眼睛在浓雨中很困难地张开，看厨子，尾巴就弯弯地伸直去。

"咪！……"是很脆弱的。

"咪！咪！"厨子却大声叫。

"咪！……"猫又应。

厨子笑了。他跑进厨房里，装了半碗饭，又混和一些肉和鱼，出来了，向着猫，用筷子在碗边铿铿锵锵地打响。

"咪！咪！"他一面在呼唤。

猫是显然快活了，抖起精神，腰背隆起，后脚用力着，把腹儿朝着厨子。

铿铿锵锵的碗声打得更响了。

---

[1] 编者注：胡也频，福建福州人，原名胡崇轩，曾用也频、白丁、野草等笔名。出生于福州，祖籍江西新建。1924年与女作家丁玲结婚，1928年到上海主编《红与黑》杂志，次年与沈从文合编《红黑》月刊和《人间》月刊。1930年加入"左联"，被选为执行委员。1931年1月17日被国民党顽固派逮捕，2月8日在上海龙华被杀害，是"左联五烈士"之一。

猫的眼光充满着观察和考虑。它认定了厨子是好人，于它有益的，就脚儿一蹬，奋勇地，向厨子奔去；落到地面时它微微地跛着身子。

厨子打着碗，引它到厨房去；猫跟在他脚后，不住地抖着毛，弄掉雨水。

灶里面的煤火还未熄，微微地在燃，为了温暖，猫就走到灶下面，要烤干它的毛——黄和白相间的。

猫并且饥饿，翘起尾巴，馋馋地吞吃那厨子喂它的饭，它时时哼出一种本能的关于饮食时的腔调。

厨子含笑地在旁边看它。他觉得这个猫的颜色很美，毛又长，身段又匀整……

猫因了急促，把饭或是鱼肉，塞住食管了，便连连地打哼，也像人的咳嗽一般的。

厨子走近它身边，坐在白木变黑的矮凳上，用手去抚摩。猫喷出了几粒饭，又继续它的馋食。

吃饱了，猫便懒懒地躺到灶下面，把脚儿洗着脸，渐渐地，眼睛迷蒙了。然而厨子愈喜欢它。

于是，在默默中，无条件地，猫便归到厨子，他成了猫的主人，负有喂养和看护责任。

这样的就经过许多时。

<h1 style="text-align:center">二</h1>

猫很瘦。

因此，厨子在每天的早上从菜场回来，那竹筐子里面，总替猫买了二十个铜子的小鱼和猪肝：这是花了他份内的薪水五分之一。他本来是非常省俭的，但对于这每天固定的为猫所耗费，却不吝惜，并且还是很乐意的，因为他喜欢猫——尤其是这一个。

猫嗅着了肉和鱼的腥气，就欢迎他，缠绕在他脚边，偏起脸，伸直尾巴，低声地叫，跟着他走来走去，这正是给厨子认为这个猫特别的地方，通人性，知道他，和他要好。

他不愿称呼这个猫也用普通的语调，于是想……为了一种他自己的嗜好，他是最善于吃梨的，就把"梨子"做了猫的名字。

"梨子！"他开始呼唤。

可是猫不懂。

厨子就想了一个方法，他一面用手指头弹着碗边，一面这样大声地呼唤：

"梨子！"虽说猫就在他脚边。

习惯了，这个猫，渐渐地，当主人叫着"梨子"的时候，就回应：

"咪……"

厨子非常得意这个聪明的猫。

三

猫不上瓦去，终日地只在厨房里游步或睡觉。但是这，却正合厨子的心意。因为他是一个五十多岁的人，而且是单身的，带了一点孤僻，和几个年轻的同事都不好，差不多除了关于职务上不得已的回答，从不曾说一两句别的闲话：这是他们不喜欢他，而他又看不上那些举动轻率，言语佻薄，只说着女人女人的年轻人。所以，每当他做完了所应做的事，这就是开完饭，把厨房收拾得清楚干净了，为要消闲，就到东四牌楼去，在关帝庙旁边的大成茶馆里，花了五个铜子，喝茶和听说书。

现在，有了这个猫，茶馆就不去了，除了到市场去买菜，他的脚几乎不出大门外，只在厨房里伴着猫。他把猫放到大腿上，抚摩它，替它搔痒，并且拿了一块布，去擦它身上的灰，及别的污浊。

"梨子！"他间或温和地叫了一声。

"咪！……"猫却懒懒地回应。

有时，他拿了一条绳子，或顺便解下自己身上的裤带，上上下下地，飘来飘去，向着猫，逗它玩耍；猫于是就施展它的本能，伏到地上，夹住尾巴，脚用力地抓土，眼睛狠望着，一会儿，猛然奔前，想捕获那活动的绳子或裤带。但它也常常不用力，只把脚儿轻轻地去接触，做出谨慎的样子，仿佛要对付某种危险物似的。像这两种，稳健和突兀的动作，对于猫，厨子是一样的赞赏和喜悦。他觉得和这个猫是异样的奇遇，也等于上帝的一种赐福，同时又是可爱的，极其柔顺，终日伴着他，解去他的忧闷寂寞，给他欢喜的宝贝。他承认这个猫是他唯一的好朋友。

"咪！……"

猫一叫，厨子就笑了。

四

猫的身体渐渐地肥壮，毛发光。

于是它就想到本能的各种活动，和每个动物全有的一种须要：猫到屋上去了。

这真是给厨子很大的惆怅！当他发觉猫不在他脚旁，也不睡在灶下面。他又感到寂寞，闷闷地，一个人在灶门口的矮凳上，不乐地吃着不常吸的旱烟；烟丝从嘴边飘到头上去，像云雾，这使他想到落雨天，那时候这个猫是水淋淋地蹲在屋檐下。

起初，不见猫在厨房里，他吃惊，忧虑着有什么不幸的事件加到猫，就屋前屋后地呼唤：

"梨子！梨子！……"这是在一天的午饭之前。

"咪！……"但没有这样可爱声音的回应。他惶恐了。

他幻想着许多可怕的景象：猫跌到水井里，水淹住它全身，只剩一小节尾巴浮在水上面；一个大狗把猫咬着，猫的四脚在长牙齿底下挣扎；以及猫给什么粗鲁的佣妇捕去，把麻绳缚在它颈项………

"天咧！别把我的这个猫给丢了……"

他祷告。

然而猫，它经历了各种本能的活动之后，游倦了，懒懒地，从对着厨房的那屋上，拖着尾巴，便慢步地回来了。

厨子快乐着，把饭喂它，猫是特别的饥饿，也像初次那样的，翘起尾巴，馋馋地吞吃。

他用手去抚摩，很慈爱地，并且低声说："梨子！以后别悄悄地跑了，知道吗？梨子！……"

猫只哼它本能地关于饮食时那含糊的语调。

五

因天气渐冷，厨子向自己的床上添了一条棉被，同时他想到猫！就把一个木箱子（这是他装衣用的）改做猫的睡房，其中垫了许多干净的破布和旧棉花。

"梨子！今夜睡在这里，很暖和的。"他把猫放到箱子里，一面说。

"咪！"猫望他叫。

"这个猫特别地通人性……"他想。

随后，猫打了一个滚，跳开了。

到夜间，当就睡时，他把猫放到箱子里。可是，第二天，他又照样地发现猫在灶门边，睡得极浓的；这又得他用布去擦掉那身上的灰。

但厨子却不恼，只想："把灶门口用东西堵住，猫自然就来睡了。"

六

箱子里的棉花又不动，依样是平平的，这显然猫不曾来睡；然而那灶门口的木板还堵着。

"猫到哪里去呢？"厨子想。

这时从厨房的瓦上，突然发出了猫儿求欢的一种喊叫；厨子就跑到院子里，向屋上去看。

那里聚着四个猫，两个纯黑和一个花白色，其余的那个就是梨子。花白色的猫蹲在瓦上面，尾巴垂着，怯怯的，是抵抗那对方压迫的姿势，望着梨子，可怕的喊叫就是从它的小嘴中哼出来的，梨子却耸起背，脚有力地站着，尾巴竖直，想狂奔过去似的，也哼着本能的语调——却是异常的，只限于求欢时才有的声音。那两只纯黑色的猫，就闲散地坐在墙头上，安安静静地在旁观，这是猫族特有的现象，完全反乎人类的。

厨子看着这情境，就不觉地，想到自己的梨子是属于雄，而那只花白色的猫却是……他笑了。

"这东西也坏……"他想。

猫的喊叫渐厉起来。

梨子终于猛扑过去，就征服了它的对手——那肥硕的花白色的猫，柔软了。

纯黑色的两个猫还继续在旁观。

"喂，老王！"这声音响在耳后，是出乎意外的。

厨子转过脸，看见那人是阿三——一个无耻的，善于迎逢、巴结，差不多把东家的屎可当作雪花膏来擦的所谓上海小白脸。

"干什么？"他很不高兴地问。

"干什么？"阿三也冷冷地，"对你说吧，花厅的沙发上厕了一泡猫尿，这是你应负的责。"

"我的猫不会到花厅去，那尿不是梨子厕的。"

"不会？你瞧这——"阿三更冷地鄙视他，一面从手指间就现出十多根猫毛。

的确，毛的颜色完全是梨子身上的，厨子就哑口了，他无法地把那些毛看来又看去。

"倒像是……"

"简直就是的！……好，你自己瞧吧，给大人知道了，我可担当不起呀！"

阿三在得意。

厨子忍辱着，耐心地，低声和气地向阿三说了许多赔礼、认错，以及求他原谅、帮忙等觉得羞惭的话。起初，阿三就故意地揶揄、推托、谦让，其中却满含着胁逼，随后因寻机夹带地泄过了许多愤怨、讥讽和谩骂，这才答应不禀知东家，让厨子自己去洗刷那泡尿。

于是他跟着阿三走去。

到转来，他怒极了，想狠狠地把猫拿来抽打一阵：为什么单单把尿屙到花厅的沙发上，以致给那个最看不上眼的阿三当面地侮辱到顶？

但是一进门，他看猫躺在桌脚边，欲醒似睡的，现着不曾有过的异常的疲倦；因此，他想到猫是刚经历过性的奋斗，身体很弱，倘受打，生出病来是无疑的，于是他就宽恕了它。

猫很久都在欲醒似睡里疲倦着。

七

猫不吃东西，似乎是病了。

抱它到腿上，身体是软软的，无力而且发烧，眼睛眯着。

"梨子！梨子！"厨子抚摩它，又连连地呼唤。

猫隔了很久才低弱地叫了一声。

"梨子一定是病了！"他想，"这怎样办呢？啊，对了，人家说有一个兽医院，是完全诊牲畜的，那么猫……"

然而猫忽然有力起来，在他的腿上挣扎，同时那瓦上就连续地响起一种异声的喊叫。

猫奋勇地跑去了。

八

这一天，厨子的东家来了几个乡客，于是阿三传达，命令他办了两桌家常的酒席；厨子从早上起就一直忙着。因了要杀鸡、切肉、剖鱼以及不间断地做着菜之类的事，厨子无暇去抚摩他的猫，虽然他不能确定地说，猫是在厨房里，抑是这东西又跑到屋上追逐那个花白色的——或别的配偶。

"梨子！……"厨子有时也呼唤。

但几次都不曾听到猫的应声。

这是当酒席开始的时候，上了四炒盘、两大碗，然而正是这一瞬，厨子煮好鱼丸转身来，那桌上，密密措措地摆满着食物中间，忽然发现到不见一只烧鸡，厨子就不禁地猛然惊诧。他清清白白地把两只烧鸡放在一块，并且在第一大碗菜上去时还看见，他坚定地认他的记忆没有错，眼睛也不会看花的。

那末，只剩下一只烧鸡，这是怎么的？

"见鬼……"厨子想。

他又向桌上、灶上、架上，以及这周围，几乎不漏一个空隙地寻觅着，到结果，却只增加他更大的惊异和疑惑。

"莫是阿三这小子，来拿菜时悄悄地把烧鸡偷走了？"他猜。

"莫是……那些人都对我没有好心眼的！"

可是猫，这东西却从极黑暗的菜橱底下，哼出吃饭时的那种声音。

厨子恍然想到，但还疑。

"梨子！"他呼唤。

然而猫回应的，不是可爱的"咪……"，却是使厨子觉悟的那种"唔唔……"

于是厨子用火通子向菜厨下去横扫。

猫跑开了。

由火通扫出来的，正是所不见的那只烧鸡，不过已经满着尘土，极肮脏的，并且被猫咬得非常的凌乱了，是完全成了废物。

厨子没有法，只得把剩下的烧鸡分做两半，扁扁地摆在盘子上。

他怒恨地望着窗子外，从十二夜的月光中，他看见梨子正坐在水落边，闲散地，慢慢轻轻地用脚洗它的脸和吃了烧鸡的那个油嘴。

九

厨子又抚摩猫，因为他已经饶恕那偷鸡的过错了。

"梨子！"他快乐地呼唤。

"咪……"猫就应。

"好朋友！"

"咪……"

厨子笑了。

"咪！……咪！……"这是另外的一种声音，粗鲁的，还带着嘲笑，忽然响在厨子的背后。

他转过脸。

"干什么？"见是阿三，他就不高兴。

"没有事当然不来……"阿三又嘲笑地学猫叫，"咪！咪！……"

"有什么事？"

"告诉你吧！三姨太昨天新做好的一件法兰绒衣服，放在房里的椅子上，还不曾穿，今早上就发现给猫屙了一泡尿……"

"我的猫昨夜是和我在一块儿睡。"

"谁管你……那里面现在正拷问，等一会儿，事情就会知道的。"

阿三鄙夷地看一下厨子，就走了。

"咪！……咪！……"他还粗声地学猫叫。

这消息，毫无虚饰地传来，是极其恶劣的，但厨子却不因此忧虑，因为他的猫，昨夜是通宵地睡在他的床上，天亮后还是跟着他。

于是他又安静地继续他的抚摩。

"梨子！"

"咪……"

"咪！……咪！……"然而这一种粗鲁的声音又来了。

"老王！"阿三就站在他背后。

"干什么？"

"大人在书房里叫你，喂，赶快去！"

厨子这时才想到那必定于他不利的事，他踌躇了。

"赶快！"阿三又催促。

厨子于是跟着他。

大人是做过司令的，平常就威武，这时又带点怒，看样子，厨子的心便怯了。

"你养了一只猫，对不对？"大人的声音非常洪亮。

"是。"厨子恭恭敬敬地回答。

大人的眼睛就熠熠地望他。

"我是非常讨厌猫的，你知道吗？我只喜欢外国狗……"

"是！"

"你养猫，敢不告诉我，你这混蛋！花厅的沙发屙了猫尿，昨夜三姨太的新衣服又给这东西屙了，据说你的猫在前天还偷了一只烧鸡，所以你把那剩下的一只就分做两半……对不对？你这混蛋！滚出去！马上就滚！把厨房里面的家伙交给阿三，少一件就小心你的脑袋！滚去！"

厨子想辩，但也不知怎的，脚步却自自然然地退了出来，他看见许多同事在门外他向冷笑。

"这全是阿三这小子弄的鬼！"

厨子想，他不怨猫，却只恨那个和他作对头的上海小白脸。

回到厨房里，他忽然嗅到一种臭气，那是猫正睡在切肉的砧板边，桌上面现着一小团猫屙的稀稀的屎。

十

厨子找不到职业，他赋闲在家里。

然而对于猫，他依样地喜欢它，不异从前，不间断地每天买了十个铜子的小鱼和十个铜子的猪肝，他差不多尽日地和猫相处。猫因是改了一个陌生的地方，也不上瓦去，厨子常常抚摩它，有时又用绳子或裤带，飘飘地吊着，逗它玩耍。

"梨子！"

"咪……"

猫是一听见呼唤便回应。因此，厨子差不多把所有的时间都消磨于这种的快乐里面，他简直愿意就这样地生活下去。那是极自由、清静而且有趣的。

这时的猫也确然格外的柔顺。

十一

不久，这个忘忧的厨子终于皱起眉头，这是被那种不可避免的生计困难所致的。

然而猫的身体依样肥壮，毛发光。

十二

猫又不吃东西了。

但厨子的心里却明白，猫所以不吃东西的缘故是完全因为肉和鱼——这两种东西缺少了。

可是厨子已用尽了他的喂养的能力，他自己在很早以前就只吃窝窝头了，那雪白的西贡米是专为猫预备的。

猫不吃干白饭，厨子却不恼怒它，只觉得这是自己的一种无用、惭愧，一个人竟养不起一个猫，而猫又是这样驯良可爱的。

他希望猫能够勉强地吃一些饭，便用手指头弹着饭碗，一面呼唤："梨子！来，吃点吧，再饿可要饿死的。"

"咪！……"

猫叫了，站起来，但走到碗旁边，把鼻子嗅了一下干白饭，摇摇头，便转过身来，又恹恹地睡下了。

厨子在苦闷……

猫始终固执着它的意志。

十三

于是猫上瓦了，连着三天三夜不回来。

厨子又忧虑……

"梨子！"

但是这呼唤只等于一种无限伤感的叹息。

十四

这是猫上瓦去的第五天。

厨子的一个旧朋友来看他，他迎头就叹气："唉，我的梨子不见了！"

"对了，"客含笑说，"我正要和你说，我昨天到司令公馆去，看见你的猫却在阿三那里。"

"这小子！"

厨子大怒，他不管客，自己就匆匆忙忙地走了。

厨子的家和司令的公馆只隔了两条街，不到两里路吧，一会儿他就走到了，然而阿三不在门房里。

找到他昔日相处许久的厨房，他看见，梨子正翘着尾巴在吃饭——自然是有鱼肉的，阿三坐在矮凳上，看它。

"你怎么把我的猫偷来？"

"谁偷你的？你的猫自己跑到这里来，我看它饿得怪可怜，还喂它……你这个人怎么这样地不讲理？"

厨子想给阿三两个耳光，忽而他又顾虑到这是司令公馆，并且他的同伙还多，闹起了，只有自己吃亏的，于是改为恨恨地怒目而视。

"你要，你拿回去，我才不要哩。"阿三带着嘲笑，冷冷地。

厨子走近猫身边，弯下腰去抚摩。

"梨子！梨子！"

他连声呼唤。

但是猫，它转过脸来望厨子，接着就哼出"唔唔"的声音，又张开嘴去吃饭了。

十五

第二天，这个猫又从厨子的家里跑掉！

刊于《东方杂志》1927年第24卷第19期

猫的故事

野　莽

那是一个春天的故事——

傍晚时候，徽放学回来了，她在那石块砌成的小路上踢着跑着，老是奇怪自己为什么总想发笑，想唱，想叫出心里的秘密。是的，春天太使人快乐了，一切花都开着，红的，白的，黄的，亮得你眼发花。平常面孔上总盖了一层霜的学监先生也变得笑眯眯地，同学们也像忘记了一切彼此嫉妒着的事情，整天在教室里闹做一团，笑得喘不过气。而家里呢，她准猜到，妈妈一定给妹妹买下了那头怪逗人爱的猫儿，家里更热闹了……

春天暖和了大地，暖和了人们的心，徽是快乐的，她知道人们也都快乐着。

她一直跑进堂屋，一头带笑嚷着："妈妈，妹妹，猫儿呢？"

门帘掀开了，妹妹跳出来抓着她就向屋里跑。妈妈正和姑姑在抽水烟呢，陈嫂在妈妈背后搓着纸捻瞧着她和妹妹笑。妈妈床前踏板上蹲着一头纯黑色的猫儿，黑得那么亮晶晶的。颈上系着一根黑绳，一头系在床架子上。它舐着自己的爪子，眯着眼睛和善地望着人们。

徽叫了起来，她是多么爱这些小巧玲珑的生物呀。她放下书包把猫儿抱起来，在踏板上坐下。妹妹也傍着她坐了，两个人一头逗着猫儿玩，一头唧唧哝哝地谈笑起来。

妹妹告诉她猫儿去了一块半钱，陈嫂和那猫贩子讲了好半天价咧。妈妈已经答应了要给它铺一个舒适的窠，而且，使徽和妹妹极其高兴的是，姑姑上半天竟自动地允许了妹妹要送这猫儿一个银铃呢。

徽又笑了，她觉得一切都怪有趣的，人们，连猫儿在内，都这么自己快乐着，也让别个快乐着。春天真是太好了，她想。

妹妹忽然想起什么似的，叫微偏过头来，附着她耳朵轻轻说："听说，胡家老爷买了一个新姑娘呢，今天来的。妈妈不准我谈这个，说是小孩子不该管那些事！"

微吃了一惊，她以为自己听错了，"是隔壁家那花白胡子老头子吗？他快进棺材了，还买新姑娘？"

妹妹偷偷望了妈妈一眼，咬着拇指顽皮地笑："不信，你问陈嫂去！我听见她告诉妈妈说去了三十块钱，一个乡下年轻姑娘！"

微突然停住了笑，这一个意外的消息使她烦扰。一个风瘫的老头子会接个年轻姑娘，而且是像买猫儿一样买来的！那新姑娘也能快乐吗，像春天里一切生物似的？

微烦恼地推开妹妹，伸直了身子。妹妹觉得没趣，也站起来跑去扯着妈妈的衣裳闹，要马上给猫儿铺一个窠，妈妈一推开她，她便趁着机会张开口哭了。妈妈急得发恨，说："我只有这样将就你了，淘气东西！姑姑，你瞧，十岁的人了，还只会玩，会哭！微儿也是，一天只管呆头呆脑地想事情，再不会帮我哄着妹妹玩玩。看人家胡家买那女子，也大不了多少，人家多懂事，就只少几个钱，就逼得坑陷了这一辈子！"

姑姑还不曾开腔，陈嫂在妈妈背后插嘴说："太太总说偏心话，那乡下丫头比得上小姐们哪一点？我们穷人都是贱骨头，生成苦命，要学像小姐们会玩会闹，还要烧几辈子好香咧！那丫头落在胡家，有穿有吃，还不算登了天？太太说坑陷了，可不是折了她？"

姑姑拈起一根纸捻，一面尖声说："那胡老太太不是养了好大一堆儿子么，那老头子还买姨娘做什么？"

陈嫂像捉住一个堤的决口一样，赶紧把满肚皮潮水样的话冲出来："姑太太，你不晓得那胡家一家子都是好人咧。那回他们周嫂和我说老太太想买个人服侍老太爷上下，老太爷这几年连走一步也要人扶。请帮工哪有个姑娘贴身服侍得好，又忠心，又随便打骂。昨天刚好这姑娘的妈来找周嫂借钱，老太太晓得了才只当做好事一样做成了这笔买卖，说只当救一个人，德积在少爷小姐们身上。她妈穷得要死，好容易养大这姑娘，今天才捡几个钱吃饭。姑太太，我是苦命，我要是有个女儿……"

姑姑尖声笑出来："一个女儿才卖三十块钱，够你吃好久？"

陈嫂红了脸，也讪讪地跟着笑。妹妹不哭了，瞧着姑姑嘴里喷出的烟子。猫儿受了惊一样地注视着人们。

徵在窗下静静地站着，咀嚼着陈嫂的话。回家时那一种欢乐的心情渐渐在姑姑笑声中消失了，她烦惑地敲敲自己的头。

日子一天天过去，春渐渐深了，满架的蔷薇开得猩红欲滴。猫儿也长得更可爱了，又黑又亮又肥，项上的银铃老是"叮叮叮当"地响。一天到晚妹妹总赶着它唤"老黑"。徵不爱那名字，她自己唤它"乌云"。

自从猫儿来的那天起，总常常听见胡老太爷痰塞着喉咙的声音喊吴姑娘，接着是一声清脆的应声："来了，老太爷！"那声音是清脆而陌生，不像老太太的苍老，也不像小姐们的锐利刺耳。徵早忘记邻家的事了，但一听到这声音时，便联想起陈嫂的话，她好奇地极想看看那陌生的娇邻。

一天午后，徵和妹妹在院子里追猫儿玩，它灵巧地跑着，银铃的叮当声震破了黄昏的静谧。追得太急了，它一下爬到墙边桂树上，再一跳，抓着隔墙伸过来的桃树枝，往下一跳便不见了。妹妹急得要哭，徵一头安慰她，一头试着爬上桂树。桂树又高又大，枝杈极多，徵一步一步安下脚，直到看得见邻家的池子，亭子的一个大枝子上，便拨开树叶，俯身探看。那边墙脚下猫儿正捧着竹叶玩呢，徵"咪咪"地唤着，它抬头望望，便在墙角边抓着，想爬上墙，一爬却又落下去了，徵急得一把汗。正在这时候，一个瘦削的人影从亭子背后闪出来，慢慢走近了。一身不合身的竹布衣裤裹着那瘦小的身材，两个银耳环贴着耳边摆动。唇厚厚的，尖削的鼻子端端正正摆在焦黄的脸中间。眼光呆滞地向前方望着，像鬼魂一样轻足轻手地闪出来。一个全然陌生的人！

徵忘了猫，忘了妹妹，只睁大眼睛望着这个奇异的陌生人！那陌生人望望猫，又抬头看看徽，眼光中露出一丝谦卑的羞怯，像自语似地问道："嗳，是隔壁的小姐吗？那是你们的猫儿不是？"

徽赶忙点点头："请你把它放在桃树上爬过来吧！"

那陌生人走过去，弯下身子一下把猫儿捉住了，就在她弯下身子的当儿，徽瞧见她背上爬着一根红头绳扎着的发辫，又黄又细，像野地里长的毛狗儿一样。

她转身把猫儿放在桃子树上，猫立刻爬到顶上，一跳跳到墙这边桂树上。从徽身边跑下树去了，徽听见妹妹的欢呼。

徽被一种奇怪的思想袭击着，她不想下树去。那陌生人开始在墙边斑竹林里摘竹心。徽的眼跟着她枯黄的手转。

好一阵，徽觉得应该说一句话才对，她抓了一把桂树叶，一面茫然无措地问道："你就是那才来不久的——新姑娘？"那焦黄的脸突然抬起来，像吃了一惊似的，接着点点头，寂寞地独自笑笑。

徽记起陈嫂的话，"你的妈呢？"

那呆滞的眼光显出一点迟疑，停了一会，突然说："妈在家里。他们不准妈来看我，说是纸上写好了的。也不许我回去看她，说要打断我的腿呢！"说到这里，她带一点恐怖的样子四面望望。

徽沉默了，不知道说什么好。

那陌生人抚弄着已摘好的一束竹心，默然抬头打量了徽一下，脸上满是寂寞的表情。她吞吞吐吐地说："嗳，隔壁的小姐，你太好了！我们这边没有一个人肯好声好气跟我谈句话。"

徽睁大了眼睛："你家小姐们呢？"说这话时，徽脑中浮现出一群富丽而爱娇的影子，她们在校中有着极多的好朋友和赞美者的，在家里也该是和蔼的姑娘吧！

"她们么？"那焦黄的脸扭曲着一个凄寂的苦笑，"那天我悄悄摸摸大小姐那有洞洞的外国扇子，她下死劲拧我说，把扇子给她弄脏了，要叫老太太捶我呢。"她停下来思索一会，突然说："老太太那天说要是我出大门坎一步，要捶断我的腿！大小姐说还要拿火钳烙我咧，她们好笑得打滚！"

徽沉默了，这回是更深的沉默。她仿佛看见面前这焦黄的脸，突然倒在地下，血迹模糊得只剩一个上半身，满手满脸是烙伤的火钳痕迹，那根毛狗儿似的辫子和血粘在一起，倒像是条蜿蜒的蜈蚣虫了。她怕想下去……

那凄颤的声音又开始说了，这回是严肃而有毅力，"隔壁的小姐，她们都说我是天生讨死的贱骨头，我怕真的是那样吧？……"

突然，亭子背后一个娇嫩的声音带怒地嚷起来："吴姑娘，你在哪里挺尸去了，一摘竹心，就是半天！老太爷要茶呀！你讨死的贱货！"

那焦黄的脸突然转成灰白，一转身便跑过亭子去了。徽怔怔地望着她渐渐消失在七里香架下的背影，两个银耳环前前后后地摆动着。一直看不见了，徽才懒洋洋地爬下树来。

妹妹正在替猫儿编花冠，她看见徽下来，便忙要她替她编，但是徽只厌烦地推开她。在妹妹诧异的眼光中，徽独自在石阶上坐了，捧着头发闷。

春天仍然是春天，但是徽不再感到快乐了，她也知道人们并不都是快乐着——

春天过去了，炎热的暑假里，妈妈带着徽和妹妹在外婆家消夏，快开学的时候又都回来了。妹妹跨进门第一件事，便是拉着徽去看她心心念念的猫儿。在她们离家的时候，曾把猫再三嘱托了姑姑的，而姑姑又特地唤了陈嫂的小儿子阿喜来照料猫儿的饮食。它长得越发肥壮了，当徽和妹妹去探望它的时候，它正舒适地躺在妹妹床上，懒散地伸着手足。黑的毛经阿喜每天梳理，比以前更是光亮而软滑。妹妹喜欢得捉住徽跳，猫儿像被惊扰了似的，温柔的眼光含有一点抱怨，伸出柔嫩的爪子轻轻抓妹妹的手。妹妹紧紧偎着它，"咪咪"地唤着，它伸了伸懒腰，缓缓地翻起身来，项上缎带系着的银铃"叮当"地闹着。它摇摇圆滑的尾巴，带有一种舒适的神气打了个呵欠，妹妹说它在笑呢。

徵和妹妹玩一阵，又跑到妈妈屋里瞧瞧。陈嫂恰在报告妈妈一些邻家的消息呢，胡老太爷病得要死，吴姑娘偷跑回娘家去了，捉回来结实打一顿，打发给那痨病鬼车夫，不上三天就死了。胡老太太连说便宜了那贱货。

听到这个，徵惊得说不出话来。

陈嫂接着又说："那贱货有福不会享，就打死也是该的；胡家老太太念佛的人，不肯伤生，还饶她三天活命咧。"

妈妈叹息了，说："那家子做事也太狠毒，既是打了怎么不发还给她妈妈领去，也许还救得转来。"

陈嫂披披嘴说："发还她妈可不是遂了她两娘母的心愿？胡老太太说人是我胡家出大银元买的，死活没有人管得住。她既要学下贱偷跑，就让她跟那痨病鬼去受罪。胡家有的是钱，死一个不会再买一个？——太太，你想，那贱货真是有福不会享，生成讨死的贱骨头……"

徵不想再听下去，她拖着迟重的脚步走回自己屋里。一切都和从前一样，平静而幸福，什么都没有改变，瓶里的花枝也依旧那么娇笑地点着头。然而她心里像有什么在锥一样，又辣又痛，她想哭……

那一幅幻象突然又在她脑中掠过：那焦黄的脸突然倒在地上，血迹模糊的，只剩一个上半身，满手满脸是烙伤的火钳痕迹，那根毛狗儿似的辫子和血粘在一起，倒像是一条蜿蜒的蜈蚣虫……

那凄颤而严肃的声音在徵耳边响着："隔壁的小姐，她们都说我天生讨死的贱骨头，我怕真的是那样吧？……"

徵赶紧睁开眼睛来。猫儿正在床上、绒毯上打滚呢，银铃叮叮当当的闹着。妹妹呵呵的笑，猫儿舐着爪子，又在打呵欠，笑……

一切依旧是平静和幸福！

一九三五，四，二五

皇城止戈库。

刊于《文艺》1935年第2卷第6期

阿花

蕭絮

"呜!……妙!"

"呜!……妙!"

两只猫,一大一小,一白一花。那大的态度似乎老成一些,可算有些阅历了,那可以从它镇静的、闭着目的、幽静的风姿中显示出来。它那一身毵毵的白毛,怪朴实的。走路时,背脊上的四肢骨,一起一伏的,可知它已到老年的时候了。那只比较小的,正趁着年轻血热的时期,那一身黑白相间的毛,反射出一闪一烁的光彩,当它四脚一伸,那时候真是毛发悚然,犹如出山的猛虎。只可惜意气太骄,往往自命不凡。但这也难怪它,因为正是青年的时候啊!

它们的两个主人,同小主人,正在用晚餐,那年老龙钟的女佣妇,站在一旁伺候着。它们这两个家伙,分蹲在桌上,眼洋洋地凝视着菜碗。"眼睛碧绿,端想吃局",正在等候良机,想尝一尝那碗鲫鱼塞肉。

机会来了!因为老主人正在骂那佣妇,其余的两个也怒目相视。啊,机会来了!……

"呜!……"

"拍!"

"妙!……"

"死猫!"

"呜!……"

"拍!"

"妙!……"

"死猫！"

失败了，第一次因为战机失着，故遭失败，等待第二次吧！"鱼肉尚未吃成，同志仍须努力"，它俩这样互相鼓励着。于是又趁机从台脚边耸上了台面，等待第二次的间隙，准备进攻。

三个主人晚饭吃好了。它们的心也就冷了一冷，但是立刻又恢复了那颗希望的心，因为佣妇来用这残羹了。虽然鲫鱼只剩些椎骨，但还有"骨菜"可吃呢！

等着吧！时光一分一分地过去，佣妇一口一口地喝着残羹，觉得很有滋味……

机会又来了，这次怕比第一次更安妥，因为佣妇去添饭了。

"可动手了！"彼此打了个照会，良机怎肯错过呢！

"呜！……呜！……"

"拍！拍！"

"妙！……妙！……"

"死猫！"

它们的总攻击，又因为佣妇的迅速回到原防，戒备敏捷，而遭遇了惨败。

"唉，失败！"阿花大发感慨了，"何苦呢？"

"朋友，"老白似乎很温和地，"二次不成，还有三次啊！"

"不，这又何苦多加麻烦。太不应该了，他们……"

"更可恶的，那个死老婆子！"老白大声地。那正在收拾碗筷的佣妇，对它瞪了一眼，似乎理会得。

"呜！……妙！……"阿花悠悠地叫了一声，又继续说下去，"他们这样地对待我们，太没有天理了。我们每天用尽了我们的眼力、耳力、嗅力来替他们捕鼠，为的唯恐它们损坏衣服、家具等等。但是他们却以为这些事情是我们应尽的义务，非但忘恩负义，甚至恩将仇报，唉！谁说人是有理智的，原来也不过是残酷的走兽罢了！"

"……"老白一声不作，在洗耳恭听。

"总之，他们不如狗，也许不如我们。你看老王——狗朋友，也是他们饲畜的——对待我们多客气啊！虽然也曾在我们面前咆哮过，但不一会儿，又衔了肉骨头来请罪了。唉！好心恶报，它这样替他们看守门户，结果也和我们同病相怜。不要说别的吧，就说那老婆子，本是我们同类，但也和我们受同等的待遇。可是她也对我们非常凶恶。总之人类是一只比猛虎更凶毒的动物。唉！苍天无眼啊！"阿花大发牢骚起来。

"你肚子饿吗？"老白很低地说，"去到畚箕里吃鱼骨头去。"

"嘿，谁稀罕那个！朋友，难道你还不觉悟吗？情愿俯首帖耳做奴隶过你的终生吗？你以为你已经老了吗？唉！朋友，还有你甜蜜的光阴在后面呢！你不希冀那个吗？你甘愿过这黄连的日子吗？好！你去你的吧！在我决不能如此。我还年轻，我还想甜蜜，我还爱自由。朋友，再会吧！也许不久之后，再能会你！再会，过你的奴隶生活去吧，祝你前途快乐！"

"朋友！"老白叫着，"凡事要三思而行啊！"

阿花早就一溜烟地奔出去了，在它临走的时候，隐隐地好似听见："不自由，毋宁死！"

去了，阿花去了！从此老白也就更寂寥了。

于是它一步步地走到畚箕边，吃它的鱼骨头去。

刊于《青年界》1935 第 7 卷第 2 期

产妇科的猫

林　率①

妻在医院里生产，因此常往医院去，有时也在医院住。走进产妇科大门走廊时，常看见一只猫，躺在地板上，黑黄毛，四脚并横着。最奇怪的是这猫的肚子，比平常的猫大得多，鼓得和驼峰一样。我用脚尖拨拨它，它只不动不响，拨厉害了，才懒洋洋起来，蹒跚几步，不张眼看看谁惊扰它，又躺下了。

"别踢伤了，快生小猫了。"一个着白衣的女士尖起声气慌张地喊着，好像看管它是她的职务。

这猫整日躺在产妇科的走廊，对进出的母亲们简直是一种嘲笑。

后来我晓得这猫自有它的故事。它留在医院里已一年多了，去年一窝就生了六只，都给人要去了。医院里人，上自医师，下至茶房，人人喜欢它，尤其是年轻的护士们，闲了抱它在膝上玩弄，怪亲热的。病人吃剩下的菜羹，茶房总给它一部分。猫觉得这生活比从前强多了，冬天冷风刮不着，暑天不必受太阳的蒸炙，肚子里常是满满的，连见了耗子，都懒得捉。这样活惯了，它自然把往日主子的情分早忘掉了，就是玩弄它的人们，对它带来的故事，兴趣也淡了。

只有一个茶房还能记得这猫是去年春天一位快近六十的老太太带来的，她是他的邻居，独自住在一家草棚，不知怎样病倒了，在床上躺了

---

① 编者注：林率，本名陈麟瑞，号瑞成。浙江新昌人。1928 年毕业于北京清华学校，后留学美国，修英美文学、戏剧，获威斯康星大学文学学士、哈佛大学文学硕士学位。其间参与创办《文艺杂志》。后游学欧洲，1933 年回国，先后任国立暨南大学、复旦大学、光华大学、震旦大学等校教授。著有剧本《职业妇女》《尤三姐》等。

好几天，他可怜她，才把她带到医院。谁想到她把那只猫也捧了来呢。

她住在草棚已十几年了，人家都称她"江北老太婆"，有时也简称"江北婆"，这自然因为她是江北人，她的真姓名倒反而给人忘掉了。她到医院那一天，挂号的人问她的姓名，好半天她才说出"钱王氏"，这名字对她真够生疏的！

她的丈夫姓钱，这没有错，死了有三十多年，那时他们结婚还不过两年，留下一个儿子阿毛。

一家七口，四个大人，三个小孩，种几亩田，本来过得去，可惜婆婆偏宠二叔同他的媳妇，看见她就生气，指天画地整天骂她小寡妇长小寡妇短，再不想自己是老寡妇！婆婆骂她命凶，克了丈夫还不够，家都让她吃穷了。田里的事，女人家不会，只有二叔去管，但二婶子又做了些什么事？她的两个孩子，年年穿新的，嘴唇总沾着油水，阿毛那小孩命薄，天天跟二叔在田里辛苦，身上的棉袄穿上三年了，小得胸都盖不满，还不曾做件新的，吃顿饭不听骂声，能安心咽下几粒就算好的。

白天没得话说，只好夜里闷住声哭一阵，心里喊着他短命鬼的爹。

这日子能过多久呢？只有等阿毛长大了。现在阿毛十八岁了，一副大人模样，只是瘦黄些。

有一晚从田里回来，一跨进场子，就听到诟骂："这真是造反了，家里人都做起了贼！二婶子前天买了丈来布好好放在那里就不见了，就这般眼小！老了当寡妇应该，哪有二十来岁的寡妇，一家里摆了这样人，还有不倒运的！"

阿毛进了门，见祖母坐在竹椅上，圆睁着眼。母亲淌着眼泪，不作声响，只拿柴往灶里塞。阿毛心里明白，这是他闯的祸，早晨出门时，不留神碰倒了二婶子的女孩子的缘故。

睡在暗中，阿毛对母亲说："这日子活不了。我们索性……走了罢，免得一辈子受冤屈，刚刚路上碰见金八子，他说他的大伯伯在城里拉车，赚块把钱一天呢。"

她听得出他的声音有些颤抖，走？不要说走，连死她都想过，然而阿毛却要苦了。这样活下去，只苦她一个人，阿毛的肩子总是轻的。现在阿毛说走，她不由惊喜了一时。但是他年纪太轻，后来日子怎样过？

"睡吧。"她不立刻说明她的意思。

过了两天，母子二人在天未亮时就出发到这座数不尽人头的大城来了。他们随身的家产是大洋七元，三元是阿毛的爷遗下来的，四元是历年外婆家给阿毛的。此外是包裹一个。

他们起初住在一个同乡的草棚，后来那个同乡回去了，他们就出几元钱，顶了过来，这便成了他们的家。

阿毛每天出去拉车，虽说赚不了块把来钱，所得也够他们母子二人吃着了。她自己在门前摆个摊儿，花生或橘子之类，有时一天赚几十个铜子儿，有时三两个。苦自然同在家时一般苦，但苦得快乐。

阿毛夜里回来数钱时，在他母亲的脸上，常看见从没有见过的微笑。他懂得这微笑，是他一日苦力的报酬，多难得多可贵的微笑！他母亲十几年来的创伤，他晓得脱掉痂了。

这样快乐地过了十年。

这都市，他初见时，几乎把他的灵魂都压扁。现在反过来他捉住这都市的灵魂了。没有一条路他没有走过，没有一个地方他不熟悉，没有一种人他没有见过。不论房子造得多高，灯光多亮，住在里面的还不是同他一样的，一个头两只手两只脚的人？这些都平淡了，似乎都在他掌握之中。唯有对一桩事，他的兴趣愈久愈浓。今夜里拉一个天女般的姑娘到跳舞场，车子一停下，她"得得"地进去了，一会又拉一个天女般的姑娘到大饭店，靠住一个男人的手臂进去了。快十二点了，在影戏院门口等生意，又是多少天女般的姑娘，一个一个踱出来。夜那么深，不睡觉，真不晓得他们玩的什么。拉完车回家，那红的、白的、曲的、直的、亮闪闪的，仍不住地在他的疲倦中旋转。

阿毛对自己的生活有些厌烦了。十年来哪一天不拉车？十年来哪一晚不是这样睡？再过十年，恐怕还是这样。他当然喜欢看他母亲的笑，但老是笑又怎样结局？常时他一个人发闷，这些他母亲可不懂得，连他自己也不清楚，外表的生活，一些没有变更，可是从前觉得快乐的，现在总觉得心里发闷。

阿毛因为自己不明白，对母亲无从说起，索性不提，连脸色都不露一露，只有睡不着时，床息索索地响，母亲半睡半醒地问他为什么还没有睡着，他就糊里糊涂答应过去。母亲总以为儿子有母亲就够了。

后来事情发生了。

阿毛一夜没有回家睡，这不稀奇，也许生意忙了，从前也有过的。第二天她等了一天，仍然不见他回来。她心慌了，问问邻居，都已斜着眼回说不晓得。一天一天……她等着，连影子也不见。想找哪里去找？她只有干急，连眼泪都淌不出一滴。旧时的伤痛又回来了，但比起这个，那种苦痛不过是皮肤边上的苦痛吧！

快一个月了，耐心支持着她。她有时好像听到人提及阿毛，等她一走近，人家做个脸色，话就转到别的题上去了。

张婆婆一晚走来告诉她："有人说阿毛给人投到黄浦江里去了！"

"什么？"她惊呆了，滚出几点眼泪。但张婆婆不理会，继续说着："外面说阿毛勾搭上一个厂里做工的女人，后来给她男人晓得了。那男人没正经行业，本是不好惹的，联络了几个伙伴，逼着阿毛要钱，阿毛拿不出，他们才下了这毒手。……"

张婆婆还想说下去，看见江北婆一双眼，瞪着她出神，像是根本没有听进她说什么。一会儿她哈哈狂笑起来，前扑后倒着："胡说！阿毛做这样的事？哈哈。我的阿毛做这样的事？不会，不会，别冤枉人，我们受够冤枉了！"

她停了停，又笑了一阵。

"阿毛多正经的人！娘有什么不晓得？干那种勾当？别笑坏人！"

又是一阵狂笑。

张婆婆看见不是路，走了。

此后江北婆的生活，就浮在水面上过，虽然脚踏不到底，她相信阿毛那么好的孩子，总有一天会回来看她。她说不出有什么苦痛，只是恍恍惚惚地。她仍旧摆她的摊子，不过人家都说近来江北婆的行动有些异常，最好少同她言语。

有时坐在门口看摊子，她注意着路上的行人，一个一个，尤其是那些拉车的。常常看见面貌有些相像的人，她便喊着"阿毛！阿毛！"追赶上去，等到那人回过头，打个照面，定神一看，她默默然返身走了，脸上的肌肉，织成纵横的皱纹，她一点没有领会到这是失望的痛苦。

时间一日一日地，简直一月一月地过去，她并不曾觉到怎么久长。一直到"一·二八"的前几天，外边风声越来越紧，她四周的人慌着忙着。独有她仍镇静着，仍每日摆她的摊子。有些存好心的人，告诉她暂时向别处躲躲，她只是没声地笑笑。其实她要走亦无处可走，她不走的最重大的缘故，当然为着她的阿毛。她走了，阿毛什么地方去找她？这是他们的家！

人快走完了，夜里静得鬼声都没有。她一个人出着神，看看挂在门背后的阿毛的衣服，看看阿毛睡的床。忽然她听见门外息索地响着，跟着是"咪呀咪呀"几声。这不是阿毛？她开门一看，是一只黄黑花的猫，她脸上立刻现出带光的微笑。她抱起它，对它说："你来了！"

她端出她所有的菜饭给它吃。

那一晚，她真睡着了，早晨醒来，她觉得身子瘫痪了一般。

从前走了的人，现在又一个一个回来，他们都惊奇于这江北婆的存在。她全不明白这些人成群来成群去为的什么。炮声也许她听见过，烟火她也许张望过，但她都忘得干干净净了。这些印象似乎未曾穿过她的中枢神经，只沿着她生命的外圈走走罢了。她只记得那只猫。

她脸色比一月前异样的苍白，大家都看得出。她往常的兴奋状态，如今全退了。不过她身边多了一只猫，大家又诧异着。这分明是李大家的猫，走时遗留下的。

"你这猫不是李大家的吗？"张婆婆一次随便问着。

"这怎么是李大家的？这是我的猫。"

她不大言语。于是她的沉默又给人传遍了。只有对门饭店里的珍姑来，她有时才言笑两句。若是猫抓住了珍姑的裤脚管或鞋尖，她更眯着眼笑个不停。

珍姑去了，她对猫说："这个媳妇儿，你可喜欢？"

她想着哪一天给珍姑说明这意思才好。

头几天江北婆还摆着摊子的。一只猫蹲在她身边，或躺在摊子一旁。可是这几天不见了。

大家晓得她病了，这事传到一个在医院当茶房的邻居。他劝她进医院去，一个老太婆，躺在床上有谁理会？但她摸了摸猫，摇摇头。

再过几天抬到医院去时，她的神志已然不大清楚，她被人抬着离开她的家了。不过她抱住她那只猫。

三等女病房里，安排着近二十人的床，都惊异着为什么这老太太似乎死都快死了，还舍不得一只猫。

医生来诊看她的病，瞥见一只猫蹲在床上，就吩咐佣人抱出去，她张张嘴，指指猫，表示反抗。年轻的医生不懂得，用听筒听她的胸腔，看着表按她的脉，除开全身衰败外，他看不出她有什么病。问她觉得怎样，她扑簌出两点大眼泪，微弱地喊着："猫！猫！"医生给她开了一副强心剂。

第二次、第三次医生再来诊她时，她仍喊着："猫！猫！"医生渐渐疑心她的病状与这猫有特殊关系，设法弄了一只假猫给她，猛看像个真的。

她抱住这只假猫，心里想笑，但笑浪微弱得可怜，不到上唇的两旁，便消散了。她等着猫对她表示热情，许久她才慢慢觉得这猫的眼不转了，四肢不跳动了，尾巴也不摇了。她吃了一惊，眼泪淌满了两颊。

"这……样……吗？"声音低得几乎听不出。

她就这样结束了她的一生。

过了两天，我又到这医院去看友人，这猫依旧孤零零地躺在走廊，不过肚子依然瘪了，六只小猫都给人讨去，它也算做了回母亲。

刊于《东方杂志》1936 年第 33 卷第 5 期

《仆佣与猫》

杨妈

未　迅

自从王妈因病辞去后已经有七天了，我们急切地要找一个代替她的人手，然而在这悠长的七天中，却始终找不到比较合意的一个，母亲四面八方托亲戚朋友留心，一方面自己也每天到各处荐头店去亲自选择，偶然也有几个陪到家里来的，但结果总嫌不合我们的条件，一个个都被辞掉了。

第九天早晨，荐头店主人陪着一个二十七八岁的女人来了，据他说，他还是整整花了二天工夫到别的荐头店去硬拉来的，聪明、勤快，而且粗细都会，不满三天，担保我们都会喜欢她的。

母亲当时就随便地问问她——顺便试试她的口才："你姓什么？"

"姓杨，太太。"

"你家在上海吗？"

"不，在松江。"

"结过婚吗，为什么要出来呀？"

"结过婚的，"她瞟了母亲一眼，笑了，"家里闲得很，我同他讲明，到外面来见见世面。"

这是真的，凡是见过她的人，当第一道眼光射到她身上的时候，就立刻对她会感到一种亲切、可爱。她穿着浅灰色的粗布衣服，但却显得十分整洁，一张孩子一样的圆圆的脸上，嵌着一对乌黑的灵活的眼珠，每当一个微笑掠过嘴角，或者说话的时候，左边就出现一个浅浅的酒窝。无论谁问她，总是流利地回答，总是微笑，这些使我非常喜欢她。我们围着她，赶着问这样问那样，而且还故意逗她笑，希望能多看几次那美丽的酒窝。除了我们几个孩子外，母亲似乎也非常高兴，答应把她留下试几天再说。

我们都叫她杨妈。用不到等上三天，仅仅一天工夫，我们已经证实荐头店主人并没有在谎骗我们，她的确什么都能做，除了挑水劈柴等的重工作。吩咐她做的事，只要看母亲怎样动手，第二次就知道怎样照前样去做了。一听到我们"杨妈，杨妈"的呼声，她总是"噢噢"地一边应着一边笑着奔了过来。

对于她一切都满意，三天的试用期一过，杨妈正式算我家的佣人了。

慢慢地，我们从她口里知道，现在留在乡下的，只有她的男人和一个年轻的叔叔。公婆早已死了，自己也有几亩田，一年四季原是很可以平平安安地过日子的，这次出来不过给自己散散闲罢了。她对于我家任何人都很亲切，永远是微笑着，从不曾见她有过厌烦的神色。每天晚上，做完了所有的工作，坐在淡淡的电灯光下，讲给我们听一些流传在乡间的短短的故事。

杨妈成了我们的好朋友，逢到我和弟弟吵嘴的时候，她总是笑着把我们拉开，劝我："大的应该让些小的，做人总要和和气气，为什么永远这样吵吵闹闹呢！"

然而最使我们感到兴趣和惊奇的，是她爱猫远胜于别人对它的爱。我家原有的又瘦又脏的花猫，自她来后一天天变得又胖又白了，在走廊里一个舒服的猫窠也有了，有谁踢了它一脚，赶紧不顾一切地把它抱起来，察看有没有被踢伤，一刻不见就急急地查着，而猫也似乎懂事地镇日跟在她的脚边"咪呜咪呜"地叫着。

为了这，我们也时常取笑她："杨妈，猫是你的亲人吗？"

"是呢，"她笑着说，索性把猫搂在怀里了，"猫也和人一样，知道好歹的。"

正是五月的开始了，天气显得一天比一天地热燥起来。这时，偶然有松江人来看杨妈，告诉她说她家里已经在动手割麦了，看起来很有丰收的希望，杨妈总是很欣慰地听着，然后"哦哦"地应着。客人去后，我们就故意问她："杨妈，你想他吗？"

"不想，你们又待我这样好，到处都是一样的。"

有一天天刚拂晓，忽然听见杨妈的急促的声音："阿花呢？阿花呢？"随后她尖着喉咙叫起来："阿花！阿花！"但回答是一个静寂。往日一听见她的呼声就渐渐近来的"咪呜咪呜"的回响，今天没有了。她连忙向各处找寻，但结果依旧没有。

猫已经不知在什么时候跑出去了。

这是我们第一次在杨妈脸上看到忧郁，自从不见了猫，不论做事吃饭，她都显得有些不安，不时地提起猫："要是出去找男人倒没有关系，我只怕它死了呢！"

这种不安一直继续到第五天晚上，才忽然又看到杨妈的笑容了，原来在她的脚边跟着那只曾经失踪的猫，乞恕似的又在"咪呜咪呜"地叫着。

"哈，回来了吗？"

"果然不错，它在找男人呢！"她看着它得意地笑起来了。

从此杨妈又回复了过去的和悦的心情，而这以后，猫的肚子也渐渐大起来了。

但这种和平的幸福，我们是无法享受的，"八·一三"的炮声把我们家庭间的安谧的气氛冲破了，我们随着大批的避难者从虹口逃了出来。

我们的心紧扎着，一方面又为这次抗战而感到兴奋，但看杨妈好像一点没有什么似的，有谁替她担忧那在乡下的家的，她永远是这样回答："人总不会无故杀人，你们放心，仗也总不会打下去的。"

随着时局的逐渐恶化，在我们家里，猫的叫声也一天天变得凄厉了，每天晚上，它躲在杨妈的床下"咪呜咪呜"地叫，爬的时候，球形的大肚子夹在四只矮矮的圆柱样的小腿中间，沿着地面过去。而杨妈又忙起来了，她用稻草扎成一只新的猫窠，放在楼梯下面，强迫似的把它抱进窠里去，一次次去看，深怕它跳出来到别地方去。但是她又预先警告我们，小猫出世后要等双满月后才能看，否则猫娘一定不会安静的。

猫终于生产了。

当我们经过楼梯的时候，可以隐约听到一种尖脆的微弱的叫声"咪咪"，而杨妈也不知多少次不放心地对我们背诉着这同一的警言："要等双满月才准看，否则猫娘一定不会安静的。"

我们忍着，忍着，这样四天过去了，那一天晚上我下了一个决心，无论如何要去看一次那些初出世的小猫，不管杨妈的话会不会成为事实。于是趁杨妈没有防备的时候，偷偷地蹩到楼梯脚边，在黑暗中猫娘的眼睛恐惧地瞪视着我，许久，我看见小猫了，二只花的，一只黑的，它们还没有睁眼，细小的身体，盲目地向母亲的胸部钻，猫娘慢慢地伸直了四肢覆盖着它们，一边向我投射着恐怖和愤然的眼光。

"小猫，小猫，猫在这里了！"我大叫起来。

这叫声一出，杨妈立刻像滚一样地奔了下来，她一下子拉住了我就嚷："罪过，罪过，三条小性命都送在你手里了！"我被弄得茫然不知怎样才好，我从来没有见过她这样暴躁地对待别人。

然而事实终于证实杨妈的话并不是夸张，第二天起来，她的脸上充满了悲哀，隐隐有些泪痕，我问别人，才知道一夜之间，猫娘已经搬了地方，一只黑毛小猫在搬的时候，不知怎样死在走廊里了，猫娘衔了二只小猫搬至厨房间的暗角落里。我心里一怔，觉得对不起猫娘，更对不起杨妈的苦心，顷刻之间，真不知怎样对她们诉述我的悔恨才好。

小猫渐渐地大起来了，我们对于那已死的小猫的悲痛，也跟着渐渐地淡漠了，爱护活者之余而于死者还是念念不忘的只有杨妈一个人。然而更大的事变终于把杨妈的心分开去的，那就是国军的退出上海。

我们焦急地问杨妈："杨妈，你家有信息吗？中国兵退了，日本人快要去了呢。"

"不要紧的，"杨妈安详地笑了笑说，"我们规规矩矩的老百姓，又不冲犯他们，日本兵不会来伤害我们的。"

接着，松江也失陷了。

我们又问杨妈："杨妈，松江也失了，你家到底怎样了？"

"总不要紧吧，"虽然没有了笑容，但她的声音还是安定的，"兵是兵，百姓是百姓，况且我现在又不能回去。"

以后，每天有人来讲×军在沦陷区域所演的惨剧：妇女们怎样被奸淫，壮年男子怎样被无故杀戮……

听了这种报告，我们第三次问杨妈了："杨妈，老百姓也危险的，他们所说的不见得全是假的呢！"

"我想冒险去看看，"她的声音显得有些怀疑了，"不过我想日本人也是跟我们一样，人的性命总不会当作儿戏的。"

当天下午，她去了，答应到了那边尽可能地托人带一个平安信给我们，或者回上海时索性把她的丈夫也带了来。

杨妈去了一星期，一直没有信息，我们每天盼望，有时疑心或许她在路上遇到什么不幸，有时强自宽心好像看见她已安然在回来的路上了。我们也曾打听刚从松江出来的逃难者，据说松江目前情形非常可怕，年轻妇女来去，碰到他们手里，很少有活着放回来的，这样，我们只有忍痛地确定她已不在人间了。

可是，出于意外的，杨妈却在一个雨天回来了。她变得非常瘦削，脸色白白的，过去常见的笑容不见了。一进来就把挟在腋下的包袱往桌上一放，默默地坐在一旁。

"杨妈，你来了？"我们快急得几乎跳起来，抢着问。

"来了。"

"你一个人来的？"

"一个人。他还留在乡下，总算还平安，但谁晓得以后怎样呢？到上海来找不到事难道去讨饭？要是风声紧下去，再想办法。"她抬起头来的时候，泪水在眼睛里转。

大家都感到有一件东西塞在喉头一般默默地说不出话，她突然独自叫了起来："见鬼，见鬼，人居然做得出这种行为！我东避西躲地到了松江，幸亏没有碰到什么，但一路上所看到的都是死尸，男的女的还有小孩，回到家里日夜听叫声哭声，再待下去，我简直要疯了。这怎么是人的行为，这里的猫还知道保护自己子女，这班人竟连猫还不如……"

她突然站起来向自己房里奔去，过了一会又出来了，拉住了二弟，把三元钞票塞到他的手里："这种人手下我们还好过日子？要是我会打仗我也早当兵去了。二弟，我一共还有三元钱，代我拿去捐给中国兵，给他们买一件棉衣穿，算尽我一点心。"

《恢复旧神州》，丰子恺绘，刊于《经理月刊》1935 年第 1 卷第 2 期

这简直是一个奇迹，那样一个生性平和的人现在竟要鼓励别人去杀人了。难道就因为那非人道的惨状挑拨一种人类的普遍的仇恨在杨妈的心里滋生出来了吗？

刊于《鲁迅风》[1]1939 年第 3 期

---

[1] 编者注：《鲁迅风》，文学半月刊，1939 年 1 月 11 日创刊于上海，由来小雍发行，冯梦云编辑，1939 年 9 月 5 日停刊。主要栏目有杂文、小品、随笔、散文等，主要撰稿人和作者有鲁迅、林憾庐、成仿吾、唐弢、司徒宗、伊人、振闻、姜将离、桂如方、胡次、孔乙己、邹啸、海岑、巴金、阿 Q 等。

李公馆的猫

老　薇

　　×市是著名多鼠的地方，有一年，鼠子闹得太不成话了，当局便召集会议，讨论除鼠方法，当时一致决议，责成市民，每家必须养一只猫。

　　李先生是×市里很有地位的人，他必须为市民表率，他必须恪遵功令。况且这是他绝对赞成的决议案，所以他需要觅一只最好的猫。他在《百科全书》《动物学大全》等书里搜集了许多资料，知道世界上无论何处的猫都比不上波斯的好。李先生地位既高，交友又广，不多时，一位朋友——也许下属——送了他一只纯种的波斯猫。

　　李夫人很爱这猫，它浑身雪也似白，没有一根杂毛，两只淡绿色的大眼睛闪闪地发着亮光，好像两粒火油水钻。李夫人把它宝贝得和自己女儿一般，放在房中不让它出去，恐怕走失了，也恐怕风雨寒暑侵着它。她拣一个很光滑的瓷盘，亲自装饭给它吃。夜间便放它在自己床上的脚边睡着。从此李先生出门办公时，李夫人不寂寞了，有时把丝线绕成一个球，抛在地板上，那猫便去抢着玩；有时拿一条绳抖抖地引着猫儿，看它做出种种的身势。猫儿玩乏了，便跳在李夫人膝上躺着，口里"咕噜咕噜"地好似诉它的疲倦。有时李夫人玩腻了，她便抱猫儿假寐片刻。

　　×市养猫的结果，全市老鼠究竟消灭了多少是无统计可查，但是李公馆的老鼠是没有减少，也许多了些。

　　李公馆一日三餐多的是鱼肉，所剩的是米饭，不问米价涨得怎样，也不问鱼肉的黑市如何，猫儿总喂得饱饱的。它一天天地肥胖起来，不知道是懒惰，或是娇养惯了，它现在球也不玩，绳子也不能逗引起它的兴趣了。吃饱饭便躺着懒得动。最多把脚掌在嘴抹抹表示吃得很满足，或者到李夫人腿边靠一靠，"咪呜"叫几声，表示它亲爱的意思，这便是唯一的运动了，哪里管什么老鼠呢？

李先生的书被老鼠啃去些边，还好，里面没有损坏；李先生的皮鞋被老鼠啮破了，还不很要紧，换一双罢。后来，事情严重了，李夫人的丝袜竟被老鼠咬了两个洞，这是要香港才买得到呢！补了是穿不出去的。李夫人心里很不高兴。半夜里，"啪！"一声响，李夫人惊醒了。旋开电灯一看，镜台上一瓶河内买的法国香水跌翻在地上，水流了一大滩，满屋的香气。那猫儿依旧呼呼地睡在脚边，动也没有动，眼也没有睁。李夫人一气一脚把它踢下床去。它伸伸腰，耸起背，很柔和地"咪呜咪呜"叫两声，依旧跳上床上睡着。

李先生决心要捕去这罪大恶极的鼠，和很多朋友讨论，他们贡献了许多意见。李先生将各种意见综合起来，加以分析，得到下述的结果：

他觉得那猫之所以不捕鼠，因为吃得太饱，所以不想吃老鼠；身体太肥，缺少运动，所以不能捕老鼠。根据这两个理由，以后必须使那猫少吃多运动。他令张妈，只许给它些稀饭吃，并且着它到处跑，不许躺在屋里。

李夫人丝袜被咬破了，便觉得猫儿没有尽职。法国香水翻了，更觉得猫儿无用。现在这种最上等的香水，连巴黎也买不到了。她越想越生气，猫儿于是失了宠。那失宠的猫，天天在外面跑，雨打，风吹，满身尘土，白毛变成了灰色，脏得很。并且被张妈赶得如野猫般的，见了人便逃走，没有从前这种温柔依恋的态度了。李夫人看了更讨厌它。然而它是娇养惯的，并没有学捉老鼠的本领，也没有学偷食的技能，只可挨着饿，忍着风雨。它便一天天地消瘦。它原是西方的波斯种，是最娇懒的一种，经不起磨折，同时也有些水土不服，所以没有多日，它竟不能挣扎而倒毙了。

但是李先生决心要为李夫人除鼠患，所以他必须再养一只善能捕鼠的猫。李先生的朋友和职员很多。赵科长第一个知道这消息，便送去一只壮健的黑公猫。它在赵家待了不到一年，已捕获将近一百只大小耗子。

李先生回家来，很得意地把那黑猫的本领，说给家里人听。

李太太说："呀！这是一只黑猫，外国人见了忌讳的。"

"太太！我们乡里这种猫不要的。人家说'雌狗雄猫送人不要'，这是一件讨厌东西。"

结果，这黑猫便被送还了赵科长。赵科长摸不着头脑，诚惶诚恐地三夜没有好睡。

一晚上张妈抱着一只小黄猫，笑嘻嘻地进房来，说："太太！老王带回来一只虎斑猫，说他的朋友托他觅来的，花了一百六十元，真不贵。我们乡里说'雌猫虎斑，价值巨万'，真好，一只虎斑猫，老王说太太要是喜欢，便留着，另觅一只给他的朋友便了。"

李夫人看那小黄猫毛色虽然不鲜明，却也花得别致，在地上跳舞似地跑着，跳着，扑那些苍蝇，却总是扑个空。那痴憨的态度李夫人觉得很玲珑可爱，又觉得张妈乡里的话也很有道理，便要把猫留着。李先生也很赞成，因为用科学的眼光观察，本地种一定能适应环境，不像外国种那样中看不中用。

李夫人关照张妈依旧喂些稀饭给小黄猫吃。经过相当时期，小黄猫病了。李先生这回很郑重，请一位兽医来诊治。那兽医断定他们饲养的方法不对，应给它合理的食物。他说，他初到×市来时，即觉得老鼠何多，猫何少？经他精密研究之后，发见×市的鱼很少而且很贵。猫吃不到鱼，便缺乏了维他命 A 和 D。城里又没有青草，所以又缺乏了维他命 B 和 C。因此它们不发育，不繁殖，并且容易死亡。最可注意的是维他命 A 缺乏症，几乎每一只猫都患着干眼症，它们无论日夜均看不清楚东西，怎样能望它们能捕鼠呢！所以要猫捕鼠必须先使它发育健全，要他发育健全必须供给它充分的维他命 A、B、C、D。并且×市的老鼠，经他详细检视和研究之后，知道都患着许多种的寄生虫病。猫咬着老鼠，那寄生虫便由猫口而入猫肚，不久那猫便瘦，便病，便死。所以每次猫儿捕了老鼠以后，必须给它一服驱虫剂吃。

李先生是受过科学洗礼的，李夫人是迎头赶上时代的人，所以他们便切实奉行兽医先生的指示方法。有时李夫人高兴了，便把她自己每日服用的鱼肝油精加几滴在猫饭里，使它可以多得些维他命。果然几个月后便见成效，虎斑猫长得很强壮，活像一只小型的母老虎。有时，虎威忽发，"呜"的一声，李夫人的北平小哈巴狗竟退避三舍。

夏秋间的夜里，月将圆的时候，空中万里无云，悬着一轮明月，分外光亮，院子里乘凉的人们都欣赏着自然的伟大和光明。忽然"呜呜"地放警报了。虎斑猫本来终日在屋上或树边。这般好的月明之夜，更不知它和着哪一个同伴到哪里去散步了。李夫人只得抱着哈巴狗进洞去。警报解除后，李夫人走进房门，听得房里砰砰响声，哈巴狗向门内汪汪地叫，李夫人急忙唤李先生准备着捉贼。待老王开门的时候，黑黝黝的一只小动物从门里冲出来，跑到院子角落里转过身来，在月光下，向着哈巴狗"呜呜"地示威。原来是那虎斑猫衔着一只大耗子，"呜呜"地在那里表示它的胜利。

虎斑猫在院子里咬着，玩着，直到那大耗子流了许多血，躺着不动，才放弃了，得意洋洋地走回屋里来。李夫人忙着喊张妈取出一包兽医留下的驱虫药来，老王帮着捉住了，把药和些水，用匙灌在猫口里，以资消毒。

也许被张妈灌得太多了，也许兽医先生惯医牛马样的大畜牲，驱虫剂的分量大了些，天明时，虎斑猫已躺着断了气。

李先生决心要除家里的鼠患，李夫人担心新从香港配来的丝袜再被老鼠咬穿，都还忙着再觅一只善能捕鼠的猫。

刊于《妇女月刊》①1941 年第 1 卷第 2 期

---

① 编者注：《妇女月刊》，妇女文学月刊，1941 年 9 月在重庆创刊，曾于 1945 年 11 月第 4 卷第 6 期停刊，又于 1946 年 11 月复刊，出版地改为南京，1948 年 11 月第 7 卷第 5 期停刊。陆翰芬、林苑文、陆晶清等编辑，妇女月刊社出版。主要撰稿人有宗白华、曹诚英、赖素心、吴越、寒梅、亚萍、寒波、彭道真等，设有妇女消息、论著、短评、通讯、特写、科学小品、文艺、家庭指导、读者园地、杂俎等栏目。

重庆猫

司马讦 [1]

猫，重庆人家的爱宠。

有限的肉类之守护者，失去屏障的窄小衣橱之卫兵，平价米之巡更人，猪油、肥皂、杂粮饼干、粘有浆糊的文件之长城，皮鞋的防御队，糖缸拱卫之骑兵。总之，猫是家庭的警察，主妇的武装，保障人权的大律师，惊险的臭鱼探案之破获者：渺小的福尔摩斯。

不管你是会歌唱的金丝雀，会说话的白鹦鹉，霓裳羽衣的桐花凤，摇尾无度的哈巴狗，你也许是人家绣榻的良伴，书阁的嘉宾，但不幸要生活在重庆，你的身价，恐怕要敌不过一只黑猫的。

如果你听过十七个人和一只老鼠的故事，你当然会承认我对于猫的颂赞是得体的。

这故事是我亲眼看见的，我花了整整一个下午光阴——倘要以金价论光阴，我的损失是可怕的。

我所认识的一位杂文期刊的编辑先生，他新近和我成了朋友，他是学过生物学的，当他初来重庆时候，因为微有所感，他就为他的杂志悬奖征文，那题目，（说也奇怪）并非什么"如何增进人类之幸福"，或是"我的成功秘诀"，而是（真想不到）"我如何对付一只傲岸的老鼠？"我不假思索，草就一文，前去应征，而且中选了，当时我很为我的了解老鼠而骄傲，但后来我就看见下面我所要说的故事，这故事证明了我的知

---

① 编者注：程大千，原名程沧，笔名司马讦、史果、山雨等，四川成都人。曾任重庆《新民报》总编辑，以善编社会新闻蜚声于时。著有《重庆旁观者》《重庆客》《重庆奇谈》等。

识是有限，还有，我们在书上所看见的，还不是最生动的东西。

那故事是热闹而缺少情节的：

一爿小到不能再小的杂货店，门前摆设着一顶连二玻璃橱，上下共三层，倘我们从下面看上去，最下层陈设些封面很糟的黑人牙粉、线袜、游击牌肥皂、鞋扣以及其他；第二层则放着牡丹牌雪茄、草纸、火柴、锅盔蜡烛；最上层则堆些云片糕、冰糖、盐梅与橄榄，还有各色的烟卷。

业务是由一个才留头的小伙子照料着的，他勤敏而忠实，但并不把更多的心思寄托在顾客周旋上，而专心一意地在等候一只胆大而心细的老鼠。

那玻璃橱的背后，有一个唯一的洞，每天，有一只肥壮的老鼠，从这"通道"走进橱里面去，享用一点它所能够享用的东西。

今天（也是合当有事）那老鼠并未爽约，按时走进那张橱了，但立刻就为年轻的监视哨发现，他就蹑手蹑脚地跑去向掌柜的报告："又进去了！"

掌柜的立刻下令："活捉！"

店里正有两个没得事做的闲汉，巴不得这一声，当时扯过一条盛米的麻袋来，踊跃地抢到玻璃橱面前，张开口袋，断彼归路，蒙紧那个洞。小伙子就拿手去敲玻璃，要把老鼠赶进麻袋去，但只敲得一声，掌柜的又下第二道命令："小心玻璃！"

小伙子只得缩回了手，改用"虚张声势"法，站在一旁"鼓噪"。那老鼠极像一个有教养的绅士，或者一个长于社交的贵妇人，它才走进最下层，从容不迫地，像在漫游一家百货公司。它闻一闻黑人牙粉，觉得绝对无益于它的口腔，于是再去看那些袜子，颜色不是很齐，它失望之极，去舐了一舐游击牌肥皂。

参加捕鼠的四个人吆喝着，拍手，跳脚，骂着不入耳的话，用指头轻轻地把玻璃片弹得洋琴一样的响。

隔壁茶灶上两个烧汤的二汉，听见这边喊，过来参加了围剿工作，一个牵着麻袋的一端，一个指点着老鼠的行踪，又主张采用"声东击西"的战略。

一个长子本意是来买香烟的，忽然碰见这件难得碰见的事，就忘记了买烟，弯下腰来看，等看见老鼠时，喊了声："这么大！"就一直看下去了。

其时老鼠已经翻上第二层，它一向似乎是吸"吉士牌"的，对雪茄不甚感兴趣，但一走到锅盔蜡烛面前，就像文化餐厅的食客看见加拿大运来的黄油，不禁有点流连了。

"这家伙啃蜡烛呢！"茶灶上的二汉，指手画脚地喊。

掌柜的急出一脑门子汗。

一个大肚子的女人，右手摇着一张当五十的钞票，来店里来换零钱，看见这里有了新闻，且不换钱，慢慢把钞票卷成一个小筒儿，含在口里，用双手扶着大肚皮看。

三个才散午学的小学生走过来买盐梅，一听见捉老鼠，就拿书包做了椅凳，坐下来等着看。

十一个人成了一个半圆阵线，大家尽可能地对老鼠施以恐吓，甚至咒骂，狂喊。

老鼠已经登了橱的最上层，理直气壮地，就像一个大饭店的老主顾一样，开始吃美味而富于滋养的云片糕，又故意把冰糖咬得"可可"的响。

掌柜的急了，就要去开那橱后的柜子门，但立刻有三个人反对他这个措施，说："只消这一开，包管放生了。"

于是大家死守着那麻袋，相持不下，眼睁睁地看着那肥大而黑的老鼠，就像人家隔玻璃缸观赏金鱼。

其后又来了一个军人，一个汽车司机，一个从医院中看了牙齿出来的妇人，两个擦皮鞋的脏孩子，另一个并无一定目的的在街上走着的人。

若干的"奇谋"和"假设"都提出来了，例如：奇谋，弄一点毒气放射进橱里去；假设，敲碎玻璃，用秤杆把它赶进麻袋去，但都不曾付诸实行。

这样，相持了整整一下午。三个小学生先后打了三个哈欠，大肚子女人站麻了脚，把卷成小筒儿的钞票重新解放开来，注意着那票面上的洋码子，茶灶上烧汤的二汉已三不知撤退了，患齿痛的妇人为买香烟的长子所阻，她一无所见，就去看长子左耳背后那粒大得奇怪的朱砂痣……

我看了这未完的故事，回到下处，望着墙角那个奇大无比的鼠穴发愁，在那里，我筑过一道"马其顿防线"，可惜后来崩溃了。

我终于以最大的决心买了一只黑猫。

书桌上的秩序从此要好得多了。也再没有发生过一只袜子失踪的奇案，而我这黑猫，当它和邻家的花猫举行婚礼这一天，不知道是为了要表现自己的英勇，还是需要肉类欢宴来宾，它捉了一只约重一公斤的老鼠。

刊于《国风》1943 年第 16 期

《白兔子》，严个凡绘，刊于《小朋友》1927 年第 247 期封面

诗人杀猫记

南　风

　　诗人是世界上最有情感，最懂得爱——从动物爱以至人类爱的一种人，猫是动物中最温柔、驯善、美丽，具有灵性的最可爱的一种动物。如果把诗人与猫联在一起想，大概谁都会立即浮起一幅美丽的浪漫主义的图画：富于情感的诗人一定会热爱具有灵性的可爱的驯猫，一定会把它当作烟士披里纯的源泉，当作挚友和家人，当作世上一切美与善的象征，甚至当作自己的具现——有如夏目漱石在《我是猫》这本名著中所写的那么。过去有多多少少诗人、文艺家，曾在他们的作品中以"驯猫"呀、"灵猫"呀、"波斯猫"呀等等字典里所有一切美丽的字眼去称呼它，事实也是，富于情感的人没有不爱猫的。

　　然而这里的故事中所写的诗人，却属于千分之一，乃至万分之一的例外。故事的主人公是一个以研究莎士比亚出了"名"的诗人，和我家的一个身世可怜的不幸的猫。

　　当我住进一个所谓敌产的里弄内的一层小楼后不到半年，诗人就搬进来住在我家的对面。正和许多年轻人一样，我在年轻时也欢喜看看文艺的书刊，在那时流行的所谓"新月派"的诗刊里，看过诗人所译莎士比亚的诗，当时不过随便翻翻罢了，根本对诗的"奥妙"都不理解，当然更不能欣赏诗人的译笔的"高明"，所以到现在连一点印象都没有了。可是诗人的名字却就从那时记住了。而且也几次听过朋友们谈起，研究莎士比亚的人，在中国，除梁实秋之外，诗人也算一个的。想不到这样一个出"名"的诗人，就住在我的对面，与诗人结"芳邻"，当然感着三分"光荣"的。

而且因为自己不是诗人，更不是名家，所以对这位"名诗人"感着相当的类似好奇心的兴趣。想看看所谓诗人也者，他的一举一动是不是有和平常人不同的地方，结果，到底被我看出了一点，是诗人的"热烈"的动物"爱"。于是我就想，诗人之所以为诗人，大概动物爱是一个不可缺的条件吧？

诗人住的是整幢楼房，虽然比我住的大一半，但毕竟那是很小的建筑，所以并不怎么宽敞，这点，好像国家太"委屈"了诗人一点。虽不很宽敞，但诗人的家竟像一所值得赞美的动物园，养着狗（不用说是洋狗，取的是洋名字），养着猫，养着鹁鸽，养着鸭，养着鸡，养着……不用说，诗人对它们是"爱护"备至的。每在午夜以后，全里弄几十家都已睡得静静时，诗人照例要打开后门，站在门口，以象征着勇敢的声音喊着："彼得！彼得！"如果有人从睡梦中惊醒，经验会立刻告诉他，这是诗人在呼唤他的洋狗。白天，诗人也常常在后门口出现，有时撒米给那些家禽吃，有时一手捉了鹁鸽一手抚摸它的翅膀。这时如果有孩子们走过去看，他就越发得意地露着笑意。一次，他向那些孩子们说："要比'脚'多少，谁家都比不上我家多！你看，一个狗是四只脚，二个猫是八只脚，还有鹁鸽、鸭、鸡的脚……"这是诗人在表示他的得意，在说明他最懂得"爱"动物。诗人的这一切，在证实我的想法没有错："诗人是最知道动物爱的。"而且我在心里还引证许多诗人，譬如朗佛洛击毙了小鸟托在手里忏悔的故事，譬如海涅的诗中所表现的对动物以至整个自然的爱……

不过有一点我总疑惑。为什么诗人喂鸡食时，隔壁工人家里的鸡过来夺，就要挥动大手，"嘘！嘘！"地赶，自己的鸡去争工人家的鸡食时，却交叉着手眯眯地得意笑着？我就疑心，诗人的动物爱大概有个限界的，是自己的动物才爱吧？假使这样，是不是算动物爱？进一步，如果人类爱也这样，那么战前的日本军阀、德国纳粹，是最讲"人类爱"了，因为他们只"爱"自己国家的人民，使他们生存，却完全不爱别国的人民，压根儿不许他们生存。然而这样想，觉得过了分，也许是对诗人“侮辱”了。

可是一天中午，这样的事情发生了。我刚走进里弄还没有几步，我的才四岁的孩子跌跌撞撞奔过来，眼泪鼻涕流得满面，从未见过他那么伤心地说：“猫给人弄死了，这是血呀！”一面指着我家门口的一堆鲜血。我的一个七岁的孩子也跟了过来，也是满面的眼泪。我揽了他们走到家里，妻也哭丧着脸。她就一五一十地诉说：“诗人听了人家，说是我家的猫咬死他的小鸡，他就一声不响走进来捉住了猫，用两只手扼紧它的头颈，我说即使是它咬死的，我去买一只小鸡赔你吧，可是他全不理睬，很快地把它扼死了，把它丢在门口看它还在动，率性两条腿去站在它的头部使劲蹬着，立刻就流出一堆血，完全死了。”女佣和孩子们也作同样的诉说。

我的心顿时沉了下来，想，世上有这样残忍的“诗人”吗？不，有这样残忍的“人”吗？我气愤，孩子们似乎在希望我去和诗人理论，从他们从未那么伤心地哭过看来，我能想象诗人的血手所给童心的打击的深重。但是我还是没有去争，因为想到和那样的人去争，有什么用？猫是死定了的，“权利”是确切不移地属了“勇敢”的诗人，要说让他也知道点良知的责备，那也要以对方是有良知的人为前提的。争什么？算了。妻在旁边只好气愤地说，像这样的人研究莎士比亚，连莎士比亚也倒了霉！我苦笑着说，正因是莎士比亚“专家”，才有这一手啊！莎氏名剧《威尼司商人》里不是有个犹太人夏洛克，残忍得要割人家“一磅肉”吗？诗人大概对夏洛克这人的性格一定研究得最透彻，不然哪会有这样逼真的表现！说着，妻笑了，孩子们看见大人笑也笑了。

她们走后，我却独自点起烟卷，种种的思虑随着烟圈浮沉。我追想，猫是敌侨遗下来由我留养的，它被原来的主人遗弃，后来的主人又不能从它的厄运中抢救它的生命。如果改编一下诗人所熟知的莎士比亚名言“弱者呀，你的名字是女人！”在这个场合，应当说“你的名字是猫！"可是不对，诗人家里的猫不是好好地活着吗？如果我的猫被诗人养着，它的遭遇一定不会这样，诗人一定会抚摸着它，说不定还会以可爱的一切名称出现在诗人的"不朽"的创作中。所以这个曾经二年来守着我写到深夜的不幸的猫，是被它的主人害了的，它的主人才是"弱者"。于是我就想到，"强者呀，你的名字是诗人！"这大概没有问题了。从猫的横死，我想到这世界，无论哪件小事都显出人类有"强者"和"弱者"之分。没有情感，没有爱，只有自私与暴力，那是"强者"！"英勇"的诗人，你是"强者"，是"英雄"！我佩服你得五体投地！你比拐着脚上战场的拜伦更"伟大"！因为你既不用枪，也不用棒，能凭你的腕力，赤手空拳地战胜"敌人"，致"敌人"于死地啊！而且我也想，可惜像你这样的"英勇"的诗人中国只有一个，如果多几个，抗战根本不需要八年，早就把敌人打垮了。不过话又说回来，有这样的诗人在，中国还不会得救吗？不要说中国，以从你的"动物爱"可推知的"人类爱"，全世界也会得救。

毕竟你是值得歌颂的最有"人性"的诗"人"！

刊于《改造评论》①1948 年第 2 卷第 4 期

---

① 编者注：《改造评论》，政治类刊物，1946 年创刊于上海，由改造评论社发行，发行人翁文庆，编辑者方秋苇，主要刊载时论、学术研究、人物评述、时事杂感、文艺等内容。

猫的送别

清 濯

一

匆匆地吃了红米粥，妈妈就挑着番薯篮出去卖薯了，只有婆婆还陪着阿宝慢慢地吃。阿宝今早吃得特别慢，筷子老是在饭碗里一揭一揭的，很久很久才扒进一口粥；因为没有买鱼，吃着自己渍的臭盐菜和咸萝卜，实在有点难以下咽的样子。他起初本想不肯吃，但看见妈妈的脸色不好，婆婆又在旁"乖乖的，快快吃了这一餐，今晚妈妈赚了多的钱，就买新鲜鱼你吃哪！"地呵哄着，他已是捱惯苦的孩子，知道哭也没有用，只得强勉吞咽着，不敢出声。

《无题》，丰子恺绘

吃完收碗的时候，猫从厨房里走出来，跳上台角蹲着，两只眼睛耽耽地看看台面的碗碟，又看看主人，阿宝记起了什么似的，说："婆婆，没鱼喂猫哟。"

"自家都没得吃，还顾猫哩，等我去二妈那边看看有没有，找只鱼头来啰。"说着，婆婆佝偻着背脊，拐着风湿痛的脚出去一阵子，就拿着两个咸鱼头回来了。拌匀在粥里，就给猫在台角边吃。阿宝在旁抚摸着它那滑溜的背脊，亲昵地说："快快吃呀，吃饱了捉大老鼠，妈妈买新鲜鱼打赏你。"

这个猫，是阿宝的伴侣。寂寞的他，不像保长家的福生有小汽车、洋囡囡玩，除了和隔壁二妈家的阿土抛石子捉蜻蜓，便只好和猫玩了。

猫也确实可爱，虽然已有点衰老的样子，但毛色还是光润的，白的毛地错落地嵌着黄黄的斑纹，除了会捉鼠，性情还很柔驯，从不偷吃和乱撒尿。也许是晚上捉鼠辛苦，白天大多是在碗橱头上蜷缩地睡着，但一听见阿宝"咪咪"的叫唤声，就轻快地跳了出来，给阿宝随意地抱弄：捉着它的两只前脚搬去搬来，拨弄它的小眼睛，把小手给它的舌头舔，虽然偶或因为阿宝嫩得太过，猫"尼亚尼亚"地叫着弓起背脊跳过去，但大多数的时候都是温顺的。阿宝从来也没曾虐待过它，婆婆、妈妈整天忙着赶柴赶米，没有闲心顾理到阿宝，便由他们怎样地玩。他爱它，它也爱他，人畜之分并不能阻止这两个纯洁无邪的灵魂的交流。婆婆和妈妈看见他们这样亲热有时开玩笑说："阿宝，你这样爱猫，给你做老婆好吗？"

"老婆"的意义，在阿宝的小心灵里，似乎还不太清楚，但模糊地也觉得这是要害羞的，便嚷着说不要老婆，还扬起了小手要打婆婆。

"那末，就卖了去，好不好？"

"不卖，我不卖！"

"卖了买老婆给你，都不好？"

"人讲不要老婆呐——你乱讲，我打你！"婆婆的肩头上就挨了阿宝的一掌。

"卖了做新衣服给你。"

"不，新衣服都不要，我只要猫！"

这样开玩笑下去，阿宝会急得扁着嘴要哭，婆婆便赶紧接着他，呵哄他说不卖，留猫给阿宝做伴，这才快活起来。

等猫吃完东西，阿宝便从烂布篓里找出生胶球（这是从街口补鞋匠那儿拾来的生胶屑胡乱扎成一团），"咪咪"地叫着猫，一面走一面把球掷出去。球打着天井中间弹上墙壁又弹回来，猫纵身跳过去乱扑着，阿宝拍着手哈哈大笑。这样好多次，阿宝觉得玩够了，就拿起球自己"一、二、三……"地拍。

"阿宝，拍球吗？"

阿宝回头一看，原来是阿土走进来。

"是呀，你也来，两家拍。"

"我一拍，你就输啦！"

两个孩子拍着球，喧嚷着，争执着，逐渐地也觉得腻了，阿土便提议去外面捉蜻蜓。"莫晒日头，莫在街心玩，有车有马哇！"婆婆在背后大声地叮嘱他们。

二

婆婆一个人在堂屋里纺纱，多皱的手摇动着，疲缓地响着纺车咿呀咿呀的声音，纺纺又歇歇，抚摸着隐痛的脚，看看日头已经白森森地晒到天井正中，该是散行的时候了，"怎的还没回来呢？"她这样想。

不久，媳妇回来了。婆婆一看篮子里是空的，媳妇的眉头紧皱着，满脸的阴沉，便惊异地问："怎的，没买到吗？"

"买，买什么？今日又贵了啦！"媳妇摔下担子，气冲冲地说。

"贵了？几多钱一篮？"

"三十元金元券呐，昨日还是十元一篮薯，卖得十几元，除柴除米，都讲赚得斤把米啦，鬼知道一倒转又贵了两倍，要折本！"媳妇一下子要发泄刚才所受的恶气似的，忿忿地大声嚷，行上抢买的纷乱情形，又迅速地在她脑里闪过，"大家还是抢着买，抢着买，越抢越贵，自家本钱少，想跟着人家抢呀，手空空，一点法子都没有！"

"唉唉，又贵了，又贵了——卖了买不回来，这些鬼银纸真是害死了人！斩千刀的，雷公怎么没把这帮人通通打死呵？唉唉，这情景，你讲，怎样过？"

"屡次都是这样的哇，越做越难，害死了我们穷人，这世界，真是，怎样得了？"

婆婆唉声叹气地站起来，坐过对面的一张小凳。媳妇息一息气，便坐下去接着纺。婆婆一面摸着痛脚，一面凄惶地把屋子周围环顾着：屋角上密密地布满了蜘蛛网，上面的灰尘厚扑扑的，像要掉落下来。门角落里杂乱地堆满了烂台凳、烂布箩等等。对面，纺车的背后，靠墙是一张小床，也乱堆着烂棉被和烂衣服，一张破席长长地露出了边沿的断草。外面的小天井角里，是发臭的污水，墙脚上已长满了暗绿的藓苔。矮围墙头的砖块灰砂，有些地方已经剥落，裂痕长长地在倾斜得像就要崩塌的墙壁上爬行着。这就是他们的家，破烂、龌龊和荒凉，越来越不像样了，要是她的儿子还在家里，会是这样的吗？唉唉，提到儿子，她的心可就更加伤痛了。从前去打日本鬼，眼巴巴地等到胜利了的那一年，大家都说，这回当兵的可以回来享太平福了，她抱着孙子也曾高兴得流出了眼泪。可是一年两年三年地等着，人总不见回来，听说又去剿了什么匪，而且近一年来，连信也没有了，知道他现在到了哪里，有命没命呢？家里就只她和媳妇孙子凄凉困苦地捱着，有一餐没一餐，这世界，她活了一辈子也没见过——她悲哀地这样那样地想着，觉得脚越发痛起来。

"今晚明早，还没柴没米，欠保长的利钱，今早又来追得吵翻天，本钱也没有了，怎样好？一日摸到黑，纺的纱，连买咸菜都没够，有么用啰？"

媳妇也没有甚么好心绪，眼睛呆呆地望着天井，像要在那里搜索些什么，手懒懒地忘记了摇动。听见了婆婆的话，眉头越发紧皱着，沉吟了一阵子，像有所决定似的说："卖猫老三前天讲，想买我们的猫，我看，不如就卖掉，得多得少，也得应紧，好吗？"

婆婆起初摇着她斑白的头，不出声，但是眉头沉思一阵子，也像有了决定似的说："卖就卖啰，么法子？已经没有什么可卖的了——要是卖，现在就去和老三讲，叫他出多点钱，早点捉，给阿宝看见，又要哭啦！"一说到这里，婆婆的声音已有点颤，干枯的老眼里就莹莹地闪耀着泪点。媳妇觉得自己眼里酸溜溜的，几乎要掉泪！这个猫，曾经和他们一道生活，一道捱过多年的苦楚，从前养过的鸡呵狗呵都能陆续地卖去了，只有这个猫，而现在……唉唉，还有什么可说呢？这时的空气中间，仿佛有什么残酷的东西压榨下来，逼得媳妇站起身来，拖着艰重的步子出去找老三去了。

<h2 style="text-align:center">三</h2>

阳光黄黄地照上小天井东边的墙壁，隔邻拍拍地响起了劈柴的声音，该是煮晚饭的时候了。阿宝捏着几只蜻蜓，晒得脸红红的，满头大汗地跑回来。这时堂屋里妈妈正从老三手里接过几张银纸，点着看。老三脚边的一只小铁笼里面，已经囚着猫。它凄厉地喊叫着，两只脚爪狠命地搔扒着铁笼，用牙齿去啮咬，但一切都没办法，便颓丧地歇下来，乞救的眼睛瞧瞧主人，又一阵"尼亚尼亚"的哀叫；接着又拼命搔扒起来，小铁笼索索地响。

阿宝看见老三，看见妈妈手里的银纸，看见小铁笼里搔扒着哀叫着的猫，愣了一息，仿佛明白了所有的事，马上扁着嘴哭嚷起来。婆婆赶紧抱起他。

"……不卖呀，不卖呀……呜呜……"他的两只脚在婆婆怀里乱踢着，小手拼命向铁笼弯下来，要把猫放出，眼泪鼻涕涂满了婆婆的面颊。婆婆很吃力地抱着他，自己也禁不住掉落了眼泪，但还勉强装出笑脸呵哄着。

"不哭，不哭，乖乖的，乖乖听话……现在没卖猫呐，借给三叔一阵子，明日就拿来还……唉唉，莫只管挣……婆婆没力呀，唉唉，乖乖的……"

"呵……你死，你死三叔……你你，你捉我们的猫，我打你……"

"傻仔，哭，哭什么？孩子人要听话呀，三叔家有了大老鼠，借猫去捉，明日没拿回来么？——你看，这么多银纸，分你买东西吃哪！"

妈妈从婆婆怀里接过阿宝，一面说一面就把手里的银纸递给他，但是给他的小手一拍，飞散落地了。

"嘿嘿，这孩子，真新样！"老三得奇怪似的说，随即裂开他的阔嘴巴装出笑脸向着阿宝，"嗯，莫这样啰，好孩子，乖乖的，听三叔讲呀，今晚捉了大老鼠，就分你，拿绳缚了牵着玩，好吗？你看，这样大只的哇，几好玩，嘻嘻……"

然而阿宝还是哭嚷着，猫也不停地搔扒和哀叫。老三抱起小铁笼的索耳行出去。紧皱着眉头，抱着阿宝的妈妈和咿咿唉唉地叹息着的婆婆，都跟着送出门口。猫在铁笼里更惶急地乱抓，更凄惨地喊叫，眼睛贪婪地乞怜地望回来，但是终于给老三挽着向街口走去了。

"唉唉，小孩子，总是不听话，莫哭啦！你爸爸没在家，有么法呵？"婆婆一面唧哝着，一面擦眼泪。

一直沉郁着的妈妈，给婆婆这么一说，像受到了电流似的，"阿宝的爸爸呵！"心里暗暗这样苦叫一声，眼里立即迸出了泪水，孩子的哭脸贴着她的哭脸，孩子的眼泪和着她的眼泪，溶流着，晶莹着，在模糊的泪光中，仿佛晃动着她那出军多年的丈夫的面影，晃动着，晃动着……

远远地还隐约传来猫"尼亚尼亚"的叫声。

一九四九年一月七日于北海

刊于《文坛》1949 年第 10 卷第 2 期

豽猫歌谣

猫烧锅

陈昌颐

天上星，地下钉，叮叮当当挂油瓶。

油瓶破，两半个。

猪衔草，狗曳磨；猴子挑水井上坐。

鸡淘米，猫烧锅；老鼠开门笑呵呵。

刊于《妇女杂志》1921 年第 7 卷第 5 期

老猫

傅振伦

老猫，

上树偷桃，

咯吱扎着。

娘嗳，吃包包；

爹嗳，吃火烧；

门闲上坐着。

刊于《歌谣》[①]1923 年第 33 期

---

① 编者注：《歌谣》为文学周刊，1923 年创刊于北京，北大研究所国学门歌谣研究
会出版，北京大学日刊课负责发行，主编该刊的核心学者有常惠、顾颉刚、魏建
功、董作宾等人。《歌谣》主要栏目有研究、讨论、译述、通讯、转录、歌谣选录、
儿歌选录等，集中反映了当时国内民俗学界对民间歌谣搜集、整理和研究的成果。

猫哥狗弟

顾三庐

猫哥狗弟，
相敬致礼；
你躲门外，
我缩门底；
你守金银，
我管谷米。

刊于《歌谣》1923 年第 33 期

蒙蒙苍苍

佚　名

蒙蒙苍苍，
狐狸栽秧。
老猫谨谨躲，
小猫来找啦。

刊于《歌谣》1923 年第 27 期

孤处处

佚 名

孤处处，送文书。
　文书文不到，
　跟着老猫耳朵叫，
　露露露^① 来吃食。

刊于《歌谣》1923 年第 27 期

小老鼠

刘成山

小老鼠，爬灯台，
　偷油喝，下不来。
　叫猫哥，抱下来，
　吱嘭——下来。

刊于《歌谣》1923 年第 28 期

---

① 作者注：露露露，叫猪吃食声。

猫密密

佚　名

猫密密，赶酒席，
袖个包，喂母鸡；
母鸡匸弓^①个蛋，
　老奶没看见，
一脚踏了稀巴烂。

刊于《歌谣》1924 年第 41 期

扯大锯

佚　名

扯大锯，拉大锯，
姥家门口唱大戏。
接闺女，唤女婿，
小外外，你也去，
筛罗打面做饽饽，
你一个，我一个，
给小外外留一个。
留一个，猫吃了。

---

① 作者注：原注匸弓，读饭；生也。

一打猫，猫上树了。

树呢？火烧了。

火呢？水欺了。

水呢？牛喝了。

牛呢？剥皮了。

牛皮呢？做鼓了。

鼓呢？打坏了。

鼓圈呢？上天了。

刊于《歌谣》1924 年第 53 期

咪咪猫

佚　名

咪咪 ① 猫，

上高窑，

上树树，

呆 ② 巧巧 ③。

刊于《歌谣》1924 年第 44 期

---

① 作者注：咪咪，陕人呼猫之声。

② 作者注：呆，即捉也。

③ 作者注：巧巧，为雀雀之讹音。

花狐狸

常 惠

花，花，花狐狸，

我那猫儿有名的；

鞭打绣球金镶玉，

雪里送炭四银蹄；

——你若不放出来——

老太太可要骂[①]啦！

刊于《歌谣》1924 年第 47 期

咪咪猫

张帆记录

咪咪猫，上高窑，

金蹄蹄，银爪爪。

上树树，捉雀雀，

捉住雀雀喂老猫。

刊于《歌谣》1937 年第 3 卷第 8 期

---

① 作者注：北京妇女失猫，以此辞呼之使归家。

老鼠捉猫

金　近

我家有只大花猫，
取个名字叫阿妙，
别人叫它它不响，
自己叫来总说好。
猫捉老鼠我知道，
老鼠捉猫少听到，
我家花猫胆子小，
看见老鼠要讨饶。

刊于《人世间》1947 年第 6 期

代跋：致山本小队长

其实，这个世界上的每一个人，都有一只自己的猫，在身边，在书里，在心里。

我也有一只猫，曾经在，一直在。

它是一只流浪猫，浑身白色，鼻子下有一撮黑毛，我叫它山本小队长。

山本小队长经常在我工作的图书馆附近出没，阳光好的时候，它会躺在图书馆的后门晒太阳。透过办公室的窗，正好能看见它的一举一动，有时摊开身体，四肢舒展，有时蜷成一团，尾巴挡着眼睛，它肆意地独享阳光。我站在窗前，默默看着它。

有一次，我开车从车库里出来，瞥见山本小队长蹲在出口的石阶上。它在抬头看天空，夕阳逆光，如一幅剪影，看上去很孤独。这让我有一点难过，因为，据说只有孤独的人才能看见孤独。

说不上来是哪一天，我去便利店买咖啡，顺便买了一包猫粮，绕到后门去看它。这是它第一次见我。当然，还没等我走近，它就飞快地跑了。我把猫粮倒在一个纸盘里，放在它平日晒太阳的地方。

后来，我常常去便利店买咖啡，总不忘记给山本小队长捎一包猫粮，慢慢地，它不再怕我了，只要我"咪西咪西"地叫，山本小队长就"喵啊喵啊"地朝我飞奔而来。

我常问山本小队长过得好不好，它总是一转身以屁股作为回答。可是，如果我告诉它，我今天很不开心，因为这样那样的讨厌的人和事，它就会蹲在我身边，和我"喵喵"寒暄几句。

我经常带着午餐去找山本，和它说话，陪它玩儿。我捡了一个破羽毛球，在空地上扔来扔去，山本就追着羽毛球扑来扑去。山本的眼睛亮晶晶的，很开心，我也很开心。

山本是一只贪吃的猫，我带去的白煮蛋、面包、苹果、汉堡，甚至连咖啡它都想尝尝。它也是一只好奇的猫，我手里的书，它都要伸出爪子来摸一摸。我曾经指着一本书，很认真地告诉它，我以后也会写出这样的书。它很响地"喵"了一声，出乎我的意料，我以为，它一定会用屁股回答我。

风过，落英缤纷。我常常拣起一朵花放在山本小队长的头上，黄色的迎春花，粉色的樱花，白色的梨花，蓝色的鸢尾花……。很奇怪，山本只要头上顶着花，就会变成斗鸡眼，一动不动，像哈士奇。

书上说，猫很怕看见黄瓜，我想试试。那天，我趁山本小队长不注意，在它身后放了一根黄瓜。山本一转身，看见黄瓜，愣住了，并没有像书上说的那样一蹦三尺高，而是伸出爪子，拨了拨黄瓜，再抬眼看看我，一脸鄙夷，"愚蠢的人类"。好吧，对不起，打扰了。

其实图书馆附近还有别的流浪猫，至少，我见过一只三花猫，一只黄猫，一只黑猫。但山本是独来独往的，它从来不和别的猫在一起。我猜，猫的世界一定也很残酷，有争斗，有谩骂，有诋毁和欺凌。有时，山本的身上会有伤，我给它涂碘酒消毒，它疼得龇牙咧嘴，想挠我，又忍住了。

经常会在深夜的大雨时想到山本，不知道它有没有找到躲雨的地方。黄梅天来临之前，我用书库里的纸箱，给山本做了一个遮雨的小房子，放在它平时常出没的树丛下。纸箱的正面印着"嘉靖上海县志"几个字。我说："山本小队长，你要看好你的房子啊，不要被别的猫霸占了。"山本深深地看了我一眼。

我并不知道，这是我最后一次见它。

第二天中午，我带着午餐和猫粮去看山本小队长。它不在。它平时吃饭的纸盘上，有一朵玫红色的夹竹桃花。我想它一定是去哪儿溜达了。我把夹竹桃拿开，把猫粮倒在纸盘上。我看看周围。六月的夹竹桃正盛放着，白色，玫红色，一片，一树，直开到晴空中。我一个人坐着吃完了午餐，翻了几页书，"咪西咪西"地唤了几声，山本没有出现。

过了整个夏天，我才让自己明白，山本小队长走了。那朵夹竹桃花，是它用来向我告别的。

我常常站在办公室的窗口，看着后门的那块空地。夹竹桃谢了。树叶黄了。下雪了。

我一直以为，是我在陪着山本小队长玩儿，陪它吃饭，陪它聊天，其实，是它在陪着我。只有孤独才能看见孤独，它也看见了。

这些年，每次在路边看见白色的猫，我总会停下脚步，看一眼，再看一眼。

……

这本书，我想送给山本小队长。我知道它会看见的。

"嗨，山本！"

孙　莺

2020 年 9 月 18 日

附记：

恩师张伟于 2022 年 12 月忙于徐家汇书院的土山湾画馆成立一百七十周年纪念展，连日操持布展，于 28 日晚感觉身体不适，然翌日有一场关于此次展览的研讨会，在主办方和策展方无一人到场的情形下，张老师独自主持了研讨会，当晚一病不起，于 2023 年 1 月 2 日急诊就医，1 月 3 日送康复医院 ICU 急救，1 月 4 日上午十点突发脑梗，此后转诊上海肺科医院和华山医院急救室，于 1 月 11 日凌晨逝世。

恩师逝世的那一晚，我守在急救室的门口。

1 月 10 日晚上六点，急救室的玻璃门外出现了一只白猫，浑身脏兮今的，鼻子下一撮黑色，蹲着，朝里张望。我认得这只猫，是山本啊！我看着它，它并没注意到我。

数分钟后，医生从急救室出来，说张老师需要重新插管。

1月11日，凌晨一点，白猫，不，山本又来了，还是蹲在玻璃门外，朝里看着。然后，医生出来通知说张老师的血压拉不住，要抢救。我下意识地看了一眼山本，它不见了。

凌晨两点，山本再次出现在抢救室的玻璃门外，它没有蹲着，而是焦躁不安地来回转圈，它还是没有看我。我心里其实已经明白了。那晚，天很冷，山本在门口瑟瑟发抖，我在里面瑟瑟发抖。十分钟后，它走了，转身的那一刻，它终于看到我了。那是我见过的眼神啊！好熟悉。

急救室的门开了，医生说，张老师的心跳在两点十八分停止了。

……

2023 年 2 月 3 日于闵图古籍部

此图前三幅，为白猫三次出现在急救室门前，第四幅中的白猫转身离去之时，亦是张老师心跳停止之时